U0034440

典藏風華，品悅智識

典藏閣

智慧，

不是死的默念，而是生的沉思。

——巴魯赫・斯賓諾莎（Baruch de Spinoza）

典藏風華，品悅智識

典藏閣

智慧，

不是死的默念，而是生的沉思。

——巴魯赫·斯賓諾莎（Baruch de Spinoza）

古典小說好好讀

國學大家
鄧鵬飛◆著

▲明代陳洪綬《水滸葉子》
智多星、吳學究吳用

▲明代陳洪綬《水滸葉子》
豹子頭林沖

▲明代陳洪綬《水滸葉子》
花和尚魯智深

▲明代陳洪綬《水滸葉子》
行者武松

▲明代《精鐫合刻三國水滸全傳》
議定三分

▲明代《精鐫合刻三國水滸全傳》
用苦肉計

▲明代《精鐫合刻三國水滸全傳》
單刀赴會

▲明代《精鐫合刻三國水滸全傳》
刮骨療病

▲明代《李卓吾先生批評西遊記》
八戒大戰流沙河

▲明代《李卓吾先生批評西遊記》
萬壽山大仙留故友

▲明代《李卓吾先生批評西遊記》
屍魔三戲唐三藏

▲明代《李卓吾先生批評西遊記》
唐三藏路阻火焰山

▲明代《新刻鍾伯敬先生批評封神演義》
紂王無道造炮烙

▲明代《新刻鍾伯敬先生批評封神演義》
妲己設計害比干

▲明代《新刻鍾伯敬先生批評封神演義》
紂王敲骨剖孕婦

▲明代《新刻鍾伯敬先生批評封神演義》
摘星樓紂王自焚

▲明代《新刻繡像批評金瓶梅》
李桂姐趨炎認女

▲明代《新刻繡像批評金瓶梅》
潘金蓮懷妒驚兒

▲明代《新刻繡像批評金瓶梅》
王六兒棒槌打搗鬼

▲明代《新刻繡像批評金瓶梅》
潘金蓮雪夜弄琵琶

▲明代《新刻繡像批評金瓶梅》
請巡按屈體求榮

▲明代《新刻繡像批評金瓶梅》
遇胡僧現身施藥

▲明代《新刻繡像批評金瓶梅》
西門慶貪欲喪命

▲明代《新刻繡像批評金瓶梅》
吳月娘失偶生兒

▲清代《聊齋志異》
黃九郎

▲清代《聊齋志異》
蟄龍

▲清代《聊齋志異》
戲縊

▲清代《聊齋志異》
連瑣

▲清代《紅樓夢圖詠》，改琦繪
林黛玉

▲清代《紅樓夢圖詠》，改琦繪
賈寶玉

▲清代《紅樓夢圖詠》，改琦繪
賈元春

▲清代《紅樓夢圖詠》，改琦繪
薛寶釵

▲清代《紅樓夢圖詠》，改琦繪
王熙鳳

▲清代《紅樓夢圖詠》，改琦繪
妙玉

▲清代《紅樓夢圖詠》，改琦繪
李紈

▲清代《紅樓夢圖詠》，改琦繪
賈迎春

▲清代《鏡花緣》
林之洋，三位男主角之一

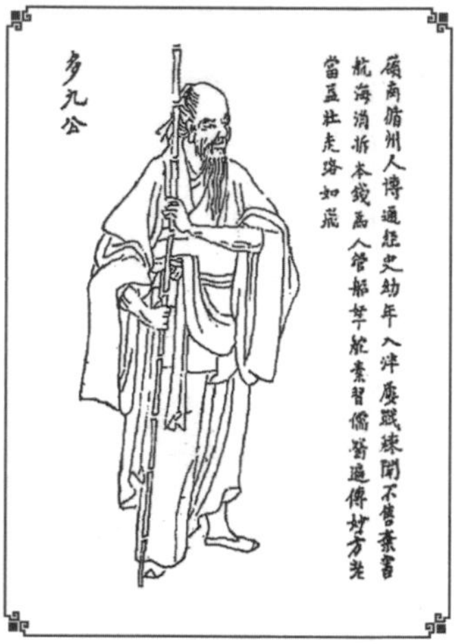

▲清代《鏡花緣》
多九公，三位男主角之一

▲清代《鏡花緣》
唐敖，字以亭，三位男主角之一

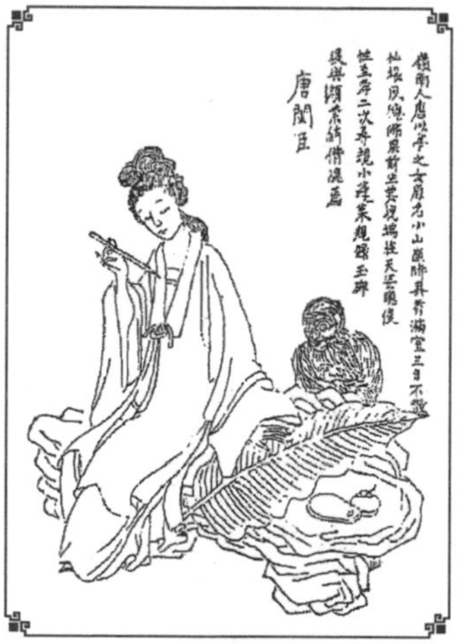

▲清代《鏡花緣》
司百花仙子第十一名才女
「夢中夢」唐閨臣

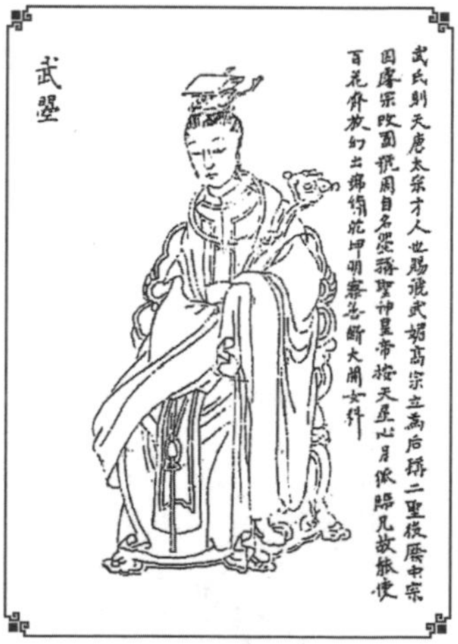

▲清代《鏡花緣》
武則天，又名武曌

編者序／

橫看成嶺側成峰，遠近高低各不同

中國的「小說」一詞，最早見於《莊子．外物》：「飾小說以干縣令，其於大達亦遠矣。」此處所說的小說，是指瑣碎的言談、微小的道理，與現在所說的小說相差甚遠。東漢班固的《漢書．藝文志》提到：「小說家者流，蓋出於稗官，街談巷語、道聽塗說者之所造也。」此處所說的小說，是指街頭巷尾的民間雜談，也還未具有現代小說的意義，一直到漢以前皆爲如此。

到了魏晉南北朝，開始出現筆記小說。其中，志人的筆記小說有南朝宋劉義慶主編的《世說新語》；志怪的筆記小說則有東晉干寶的《搜神記》、西晉張華的《博物志》等等，這些著作皆深受民間神話傳說影響，內容已初具小說雛形。在隋唐兩代，開始出現名爲「傳奇」的文體，已算是具有完整情結、深刻主題及敘事技巧的文言短篇小說。傳奇大致分爲四類，分別有愛情類，如元稹的《鶯鶯傳》；俠義類，如杜光庭的《虬髯客傳》；神怪類，如沈既濟的《枕中記》；歷史類，如陳鴻的《長恨歌傳》。

宋代經濟快速成長，富有的民衆增多。在有了閒錢之餘，便開始流行到茶館喝茶，順便聽聽說書。這些說書人所做的話本，內容多以口語白話文寫作，以便講解，而這些話本的故事內容也被後世章回小

說參照，成爲日後古典小說的基礎，深深影響古典小說的發展進程。

古典白話小說之代表爲章回小說，在元代開始有具體的形式，到了明清成爲小說主流。明清兩代是古典小說發展最爲蓬勃的時期，在這個階段，明代有施耐庵的《水滸傳》、吳承恩的《西遊記》、蘭陵笑笑生的《金瓶梅》、羅貫中的《三國演義》，又被後世稱爲「四大奇書」；到了清代乾隆、嘉慶年間，文壇橫空出世一部淒美豔絕的巨著——《紅樓夢》。此書一出，立即取代《金瓶梅》的地位，和另外三部小說同時並列爲「四大名著」。而到了清朝晚期，由於外國列強入侵，以及國家內部腐敗等因素，小說出現諷刺時政的內容，被稱爲「譴責小說」，如劉鶚的《老殘遊記》等書。

其實，古典小說雖是自明清時期開始大放異彩，其由來卻可以追溯到上古神話，再依序漸次發展，至唐時出現一個高峰；至宋元再出現一個高峰；到了明清，體裁、內容、技巧更是高度發展，文人創作也大大提升了作品的內涵與藝術價值。古典小說可以說是中國文學中的瑰麗珍寶，也是華文世界中，每位讀者一生必備的文學養分。

面對這些流傳千年的浩瀚文學，每個時代的人都有各自的讀書方法，每個人對於經典也都有各自的體悟和領會。就如同宋代文豪蘇軾所說：「橫看成嶺側成峰，遠近高低各不同。」同一座廬山，在不同的人看來，形狀皆各不相同、千變萬化，閱讀經典亦是如此。那讀者究竟該如何閱讀古典小說呢？在這茫茫的小說海之中，又該如何揀選經典呢？爲此，編者精心編撰了此本雅俗共賞的《古典小說好好讀》。

全書以十本古典小說爲主幹，根據學測、指考的出題範圍，精選大考必中名篇；再集結各冊教科書選文；最後輔以現代文學開山祖師魯迅於《中國小說史略》中所推薦的篇章，共收錄五十二篇重要回目。而在每一單元中，首先詳細介紹該書的創作背景、內容梗概、作者生平、版本主旨等基本知識，讓讀者對此本小說有全面且深入的瞭解；再擷取其中的重要回目，輔以生僻單詞的注解，讓讀者不必閱讀過於冗長的原文，便可以輕鬆解讀經典；再加上對於該著作的賞析，讓我們可以更加深入地貼近作者，了解古典小說廣闊無垠的世界；最後，附上廣大菁菁學子最迫切需要的學測、指考等大考試題，讓青年學生在休閒閱讀之餘，在考場上也能百戰百勝。

毫無疑問，這些歷經大浪淘盡的古典小說，皆具有永恆的藝術魅力，它們蘊含了人生的眞知灼見，且情節生動，或神奇，或恢弘，或詭譎，或撲朔迷離，或悲壯激昂，五彩繽紛，令人目不暇給。當讀者在閱讀時，或可以將作品彼此相互映照，當可見識這些經典的動人內涵，也可從中看見，古代人們對政治、社會、人生、情感、道德、理想的體悟和追尋。

編者　謹識

中國小說的歷史變遷（節選）

第五講　明小說之兩大主潮

上次已將宋之小說講了個大概。元呢，它的詞曲很發達，而小說方面，卻沒有什麼可說。現在我們就講到明朝的小說去，明之中葉，即嘉靖前後，小說出現的很多，其中有兩大主潮：一、講神魔之爭的；二、講世情的。現在再將它分開來講：

一、講神魔之爭的

此思潮之起來，也受了當時宗教、方士之影響的。宋宣和時，即非常崇奉道流；元則佛道並奉，方士的勢力也不小；至明，本來是衰下去的了，但到成化時，又抬起頭來，其時有方士李孜省、釋繼曉，正德時又有色目人于永，都以方技雜流拜官，因之妖妄之說日盛，而影響及於文章。況且歷來三教之爭，都無解決，大抵是互相調和，互相容受，終於名為「同源」而後已。凡有新派進來，雖然彼此目為

外道，生些紛爭，但一到認爲同源，即無歧視之意，須俟後來另有別派，它們三家才又自稱正道，再來攻擊這非同源的異端。當時的思想是極模糊的，在小說中所寫的邪正，並非儒和佛，或道和佛，或儒道釋和白蓮教，單不過是含糊的彼此之爭，我就總括起來給它們一個名目，叫作神魔小說。

此種主潮，可作代表者，有三部小說：（一）《西遊記》；（二）《封神傳》；（三）《三寶太監西洋記》。

（以下列舉前兩本書）

（一）《西遊記》

《西遊記》世人多以爲是元朝的道士邱長春作的，其實不然。邱長春自己另有《西遊記》三卷，是紀行，今尚存《道藏》中，唯因書名一樣，人們遂誤以爲是一種。加以清初刻《西遊記》小說者，又取虞集所作的《長春眞人西遊記序》冠其首，人更信這《西遊記》是邱長春所作的了。實則作這《西遊記》者，乃是江蘇山陽人吳承恩，此見於明時所修的《淮安府誌》，但到清代修誌卻又把這記載刪去了。《西遊記》現在所見的是一百回，先敘孫悟空成道，次敘唐僧取經的由來，後經八十一難，終於回到東土。

這部小說，也不是吳承恩所創作，因爲《大唐三藏法師取經詩話》，在前邊已經提及過，已說過猴行者、深河神，及諸異境。元朝的雜劇也有用唐三藏西天取經做材料的著作。

此外，明時也別有一種簡短的《西遊記傳》，由此可知玄奘西天取經一事，自唐末以至宋元已漸漸演成神異故事，且多作成簡單的小說，而至明吳承恩，便將它們彙集起來，以成大部的《西遊記》。承恩本善於滑稽，他講妖怪的喜、怒、哀、樂都近於人情，所以人都喜歡看！這是他的本領。而且叫人看了，無所容心，不像《三國演義》，見劉勝則喜，見曹勝則恨；因爲《西遊記》上所講的都是妖怪，我們看了，但覺好玩，所謂忘懷得失，獨存賞鑑了，這也是他的本領。至於說到這書的宗旨，則有人說是勸學；有人說是談禪；有人說是講道，議論很紛紛。但據我看來，實不過出於作者之遊戲，只因爲他受了三教同源的影響，所以釋迦、老君、觀音、眞性、元神之類，無所不有，使無論什麼教徒，皆可隨宜附會而已。如果我們一定要問它的大旨，則我覺得明人謝肇淛所說的：「《西遊記》……以猿爲心之神，以豬爲意之馳，其始之放縱，上天下地，莫能禁制，而歸於緊箍一咒，能使心猿馴伏，至死靡他，蓋亦求放心之喻。」這幾句話，已經很足以說盡了。後來有《後西遊記》及《續西遊記》等，都脫不了前書窠臼。至董說的《西遊補》，則成了諷刺小說，與這類沒有大關係了。

（二）《封神傳》

《封神傳》在社會上也很盛行，至爲何人所作，我們無從而知。有人說，作者是一窮人，他把這書作成賣了，給他女兒作嫁資，但這不過是沒有憑據的傳說。

它的思想，也就是受了三教同源的模糊影響。所敘的是帝辛進香女媧宮，題詩黷神，神因命三妖惑紂以助周。上編多說戰爭，神佛雜出，助周者爲闡教；助殷者爲截教。我以爲這「闡」是明的意思，「闡教」就是正教；「截」是斷的意思，「截教」或者就是佛教中所謂斷見外道。總之是受了三教同源的影響，以三教爲神，以別教爲魔罷了。

二、講世情的

當神魔小說盛行的時候，講世情的小說也就起來了，其原因當然也離不開那時的社會狀態，而且有一類還與神魔小說一樣，和方士是有很大的關係的。這種小說，大概都敘述些風流放縱的事情，間於悲歡離合之中，寫炎涼的世態。其最著名的是《金瓶梅》，書中所敘是借《水滸傳》中之西門慶做主人，寫他一家的事跡。西門慶原有一妻三妾，後復愛潘金蓮，鴆其夫武大，納其爲妾；又通金蓮婢春梅；復私了李瓶兒，也納爲妾了。後來李瓶兒、西門慶皆先死，潘金蓮又爲武松所殺，春梅也因淫縱暴亡。至金兵到清河時，慶妻攜其遺腹子孝哥，欲到濟南去，路上遇著普淨和尚，引至永福寺，以佛法感化孝哥，終於使他出了家，改名明悟。因爲這書中的潘金蓮、李瓶兒、春梅，都是重要人物，所以書名就叫《金瓶梅》。明人小說之講穢行者，人物每有所指，是借文字來報盡仇的。像這部《金瓶梅》中所說的西門慶，是一個紳士，大約也不外作者的仇家，但究屬何人，現在無可考了。至於作者是誰，我們現在也還未知道。有人說，這是王世貞爲父報仇而作的，因爲他的父親王忬爲嚴嵩所害，而嚴嵩之子世蕃又勢盛一時，凡有不利於嚴嵩的奏章，無不受其壓抑，不使上聞。王世貞探得世蕃愛看小說，便作了這部書，使他得沉湎其中，無暇他顧，而參嚴嵩的奏章，就得以上去了。所以清初的翻刻本上，就有《苦孝說》冠其首。

但這不過是一種推測之辭，不足信據。《金瓶梅》的文章作得尚好，而王世貞在當時最有文名，所以世人遂把作者之名嫁給他了。後人之主張此說，並且以《苦孝說》冠其首，也無非是想減輕社會上的攻擊手段，並不是確有什麼王世貞所作的憑據。

第六講

清小說之四派及其末流

清代的小說之種類及其變化，比明朝比較的多，但因爲時間關係，我現在只可分作四派來說一個大概。這四派便是：一、擬古派；二、諷刺派；三、人情派；四、俠義派。（以下列舉前三個派別）

一、擬古派

所謂擬古者，是指擬六朝之志怪，或擬唐朝之傳奇者而言。唐人的小說單本，到明時十九散亡了，偶有看見模仿的，世間就覺得新異。元末明初，先有錢塘人瞿佑仿了唐人傳奇，作《剪燈新話》，文章雖沒有力，而用些豔語來描畫閨情，所以特爲時流所喜，仿效者很多，直到被朝廷禁止，這風氣才漸漸的衰歇。但到了嘉靖間，唐人的傳奇小說盛行起來了，從此模仿者又在在皆是，文人大抵喜歡作幾篇傳奇體的文章。其專作小說合爲一集的，則《聊齋志異》最有名。《聊齋志異》是山東淄川人蒲松齡作的，有人說他作書以前，天天在門口設備茗煙，請過路的人講說故事，作爲著作的材料。但其實多由他的朋友那裡聽來的，有許多是從古書，尤其是從唐人傳奇變化而來的，如《鳳陽士人》、《續黃粱》等就是，所以列它於擬古。書中所敘，多是神仙、狐鬼、精魅等故事，和當時所出同類的書差不多，但其優點在：

（一）描寫詳細而委曲，用筆變幻而熟達。

（二）說妖鬼多具人情、通世故，使人覺得可親，並不覺得很可怕。不過用古典太多，使一般人不容易看下去。

《聊齋志異》出來之後，風行約一百年，這其間模仿和讚頌它的非常之多。但到了乾隆末年，有直隸獻縣人紀昀（紀曉嵐）出來和他反對了，紀昀說《聊齋志異》之缺點有二：

（一）體例太雜。就是說一個人的一個作品中，不當有兩代的文章體例，這是因爲《聊齋志異》中有長的文章是仿唐人傳奇的，而又有些短的文章卻像六朝的志怪。

（二）描寫太詳。這是說他的作品是述他人的事跡，而每每過於曲盡細微，非自己不能知道。其中有許多事，本人未必肯說，作者何從知之？

紀昀爲避此兩缺點起見，所以他所作的《閱微草堂筆記》就完全模仿六朝，尙質黜華，敘述簡古，力避唐人的作法。其材料大抵自造，多借狐鬼的話，以攻擊社會。據我看來，他自己是不信狐鬼的，不過他以爲對於一般愚民，卻不得不以神道設教。但他很有可以佩服的地方：他生在乾隆間法紀最嚴的時代，竟敢借文章以攻擊社會上不通的禮法、荒謬的習俗，以當時的眼光看去，眞算得很有魄力的一個人。可是到了末流，不能了解他攻擊社會的精神，而只是學他以神道設教一面的意思，於是這派小說差不多又變成勸善書了。

擬古派的作品，自從以上二書出來以後，大家都學它們。一直到了現在，即如上海，就還有一群所謂文人在那裡模仿它，可是並沒有什麼好成績，學到的大抵是糟粕，所以擬古派也已經被踏死在它的信徒腳下了。

二、諷刺派

小說中寓譏諷者，晉唐已有，而在明之人情小說為尤多。在清朝，諷刺小說反少有，有名而幾乎是唯一的作品就是《儒林外史》。《儒林外史》是安徽全椒人吳敬梓作的，敬梓多所見聞，又工於表現，故凡所有敘述，皆能在紙上見其聲態；而寫儒者之奇形怪狀，為獨多而獨詳。當時距明亡沒有百年，明季的遺風，尚留存於士流中，八股而外，一無所知，也一無所事。敬梓身為士人，熟悉其中情形，故其暴露醜態，就能格外詳細。其書雖是斷片的敘述，沒有線索，但其變化多而趣味濃，在中國歷來作諷刺小說者，再沒有比他更好的了。

一直到了清末，外交失敗，社會上的人們覺得自己的國勢不振了，極想知其所以然，小說家也想尋出原因的所在，於是就有李寶嘉歸罪於官場，用了南亭亭長的假名字，作了一部《官場現形記》。這部書在清末很盛行，但文章比《儒林外史》差得多了，而且作者對於官場的情形也並不很透徹，所以往往有失實的地方。嗣後又有廣東南海人吳沃堯歸罪於社會上舊道德的消滅，也用了我佛山人的假名字，作了一部《二十年目睹之怪現狀》。這部書也很盛行，但他描寫社會的黑暗面，常常張大其詞，又不能穿入隱微，但照例的慷慨激昂，正和南亭亭長有同樣的缺點。這兩種書都用斷片湊成，沒有什麼線索和主角，是同《儒林外史》差不多的，但藝術的手段卻差得遠了。最容易看出來的就是，《儒林外史》是諷刺，而那兩種都近於謾罵。

諷刺小說是貴在旨微而語婉的，假如過甚其辭，就失了文藝上的價值，而它的末流都沒有顧到這一點，所以諷刺小說從《儒林外史》而後，就可以謂之絕響。

三、人情派

此派小說，即可以著名的《紅樓夢》作代表。《紅樓夢》其初名《石頭記》，共有八十回，在乾隆中年忽出現於北京。最初皆抄本，至乾隆五十七年，才有程偉元刻本，加多四十回，共一百二十回，改名叫《紅樓夢》。據偉元說，乃是從舊家及鼓擔上收集而成全部的。至其原本，則現在已少見，唯現有一石印本，也不知就是原本與否。《紅樓夢》所敘爲石頭城中之事，未必是今之南京賈府的事情。其主要者爲榮國府的賈政生子寶玉，聰明過人，而絕愛異性。賈府中實亦多好女子，主從之外，親戚也多，如黛玉、寶釵等，皆來寄寓，史湘雲亦常來。而寶玉與黛玉愛最深，後來政爲寶玉娶婦，卻迎了寶釵，黛玉知道以後，吐血死了。寶玉亦鬱鬱不樂，悲嘆成病。其後，寧國府的賈赦革職查抄，累及榮府，於是家庭衰落，寶玉竟發了瘋，後又忽而改行，中了舉人。但不多時，忽又不知所往了。後賈政因葬母路過毗陵，見一人光頭赤腳向他下拜，細看就是寶玉。正欲問話，忽來一僧一道，拉之而去，追之無有，但見白茫茫一片荒野而已。

《紅樓夢》的作者，大家都知道是曹雪芹，因爲這是書上寫著的。至於曹雪芹是何等樣人，卻少有人提起過。現經胡適之先生的考證，我們可以知道大概了。雪芹名霑，一字芹圃，是漢軍旗人。他的祖父名寅，康熙中爲江寧織造，清世祖南巡時，即以織造局爲行宮，其父顒，亦爲江寧織造。我們由此就知道，作者在幼時實在是一個大世家的公子，他生在南京，十歲時，隨父到了北京，此後中間不知因何變故，家道忽落。雪芹中年，竟至窮居北京之西郊，有時還不得飽食。可是他還縱酒賦詩，而《紅樓夢》的創作也就在這時候。可惜後來他因爲兒子夭殤，悲慟過度，也竟死掉了，年四十餘。《紅樓夢》也未得做完，只有八十回。後來程偉元所刻的，增至一百二十回，雖說是從各處搜集的，但實則其友高鶚所續成，並不是原本。

對於書中所敘的意思，推測之說也很多。舉其較爲重要者而言：

（一）是說記納蘭性德的家事。所謂金釵十二，就是性德所奉爲上客的人們。這是因爲性德是詞人，是少年中舉，他家後來也被查抄，和寶玉的情形相仿佛，所以猜想出來的。但是查抄一事，寶玉在生前，而性德則在死後，其他不同之點也很多，所以其實並不很相像。

（二）是說記順治與董鄂妃的故事，而又以鄂妃爲秦淮舊妓董小宛。清兵南下時，掠小宛到北京，因此有寵於清世祖，封爲貴妃。後來小宛夭逝，清世祖非常哀痛，就出家到五台山做了和尚。《紅樓夢》中，寶玉也做和尚，就是分明影射這一段故事。但是董鄂妃是滿洲人，並非就是董小宛，清兵下江南的時候，小宛已經二十八歲了，而順治方十四歲，絕不會有把小宛做妃的道理。所以這一說也不通的。

（三）是說敘康熙朝政治的狀態，就是以爲《石頭記》是政治小說。書中本事，在弔明之亡，而揭清之失。如以「紅」影「朱」字，以「石頭」指「金陵」，以「賈」斥僞朝，即斥「清」，以「金陵十二釵」

讖「降清之名士」。然此說未免近於穿鑿，況且現在既知道作者是漢軍旗人，似乎不至於代漢人來抱亡國之痛的。

（四）是說自敘。此說出來最早，而信者最少，現在可是多起來了。因爲我們已知道雪芹自己的境遇，很和書中所敘相合。雪芹的祖父、父親都做過江寧織造，其家庭之豪華，實和賈府略同；雪芹幼時又是一個佳公子，有似於寶玉；而其後突然窮困，假定是被抄家或近於這一類事故所致，情理也可通。由此可知，《紅樓夢》一書，說尾大部分爲作者自敘，實是最爲可信的一說。

至於說到《紅樓夢》的價值，可是在中國的小說中實在是不可多得的。其要點在敢於如實描寫，並無諱飾，和從前的小說敘好人完全是好，壞人完全是壞的，大不相同，所以其中所敘的人物，都是眞的人物。總之，自有《紅樓夢》出來以後，傳統的思想和寫法都打破了。它那文章的旖旎和纏綿，倒是還在其次的事，但是反對者卻很多，以爲將給青年以不好的影響。這就因爲中國人看小說，不能用賞鑑的態度去欣賞它，卻自己鑽入書中，硬去充一個其中的角色。所以青年看《紅樓夢》，便以寶玉、黛玉自居；而年老人看去，又多占據了賈政管束寶玉的身分，滿心是利害的打算，別的什麼也看不見了。

依年代區分

明代

《水滸傳》

《三國演義》

《西遊記》

《封神演義》

《金瓶梅》

依年代區分

清代

《聊齋志異》

《紅樓夢》

《儒林外史》

《鏡花緣》

《老殘遊記》

依類型區分

神魔小說

《西遊記》

《封神演義》

《聊齋志異》

依類型區分

《鏡花緣》

言情小說

《金瓶梅》

依類型區分

歷史小說

依類型區分

諷刺小說

《儒林外史》

譴責小說

《老殘遊記》

《水滸傳》

《三國演義》

《西遊記》

《封神演義》

《金瓶梅》

明代

水滸傳

施耐庵

紛紛五代亂離間，一旦雲開復見天。草木百年新雨露，車書萬里舊江山。
尋常巷陌陳羅綺，幾處樓台奏管弦。人樂太平無是日，鶯花無限日高眠。

作品通覽

《水滸傳》在古典文化發展史中一直占有重要地位，深受廣大讀者的熱愛，和《紅樓夢》、《三國演義》、《西遊記》並稱爲「四大文學名著」。《水滸傳》是古典文學中，英雄小說的代表作，書中的人物不再是神鬼怪異，開始發展出有個性、有色彩、普通平凡的生活經歷，是小說藝術發展中的一個重要里程碑。

❖真實歷史

書中的「宋江起義」發生在北宋末年，實有其事，《宋史》曾記載有宋江等三十六人的姓名和綽號。從南宋起，這一事件便演變爲故事，在民間廣爲流傳並進入說唱文學的領域，成爲久演不衰的舞台曲目。

一開始，有關「宋江起義」故事都是獨立的片段，如《青面獸》、《花和尚》、《武行者》等。直到元朝初年，才出現《水滸傳》的粗略梗概，前半部有楊志賣刀、智取生辰綱和宋江殺惜，後半部則有招安、征方臘和宋江封節度使等。同時，元朝初年的雜劇中，水滸戲也進入全盛時期，存目有三十六種之多，宋江等三十六人發展爲一百零八人，主要人物的形象也日趨飽滿，如宋江、李逵、魯智深等。

而後，在這些民間故事、傳奇小說、宋元雜劇的基礎上，由文人參與創作的長篇古典小說《水滸傳》終於誕生了。從故事流傳到成書，前後共歷經四百多年的漫長歲月，是眾多賣藝人、文人參與創作的結果，是多種文化、風格、主題的複雜融合，彰顯古典小說從未有過的豐富色彩。

❖作者爭議

《水滸傳》的作者其實一直頗有爭議，一般認爲是施耐庵所作，也有學者認爲是施耐庵和羅貫中共同完成，學術界至今無法定論。施耐庵的生平記載極少，多說他是元末明初錢塘人，也有人提出他是蘇北人，但證據不足。關於羅貫中的記載更只有寥寥數語，僅有一點確鑿無疑，他是《三國演義》的作者。

事實上，現在對於古典小說作者生平的模糊不清，和當時明代社會的價值取向有關。元明時期，由於商品經濟發達，文化藝術活動相對繁盛，但對於從事此職業的人，大眾仍抱有鄙薄態度，不予計載入史，所以後人便難以找到關於著作者的準確紀錄。

❖版本演變

《水滸傳》是古典小說中，版本最爲複雜的，大概可分爲簡本（文字較簡單、細節描寫較少）和繁本（文字較細緻、流傳較廣）兩種。繁本又分爲一百回本、一百二十回本和七十回本三種；簡本有一百回本、一百一十五回本等。書名也有《忠義水滸傳》、《英雄譜》、《忠義水滸傳全書》、《水滸全傳》等，其中以清代金聖歎評點的七十回本《水滸傳》最爲流行，本書（《古典小說好好讀》）即是以此版本爲主。

❖悲劇結尾

民間流傳的水滸有不少精彩片段，元雜劇中也有不少受人們喜愛的水滸英雄形象。施耐庵在《水滸傳》中不僅保留這些民間文化的精華，更對其進行加工改造，或改頭換面，或移花接木，或增或刪，使主題深化，使英雄人物得以豐滿。

反惡霸欺壓是元雜劇常見的主題，大多數的情節是調戲婦女或淫婦通姦，爲了迎合觀衆，也常常夾雜不少庸俗淺薄的內容。例如，《水滸傳》中，高衙內調戲林沖妻子的情節，粗略看來與元雜劇相同，但作者將此事與殘酷的政治迫害串連在一起，將它轉化爲林沖性格發展的一個重要環節，使得林沖成爲一個有代表意義的典型人物，爲「官逼民反」的社會塗抹下濃墨重彩的一筆。

施耐庵的厲害之處還在於他對故事情節的選擇和安排，施耐庵對傳統社會和揭竿起義有著深刻的感觸，他將「高俅發跡」放在開篇，就是爲了闡釋農民起義的根源，表明奸臣誤國、「亂自上作」，人民不反將無以爲生。此外，施耐庵在全書結構上採用先分後合的結構，先寫人物分散的個人反抗行爲，然後逐步匯合，形成一支強大的起義軍，並且在最後保有起義軍的悲劇結局。作者深深了解百姓起義失敗是一種歷史必然，用這部作品唱一曲清醒又悲涼的輓歌。

歷朝歷代的起義失敗大約分爲三種，或成爲改朝換代的工具，或被官軍剿滅，或接受招安。施耐庵寫宋江起義走上最後一條路，在接受招安之後，又去攻打方臘、征討王慶，成爲朝廷的奴才。而當他們得勝還朝時，僅剩二十七人，這二十七人表面受到封賞，實際上仍一個個死於非命。一場轟轟烈烈的揭竿起義，最終土崩瓦解，終至煙消雲散。

❖多重主旨

《水滸傳》的思想內容複雜，關於它的主旨，人們一直衆說紛紜。其一，揭竿起義說：有人認爲此作品是起義的頌歌，也有人認爲是宣揚招安的作品。兩種意見雖然針鋒相對，但都肯定了《水滸傳》即以起義爲主體，以草莽英雄爲描繪對象的主旨。

其二，市民說：有人認爲此作品以反映宋元市民生活爲主旨，反映當時民衆的情緒和利益，強調百姓希望建立公平富足的社會秩序。

其三，忠奸鬥爭說：有人認爲此作品是反映社會內部忠、奸兩種觀念的對立，歌頌忠義思想，鞭撻奸臣誤國。其實，宋江的反叛一直是反貪官不反皇帝，這可以從他的許多言行中看見，例如，將聚義廳改爲忠義堂、時時盼望招安等等。另外，宋江和方臘雖同爲起義，但《水滸傳》對宋江大加讚頌，稱他「一生忠義」、「並無半點異心」，對方臘卻稱「亂臣賊子」、「十惡不赦」，因爲方臘一直希望南面稱王，建元改制，奪取天下。《水滸傳》中有兩個重要章節，一是梁山泊全體接受招安，二是悲劇結尾，施耐庵均花費大量心力與筆墨於這兩處，忠奸之說清晰可見。

以下節錄精彩章回

第四回　小霸王醉入銷金帳，花和尚大鬧桃花村

且說魯智深自離了五台山文殊院，取路投東京來，行了半月之上，於路不投寺院去歇，只是客店內打火安身❶，白日間酒肆裡買吃。一日，正行之間，貪看山明水秀，不覺天色已晚，趕不上宿頭，路中又沒人作伴，那裡投宿是好。又趕了三二十里頭地，過了一條板橋，遠遠地望見一簇紅霞，樹木叢中閃著一所莊院，莊後重重疊疊都是亂山。魯智深道：「只得投莊上去借宿。」徑奔到莊前看時，見數十個莊家，急急忙忙，搬東搬西。魯智深到莊前，倚了禪杖，與莊客唱個喏❷。莊客道：「和尚，日晚來我莊上做甚的？」智深道：「洒家趕不上宿頭，欲借貴莊投宿一宵，明早便行。」莊客道：「我莊今晚有事，歇不得。」智深道：「胡亂借洒家歇一夜，明日便行。」莊客道：「和尚快走，休在這裡討死！」智深道：「也是怪哉，歇一夜打什麼不緊，怎的便是討死？」莊家道：「去便去，不去時便捉來縛在這裡！」魯智深大怒，道：「你這廝村人好沒道理！俺又不曾說甚的，便要綁縛洒家！」

莊客也有罵的，也有勸的，魯智深提起禪杖，卻待要發作，只見莊裡走出一個老人來。魯智深看那老人年近六旬之上，拄一條過頭拄仗，走將出來，喝問莊客：「你們鬧什麼？」莊客道：「可奈這個和尚要打我們。」智深便道：「洒家是五台山來的僧人，要上東京去幹事，今晚趕不上宿頭，借貴莊投宿一宵。莊家那廝無禮，要綁縛洒家。」那老人道：「既是五台山來的師父，隨我進來。」

智深跟那老人直到正堂上，分賓主坐下，那老人道：「師父休要怪，莊家們不省得師父是活佛去處來的，他作尋常一例相看。老漢從來敬信佛天三寶，雖是我莊上今夜有事，權且留師父歇一宵了去。」智深將禪杖倚了，起身唱個喏，謝道：「感承施主，洒家不敢動問貴莊高姓？」老人道：「老漢姓劉，此間喚作桃花村，鄉人都叫老漢作桃花莊劉太公。敢問師父法名，喚作什麼諱字？」智深道：「俺師父是智真長老，與俺取了個諱字，因洒家姓魯，喚作魯智深。」太公道：「師父請吃些晚飯，不知肯吃葷腥也不？」魯智深道：「洒家不忌葷酒，遮莫什麼渾清白酒都不揀選[3]，牛肉、狗肉，但有便吃。」太公便道：「既然師父不忌葷酒，先叫莊客取酒肉來。」沒多時，莊客掇張桌子，放下一盤牛肉、三四樣菜蔬、一雙箸，放在魯智深面前。智深解下腰包、肚包，坐定。那莊客旋了一壺酒，拿一支盞子，篩下酒與智深吃。這魯智深也不謙讓，也不推辭，無一時，一壺酒、一盤肉，都吃了。太公對席看見，呆了半晌。莊客搬飯來，又吃了。

抬過桌子，太公吩咐道[4]：「胡亂教師父在外面耳房中歇一宵[5]。夜間如若外面熱鬧，不可出來窺望。」智深道：「敢問貴莊今夜有甚事？」太公道：「非是你出家人閒管的事。」智深道：「太公，緣何模樣不甚喜歡？莫不怪洒家來攪擾你麼[6]？明日洒家算還你房錢便了。」太公道：「師父聽說，我家時常齋僧布施，那爭師父一個。只是我家今夜小女招夫，以此煩惱。」魯智深呵呵大笑道：「男大須婚，女大須嫁，這是人倫大事，五常之禮，何故煩惱？」太公道：「師父不知，這頭親事不是情願與的。」智深大笑道：「太公，你也是個痴漢！既然不兩相情願，如何招贅做個女婿？」太公道：「老漢只有這個小女，如今方得一十九歲。此間有座山，喚作桃花山，近來山上有兩個大王，紮了寨柵，聚集著五七百人，打家劫舍，此間青州官軍捕盜，禁他不得。因來老漢上討進奉⑦，見了老漢女兒，撇下二十兩金子、一疋紅錦為定禮，選著今夜好日，晚間來入贅。老漢莊上又和他爭執不得，只得與他，因此煩惱，非是爭師父一個人。」智深聽了，道：「原來如此！洒家有個道理教他回心轉意，不要娶你女兒，如何？」太公道：「他是個殺人不眨眼魔君，你如何能夠得他回心轉意？」智深道：「洒家在五台山真長老處學得說因緣，便是鐵石人也勸得他轉。今晚可教你女兒別處藏了，俺就在你女兒房內說因緣，勸他回心轉意。」太公道：「好卻甚好，只是不要捋虎鬚。」智深道：「洒家的不是性命？你只依著俺行。」太公道：「卻是好也！我家有福，得遇這個活佛下降！」

莊客聽得，都吃一驚。太公問智深：「再要飯吃麼？」智深道：「飯便不要吃，有酒再將些來吃。」太公道：「有！有！」隨即叫莊客取一支熟鵝，大碗將酒斟來，叫智深盡意吃了三二十碗，那支熟鵝也吃了。叫莊客將了包裹，先安放房裡，提了禪杖，帶了戒刀，問道：「太公，你的女兒躲過了不曾？」太公道：「老漢已把女兒寄送在鄰舍莊裡去了。」智深道：「引小僧新婦房裡去。」太公引至房邊，指道：「這裡面便是。」智深道：「你們自去躲了。」太公與眾莊客自出外面安排筵席。智深把房中桌椅等物都掇過了，將戒刀放在床頭，禪杖把來倚在床邊，把銷金帳子下了，脫得赤條條的，跳上床去坐了。

太公見天色看看黑了，叫莊客前後點起燈燭熒煌⑧，就打麥場上放下一條桌子，上面擺著香花燈燭；一面叫莊客大盤盛著肉，大壺溫著酒。

約莫初更時分，只聽得山邊鑼鳴鼓響。這劉太公懷著胎鬼，莊家們都捏著兩把汗，盡出莊門外看時，只見遠遠的四五十火把，照耀如同白日，一簇人飛奔莊上來。劉太公看見，便叫莊客大開莊門，前來迎接。只見前遮後擁，明晃晃的都是器械旗槍，盡把紅綠絹帛縛著，小嘍囉頭上亂插著野花，前面擺著四五對紅紗燈籠，照著馬上那個大王：頭戴撮尖干紅凹面巾；鬢旁邊插一枝羅帛像生花；上穿一領圍虎體挽金繡綠羅袍；腰繫一條狼身銷金包肚紅搭膊；著一雙對掩雲跟牛皮靴；騎一匹高頭捲毛大白馬。那大王來到莊前下了馬，只見眾小嘍囉齊聲賀道：「帽兒光光，今夜做個新郎；衣衫窄窄，今夜做個嬌客。」劉太公慌忙親捧台盞，斟下一杯好酒，跪在地下，眾莊客都跪著。那大王把手來扶，道：「你是我的丈人，如何倒跪我？」太公道：「休說這話，老漢只是大王治下管的人戶。」那大王已有七八分醉了，呵呵大笑道：「我與你做個女婿，也不虧負了你。你的女兒匹配我，也好。」劉太公把了下馬杯，來到打麥場上，見了花香燈燭，便道：「泰山[9]，何須如此迎接？」那裡又飲了三杯，來到廳上，喚小嘍囉教把馬去繫在綠楊樹上，小嘍囉把鼓樂就廳前擂將起來。

大王上廳坐下，叫道：「丈人，我的夫人在那裡？」太公道：「便是怕羞不敢出來。」大王笑道：「且將酒來，我與丈人回敬。」那大王把了一杯，便道：「我且和夫人廝見了，卻來吃酒未遲。」那劉太公一心只要那和尚勸他，便道：「老漢自引大王去。」拏了燭台[10]，引著大王轉入屏風背後，直到新人房前。太公指與道：「此間便是，請大王自入去。」太公拏了燭台一直去了，未知凶吉如何，先辦一條走路。

那大王推開房門，見裡面洞洞的。大王道：「你看，我那丈人是個做家的人，房裡也不點盞燈，由我那夫人黑地裡坐著。明日叫小嘍囉山寨裡扛一桶好油來與他點。」魯智深坐在帳子裡都聽得，忍住笑不作一聲。那大王摸進房中，叫道：「娘子，你如何不出來接我？你休要怕羞，我明日要你做壓寨夫人。」一頭叫娘子，一頭摸來摸去；一摸，摸著金帳子，便揭起來；探一隻手入去摸時，摸著魯智深的肚皮，被魯智深就勢劈頭揪住巾帶角兒，一按，按將下床來，那大王卻待掙扎，魯智深右手捏起拳頭，罵一聲：「直娘賊！」連耳根帶脖子只一拳。那大王叫一聲道：「做什麼便打老公！」魯智深喝道：「教你認得老婆！」拖倒在床邊，拳頭腳尖一齊上，打得大王叫：「救人！」劉太公驚得呆了，只道這早晚正說因緣勸那大王，卻聽得裡面叫救人。太公慌忙把著燈燭，引了小嘍囉，一齊搶將入來。眾人燈下打一看時，只見一個胖大和尚，赤條條不著一絲，騎翻大王在床面前打。為頭的小嘍囉叫道：「你眾人都來救大王！」眾小嘍囉一齊拖槍拽棒入來救時，魯智深見了，撇下大王，床邊綽了禪杖，著地打將出來。小嘍囉見來得兇猛，發聲喊，都走了，劉太公只管叫苦。

打鬧裡，那大王爬出房門，奔到門前，摸著空馬，樹上析枝柳條，托地跳在馬背上，把柳條便打那馬，卻跑不去。大王道：「苦也！這馬也來欺負我！」再看時，原來心慌，不曾解得韁繩，連忙扯斷了，騎著馬飛走，出得莊門，大罵劉太公：「老驢休慌！不怕你飛了去！」把馬打上兩柳條，撥喇喇地馱了大王山上去⓫。

劉太公扯住魯智深，道：「師父！你苦了老漢一家兒了！」魯智深說道：「休怪無禮，且取衣服和直裰來⓬，洒家穿了說話。」莊家去房裡取來，智深穿了。太公道：「我當初只指望你說因緣，勸他回心轉意，誰想你便下拳打他這一頓，定是去報山寨裡大隊強人來殺我家！」智深道：「太公休慌，俺說與你。洒家不是別人，俺是延安府老种經略相公帳前提轄官，為因打死了人，出家做和尚。

休道這兩個鳥人，便是一二千軍馬來，洒家也不怕他。你們眾人不信時，提俺禪杖看。」莊客們那裡提得動。智深接過手裡，一似撚燈草一般使起來，太公道：「師父休要走了去，卻要救護我們一家兒使得！」

智深道：「恁麼閒話！俺死也不走！」太公道：「且將些酒來師父吃，休得要抵死醉了。」魯智深道：「洒家一分酒只有一分本事，十分酒便有十分的氣力！」太公道：「恁的是最好，我這裡有的是酒肉，只顧教師父吃。」

且說這桃花山大頭領坐在裡，正欲差人下山來打聽做女婿的二頭領如何，只見數個小嘍囉，氣急敗壞，走到山寨裡，叫道：「苦也！苦也！」大頭領連忙問道：「有什麼事，慌作一團？」小嘍囉道：「二哥哥吃打壞了！」大頭領大驚，正問備細⑬，只見報道：「二哥哥來了！」大頭領看時，只見二頭領紅巾也沒了，身上綠袍扯得粉碎，下得馬，倒在廳前，口裡說道：「哥哥救我一救！」只得一句。大頭領問道：「怎麼來？」二頭領道：「兄弟下得山，到他莊上，入進房裡去，叵耐那老驢把女兒藏過了⑭，卻教一個胖大和尚躲在女兒床上。我卻不提防，揭起帳子摸一摸，吃那廝揪住，一頓拳頭腳尖，打得一身傷損！那廝見眾人來救應，放了手，提起禪杖，打將出去，因此，我得脫了身，拾得性命。哥哥與我作主報仇！」大頭領道：「原來恁的，你去房中將息，我與你去拿那賊禿來。」喝叫左右：「快備我的馬來！」眾小嘍囉都去。大頭領上了馬，綽槍在手，盡數引了小嘍囉，一齊吶喊下山來。

說文解字

❶打火：行人在旅途中生火做飯或吃飯。也作「打伙」、「打夥」。❷唱個喏：一面作揖，一面出聲致敬。❸遮莫：不論、不管。❹太公：對老年人的尊稱。❺耳房：正房兩旁的小屋。❻麼：疑問語氣，同「嗎」。❼進奉：向地位較高者進獻物品。❽燈燭熒煌：燈火光明輝煌貌。❾泰山：岳父的別稱。❿拏：執持。⓫撥喇喇：形容馬的疾走聲。⓬直裰：宋朝服飾，多爲僧侶穿著，也有少數文人穿著。⓭備細：詳盡。⓮叵耐：指不可容忍、可恨、可惡。

第九回 林教頭風雪山神廟，陸虞候火燒草料場

且把閒話休題，只說正話。光陰迅速，卻早冬來，林沖的綿衣裙襖都是李小二渾家整治縫補。忽一日，李小二正在門前安排菜蔬下飯，只見一個人閃將進來酒店裡坐下，隨後又一人閃入來。看時，前面那個人是軍官打扮，後面這個走卒模樣，跟著也來坐下。李小二入來問道：「可要吃酒？」只見那個人將出一兩銀子與李小二，道：「且收放櫃上，取三四瓶好酒來。客到時，果品酒饌只顧將來，不必要問。」李小二道：「官人請甚客？」那人道：「煩你與我去營裡請管營、差撥兩個來說話❶。問時，你只說：『有個官人請說話，商議些事務，專等，專等。』」李小二應承了，來到牢城裡，先請了差撥，同到管營家裡請了管營，都到酒店裡。只見那個官人和管營、差撥兩個講了禮，管營道：「素不相識，動問官人高姓大名？」那人道：「有書在此，少刻便知，且取酒來。」李小二連忙開了酒，一面鋪下菜蔬、果品、酒饌。那人叫討副勸盤來❷，把了盞，相讓坐了，小二獨自一個攛梭也似服侍不暇❸。那跟來的人討了湯桶，自行燙酒，約計吃過數十杯，再討了按酒鋪放桌上❹。只見那人

說道：「我自有伴當燙酒，不叫，你休來。我等自要說話。」

李小二應了，自來門首叫老婆，道：「大姐，這兩個人來得不尷尬[5]！」老婆道：「怎麼的不尷尬？」小二道：「這兩個人語言、聲音是東京人，初時又不認得管營，向後我將按酒入去，只聽得差撥口裡吶出一句『高太尉』三個字來，這人莫不與林教頭身上有些干礙？我自在門前理會，你且去閣子背後聽說什麼。」老婆道：「你去營中尋林教頭來認他一認。」李小二道：「你不省得，林教頭是個性急的人，摸不著便要殺人放火。倘或叫得他來看了，正是前日說的什麼陸虞侯，他肯便罷？做出事來須連累了我和你，你只去聽一聽，再理會。」老婆道：「說得是。」便入去聽了一個時辰，出來說道：「他那三、四個交頭接耳說話，正不聽得說什麼。只見那一個軍官模樣的人，去伴當懷裡取出一帕子物事，遞與管營和差撥。帕子裡面的莫不是金錢？只聽差撥口裡說道：『都在我身上，好歹要結果他生命！』」正說之時，閣子裡叫：「將湯來。」李小二急去裡面換湯時，看見管營手裡拿著一封書，小二換了湯，添些下飯。又吃了半個時辰，算還了酒錢，管營、差撥先去了。次後，那兩個低著頭也去了。

轉背不多時，只見林沖走將入店裡來，說道：「小二哥，連日好買賣？」李小二慌忙道：「恩人請坐，小二卻待正要尋恩人，有些要緊話說。」林沖問道：「什麼要緊的事？」李小二請林沖到裡面坐下，說道：「卻才有個東京來的尷尬人，在我這裡請管營、差撥吃了半日酒。差撥口裡吶出『高太尉』三個字來，小二心下疑惑，又著渾家聽了一個時辰。他卻交頭接耳，說話都不聽得，臨了只見差撥口裡應道：『都在我兩個身上，好歹要結果了他！』那兩個把一包金銀遞與管營、差撥，又吃一回酒，各自散了，不知什麼樣人。小人心疑，只怕在恩人身上有些妨礙。」林沖道：「那人生得什麼模樣？」李小二道：「五短身材，白淨面皮，沒甚髭鬚，約有三十餘歲。那跟的也不長大，紫棠色面皮。」林沖聽了大驚道：「這三十歲的正是陸虞侯！那潑賤敢來這裡害我，休要撞我，只教他骨肉為泥！」店小二道：「只要提防他便了，豈不聞古人云：『吃飯防噎，走路防跌。』」

林沖大怒，離了李小二家，先去街上買把解腕尖刀帶在身上，前街後巷一地裡去尋。李小二夫妻兩個捏著兩把汗，當晚無事。

林沖次日天明起來，洗漱罷，帶了刀，又去滄州城裡城外，小街夾巷，團團尋了一日，牢城營裡都沒動靜。又來對李小二道：「今日又無事。」小二道：「恩人，只願如此，只是自放仔細便了。」林沖自回天王堂過了一夜。街上尋了三五日，不見消耗，林沖也自心下慢了。

到第六日，只見管營叫喚林沖到點視廳上，說道：「你來這裡許多時，柴大官人面皮，不曾抬舉得你。此間東門外十五里有座大軍草料場，每月但是納草料的，有些貫例錢取覓，原來是一個老軍看管。如今我抬舉你去替老軍來守天王堂，你在那裡尋幾貫盤纏，你可和差撥便去那裡交割。」林沖應道：「小人便去。」當時離了營中，徑到李小二家，對他夫妻兩個說道：「今日管營撥我去大軍草料場管事，卻如何？」李小二道：「這個差使又好似天王堂，那裡收草料時有些貫例錢鈔。往嘗不使錢時，不能夠這差使。」林沖道：「卻不害我，倒與我好差使，正不知何意？」李小二道：「恩人休要疑心，只要沒事便好了。正是小人家離得遠了，過幾時那工夫來望恩人。」就在家裡安排幾杯酒請林沖吃了。

話不絮煩，兩個相別了，林沖自到天王堂，取了包裹，帶了尖刀，拿了條花槍，與差撥一同辭了管營，兩個取路投草料場來。正是嚴冬天氣，彤雲密布，朔風漸起，卻早紛紛揚揚，捲下一天大雪來。林沖和差撥兩個在路上又沒買酒吃處，早來到草料場外。看時，周遭有些黃土牆，兩扇大門，推開看裡面時，七八間草屋做著倉廒❻，四下裡都是馬草堆，中間兩座草廳。到那廳裡，只見那老軍在裡面向火。差撥說道：「管營差這個林沖來替你回天王堂看守，你可即便交割。」老軍拿了鑰匙，引著林沖，吩咐道：「倉廒內自有官府封記，這幾堆草，一堆堆都有數目。」老軍都點見了堆數，又引林沖到草廳上。老軍收拾行李，臨了說道：「火盆、鍋子、碗碟都借與你。」林沖道：「天王堂內，我也有在那裡，你要便拿了去。」老軍指壁上掛一個大葫蘆，說道：「你若買酒吃時，只出草場投東大路去二三里便有市井。」老軍自和差撥回營裡來。

只說林沖就床上放了包裹被臥，就床邊生些焰火起來，屋後有一堆柴炭，拿幾塊來，生在地爐裡。仰面看那草屋時，四下裡崩壞了，又被朔風吹撼，搖振得動。林沖道：「這屋如何過得一冬？待雪晴了，去城中喚個泥水匠來修理。」向了一回火，覺得身上寒冷，尋思：「卻才老軍所說，二里路外有那市井，何不去沽些酒來吃？」便去包裹裡取些碎銀子，把花槍挑了酒葫蘆，將火炭蓋了，取氈笠子戴上，拿了鑰匙出來，把草廳門拽上。出到大門首，把兩扇草場門反拽上鎖了，帶了鑰匙，信步投東，雪地裡踏著碎瓊亂玉，迤邐背著北風而行。那雪正下得緊，行不上半里多路，看見一所古廟，林沖頂禮道：「神明庇佑，改日來燒紙錢。」又行了一回，望見一簇人家，林沖住腳看時，見籬笆中挑著一個草帚兒在露天裡。林沖徑到店裡，主人道：「客人那裡來？」林沖道：「你認得這個葫蘆兒？」主人看了道：「這葫蘆是草料場老軍的。」林沖道：「原來如此。」店主道：「即是草料場看守大哥，且請少坐。天氣寒冷，且酌三杯，權當接風。」店家切一盤熟牛肉，燙一壺熱酒請林沖吃。又自買了些牛肉，又吃了數杯，就又買了一葫蘆酒，包了那兩塊牛肉，留下些碎銀子，把花槍挑著酒葫蘆，懷內揣了牛肉，叫聲：「相擾。」便出籬笆門，仍舊迎著朔風回來，看那雪到晚越下得緊了。

再說林沖踏著那瑞雪，迎著北風，飛也似奔到草場門口，開了鎖，入內看時，只叫得苦。原來天理昭然，佑護善人義士，因這場大雪救了林沖的性命，那兩間草廳已被雪壓倒了。林沖尋思：「怎的好？」放下花槍、葫蘆在雪裡，恐怕火盆內有火炭延燒起來，搬開破壁子，探半身人去摸時，火盆內火種都被雪水浸滅了。林沖把手床上摸時，只拽得一條絮被。林沖鑽將出來，見天色黑了，尋思：「又沒打火處，怎生安排？」想起離了這半里路上有個古廟可以安身，「我且去那裡宿一夜，等到天明，卻作理會。」把被捲了，花槍挑著酒葫蘆，依舊把門拽上，鎖了，望那廟裡來。入得廟門，再把門掩上，旁邊正有一塊大石頭，撥將過來靠了門。入得裡面看時，殿上塑著一尊金甲山神，兩邊一個判官，一個小鬼，側邊堆著一堆紙。團團看來，又沒鄰舍，又無廟主。林沖把槍和酒葫蘆放在紙堆上，將那條絮被放開，先取下氈笠子把身上雪都抖了，把上蓋白布衫脫將下來，早有五分濕了，和氈笠放供桌上，把被扯來蓋了半截下身，卻把葫蘆冷酒提來慢慢地吃，就將懷中牛肉下酒。

正吃時，只聽得外面必必剝剝地爆響。林沖跳起身來，就壁縫裡看時，只見草料場裡火起，刮刮雜雜地燒著。當時林沖便拿了花槍，卻待開門來救火，只聽得外面有人說將話來，林沖就伏門邊聽時，是三個人腳步響，直奔廟裡來，用手推門，卻被石頭靠住了，再也推不開。三人在廟簷下立地看火，數內一個道：「這一條計好麼？」一個應道：「端的虧管營、差撥兩位用心！回到京師，稟過太尉，都保你二位做大官，這番張教頭沒得推故了！」一個道：「林沖今番直吃我們對付了！高衙內這病必然好了！」又一個道：「張教頭那廝！三四五次託人情去說：『你的女婿沒了。』張教頭越不肯應承，因此衙內病患看看重了，太尉特使俺兩個央浼二位幹這件事❼，不想而今完備了！」又一個道：「小人直爬入牆裡去，四下草堆上點了十來個火把，待走那裡去！」那一個道：「這早晚燒個八分過了。」又聽得一個道：「便逃得性命時，燒了大軍草料場，也得個死罪！」又一個道：「我們回城裡去罷。」一個道：「再看一看，拾得他兩塊骨頭回京，府裡見太尉和衙內時，也道我們也能會幹事。」

林沖聽那三個人時，一個是差撥，一個是陸虞侯，一個是富安，自思道：「天可憐見，林沖！若不是倒了草廳，我准定被這廝們燒死了！」輕輕把石頭掇開，挺著花槍，左手拽開廟門，大喝一聲：「潑賊那裡去！」三個人都急要走時，驚得呆了，正走不動，林沖舉手，胳察的一槍❽，先搠倒差撥❾。陸虞侯叫聲：「饒命。」嚇得慌了手腳，走不動。

那富安走不到十來步，被林沖趕上，後心只一槍又搠倒了。翻身回來，陸虞侯卻才行得三四步，林沖喝聲道：「奸賊！你待那裡去！」劈胸只一提，丟翻在雪地上，把槍搠在地裡，用腳踏住胸脯，身邊取出那口刀來，便去陸謙臉上擱著，喝道：「潑賊！我自來又和你無什麼冤仇，你如何這等害我！正是『殺人可恕，情理難容。』」陸虞侯告道：「不干小人事，太尉差遣，不敢不來。」林沖罵道：「奸賊！我與你自幼相交，今日倒來害我！怎不干你事？且吃我一刀！」把陸謙上身衣扯開，把尖刀向心窩裡只一剜，七竅迸出血來，將心肝提在手裡。回頭看時，差撥正爬將起來要走，林沖按住，喝道：「你這廝原來也恁的歹，且吃我一刀！」又早把頭割下來，挑在槍上。回來把富安、陸謙頭都割下來，把尖刀插了，將三個人頭髮結作一處，提入廟裡來，都擺在山神面前供桌上。再穿了白布衫，繫了搭膊，把氈笠子戴上，將葫蘆裡冷酒都吃盡了，被與葫蘆都丟了不要，提了槍，便出廟門投東去。走不到三五里，早見近村人家都拿了水桶、鉤子來救火，林沖道：「你們快去救應，我去報官了來！」提著槍只顧走。

那雪越下得猛，林沖投東去了。

說文解字

❶管營：古代邊遠地區管理流放罪犯的官吏。差撥：看守囚犯的差役。❷勸盤：放置小酒杯的盤子。❸攛梭：不停的穿梭。服侍：侍奉。❹按酒：下酒的菜餚，也作「案酒」。❺尷尬：行為不正常，鬼鬼祟祟。❻倉廒：儲藏米穀的場所，也作「倉敖」。❼央浼：懇求、央求。❽胳察：形聲詞，多形容動刀動槍的聲音。❾搠：扎、刺。

第二十八回　施恩重霸孟州道，武松醉打蔣門神

且說施恩和武松兩個離了平安寨，出得孟州東門外來，行過得三五百步，只見官道旁邊，早望見一座酒肆，望子挑出在簷前，那兩個挑食擔的僕人已先在那裡等候。施恩邀武松到裡面坐下，僕人已先安下餚饌，將酒來篩。武松道：「不要小盞兒吃，大碗篩來，只斟三碗。」僕人排下大碗，將酒便

斟。武松也不謙讓，連吃了三碗便起身。僕人慌忙收拾了器皿，奔前去了。武松笑道：「卻才去肚裡發一發，我們去休！」兩個便離了這座酒肆，出得店來。此時正是七月間天氣，炎暑未消，金風乍起。兩個解開衣襟，又行不得一里多路，來到一處，不村不郭，卻早又望見一個酒旗兒，高挑出在樹林裡。來到林木叢中看時，卻是一座賣村醪小酒店❶，施恩立住了腳，問道：「此間是個村醪酒店，也算一望麼？」武松道：「是酒望，須飲三碗。若是無三，不過去便了。」兩個入來坐下，僕人排了酒碗果品，武松連吃了三碗，便起身走。僕人急急收了家火什物❷，趕前去了。兩個出得店門來，又行不到一二里，路上又見個酒店。武松入來，又吃了三碗便走。

話休絮繁，武松、施恩兩個一處走著，但遇酒店便入去吃三碗。約莫也吃過十來處酒肆，施恩看武松時，不十分醉。武松問施恩道：「此去快活林還有多少路？」施恩道：「沒多了，只在前面，遠遠地望見那個林子便是。」武松道：「既是到了，你且在別處等我，我自去尋他。」施恩道：「這話最好，小弟自有安身去處，望兄長在意，切不可輕敵。」武松道：「這個卻不妨，你只要叫僕人送我，前面再有酒店時，我還要吃。」施恩叫僕人仍舊送武松，施恩自去了。

武松又行不到三四里路，再吃過十來碗酒。此時已有午牌時分❸，天色正熱，卻有些微風。武松酒卻湧上來，把布衫攤開，雖然帶著五七分酒，卻裝作十分醉的，前顛後偃，東倒西歪，來到林子前，僕人用手指道：「只前頭丁字路口便是蔣門神酒店。」武松道：「既是到了，你自去躲得遠著。等我打倒了，你們卻來。」武松搶過林子背後，見一個金剛來大漢，披著一領白布衫，撒開一把交椅，拿著蠅拂子❹，坐在綠槐樹下乘涼。

武松假醉佯顛，斜著眼看了一看，心中自忖道：「這個大漢一定是蔣門神了。」直搶過去，又行不到三五十步，早見丁字路口一個大酒店，簷前立著望竿，上面掛著一個酒望子，寫著四個大字，道「河陽風月」。轉過來看時，門前一帶綠油欄杆，插著兩把銷金旗，每把上五個金字，寫道「醉裡乾坤大，壺中日月長」。一壁廂肉案、砧頭、操刀的家生❺；一壁廂蒸作饅頭燒柴的廚灶；去裡面一字兒擺著三隻大酒缸，半截埋在地裡，缸裡面各有大半缸酒；正中間裝列著櫃身子；裡面坐著一個年紀小的婦人，正是蔣門神初來孟州新娶的妾，原是西瓦子裡唱說諸般宮調的頂老❻。武松看了，瞅著醉眼，徑奔入酒店裡來，便去櫃身相對一付座頭上坐了，把雙手按著桌子上，不轉眼看那婦人。那婦人瞧見，回轉頭看了別處。

武松看那店裡時，也有五七個當撐的酒保。武松卻敲著桌子，叫道：「賣酒的主人家在那裡？」一個當頭酒保來看著武松道：「客人，要打多少酒？」武松道：「打兩角酒，先把些來嘗看。」那酒保去櫃上叫那婦人舀兩角酒下來，傾放桶裡，燙一碗過來，道：「客人，嘗酒。」武松拿起來聞一聞，搖著頭道：「不好！不好！換將來！」酒保見他醉了，將來櫃上，道：「娘子，胡亂換些與他。」那婦人接來，傾了那酒，又舀些上等酒下來。酒保將去，又燙一碗過來。武松提起來咂一咂，道：「這酒也不好！快換來便饒你！」酒保忍氣吞聲，拿了酒去櫃邊，道：「娘子，胡亂再換些好的與他，休和他一般見識。這客人醉了，只要尋鬧相似，便換些上好的與他罷。」那婦人又舀了一等上色的好酒來與酒保。酒保把桶兒放在面前，又燙一碗過來。

武松吃了道：「這酒略有些意思。」問道：「過賣❼，你那主人家姓什麼？」酒保答道：「姓蔣。」

武松道：「卻如何不姓李？」那婦人聽了道：「這廝那裡吃醉了，來這裡討野火麼[8]！」酒保道：「眼見得是個外鄉蠻子，不省得了，在那裡放屁！」武松問道：「你說什麼？」酒保道：「我們自說話，客人你休管，自吃酒。」武松道：「過賣，叫你櫃上那婦人下來相伴我吃酒。」酒保喝道：「休胡說！這是主人家娘子！」武松道：「便是主人家娘子，待怎的？相伴我吃酒也不打緊！」那婦人大怒，便罵道：「殺才！該死的賊！」推開櫃身子，卻待奔出來。

武松早把土色布衫脫下，上半截揣在懷裡，便把那桶酒只一潑，潑在地上，搶入櫃身子裡，卻好接著那婦人。武松手硬，那裡掙扎得，被武松一手接住腰胯，一手把冠兒捏作粉碎，揪住雲髻，隔櫃身子提將出來望渾酒缸裡只一丟，聽得撲通的一聲響，可憐這婦人正被直丟在大酒缸裡。武松托地從櫃身前踏將出來，有幾個當撐的酒保，手腳活些個的，都搶來奔武松。武松手到，輕輕地只一提，提一個過來，兩手揪住，也望大酒缸裡只一丟，樁在裡面；又一個酒保奔來，提著頭只一掠，也丟在酒缸裡；再有兩個來的酒保，一拳一腳，都被武松打倒了。先頭三個人在三隻酒缸裡那裡掙扎得起；後面兩個人在酒地上爬不動，這幾個火家搗子打得屁滾尿流[9]，乖地走了一個。武松道：「那廝必然去報蔣門神來，我就接將去，大路上打倒他好看，教眾人笑一笑。」

武松大踏步趕將出來，那個搗子徑奔去報了蔣門神。蔣門神見說，吃了一驚，踢翻了交椅，丟去蠅拂子，便鑽將來，武松卻好迎著，正在大闊路上撞見。蔣門神雖然長大，近因酒色所迷，掏虛了身子，先自吃了那一驚；奔將來，那步不曾停住；怎的及得武松虎一般似健的人，又有心來算他。蔣門神見了武松，心裡先欺他醉，只顧趕將入來。

說時遲，那時快，武松先把兩個拳頭去蔣門神臉上虛影一影，忽地轉身便走。蔣門神大怒搶將來，被武松一飛腳踢起，踢中蔣門神小腹上，雙手按了便蹲下去。武松一踅，踅將過來，那隻右腳早踢起，直飛在蔣門神額角上，踢著正中，望後便倒。武松追入一步，踏住胸脯，提起這醋鉢兒大小拳頭，望蔣門神頭上便打。原來說過的打蔣門神撲手，先把拳頭虛影一影便轉身，卻先飛起左腳；踢中了便轉過身來，再飛起右腳；這一撲有名，喚作「玉環步，鴛鴦腳」。這是武松平生的真才實學，非同小可，打得蔣門神在地下叫饒。武松喝道：「若要我饒你性命，只要依我三件事！」蔣門神在地下，叫道：「好漢饒我！休說三件，便是三百件，我也依得！」武松指定蔣門神，說出那三件事來。

有分教：改頭換面來尋主，剪髮齊眉去殺人。

畢竟武松說出那三件事來，且聽下回分解。

說文解字

❶醪：本指酒釀，引申為濁酒。❷家火什物：家火，器具。什物，各種常用的器具，也作「什器」。❸午牌：中午時分。❹蠅拂子：驅蠅的器具，也作「蠅拂」、「拂塵」。❺家生：家中器物的總稱，也作「傢生」。❻頂老：俳優、妓女。❼過賣：店鋪或酒店飯館中的夥計，也作「顧賣」。❽討野火：占便宜，惡意辱罵。❾搗子：光棍無賴、地痞流氓。

第五十一回　李逵打死殷天賜，柴進失陷高唐州

梁山泊前軍得高唐州地界，早有軍卒報知高廉，高廉聽了，冷笑道：「你這夥草賊在梁山泊窩

藏，我兀自要來剿捕你；今日你倒來就縛，此是天教我成功。左右快傳下號令，整點軍馬出城迎敵，著那眾百姓上城守護。」這高知府上馬管軍，下馬管民，一聲號令下去，那帳前都統、監軍、統領、統制、提轄軍職一應官員，各部領軍馬，就教場裡點視已罷，諸將便擺布出城迎敵。高廉手下有三百梯己軍士，號為「飛天神兵」，一個個都是山東、河北、江西、湖南、兩淮、兩浙選來的精壯好漢。知府高廉親自引了，披甲背劍，上馬出到城外，把部下軍官周回排成陣勢，卻將神軍列在中軍，搖旗吶喊，擂鼓鳴金，只等敵軍來到。

卻說林沖、花榮、秦明引領五千人馬到來，兩軍相迎，旗鼓相望，各把強弓硬弩，射住陣腳。兩軍吹動畫角❶，發起擂鼓，花榮、秦明帶同十個頭領都到陣前，把馬勒住。頭領林沖，橫丈八蛇矛，躍馬出陣，厲聲高叫：「姓高的賊，快快出來！」高廉把馬一縱，引著三十餘個軍官，都出到門旗下，勒住馬，指著林沖罵道：「你這夥不知死的叛賊！怎敢直犯俺的城池！」林沖喝道：「你這個害民的強盜！我早晚殺到京師，把你那廝欺君賊臣高俅碎屍萬段，方是願足！」高廉大怒，回頭問道：「誰人出馬先拿此賊去？」軍官隊裡轉出一個統制官，姓于，名直，拍馬輪刀，竟出陣前。林沖見了，徑奔于直。兩個戰不到五合，于直被林沖心窩裡一蛇矛刺著，翻筋斗下馬去。高廉見了大驚：「再有誰人出馬報仇？」軍官隊裡又轉出一個統制官，姓溫，雙名文寶，使一條長槍，騎一匹黃驃馬，鑾鈴響，珂佩鳴，早出到陣前，四隻馬蹄蕩起征塵，直奔林沖。秦明見了，大叫：「哥哥稍歇，看我立斬此賊！」林沖勒住馬，收了點鋼矛，讓秦明戰溫文寶。兩個約鬥十合之上，秦明放個門戶，讓他槍搠進來，手起棍落，把溫文寶削去半個天靈蓋❷，死放馬下，那馬跑回本陣去了。兩陣軍相對聲吶喊。

高廉見連折二將，便去背上掣出那口太阿寶劍來，口中念念有詞，喝聲道：「疾！」只見高廉隊中捲起一道黑氣，那道氣散至半空裡，飛沙走石，撼天搖地，颳起怪風，徑掃過對陣來。林沖、秦明、花榮等眾將對面不能相顧，驚得那坐下馬亂攛咆哮，眾人回身便走。高廉把劍一揮，指點那三百神兵從眾裡殺將出來。背後官軍協助，一掩過來，趕得林沖等軍馬星落雲散，七斷八續，呼兄喚弟，覓子尋爺。五千軍兵，折了一千餘人，直退回五十里下寨。高廉見人馬退去，也收了本部軍兵，入高唐州城裡安下。

卻說宋江中軍人馬到來，林沖等接著且說前事。宋江、吳用聽了大驚，與軍師道：「是何神術，如此利害❸？」吳學究道：「想是妖法，若能回風返火，便可破敵。」宋江聽罷，打開天書看時，第三卷上有「回風返火破陣之法」，宋江大喜，用心記了咒語並密訣，整點人馬，五更造飯吃了，搖旗擂鼓，殺進城下來。

有人報入城中，高廉再點得勝人馬並三百神兵，開放城門，布下吊橋，出來擺成陣勢。宋江帶劍縱馬出陣前，望見高廉軍中一簇皂旗，吳學究道：「那陣內皂旗便是使『神師計』的軍兵，但恐又使此法，如何迎敵？」宋江道：「軍師放心，我自有破陣之法，諸軍眾將勿得疑，只顧向前殺去。」高廉吩咐大小將校：「不要與他強敵挑鬥，但見牌響，一齊並力擒獲宋江，我自有重賞。」兩軍喊聲起處，高廉馬鞍上掛著那面聚獸銅牌，上有龍章鳳篆，手裡拿著寶劍，出到陣前。宋江指著高廉罵道：「你這夥反賊快早早下

「昨夜我不曾到，兄弟誤折了一陣。今日我必要把你誅盡殺絕！」高廉喝道：「你這夥反賊快早早下

馬受縛，省得我腥手汙腳！」言罷把劍一揮，口中念念有詞，喝聲道：「疾！」黑氣起處，早捲起怪風來。宋江不等那風到，口中也念念有詞，左手捏訣，右手提劍一指，喝聲道：「疾！」那陣風不望宋江陣裡來，倒望高廉神兵隊裡去了。宋江卻待招呼人馬，殺將過去。高廉見回了風，急取銅牌，把劍敲動，向那神兵隊裡捲一陣黃沙，就中軍走出一群怪獸毒蟲，直沖過來。宋江陣裡眾多人馬驚呆了，宋江撇了劍，撥回馬先走，眾頭領簇捧著，盡都逃命，大小軍校你我不能相顧，奪路而走。高廉在後面把劍一揮，神兵在前，官軍在後，一齊掩殺將來。宋江人馬大敗虧輸，高廉趕殺二十餘里，鳴金收軍，城中去了。

宋江來到土坡下，收住人馬，紮下寨柵，雖是損折了些軍卒，卻喜眾頭領都有。屯住軍馬，便與軍師吳用商議道：「今番打高唐州，連折了兩陣，無計可破神兵，如之奈何？」吳學究道：「若是這廝會使『神師計』，他必然今夜要來寨，可先用計提備。此處只可屯紮些少軍馬，我等去舊寨內駐紮。」宋江傳令，只留下楊林、白勝看寨，其餘人馬退去舊寨內將息。

且說楊林、白勝引人離寨半里草坡內埋伏，等到一更時分，只見風雷大作。楊林、白勝同三百餘人在草裡看時，只見高廉步走，引領三百神兵，吹風呼哨❹，殺入寨中來，見是空寨，回身便走。楊林、白勝吶喊聲，高廉只怕中了計，四散便走，三百神兵各自奔逃，楊林、白勝亂放弩箭，只顧射去，一箭正中高廉左肩。眾軍四散，冒雨趕殺。高廉引領了神兵，去得遠了。楊林、白勝人少，不敢深入。少刻，雨過雲收，復見一天星斗，月光之下，草坡前搠翻射倒，拿得神兵二十餘人，解赴宋公明寨內，具說雷風雲之事。宋江、吳用見說，大驚道：「此間只隔得五里遠近，卻又無雨無風！」眾人議道：「正是妖法，只在本處，離地只有三四十丈，雲雨氣味是左近水泊中攝將來的。」楊林說：「高廉也是披髮仗劍，殺入寨中。身上中了我一弩箭，回城中去了。為是人少，不敢去追。」宋江分賞楊林、白勝，把拿來的中傷神兵斬了。分撥眾頭領，下了七八個小寨，圍繞大寨，提防再來劫寨，一面使人回山寨取軍馬協助。

且說高廉自中了箭，回到城中養病，令軍士：「守護城池，曉夜提備❺，且休與他廝殺。待我箭瘡平復起來，捉宋江未遲。」

卻說宋江見折了人馬，心中憂悶，和軍師吳用商量道：「只這個高廉尚且破不得，倘或別添他處軍馬，並力來助，如之奈何！」吳學究道：「我想要破高廉妖法，只除非我如此此如此……。若不去請這個人來，柴大官人性命也是難救，高唐州城子永不能得。」

正是❻：要除起霧興雲法，須請誦天徹地人。

畢竟吳學究說這個人是誰，且聽下回分解❼。

說文解字

❶畫角：樂器名。吹奏時發出嗚嗚聲，高亢激昂，古代軍中用以警戒、振奮、傳令、指揮，也用於帝王出巡的前導。

❷天靈蓋：頭蓋骨的上部，即指頭頂，也作「天靈」。❸利害：猛烈、高強，也作「厲害」。❹呼哨：把手指放入嘴裡，吹出像哨子的聲音。❺提備：防備。❻正是：小說雜劇在一回或一齣結束詩詞前所用的套語。❼且聽下回分解：本是說書人的用語，表示故事尚未完結，請聽眾下次繼續聆聽。章回小說中則保留此種習慣用語，常在一回末尾使用，表示情節還未結束，請讀者繼續閱讀下一個章節。

❖藝術成就

《水滸傳》在中國古典小說中占有重要地位，不僅在於它有豐富深刻的思想內涵，也因爲它在塑造人物方面有重大的藝術突破。書中除了一百零八位英雄好漢外，其他還有很多有名有姓的人物，總計有八百多人。這些人物五光十色，應有盡有，包括社會上的各個階層，正如清代金聖歎曾說：「敘一百零八人，人有其性情，人有其氣質，人有其形狀，人有其聲口。」

《水滸傳》中的人物是古代英雄勇與力的象徵，充滿傳奇色彩，他們的主要征服對象是人類社會的邪惡勢力，他們蔑視皇權宗法，蔑視一切武裝力量，具有戰勝一切的豪邁氣概。另一方面，水滸人物又與廣闊的社會背景和生活環境緊密相連，他們各有不同的身分經歷，不同的性格特徵，他們的英雄行爲亦不是生來如此，而是在過程中逐步戰勝自己的弱點和缺陷，最終成長爲英勇豪傑。這一點是人物塑造單一化轉變爲多樣化的重要特徵，也是《水滸傳》的主要藝術成就。

《水滸傳》中的衆多英雄皆是被逼上梁山，但他們又各不相同，如林沖、魯智深、楊志都是武藝高強的軍官，但由於出身經歷不同、生活遭遇不同，走向梁山的道路也就不同，性格也有很大的差異。

例如，林沖由於地位優越、家庭和美，所以安於現狀、處處忍讓。高衙內兩次調戲他的妻子，如果說第一次有偶然成分，用不知他是何人搪塞；那第二次就是有心設下的圈套。而林沖先是懼怕得罪上司，後來得知眞相也只敢找陸謙報仇，拿著尖刀等了陸謙三天三夜。直到發配滄州時，他仍心存幻想，希望能重見天日，與妻子團聚，處處容忍二位公差的侮辱，大難將至仍執迷不悟。直到高俅派陸謙等人抵達滄州，放火燒毀草料場，林沖這才明白自己只有死路一條，便殺了陸謙等人，投奔梁山聚義。

至於楊志，因他是三代將門之後，故十分在意功名利祿，總是想「一刀一槍，博得個封妻蔭子，也與祖宗爭了口氣」。他的人生道路共出現兩次重大變故，一是失陷花石綱，二是失陷生辰綱，兩次失職使他的「封妻蔭子」成爲幻想，而且被置於緝拿治罪的生死關頭。這樣的人物也只有到了這步境地才肯落草爲寇，眞切又自然，水到渠成。

魯智深則是主動挑戰型的人物，金氏父女與他素不相識，林沖也只與他有一面之緣。他仗義救人，不僅惹出死罪，更失去官職、改當和尚，但他仍然不改初衷，最後連和尚也做不成，只能落草爲寇。和楊志、林沖相比，魯智深的俠義行爲更爲高尙，無私無欲，無所顧忌，也不圖後報，這都來自於他孤身一人又無牽無掛的背景，和疾惡如仇的個性。

總之，楊志和林沖的反抗是被迫的，魯智深的反抗則是自發的。而林沖和楊志又有許多差別，林沖安於現狀，楊志卻醉心功名。黃泥岡上，楊志鞭打責罵衆軍漢，並令衆人不許歇息、不許喝酒的那一幕，其狠毒和精明無人能比。楊志這麼做，爲的是報答梁中書的提攜之恩，也難怪衆人後來反誣他與賊人串通，使他有家難回、有國難投。

總之，《水滸傳》中塑造人物的手法是它重要的藝術成就之一，是古典小說從理想主義發展到現實主義的重要里程碑。水滸人物的個性皆具有發展性和變化性，與社會環境融爲一體，同時又特點鮮明，具有多側面和較複雜的內涵，已初具人物塑造多樣化的基礎。

❖語言特色

宋元時期，由於城市經濟不斷發展，市民階層空前活躍，與之相關聯的茶坊、勾欄、灑樓、曲藝也日趨繁華。另外，又因為政治腐敗、奸臣當道、皇帝昏庸，各種邪惡勢力蔓延，迫使衆多英雄好漢鋌而走險，落草山林爲寇。施耐庵用通俗流暢的民間口語描繪出一幅民俗風情的長篇畫卷，既形象生動，又倍感親切，讀來如身歷其境。《水滸傳》和歐美西方文學截然不同，沒有大段的背景描寫，僅在開篇或中間某處用一句話帶過，在人物行爲上多用筆墨，且以對話爲主。

「樂觀幽默」也是《水滸傳》的語言特色之一，也是當時人民及作者的人生態度。在施耐庵筆下，水滸人物無論在什麼樣的艱難險阻之中，都保持著鎮靜和必勝的信心，即使在刀光劍影之中，也保持著幽默和諧的語調，同時又使用傳奇色彩濃重的誇張細節，形成作品中一個又一個精彩的篇章。

例如，魯智深拳打鎮關西一節，前後共用三拳：撲的只一拳，正打在鼻子上，打得鮮血迸流，鼻子歪在半邊，卻便似開了個油醬鋪，鹹的、酸的、辣的，一發都滾出來……提起拳頭來就眼眶際眉梢只一拳，打得眼棱縫裂，烏珠迸出，也似開了個彩帛鋪的，紅的、黑的、紫的，都綻將出來……又只一拳，太陽上正著，卻似做了一全堂水陸的道場，磬兒、鈸兒、鐃兒，一齊響。

第一拳突出的是感覺，第二拳突出的是顏色，第三拳突出的是聲音。生死搏鬥、鮮血淋漓的殘酷場面竟被作者寫得輕鬆痛快，用詞幽默，這在其他文學作品中是很少見的。

❖價值觀念

《水滸傳》體現宋元時期民眾的審美意識、道德觀念和價值取向。梁山一百零八位好漢大多形體魁偉、虎背熊腰、粗豪爽直、質樸純眞、武藝過人，是古代英雄力與美的象徵。魯智深「心地厚實、體格闊大」，李逵「一片天眞爛漫到底」，阮小七「心快口快，使人對之，齷齪都消盡」。

梁山英雄也表現出強烈的群體意識，「八方共域、異姓一家」，「千里面朝夕相見，一寸心死生可同」。在施耐庵筆下，三教九流、富豪將吏、獵戶漁人都兄弟相稱，不分貴賤，情同手足。每個人物都是英雄，但都離不開梁山泊這個英雄群體，在團體中均能和睦相處、平等相待，一樣酒筵歡樂，一樣拼力相前。

宋元時期，百姓的道德觀念是「忠義」。《水滸傳》中的文字、人物處處以此爲紐帶，許多人物都冠以「忠義」美名。其中以宋江爲最，言行舉止時時不離「忠義」，不知將「忠義」二字反反復復念了多少遍，最後終於成了「正果」。「義」是連結梁山眾好漢的軸心，「義」是眾人投奔梁山聚義的原因，仗義行俠，爲朋友兩肋插刀，是他們終生不渝的生活信條。這種「忠義」觀也影響了後來許多的文學作品，諸如《三國演義》等等，至今仍被人們推崇。

❖社會影響

《水滸傳》在社會上廣爲流傳，深受群眾喜愛，無論其成書前還是成書後，都對社會產生巨大的影響。

首先，眾多的英雄形象和反抗行爲不斷鼓舞著許多讀者。「說開日月無光彩，道破長江水倒流」，此種氣勢宏大的英雄氣概，指引著歷朝歷代的起義和反叛抗爭，例如，明清兩代的起義多以梁山好漢自居，借用梁山義軍的形式和經驗，有的甚至扛起「順天護國」的大旗。諸如白蓮教、太平天國，天地會、小刀會、義和團等，多有梁山起義的痕跡。而水滸人物的叛逆行爲及重大影響也引起統治者的恐慌，將其視爲「賊書」，屢加禁毀，企圖以《蕩寇志》抵消它的影響，但都適得其反，反使水滸人物更加深入人心，不可左右。

除了思想上的影響外，《水滸傳》對藝術領域也有著不可低估的重要性。在《水滸傳》之後，便有許多英雄小說依循其道路發展，如《說唐》、《楊家將》、《說岳全傳》等，也影響後世俠義小說，如《三俠五義》。

高手過招

1.（　）閱讀下文並選出敘述正確的選項。

《宣和遺事》一書把許多零散的水滸故事編綴起來，成為《水滸傳》的雛形。所謂水滸故事，大致有兩個主要的內容，一是行俠仗義，濟困扶危的故事；二是上山落草，反抗政府的故事。這些故事並非產生於同一時間，而是宋代、元代、明代都有。說書人把這些故事都編織到北宋（徽宗）宣和年間去，所以北宋的史書上就查不到有關史料。（改寫自史式《我是宋朝人》）

Ⓐ 水滸故事可彌補北宋史書中缺少的史料。
Ⓑ《宣和遺事》是以《水滸傳》為底本綴輯成書。
Ⓒ《水滸傳》的素材是由不同時代的說書人匯集而成。
Ⓓ《宣和遺事》記錄北宋至明代許多俠義人物反抗政府的史事。

2.（　）張潮《幽夢影》云：「□□□是一部怒書，□□□是一部悟書，□□□是一部哀書。」文中□□□處，依序指：

Ⓐ《水滸傳》《西遊記》《金瓶梅》

Ⓑ《金瓶梅》《水滸傳》《西遊記》

Ⓒ《水滸傳》《金瓶梅》《西遊記》

Ⓓ《西遊記》《金瓶梅》《水滸傳》

3.（　）有關《水滸傳》的敘述，下列何者正確？

Ⓐ「魯智深倒拔垂楊柳」的歇後語為：亂打一通；「好漢上梁山」的歇後語為：逼出來的。

Ⓑ「風靜了，我是／默默的雪。他在／敗葦間穿行，好落寞的／神色，這人一朝是／東京八十萬禁軍教頭／如今行船悄悄／向梁山落草／山是憂戚的樣子」歌詠的是「林沖」。

Ⓒ「那一路尾隨的莽和尚／使些風起，赤松子落／藤葉斷處，一條鐵禪杖／好個提轄出家花和尚／拳打□□□，落髮／五台山，捲堂散了選佛場／大鬧桃花村」□□□應填「孫二娘」。

Ⓓ「八方共域，異姓一家。天地顯罡煞之精，人境合傑靈之美。千里面朝夕相見，一寸心死生可同……其人則有帝子王孫、富豪將吏，並三教九流，乃至獵戶漁人、屠兒劊子，都一般兒哥弟稱呼，不分貴賤。」描述的是《水滸傳》。

Ⓔ「小霸王怒斬于吉，碧眼兒坐領江東」出自《水滸傳》的回目；《水滸傳》全書以「官逼民反」、「逼上梁山」為軸線，敘述北宋末年宋江等一百零八條江湖好漢，聚義於梁山泊，高舉替天行道的旗號，行俠仗義的故事。

4.（　）**下列有關《水滸傳》的敘述，何者錯誤？**

Ⓐ《水滸傳》中宋江確有其人，梁山泊確有其地。

Ⓑ全書採用淺近的通俗白話寫作。

Ⓒ「亂由上起」、「官逼民反」是《水滸傳》的核心內容。

Ⓓ金聖歎評論《水滸傳》：「無美不歸綠林，無惡不歸朝廷。」實為諷刺小說之傑作。

【解答】 1. C　2. A　3. B　4. D

三國演義

羅貫中

滾滾長江東逝水，浪花淘盡英雄。
是非成敗轉頭空，青山依舊在，幾度夕陽紅。
白髮漁樵江渚上，慣看秋月春風。
一壺濁酒喜相逢，古今多少事，都付笑談中。

作品通覽

❖ 作者生平

《三國演義》的作者是羅貫中，一般認爲他生於元末明初或明代。他的朋友賈仲名在《錄鬼簿續編》中提到：「羅貫中，太原人，號湖海散人。與人寡合，樂府隱語極爲清新，與余爲忘年交，遭時多故，天各一方。至正甲辰復合，別後又六十年，竟不知所終。」魯迅則在《中國小說史略》中提到：「貫中，名本，錢塘人，或云名貫，字貫中，或云越人，生洪武初，蓋元明間人。」據說，羅貫中曾與元末農民起義領袖張士誠有過連繫，擔任其幕客，是一位「有志圖王」的人。他的著作頗豐，除《三國演義》外，還有《隋唐兩朝志傳》、《殘唐五代史演義》、《三遂平妖傳》等，甚至還有人認爲他也是《水滸傳》的作者。可見，羅貫中是當時一位擅長寫歷史演義小說的名家。

羅貫中的《三國演義》寫成於何時也有不同看法，或說是元代，或說是明初，或說是明代中葉。我們現在所見最早的是明弘治七年序、嘉靖元年刊印的版本，題爲陳壽史傳，羅貫中編次。全書二十四卷，每卷十節（回），共兩百四十節（回），一般認爲這是最接近羅貫中的原本。後來，清人毛綸、毛宗崗父子又加以修訂、評點，編成一百二十回本，並廣爲流傳，本書（《古典小說好好讀》）亦是以此版本爲主。

❖內容基礎

隋唐之際，三國以多種形式進一步流傳。據載，隋煬帝時，就有雜戲表演「劉備躍馬過檀溪」的故事。唐代詩歌也有許多以三國歷史爲題材的作品，例如李白《讀諸葛武侯傳書，懷贈長安崔少府叔封昆季》，敘述漢末社會動蕩、群雄並起，劉備三顧茅廬並以蜀爲據點，力圖統一天下的過程；杜甫《蜀相》一詩則概括了諸葛亮的一生功業；杜牧《赤壁》亦對赤壁之戰發表自己獨特的見解。可見，三國的歷史人物、事件等，早已成爲詩人們詠誦的重要題材。

宋元時期，三國題材大量出現在詩、詞、文之中，例如蘇軾的詩《董卓》、詞《念奴嬌》、文《赤壁賦》，三國故事也成爲當時說話、講史等演出活動的重要內容。孟元老《東京夢華錄》卷五中就記載了當時都城汴京瓦肆（宋代娛樂場所）中，說《三分》的霍四究。後來的南宋雖偏安江南，但這種風氣仍無衰減，吳自牧《夢梁錄》中亦記敘了當時的盛況。

此外，雜劇中搬演三國故事的劇目也逐漸增多，例如元刊雜劇《關張雙赴西蜀夢》、《關大王單刀會》等，這些雜劇題材都成為日後《三國演義》中的重要內容與情節。

還有說書人為了表演而整理的文字腳本（底本），也被稱為「話本」，亦成為《三國演義》的重要基石，《全相三國志平話》便是其中頗具代表性的作品。全書約八萬字，共分上、中、下三卷，起自黃巾起義，終於孔明病逝，建構了《三國演義》的大致框架。而且，《平話》具有強烈的故事性，情節生動，人物鮮明，書中的語言、敘述雖然還很粗糙，但卻使三國故事趨於完整，為《三國演義》奠定基礎。

❖主旨爭議

《三國演義》作為一部長篇歷史小說，反映了極為豐富的社會內容，展現一個時代的廣闊歷史畫卷。故事描寫從東漢靈帝中平元年，到晉武帝太康元年間近百年的政治、軍事、外交等多方面狀況，作者以魏、蜀、吳三個統治集團為中心，描寫其中複雜、曲折、激烈的鬥爭，深刻揭露當時社會的腐敗、黑暗與災難，暴露古代帝王爭權奪利的兇殘與醜惡，提供讀者認識社會和歷史的經驗和教訓。同時，《三國演義》也以其鮮明、真實的人物形象和故事情節，成為後來廣為傳誦的生動歷史讀物和文學讀本。這些，都無疑使此書具有非一般歷史小說所能容涵的思想內容與藝術價值。

正因如此，評論家和讀者根據自己的生活體驗、社會歷史觀、文學修養等，對它所傳達的主旨產生許多不同的看法。以下列舉幾個代表性的說法：

一、擁劉反曹，即正統思想說。其認爲《三國演義》主要透過曹操與蜀漢間的鬥爭，歌頌以劉備爲代表，所謂「正統」地位的政治勢力，反對以曹操爲代表的「非正統」勢力。

二、悲劇說。其認爲《三國演義》是以蜀漢的悲劇結局，反映中華民族的悲哀。還有人認爲，故事中的悲劇是表達傳統社會中，知識分子的悲哀。

三、「合久必分，分久必合」和「天下歸一」說。從國家的分分合合，最後由分走向合的角度來解讀《三國演義》，反映「天下歸一」的思想。

四、三國興亡史說。其認爲《三國演義》描寫的就是魏、蜀、吳三國的興亡史，即從西元一八四年至西元二八〇年的一段眞實歷史。

五、反思說。其認爲《三國演義》是對歷史進行反思的產物，它從多方面總結歷史的經驗與教訓，傳達作者心中的理想社會。

其實，這些對《三國演義》的不同看法，大多言之成理；各種分歧，也是合乎情理。對這樣一部內容豐富、思想深刻、反映價值如此廣闊的古典文學名著來說，它的主旨本來就具有多向性和廣泛性，並不是某個單一說法所能概括的。但是，其中的「分合說」應是《三國演義》最主要的主旨之一。從整部《三國演義》來看，作者所要表現的就是漢末時期，由統一而分裂，經過三國之間的爭鬥和較量，最後又由分裂而統一的演變過程。書中各種人物的舉動和性格、若干次大小戰爭、許多歷史事件，以及作者的政治觀、歷史觀和思想傾向等，均圍繞著「合」運作。劉備作爲漢朝正統勢力的代表，爲了恢復漢室的一統輝煌而不斷努力；曹操則透過「挾天子以令諸侯」，實現自己的霸業；孫氏同樣不甘心居於東吳一隅，欲「別圖大事」，趁世亂而得天下土地。他們都在天下「合久必分」的原則下，按自己的意願達到「分久必合」的目的。這不僅反映中國歷史演變的主流，同時也概括了人類歷史發展的基本規律和趨勢。

全書開篇的卷頭詞，便表達出對歷史興亡盛衰和天下分合的感嘆，詞末「古今多少事，都付笑談中」傳達出深沉的歷史之感。第一回中首言「天下大勢，分久必合，合久必分」，是對三國之前歷史的回顧，而書末提出「此所謂『天下大勢，合久必分，分久必合』」，則是對三國由分裂而終歸統一的總結。前突出「分」，後強調「合」，兩句置換，精煉地點出這一歷史發展演變的過程。書末的七言古詩，從「高祖提劍入咸陽」到「司馬又將天下交」，是全書的縮影，勾畫出由分久必合（高祖劉邦討秦滅楚而立漢），到合久必分（獻帝時「四方賊如蟻聚」），再到分久必合（司馬氏統一三國而晉立）的歷史循環體系。

以下節錄精彩章回

第一回　宴桃園豪傑三結義，斬黃巾英雄首立功

滾滾長江東逝水，浪花淘盡英雄。是非成敗轉頭空，青山依舊在，幾度夕陽紅。
白髮漁樵江渚上，慣看秋月春風。一壺濁酒喜相逢，古今多少事，都付笑談中。

話說天下大勢，分久必合，合久必分。周末七國紛爭，併入於秦。及秦滅之後，楚、漢紛爭，又併入於漢。漢朝自高祖斬白蛇而起義，一統天下。後來光武中興，傳至獻帝，遂分為三國。推其致亂之由，殆始於桓、靈二帝。桓帝禁錮善類，崇信宦官，及桓帝崩，靈帝即位，大將軍竇武、太傅陳蕃

共相輔佐。時有宦官曹節等弄權，竇武、陳蕃謀誅之，作事不密，反為所害，中涓自此愈橫❶。

建寧二年四月望日❷，帝御溫德殿。方升座，殿角狂風驟起，只見一條大青蛇，從梁上飛將下來，蟠於椅上。帝驚倒，左右急救入宮，百官俱奔避。須臾，蛇不見了，忽然大雷大雨，加以冰雹，落到半夜方止，壞卻房屋無數。建寧四年二月，洛陽地震，又海水泛溢，沿海居民盡被大浪捲入海中。光和元年，雌雞化雄。六月朔，黑氣十餘丈，飛入溫德殿中。秋七月，有虹見於玉堂，五原山岸，盡皆崩裂。種種不祥，非止一端。

帝下詔問群臣以災異之由，議郎蔡邕上疏，以為蜺墮雞化❸，乃婦寺干政之所致❹，言頗切直。帝覽奏嘆息，因起更衣，曹節在後竊視，悉宣告左右，遂以他事陷邕於罪，放歸田里。後張讓、趙忠、封諝、段珪、曹節、侯覽、蹇碩、程曠、夏惲、郭勝十人朋比為奸❺，號為「十常侍」。帝尊信張讓，呼為阿父❻，朝政日非，以致天下人心思亂，盜賊蜂起。

時鉅鹿郡有兄弟三人：一名張角，一名張寶，一名張梁。那張角本是個不第秀才，因入山採藥，遇一老人，碧眼童顏，手執藜杖❼，喚角至一洞中，以天書三卷授之，曰：「此名《太平要術》。汝得之，當代天宣化，普救世人。若萌異心，必獲惡報。」角拜問姓名，老人曰：「吾乃南華老仙也。」言訖，化陣清風而去。

角得此書，曉夜攻習，能呼風喚雨，號為太平道人。中平元年正月內，疫氣流行，張角散施符水，為人治病，自稱大賢良師。角有徒弟五百餘人，雲遊四方，皆能書符念咒。次後徒眾日多，角乃立三十六方（大方萬餘人，小方六七千），各立渠帥，稱為將軍。訛言：「蒼天已死，黃天當立。」

又云：「歲在甲子，天下大吉。」令人各以白土，書「甲子」二字於家中大門上。青、幽、徐、冀、荊、揚、兗、豫八州之人，家家侍奉大賢良師張角名字。角遣其黨馬元義，暗齎金帛❽，結交中涓封諝，以為內應。角與二弟商議曰：「至難得者，民心也。今民心已順，若不乘勢取天下，誠為可惜。」遂一面私造黃旗，約期舉事；一面使弟子唐州，馳書報封諝。唐州乃徑赴省中告變，帝召大將軍何進調兵擒馬元義，斬之，次收封諝等一干人下獄。

張角聞知事露，星夜舉兵，自稱天公將軍，張寶稱地公將軍，張梁稱人公將軍。申言於眾曰：「今漢運將終，大聖人出，汝等皆宜順從天意，以樂太平。」四方百姓，裹黃巾從張角反者，四五十萬，賊勢浩大，官軍望風而靡。何進奏帝火速降詔，令各處備禦，討賊立功；一面遣中郎將盧植、皇甫嵩、朱儁，各引精兵，分三路討之。

且說張角一軍，前犯幽州界分。幽州太守劉焉，乃江夏竟陵人氏，漢魯恭王之後也。當時聞得賊兵將至，召校尉鄒靖計議。靖曰：「賊兵眾，我兵寡，明公宜作速招軍應敵。」劉焉然其說，隨即出榜招募義兵。榜文行到涿縣，乃引出涿縣中一個英雄。

那人不甚好讀書；性寬和，寡言語，喜怒不形於色；素有大志，專好結交天下豪傑；生得身長七尺五寸，兩耳垂肩，雙手過膝，目能自顧其耳，面如冠玉，唇若塗脂；中山靖王劉勝之後，漢景帝閣下玄孫；姓劉，名備，字玄德。昔劉勝之子劉貞，漢武時封涿鹿亭侯，後坐酬金失侯，因此遺這一枝在涿縣。玄德祖劉雄，父劉弘，弘曾舉孝廉，亦嘗作吏，早喪。玄德幼孤，事母至孝，家貧，販屨織蓆為業❾。家住本縣樓桑村，其家之東南，有一大桑樹，高五丈餘，遙望之，童童如車蓋。相者云：

「此家必出貴人。」

玄德幼時，與鄉中小兒戲於樹下，曰：「我為天子，當乘此車蓋。」叔父劉元起奇其言，曰：「此兒非常人也！」因見玄德家貧，常資給之。年十五歲，母使遊學，嘗師事鄭玄、盧植，與公孫瓚等為友。及劉焉發榜招軍時，玄德年已二十八歲矣。當日見了榜文，慨然長嘆，隨後一人厲聲言曰：「大丈夫不與國家出力，何故長嘆？」

玄德回視其人，身長八尺，豹頭環眼，燕頷虎鬚，聲若巨雷，勢如奔馬。玄德見他形貌異常，問其姓名。其人曰：「某姓張，名飛，字翼德。世居涿郡，頗有莊田，賣酒屠豬，專好結交天下豪傑。適才見公看榜而嘆，故此相問。」玄德曰：「我本漢室宗親，姓劉，名備。今聞黃巾倡亂，有志欲破賊安民，恨力不能，故長嘆耳。」飛曰：「吾頗有資財，當招募鄉勇，與公同舉大事，如何？」玄德甚喜，遂與同入村店中飲酒。

正飲間，見一大漢推著一輛車子，到店門首歇了，入店坐下，便喚酒保：「快斟酒來吃，我待趕入城去投軍。」玄德看其人，身長九尺，髯長二尺；面如重棗，唇若塗脂；丹鳳眼，臥蠶眉；相貌堂堂，威風凜凜。玄德就邀他同坐，叩其姓名。其人曰：「吾姓關，名羽，字壽長，後改雲長，河東解良人也。因本處勢豪倚勢凌人，被吾殺了，逃難江湖，五六年矣。今聞此處招軍破賊，特來應募。」玄德遂以己志告之，雲長大喜，同到張飛莊上，共議大事。

飛曰：「吾莊後有一桃園，花開正盛，明日當於園中祭告天地，我三人結為兄弟，協力同心，然後可圖大事。」玄德、雲長齊聲應曰：「如此甚好。」次日於桃園中，備下烏牛白馬祭禮等項，三人焚香，再拜而說誓曰：「念劉備、關羽、張飛，雖然異姓，既結為兄弟，則同心協力，救困扶危，上報國家，下安黎庶，不求同年同月同日生，但願同年同月同日死。皇天后土，實鑑此心，背義忘恩，天人共戮。」誓畢，拜玄德為兄，關羽次之，張飛為弟。祭罷天地，復宰牛設酒，聚鄉中勇士，得三百餘人，就桃園中痛飲一醉。

說文解字

❶中涓：宦官。❷望日：陰曆每月十五日。❸蜺墮雞化：前述「雌雞化雄、有虹見於玉堂」的簡稱，暗示國運衰微的徵兆。❹婦寺：婦人與宦官。❺朋比爲奸：彼此勾結做壞事，也作「朋比作奸」、「朋比作仇」。❻阿父：對父親的稱呼，亦爲伯父、叔父的自稱之詞。❼藜杖：以藜莖做成的手杖。❽金帛：金錢和布匹。❾販屨織席：編織草席、鞋子。用以形容工作粗賤、地位卑下。

第二十七回　美髯公千里走單騎，漢壽侯五關斬六將

雲長將曹操贈袍事告知二嫂，催促車仗前行❶。至天晚，投一村莊安歇，莊主出迎，鬚髮皆白，問曰：「將軍姓甚名誰？」關公施禮曰：「吾乃劉玄德之弟關某也。」老人曰：「莫非斬顏良、文醜的關公否？」公曰：「便是。」老人大喜，便請入莊。關公曰：「車上還有二位夫人。」老人便喚妻女出迎。

二夫人至草堂上，關公叉手立於二夫人之側。老人請公坐，公曰：「尊嫂在上，安敢就坐？」老

人乃令妻女請二夫人入內室款待，自於草堂款待關公。關公問老人姓名，老人曰：「吾姓胡，名華。桓時曾為議郎，致仕歸鄉。今有小兒胡班，在滎陽太守王植部下為從事。將軍若從此處經過，某有一書寄與小兒。」關公允諾。

次日早膳畢，請二嫂上車，取了胡華書信，相別而行，取路投洛陽來。前至一關，名東嶺關，把關將姓孔，名秀，引五百軍兵在土嶺上把守。當日關公押車仗上嶺，軍士報知孔秀，秀出關來迎。關公下馬，與孔秀施禮。秀曰：「將軍何往？」公曰：「某辭丞相，特往河北尋兄。」秀曰：「河北袁紹正是丞相對頭，將軍此去，必有丞相文憑。」公曰：「因行期忽迫，不曾討得。」秀曰：「既無文憑，待我差人稟過丞相，方可放行。」關公曰：「待去稟時，須誤了我行程。」秀曰：「法度所拘，不得不如此。」關公曰：「汝不容我過關乎？」秀曰：「汝要過去，留下老小為質。」

關公大怒，舉刀就殺孔秀。秀退入關去，鳴鼓聚軍，披掛上馬，殺下關來，大喝曰：「汝今敢過去麼！」關公約退車仗，縱馬提刀，竟不打話，直取孔秀。秀挺槍來迎，兩馬相交，只一合，鋼刀起處，孔秀屍橫馬下，眾軍便走。關公曰：「軍士休走，吾殺孔秀，不得已也，與汝等無干。借汝眾軍之口，傳語曹丞相，言孔秀欲害我，我故殺之。」眾軍俱拜於馬前。

關公即請二夫人車仗出關，望洛陽進發，早有軍士報知洛陽太守韓福。韓福急聚眾將商議，牙將孟坦曰❷：「既無丞相文憑，即係私行，若不阻擋，必有罪責。」韓福曰：「關公勇猛，顏良、文醜俱為所殺。今不可力敵，只須設計擒之。」孟坦曰：「吾有一計，先將鹿角攔定關口，待他到時，小將引兵和他交鋒，佯敗誘他來追，公可用暗箭射之。若關某墜馬，即擒解許都，必得重賞。」

商議停當❸，人報關公車仗已到。韓福彎弓插箭，引一千人馬排列關口，問：「來者何人？」關公馬上欠身言曰❹：「吾漢壽亭侯關某，敢借過路。」韓福曰：「有曹丞相文憑否？」關公曰：「事冗不曾討得。」韓福曰：「吾奉丞相鈞命，鎮守此地，專一盤詰往來奸細❺。若無文憑，即係逃竄。」關公怒曰：「東嶺孔秀已被吾殺，汝亦欲尋死耶？」韓福曰：「誰人與我擒之？」

孟坦出馬，輪雙刀來取關公，關公約退車仗，拍馬來迎。孟坦戰不三合，撥回馬便走，關公趕來，孟坦只指望引誘關公，不想關公馬快早已趕上，只一刀砍為兩段。關公勒馬回來，韓福閃在門首，盡力放了一箭，正射中關公左臂。公用口拔出箭，血流不住，飛馬徑奔韓福，衝散眾軍。韓福急閃不及，關公手起刀落，帶頭連肩，斬於馬下，殺散眾軍，保護車仗。

關公割帛束住箭傷，於路恐人暗算，不敢久住，連夜投沂水關來。把關將乃并州人氏，姓卞，名喜，善使流星鎚，原是黃巾餘黨，後投曹操，撥來守關。當下聞知關公將到，尋思一計，就關前鎮國寺中，埋伏下刀斧手二百餘人，誘關公至寺，約擊盞為號，欲圖相害。安排已定，出關迎接關公。公見卞喜來迎，便下馬相見，喜曰：「將軍名震天下，誰不敬仰！今歸皇叔，足見忠義！」關公訴說斬孔秀、韓福之事，卞喜曰：「將軍殺之是也，某見丞相，代稟衷曲❻。」關公甚喜，同上馬過了沂水關，到鎮國寺前下馬，眾僧鳴鐘出迎。原來那鎮國寺乃漢明帝御前香火院，本寺有僧三十餘人，內有一僧，卻是關公同鄉人，法名普淨。

當下普淨已知其意，向前與關公問訊，曰：「將軍離蒲東幾年矣？」關公曰：「將及二十年矣。」普淨曰：「還認得貧僧否？」公曰：「離鄉多年，不能相識。」普淨曰：「貧僧家與將軍家只隔一條河。」卞喜見普淨敘出鄉里之情，恐有走泄，乃叱之曰：「吾欲請將軍赴宴，汝僧人何得多言！」關公曰：「不然。鄉人相遇，安得不敘舊情耶？」

普淨請關公方丈待茶，關公曰：「二位夫人在車上，可先獻茶。」普淨教取茶先奉夫人，然後請關入方丈。普淨以手舉所佩戒刀，以目視關公，公會意，命左右持刀緊隨，卞喜請關公於法堂筵席。關公曰：「卞君請關某，是好意？還是歹意？」卞喜未及回言，關公早望見壁衣中有刀斧手❼，乃大喝卞喜曰：「吾以汝為好人，安敢如此！」

卞喜知事泄，大叫：「左右下手！」左右方欲動手，皆被關公拔劍砍之。卞喜下堂遶廊而走，關公棄劍執大刀來趕。卞喜暗取飛鎚擲打關公，關公用刀隔開鎚，趕將入去，一刀劈卞喜為兩段，隨即回身來看二嫂，早有軍人圍住，見關公來，四下奔走。關公趕散，謝普淨曰：「若非吾師，已被此賊害矣。」普淨曰：「貧僧此處難容，收拾衣鉢，亦往他處雲遊也。後會有期，將軍保重。」

關公稱謝，護送車仗，往滎陽進發。滎陽太守王植卻與韓福是兩親家，聞得關公殺了韓福，商議欲暗害關公，乃使人守住關口。待關公到時，王植出關，喜笑相迎。關公訴說尋兄之事，植曰：「將軍於路驅馳，夫人車上勞困，且請入城館驛中暫歇一宵，來日登途未遲。」

關公見王植意甚殷勤，遂請二嫂入城。館驛中皆鋪陳了當，王植請公赴宴，公辭不往，植使人送筵席至館驛。關公因於路辛苦，請二嫂膳畢，就正房歇定，令從者各自安歇，飽餵馬匹，關公亦解甲憩息❽。

卻說王植密喚從事胡班聽令曰：「關某背丞相而逃，又於路殺太守並守關將校，死罪不輕！此人武勇難敵，汝今晚點一千軍圍住館驛，一人一個火把，待三更時分，一齊放火，不問是誰，盡皆燒死！吾亦自引軍接應。」胡班領命，便點起軍士，密將乾柴引火之物搬於館驛門首，約時舉事。胡班尋思：「我久聞關雲長之名，不識如何模樣，試往窺之。」乃至驛中，問驛吏曰：「關將軍在何處？」答曰：「正廳上觀書者是也。」

胡班潛至廳前，見關公左手綽髯，於燈下几看書❾。班見了，失聲嘆曰：「真天人也！」公問何人，胡班入拜曰：「滎陽太守部下從事胡班。」關公曰：「莫非許都城外胡華之子否？」班曰：「然也。」公喚從者於行李中取書付班。班看畢，嘆曰：「險些誤殺忠良！」遂密告曰：「王植心懷不仁，欲害將軍，暗令人四面圍住館驛，約於三更放火。今某當先去開了城門，將軍急收拾出城。」

關公大驚，忙披掛提刀上馬，請二嫂上車，盡出館驛，果見軍士各執火把聽候。關公急來到城邊，只見城門已開，關公催車仗急急出城，胡班還去放火。關公行不到數里，背後火把照耀，人馬趕來。當先王植大叫：「關某休走！」關公勒馬，大罵：「匹夫！我與你無仇，如何令人放火燒我？」王植拍馬挺槍，徑奔關公，被關公攔腰一刀，砍為兩段。人馬都趕散，關公催車仗速行，於路感胡班不已。

行至滑州界首，有人報與劉延，延引數十騎，出郭而迎。關公馬上欠身而言曰：「太守別來無恙。」延曰：「公今欲何往？」公曰：「辭了丞相，去尋吾兄。」延曰：「玄德在袁紹處，紹乃丞相仇人，如何容公去？」公曰：「昔日曾言定來。」延曰：「今黃河渡口關隘，夏侯惇部將秦琪據守，恐不容將軍過去。」公曰：「太守應付船隻，若何？」延曰：「船隻雖有，不敢應付。」公曰：「我前者誅顏良、文醜，亦曾與足下解厄。今日求一渡船而不與，何也？」延曰：「只恐夏侯惇知之，必然罪我。」

關公知劉延無用之人，遂自催車仗前進。到黃河渡口，秦琪引軍出問來者何人？關公曰：「漢壽亭侯關某也。」琪曰：「今欲何往？」關公曰：「欲投河北去尋兄長劉玄德，敬來借渡。」琪曰：「丞相公文何在？」公曰：「吾不受丞相節制，有甚公文？」琪曰：「吾奉夏侯將軍將令，守把關隘，你便插翅也飛不過去！」關公大怒曰：「你知我於路斬戮攔截者乎？」琪曰：「你只殺得無名下將，敢殺我麼？」關公怒曰：「汝比顏良、文醜若何？」

秦琪大怒，縱馬提刀，直取關公。二馬相交只一合，關公刀起，秦琪頭落。關公曰：「當吾者已死，餘人不必驚走。速備船隻，送我渡河。」軍士急撐舟傍岸，關公請二嫂上船渡河，渡過黃河，便是袁紹地方。關公所歷關隘五處，斬將六員。後人有詩嘆曰：

掛印封金辭漢相，尋兄遙望遠途還。馬騎赤兔行千里，刀偃青龍出五關。
忠義慨然沖宇宙，英雄從此震江山。獨行斬將應無敵，今古留題翰墨間。

說文解字

❶車仗：車輛和擔仗，亦指行李和貨物。❷牙將：副將。❸停當：妥當、妥貼。❹欠身：身體稍斜傾向上提，好像要站起來的樣子。今多表示恭敬的樣子。❺盤詰：反復仔細地查問。❻衷曲：內心的情意，也作「衷腸」。❼壁衣：掛於室內，用以遮蓋牆壁的布幕。❽憩息：歇息。❾几：小桌子。

第三十八回　定三分隆中決策，戰長江孫氏報仇

卻說玄德訪孔明兩次不遇，欲再往訪之。關公曰：「兄長兩次親往拜謁，其禮太過矣。想諸葛亮有虛名而無實學，故避而不敢見，兄何惑於斯人之甚也？」玄德曰：「不然。昔齊桓公欲見東郭野人，五反而方得一面❶。況吾欲見大賢耶？」張飛曰：「哥哥差矣。量此村夫，何足為大賢？今番不須哥哥去，他如不來，我只用一條麻繩縛將來！」玄德叱曰：「汝皆不聞周文王謁姜子牙之事乎？文王且如此敬賢，汝何太無禮！今番汝休去，我自與雲長去。」飛曰：「既兩位哥哥都去，小弟如何落後？」玄德曰：「汝若同往，不可失禮。」

飛應諾，於是三人乘馬引從者往隆中。離草廬半里之外，玄德便下馬步行，正遇諸葛均❷。玄德忙施禮，問曰：「令兄在莊否？」均曰：「昨暮方歸，將軍今日可與相見。」言罷，飄然自去。玄德曰：「今番僥倖，得見先生矣！」張飛曰：「此人無禮，便引我等到莊也不妨，何故竟自去了！」玄德曰：「彼各有事，豈可相強？」

三人來到莊前叩門，童子開門出問。玄德曰：「有勞仙童轉報，劉備專來拜見先生。」童子曰：「今日先生雖在家，但現在草堂上晝寢未醒。」玄德曰：「既如此，且休通報。」吩咐關、張二人只在門首等著，玄德徐步而入，見先生仰臥於草堂几席之上，玄德拱立階下❸。

半晌，先生未醒。關、張在外立久，不見動靜，入見玄德猶然侍立。張飛大怒，謂雲長曰：「這先生如何傲慢！見我哥哥侍立階下，他竟高臥，推睡不起！等我去屋後放一把火，看他起不起！」雲長再三勸住，玄德仍命二人出門外等候，望堂上時，見先生翻身將起，忽又朝裡壁睡著，童子欲報，

玄德曰：「且勿驚動。」又立了一個時辰，孔明才醒，口吟詩曰：

大夢誰先覺？平生我自知。草堂春睡足，窗外日遲遲。

孔明吟罷，翻身問童子曰：「有俗客來否？」童子曰：「劉皇叔在此，立候多時。」孔明乃起身曰：「何不早報！尚容更衣。」遂轉入後堂。又半晌，方整衣冠出迎。玄德見孔明身長八尺，面如冠玉，頭戴綸巾，身披鶴氅❹，飄飄然有神仙之概。玄德下拜曰：「漢室末胄、涿郡愚夫久聞先生大名，如雷貫耳。昨兩次晉謁❺，不得一見，已書賤名於文几❻，未審得入覽否？」孔明曰：「南陽野人，疏懶性成，屢蒙將軍枉臨，不勝愧赧。」

二人敘禮，分賓主而坐，童子獻茶。茶罷，孔明曰：「昨觀書意，足見將軍憂民憂國之心，但恨亮年幼才疏，有誤下問。」玄德曰：「司馬德操之言❼，徐元直之語，豈虛談哉？望先生不棄鄙賤，曲賜教誨。」孔明曰：「德操、元直世之高士，亮乃一耕夫耳，安敢談天下事？二公謬舉矣，將軍奈何舍美玉而求頑石乎？」玄德曰：「大丈夫抱經世奇才，豈可空老於林泉之下？願先生以天下蒼生為念，開備愚魯而賜教。」孔明笑曰：「願聞將軍之志。」玄德屏人促席而告曰❽：「漢室傾頹，奸臣竊命，備不量力，欲伸大義於天下，而智術淺短，迄無所就。唯先生開其愚而拯厄，實為萬幸。」

孔明曰：「自董卓造逆以來，天下豪傑並起。曹操勢不及袁紹，而竟能克紹者，非唯天時，抑亦人謀也。今操已擁百萬之眾，挾天子以令諸侯，此誠不可與爭鋒；孫權據有江東，已歷三世，國險而民附，此可用為援，而不可圖也；荊州北據漢沔，利盡南海，東連吳會，西通巴蜀，此用武之地，非其主不能守。是殆天所以資將軍，將軍豈可棄乎？益州險塞，沃野千里，天府之國，高祖因之以成帝業。今劉璋闇弱，民殷國富，而不知存恤，智能之士，思得明君。將軍既帝室之冑，信義著於四海，總攬英雄，思賢如渴。若跨有荊益，保其巖阻，西和諸戎，南撫彝越，外結孫權，內修政理；待天下有變，則命一上將，將荊州之兵，以向宛洛；將軍身率益州之眾，以出秦川，百姓有不簞食壺漿以迎將軍者乎❾？誠如是，則大業可成，漢室可興矣。此亮所以為將軍謀者也，唯將軍圖之❿。」言罷，命童子取出畫一軸，掛於中堂，指謂玄德曰：「此西川五十四州之圖也。將軍欲成霸業，北讓曹操占天時，南讓孫權占地利，將軍可占人和。先取荊州為家，後即取西川建基業，以成鼎足之勢，然後可圖中原也。」

玄德聞言，避席拱手謝曰：「先生之言，頓開茅塞，使備如撥雲霧而睹青天。但荊州劉表、益州劉璋皆漢室宗親，備安忍奪之？」孔明曰：「亮夜觀天象，劉表不久人世。劉璋非立業之主，久後必歸將軍。」玄德聞言，頓首拜謝。只這一席話，乃孔明未出茅廬，已知三分天下，真萬古人不及也！後人有詩贊曰：

豫州當日嘆孤窮，何幸南陽有臥龍。欲識他年分鼎處，先生笑指畫圖中。

玄德拜請孔明曰：「備雖名微德薄，願先生不棄鄙賤，出山相助，備當拱聽明誨。」孔明曰：「亮久樂耕鋤，懶於應世，不能奉命。」玄德泣曰：「先生不出，如蒼生何？」言畢，淚沾袍袖，衣襟盡濕。孔明見其意甚誠，乃曰：「將軍既不相棄，願效犬馬之勞。」

玄德大喜，遂命關、張入拜獻金帛禮物，孔明固辭不受。玄德曰：「此非聘大賢之禮，但表劉備寸心耳。」孔明方受。於是，玄德等在莊中共宿一宵。次日，諸葛均回，孔明囑付曰：「吾受劉皇叔三顧之恩，不容不出。汝可躬耕於此，勿得荒蕪田畝，待吾功成之日，即當歸隱。」後人有詩嘆曰：

身未升騰思退步，功成應憶去時言。只因先主丁寧後，星落秋風五丈原。

又有古風一篇曰：

高皇手提三尺雪，芒碭白蛇夜流血。平秦滅楚入咸陽，二百年前幾斷絕。
大哉光武興洛陽，傳至桓靈又崩裂。獻帝遷都幸許昌，紛紛四海生豪傑。
曹操專權得天時，江東孫氏開鴻業。孤窮玄德走天下，獨居新野愁民危。
南陽臥龍有大志，腹內雄兵分正奇。只因徐庶臨行語，茅廬三顧心相知。
先生爾時年三九，收拾琴書離隴畝。先取荊州後取川，大展經綸補天手。
縱棋舌上鼓風雷，談笑胸中換星斗。龍驤虎視安乾坤，萬古千秋名不朽。

玄德等三人別了諸葛均，與孔明同歸新野。玄德待孔明如師，食則同桌，寢則同榻，終日共論天下之。孔明曰：「曹操於冀州做玄武池以練水軍，必有侵江南之意，可密令人過江探聽虛實。」玄德從之，使人往江東探聽。

說文解字

❶反：歸還、退還，同「返」。❷諸葛均：與諸葛瑾、諸葛亮爲同胞兄弟。其後由兄長諸葛亮引薦，投歸劉備。❸拱立：兩手合起站立，以表示恭敬。❹鶴氅：用鶴羽製成的外衣。❺晉謁：前往求見。❻文几：供讀書寫字用的桌子。❼司馬德操之言：司馬德操曾說：「伏龍、鳳雛兩人得一，可安天下。」司馬德操，司馬徽，字德操，稱號水鏡，東漢末期名士。伏龍，諸葛亮。鳳雛，龐統。❽屏：斥退。促席：坐席相靠近。❾簞食壺漿：百姓用簞盛飯、用壺盛湯以歡迎軍隊，形容軍隊受到群眾熱烈擁護。簞，盛飯的圓形竹器。❿自董卓造逆以來……唯將軍圖之：諸葛亮與劉備初次會面的談話內容，又稱爲《隆中對》、《隆中三策》。諸葛亮爲劉備分析天下形勢，提出先取荊州爲家，再取益州成鼎足之勢，繼而圖取中原的戰略構想。三顧茅廬後，諸葛亮出山成爲劉備的軍師，劉備集團後的種種戰略皆基於此。

第四十六回 用奇謀孔明借箭，獻密計黃蓋受刑

卻說魯肅領了周瑜言語，徑來舟中相探孔明，孔明接入小舟對坐。肅曰：「連日措辦軍務❶，有失聽教。」孔明曰：「便是亮亦未與都督賀喜。」肅曰：「何喜？」孔明曰：「公瑾使先生來探亮知也不知，便是這件事可賀喜耳。」諕得魯肅失色問曰❷：「先生何由知之？」孔明曰：「這條計只好弄蔣幹❸。曹操雖被一時瞞過，必然便省悟，只是不肯認錯耳。今蔡、張兩人既死，江東無患矣，如何不賀喜？吾聞曹操換毛玠、于禁為水軍都督，在這兩個手裡好歹送了水軍性命。」

魯肅聽了，開口不得，把些言語支吾了半晌，別孔明而回。孔明囑曰：「望子敬在公瑾面前勿言亮先知此事，恐公瑾心懷妒忌，又要尋事害亮。」魯肅應諾而去，回見周瑜，把上項事只得實說了。瑜大驚曰：「此人絕不可留！吾決意斬之！」肅勸曰：「若殺孔明，卻被曹操笑也。」瑜曰：「吾自

有公道斬之，教他死而無怨。」肅曰：「以何公道斬之？」瑜曰：「子敬休問，來日便見。」

次日，聚眾將於帳下，教請孔明議事。孔明欣然而至，坐定，瑜問孔明曰：「即日將與曹軍交戰，水路交兵，當以何兵器為先？」孔明曰：「大江之上，以弓箭為先。」瑜曰：「先生之言，甚合吾意。但今軍中正缺箭用，敢煩先生監造十萬枝箭，以為應敵之具❹。此係公事，先生幸勿推卻。」孔明曰：「都督見委，自當效勞。敢問十萬枝箭，何時要用？」瑜曰：「十日之內，可辦完否？」孔明曰：「操軍即日將至，若候十日，必誤大事。」瑜曰：「先生料幾日可辦完？」孔明曰：「只消三日，便可拜納十萬枝箭。」瑜曰：「軍中無戲言。」孔明曰：「怎敢戲都督！願納軍令狀❺，三日不辦，甘當重罰。」

瑜大喜，喚軍政司當面取了文書，置酒相待曰：「待軍事畢後，自有酬勞。」孔明曰：「今日已不及，來日造起，至第三日，可差五百小軍到江邊搬箭。」飲了數杯，辭去。魯肅曰：「此人莫非詐乎？」瑜曰：「他自送死，非我逼他。今明白對眾要了文書，他便兩脅生翅❻，也飛不去。我只吩咐軍匠人等，教他故意遲延，凡應用物件，都不與齊備，如此，必然誤了日期。那時定罪，有何理說？公今可去探他虛實，卻來回報。」

肅領命來見孔明，孔明曰：「吾曾告子敬，休對公瑾說，他必要害我。不想子敬不肯為我隱諱，今日果然又弄出事來。三日內如何造得十萬箭？子敬只得救我！」肅曰：「公自取其禍，我如何救得你？」孔明曰：「望子敬借我二十隻船，每船要軍士三十人，船上皆用青布為幔❼，各束草千餘個，分布兩邊，吾自有妙用，第三日包管有十萬枝箭。只不可又教公瑾得知，若彼知之，吾計敗矣。」

肅應諾，卻不解其意，回報周瑜，果然不提起借船之事，只言孔明並不用箭竹、翎毛、膠漆等物，自有道理。瑜大疑曰：「且看他三日後如何回覆我。」

卻說魯肅私自撥輕快船二十隻，各船三十餘人，並布幔、束草等物，盡皆齊備，候孔明調用。第一日卻不見孔明動靜，第二日亦只不動，至第三日四更時分，孔明密請魯肅到船中。肅問曰：「公召我來何意？」孔明曰：「特請子敬同往取箭。」肅曰：「何處去取？」孔明曰：「子敬休問，前去便見。」遂命將二十隻船用長索相連，徑望北岸進發。是夜，大霧漫天，長江之中霧氣更甚，對面不相見。孔明促舟前進，果然是好大霧。

當夜五更時候，船已近曹操水寨。孔明教把船隻頭西尾東，一帶擺開，就船上擂鼓吶喊，魯肅驚曰：「倘曹兵齊出，如之奈何？」孔明笑曰：「吾料曹操於重霧中必不敢出，吾等只顧酌酒取樂❽，待霧散便回。」

卻說曹操寨中聽得擂鼓吶喊，毛玠、于禁二人慌忙飛報曹操。操傳令曰：「重霧迷江，彼軍忽至，必有埋伏，切不可輕動，可撥水軍弓弩手亂射之。」又差人往旱寨內喚張遼、徐晃❾，各帶弓弩軍三千，火速到江邊助射。比及號令到來，毛玠、于禁怕南軍搶入水寨❿，已差弓弩手在寨前放箭。少頃，旱寨內弓弩手亦到，約一萬餘人盡皆向江中放箭，箭如雨發。孔明教把船掉轉，頭東尾西，逼近水寨受箭，一面擂鼓吶喊。待至日高霧散，孔明令收船急回，二十隻船兩邊束草上排滿箭枝。孔明令各船上軍士齊聲叫曰：「謝丞相箭！」比及曹軍寨內報知曹操時，這裡船輕水急，已放回二十餘里，追之不及，曹操懊悔不已。

卻說孔明回船謂魯肅曰：「每船上箭約五六千矣，不費江東半分之力，已得十萬餘箭。明日即將來射曹軍，卻不甚便？」肅曰：「先生真神人也！何以知今日如此大霧？」孔明曰：「為將而不通天文，不識地利，不知奇門，不曉陰陽，不看陣圖，不明兵勢，是庸才也。亮於三日前已算定今日有大霧，因此敢任三日之限。公瑾教我十日完辦，工匠、料物都不應手，將這一件風流罪過，明白要殺我。我命繫於天，公瑾焉能害我哉！」

魯肅拜服。船到岸時，周瑜已差五百軍在江邊等候搬箭。孔明教於船上取之，可得十餘萬枝，都搬入中軍帳交納⑪。魯肅入見周瑜，備說孔明取箭之事。瑜大驚，慨然嘆曰：「孔明神機妙算，吾不如也！」後人有詩贊曰：

一天濃霧滿長江，遠近難分水渺茫。驟雨飛蝗來戰艦，孔明今日服周郎。

說文解字

❶措辦：籌措辦理。❷諕：恐嚇、使人害怕，同「唬」、「嚇」。❸這條計只好弄蔣幹：赤壁大戰前夕，曹操親率百萬大軍，意欲橫渡長江，直下東吳。東吳都督周瑜也帶兵與曹軍隔江對峙，雙方劍拔弩張。曹操手下的謀士蔣幹，因自幼和周瑜同窗，便向曹操毛遂自薦，過江到東吳去作說客，勸降周瑜。結果，反被周瑜設下計策，令蔣幹盜得假冒曹操水軍都督蔡瑁、張允寫給周瑜的降書，蔣幹獻書曹操，令斬了蔡瑁、張允，周瑜成功以反間計除去水軍心腹大患。❹具：器物、用器。❺軍令狀：在軍中具結保證，倘有違背，願依軍令處罪的文件。❻脅：胸部兩側，由腋下至肋骨盡處的部位，亦指肋骨。❼幔：布幕、帳幕。❽酌：斟酒、飲酒。❾旱寨：在旱地處所紮的寨，在地面上防禦用的柵欄和堡壘。❿水寨：水邊用於防衛的柵欄和營壘。⓫中軍帳：軍隊主帥所住的營帳。

第九十五回 馬謖拒諫失街亭，武侯彈琴退仲達

卻說馬謖、王平二人兵到街亭，看了地勢。馬謖笑曰：「丞相何故多心也？量此山僻之處，魏兵如何敢來！」王平曰：「雖然魏兵不敢來，可就此五路總口下寨❶，即令軍士伐木為柵，以圖久計。」謖曰：「當道豈是下寨之地？此處側邊一山，四面皆不相連，且樹木極廣，此乃天賜之險也，可就山上屯軍。」平曰：「參軍差矣，若屯兵當道，築起城垣，賊兵縱有十萬，不能偷過；今若棄此要路，屯兵於山上，倘魏兵驟至，四面圍定，將何策保之？」謖大笑曰：「汝真女子之見！兵法云：『憑高視下，勢如劈竹。』若魏兵到來，吾教他片甲不回！」平曰：「吾累隨丞相經陣，每到之處，丞相盡意指教。今觀此山，乃絕地也。若魏兵斷我汲水之道❷，軍士不戰自亂矣。」謖曰：「汝莫亂道！孫子云：『置之死地而後生。』若魏兵絕我汲水之道，蜀兵豈不死戰？以一可當百也。吾素讀兵書，丞相諸事尚問於我，汝奈何相阻耶？」平曰：「若參軍欲在山上下寨，可分兵與我，自於山西下一小寨，為犄角之勢。倘魏兵至，可以相應。」馬謖不從。

忽然山中居民成群結隊，飛奔而來，報說魏兵已到。王平欲辭去，馬謖曰：「汝既不聽吾令，與汝五千兵自去下寨。待吾破了魏兵，到丞相面前須分不得功！」王平引兵離山十里下寨，畫成圖本，星夜差人去稟孔明，具說馬謖自於山上下寨。

卻說司馬懿在城中，令次子司馬昭去探前路，若街亭有兵把守，即當按兵不行。司馬昭奉令探了一遍，回見父曰：「街亭有兵守把。」懿嘆曰：「諸葛亮真乃神人，吾不如也！」昭笑曰：「父親何故自隳志氣耶❸？男料街亭易取❹。」懿問曰：「汝安敢出此大言？」昭曰：「男親自哨見，當道並

無寨柵，軍皆屯於山上，故知可破也。」懿大喜曰：「若兵果在山上，乃天使吾成功矣！」遂更換衣服，引百餘騎親自來看。是夜，天晴月朗，直至山下周圍巡哨了一遍方回。馬謖在山上見之，大笑曰：「彼若有命，不來圍山。」傳令與諸將：「倘兵來，只見山頂上紅旗招動，即四面皆下。」

卻說司馬懿回到寨中，使人打聽是何將引兵守街亭。回報曰：「乃馬良之弟馬謖也。」懿笑曰：「徒有虛名，乃庸才耳！孔明用如此人物，如何不誤事！」又問：「街亭左右別有軍否？」探馬報曰：「離山十里有王平安營。」懿乃命張郃引一軍，當住王平來路❺。又令申耽、申儀引兩路兵圍山，先斷了汲水道路，待蜀兵自亂，然後乘勢擊之。當夜調度已定，次日天明，張郃引兵先往背後去了。司馬懿大驅軍馬，一擁而進，把山四面圍定。馬謖在山上看時，只見魏兵漫山遍野，旌旗隊伍，甚是嚴整。蜀兵見之，盡皆喪膽，不敢下山。馬謖將紅旗招動，軍將你我相推，無一人敢動。謖大怒，自殺二將，眾軍驚懼，只得努力下山來衝魏兵。魏兵端然不動，蜀兵又退上山去。馬謖見事不諧，教軍緊守寨門，只等外應。

卻說王平見魏兵到，引軍殺來，正遇張郃，戰有數十餘合，平力窮勢孤，只得退去。魏兵自辰時困至戌時，山上無水，軍不得食，寨中大亂。嚷到半夜時分，山南蜀兵大開寨門，下山降魏，馬謖禁止不住。司馬懿又令人於沿山放火，山上蜀兵愈亂。馬謖料守不住，只得驅殘兵殺下山西逃奔。司馬懿放條大路，讓過馬謖。背後張郃引兵趕來，趕到三十餘里，前面鼓角齊鳴，一彪軍出，放過馬謖，攔住張郃。視之，乃魏延也，揮刀縱馬，直取張郃。郃回軍便走，延驅兵趕來，復奪街亭。趕到五十餘里，一聲喊起，兩邊伏兵齊出，左邊司馬懿，右邊司馬昭，卻抄在魏延背後，把延困在垓心❻。張郃復來，三路兵合在一處。魏延左衝右突，不得脫身，折兵大半。正危急間，忽一彪軍殺入，乃王平也。延大喜曰：「吾得生矣！」二將合兵一處，大殺一陣，魏兵方退。二將慌忙奔回寨時，營中皆是魏兵旌旗。申耽、申儀從營中殺出，王平、魏延徑奔列柳城，來投高翔。

此時，高翔聞知街亭有失，盡起列柳城之兵前來救應，正遇延、平二人，訴說前事。高翔曰：「不如今晚去劫魏寨，再復街亭。」當時三人在山坡下商議已定。待天色將晚，兵分三路，魏延引兵先進，徑到街亭，不見一人，心中大疑，不敢輕進，且伏在路口等候。忽見高翔兵到，二人共說魏兵不知在何處，正沒理會，又不見王平兵到。忽然，一聲砲響，火光沖天，鼓聲震地，魏兵齊出，把魏延、高翔圍在垓心，二人盡力衝突，不得脫身。忽聽得山坡後，喊聲若雷，一彪軍殺入，乃是王平，救了高、魏二人，徑奔列柳城來。比及奔到城下時，城邊早有一軍殺到，旗上大書「魏都督郭淮」字樣。原來，郭淮與曹真商議，恐司馬懿得了全功，乃分淮來取街亭。聞知司馬懿、張郃成了此功，遂引兵徑襲列柳城，正遇三將，大殺一陣。蜀兵傷者極多，魏延恐陽平關有失，慌與王平、高翔望陽平關來。

卻說郭淮收了軍馬，乃謂左右曰：「吾雖不得街亭，卻取了列柳城，亦是大功。」引兵徑到城下叫門，只見城上一聲砲響，旗幟皆豎，當頭一面大旗，上書「平西都督司馬懿」。懿撐起懸空板，倚定護心木欄杆，大笑曰：「郭伯濟來何遲也？」淮大驚曰：「仲達神機，吾不及也！」遂入城，相見已畢，懿曰：「今街亭已失，諸葛亮必走，公可速與子丹星夜追之。」郭淮從其言，出城而去。懿喚張郃曰：「子丹、伯濟恐吾全獲大功，故來取此城池。吾非獨欲成功，乃僥倖而已。吾料魏延、王平、馬謖、高翔等輩必先去據陽平關，吾若去取此關，諸葛亮必隨後掩殺，中其計矣。兵法云：『歸師勿掩，窮寇莫追。』汝可從小路抄箕谷退兵，吾自引兵當斜谷之兵。若彼敗走，不可相拒，只宜中途截住，蜀兵輜重❼，可盡得也。」張郃受計，引兵一半去了。懿下令：「徑取斜谷，由西城而進。西城雖山僻小縣，乃蜀兵屯糧之所，又南安、天水、安定三郡總路。若得此城，三郡可復矣。」於是，司馬懿留申耽、申儀守列柳城，自領大軍斜谷進發。

卻說孔明自令馬謖等守街亭去後，猶豫不定。忽王平使人送圖本至，孔明喚入，左右呈上圖本。孔明就文几上拆開視之，拍案大驚曰：「馬謖無知，坑陷吾軍矣！」左右問曰：「丞相何故失驚？」孔明曰：「吾觀此圖本，失卻要路，占山為寨。倘魏兵大至，四面圍合，斷汲水道路，不須二日，軍自亂矣。若街亭有失，吾等安歸？」長史楊儀進曰：「某雖不才，願替馬幼常回。」孔明將安營之法，一一吩咐與楊儀。正待要行，忽報馬到來，說街亭、列柳城盡皆失了。孔明跌足長嘆曰：「大事去矣！此吾之過也！」急喚關興、張苞，吩咐曰：「汝二人各引三千精兵，投武功山小路而行。如遇魏兵，不可大擊，只鼓譟吶喊❽，為疑兵驚之。彼當自走，亦不可追。待軍退盡，便投陽平關去。」又令張翼先引軍去修理劍閣，以備歸路。又密傳號令，教大軍暗暗收拾行裝，以備起程。又令馬岱、姜維斷後，先伏於山谷中，待諸軍退盡，方始收兵。又令心腹人分路與天水、南安、安定三郡官吏軍民，皆入漢中。又令心腹人到冀縣搬取姜維老母，送入漢中。

孔明分撥已定，先引五千兵去西城縣搬運糧草。忽然，十餘次飛馬報到，說司馬懿引大軍十五萬，望西城蜂擁而來。時孔明身邊並無大將，只有一班文官，所引五千軍，已分一半先運糧草去了，只剩二千五百軍在城中。眾官聽得這個消息，盡皆失色。孔明登城望之，果然塵土沖天，魏兵分兩路望西城縣殺來。孔明傳令：「教將旌旗盡皆藏匿，諸將各守城鋪，如有妄行出入及高聲言語者，立斬。大開四門，每一門上用二十軍士，扮作百姓，灑掃街道，如魏兵到時，不可擅動，吾自有計。」孔明乃披鶴氅、戴綸巾，引二小童，攜琴一張，於城上敵樓前憑欄而坐，焚香操琴。

卻說司馬懿前軍哨到城下，見了如此模樣，皆不敢進，急報與司馬懿。懿笑而不信，遂止住三軍，自飛馬遠遠望之。果見孔明坐於城樓之上，笑容可掬，焚香操琴，左有一童子，手捧寶劍；右有一童子，手執麈尾❾。城門內外有二十餘名百姓，低頭灑掃，旁若無人。懿看畢大疑，便到中軍，教後軍作前軍，前軍作後軍，望北山路而退。次子司馬昭曰：「莫非諸葛亮無軍，故作此態？父親何便退兵？」懿曰：「亮平生謹慎，不曾弄險，今大開城門，必有埋伏，我兵若進，中其計也。汝輩豈知，宜速退！」於是兩路兵盡退去。

孔明見魏軍遠去，撫掌而笑，眾官無不駭然。乃問孔明曰：「司馬懿乃魏之名將，今統十五萬精兵到此，見了丞相便速退去，何也？」孔明曰：「此人料吾平生謹慎，必不弄險。見如此模樣，疑有伏兵，所以退去。吾非行險，蓋因不得已而用之。此人必引軍投山北小路去也，吾已令興、苞二人在彼等候❿。」眾皆驚服曰：「丞相之玄機，神鬼莫測。若某等之見，必棄城而走矣。」孔明曰：「吾兵只有二千五百，若棄城而走，必不能遠遁。得不為司馬懿所擒乎？」後人有詩贊曰：

瑤琴三尺勝雄師，諸葛西城退敵時。十五萬人回馬處，後人指點到今疑。

言訖，拍手大笑曰：「吾若為司馬懿，必不便退也。」遂下令，教西城百姓隨軍入漢中，司馬懿必將復來。於是，孔明離西城望漢中而走。天水、安定、南安三郡官吏軍，陸續而來。

說文解字

❶下寨：駐兵紮寨。❷汲水：從井裡取水，亦泛指打水。❸隳：毀壞、損毀。❹男：兒子在父母前的自稱。❺當：匹敵、抵抗，同「擋」。❻垓心：戰場、圍困之中。❼輜重：指跟隨作戰部隊行動，並提供部隊後勤補給、後送、保養等支援的人員、裝備和車輛。❽鼓譟：古代出戰時擂鼓吶喊，用以擴張聲勢，也作「鼓噪」。❾麈尾：以麈的尾毛所做的拂塵，可用以驅趕蚊蠅。麈，動物名，頭似鹿，腳似牛，尾似驢，頸背似駱駝，俗稱「四不像」，也作「駝鹿」。❿興：關興，關羽的兒子。苞：張苞，張飛的兒子。

言外之意

《三國演義》在藝術創造上，達到了古典歷史演義小說的高峰。接下來，便從素材處理、人物塑造、戰爭描寫、結構藝術、語言運用方面，列舉其基本特色與成就。

❖藝術和眞實的完美結合

正如前述，《三國演義》是根據《三國志》、裴松之注、民間傳說、講史話本等材料創作而成。因此，羅貫中得以站在一定的歷史高度，透過藝術加工和典型化，將眞實歷史與虛構藝術完美融合，既沒有違背歷史的基本事實，而又不完全同於歷史。清代章學誠曾提出《三國演義》是「七分事實，三分虛構」，即所謂「七實三虛」。它的實，主要表現在小說的背景是眞實的，主要人物也眞有其人，主要事件也眞有其事。但羅貫中並不一味追求與史實相符，而是遵循藝術創造的基本規律，進行大量虛構。

例如書中的各種人物，除了一些主要人物於史傳可見外，許多人物都是無史可證，或是與史載不盡相同。像是貂蟬，在《三國志‧呂布傳》中只提到，呂布「與卓侍婢私通，恐事發覺，心不自安」，並沒有說這位「卓侍婢」究竟爲何人。《漢書通志》雖提及貂蟬，但卻是曹操獻給董卓的。羅貫中將這個人物加工、創造：一是把他作爲王允府中的歌妓；二是使他成爲主動要求擔當離間卓、布關係的「女間諜」；三是由王允設計獻貂蟬；四是虛構卓、布對他的爭奪。如此一來，貂蟬便成爲王允、董卓、呂布三方鬥爭的焦點人物，並構成「連環計」，使故事情節更爲豐富生動。

❖人物塑造

《三國演義》全書縱跨近百年歷史，涉及人物高達四百多人。羅貫中以高超的藝術手法，處理了衆多人物之間的複雜關係，並塑造一連串鮮明生動、栩栩如生的人物形象。他準確地把握各種人物的不同個性、身分、經歷、地位及人際關係，從多方面刻畫人物獨特的性格特徵。這在古典小說史上，具有開創性的貢獻。

羅貫中透過故事情節的推進和矛盾的展開，藉由角色的活動顯現其自身的性格。例如，「赤壁大戰」就是書中吳蜀、曹魏之間矛盾鬥爭激烈化、白熱化的表現，在這一主要衝突之下，又有許多次要事件縱橫交織在一起，構成複雜的矛盾網。三方的主要人物皆透過此次事件充分展現自己的性格，像是第四十五回「群英會蔣幹中計」，藉由周瑜和蔣幹富有戲劇性的周旋，周瑜的機敏、僞詐；蔣幹的愚笨、輕信都生動地展現在讀者面前。第四十六回「用奇謀孔明借箭」，其中有兩重矛盾交叉，一是周瑜欲以造箭爲由殺孔明，是同盟內部的暗鬥；二是孔明冒險逼進曹操水寨借箭，是敵我雙方的明爭。作者將諸葛亮置於此生死攸關的衝突中，使其機智巧謀、料事如神、膽大鎮定的性格表露無遺。與此同時，又點出周瑜對孔明的妒嫉和陰狠，彰顯魯肅的誠實和膽小。

在塑造人物時，羅貫中也善於運用個性化的語言和動作，表現人物的內心世界。例如，第四回「謀董賊孟德獻刀」，在曹操獻刀引起董卓的懷疑後，他隨即逃到其父結義兄弟呂伯奢家中，在錯殺呂伯奢及其全家時說：「寧教我負天下人，休教天下人負我！」短短一句話便把曹操作爲「奸雄」的多疑、殘忍、不義的本性暴露無遺。

《三國演義》也善於以生動的細節刻畫人物，提煉生活中看似平常，而又最能體現內在眞實本性的隻字片語、一舉一動，開掘三國人物的形象和性格側面。例如，第五回寫關羽「溫酒斬華雄」，就以關羽兩句極隨意、輕鬆的短語，和「其酒尚溫」的細節，深刻表現關羽自信自負而又勇猛善戰的個性。第七十五回「關雲長刮骨療毒」，連續四次寫關羽的「笑」，又以「悉悉有聲」寫刮骨，皆充分表現關羽無所畏懼的英雄氣概。

❖戰爭場面

《三國演義》作爲歷史演義小說，是以三國爲中心展開的一場生死鬥爭。因此，描寫戰爭便成爲《三國演義》的一個重要內容。全書描寫大小戰爭共四十多次，其中有規模宏大、氣勢磅礡的戰役，也有地區性或局部性的爭戰；有千軍萬馬的廝殺，也有單槍匹馬的拼鬥；有戰略上的全面部署，也有某一戰爭的詳細經過；

有謀士的鬥智鬥巧，也有武將的鬥勇鬥雄；或用火燒，或以水淹，或以風攻；或以少勝多，以弱勝強；或由勝而敗，由敗轉勝；或施美人計，或設苦肉計、或用空城計，或以連環計；或將計就計，或兵不厭詐；或日戰，或夜戰，或水戰，或雪戰。總之，百般戰術、千種計謀都包羅萬象於《三國演義》之中，幾乎是一部古代各類兵書集大成。

例如，曹操與袁紹之間的官渡之戰，就是《三國演義》中的一次重大戰役。羅貫中重點描寫雙方之間幾次智謀與方略的對抗情節，使這場戰鬥有聲有色。一是袁紹於曹軍寨前築土山，以箭射曹營兵士；曹操則造發石車，用炮石擊打袁兵。二是袁紹派人暗挖地道，欲通曹營內，打個出奇不意，曹操得知其謀，則繞營寨掘長溝，使袁軍白費氣力。三是圍繞糧草所展開的一場鬥爭，結果曹操大敗袁紹。戰鬥過程層次清楚、事件集中、情節生動，而且整體戰鬥與分散戰爭相互交叉，構成一場大戰的完整始末。

除了這種大型戰爭場景外，書中寫到的小規模、小範圍的戰鬥也都各具特色，引人入勝。從整體上看，《三國演義》不愧是一幅豐富生動的古代戰爭畫卷。

❖嚴整有序的結構

《三國演義》共一百二十回，七十五萬餘字，篇制宏富，人物眾多，事件錯綜複雜，羅貫中以他的文學才華和創作能力，使全書結構嚴謹、組織細密、層次分明、脈絡清晰。

《三國演義》的構思框架是以魏、蜀、吳三國爭霸天下的鬥爭為主體，以「合久必分，分久必合」的思想串起全書內容，統攝全書的傾向、人物的褒貶和事件的始末。三國之間的矛盾是互相交織，又不斷變化的，在三國成鼎足之勢前，曹操、袁紹、孫堅等人結成一個暫時、鬆散的聯盟，與董卓對抗；在董卓被殺後，又以曹操、袁紹對抗爲主，加之劉表、孫策、袁術等各懷異心，形成複雜交錯的關係。

與此相應，全書縱橫交錯，多線條交替展開，形成一個立體網路。《三國演義》是以時間順序，又以若干橫斷面爲重點。羅貫中從縱向的歷史中，描寫不同時期的主要事件和重要人物，如一顆顆明珠，組綴成一條絢麗的銀河。作者在按時間順序結構全書之餘，也採用了倒敘、插敘、追敘等，不僅沒有打亂基本框架結構，還使故事的來龍去脈更爲清楚。

在組織結構時，羅貫中始終將眞實的歷史作爲全書的經，以人物、事件作爲全書的緯，主次分明，詳略得當，繁簡宜體。這一特色與《三國演義》來源於講史有著密切關係，因爲講史必須以「敘」爲主，要求條理清楚，有主有次，才便於人們聽清聽懂。全書從事件上來說，幾次重大戰役是主，其他事件次之；從人物來說，三國集團的幾位決策者、指揮將領是主，其他人物次之。

❖語言特色

《三國演義》帶有民間文藝的形態、風情和意味，以半文半白爲特色，是民間語言和文人語言相結合的產物。羅貫中成功把這看似不統一、不諧調的語言，完美揉合在一起，形成自己獨特的語言風格。它的「文」並不艱深難懂，仍有通俗化的特色；它的「白」也不過分俚俗，仍具有文學語言的美感。

全書更大量採用韻文詩賦的形式，使語言散、韻相間，更爲豐富優美。又透過這些詩賦進一步突出小說的思想內容，更藉此表達作者的褒貶、愛憎。這些詩賦，或引用前人的作品，或假托「後人有詩」，或改篡他人之作。例如，第四十四回「孔明用智激周瑜」，引用曹植的《銅雀台賦》，但此賦在曹植集中題爲《登台賦》，文字也有許多不同之處。其中，作者爲了達到「智激」的目的，特地增加「攬二喬於東南兮」等幾句。第一○四回中，諸葛亮死後，羅貫中連續引用假托唐代詩人杜甫、白居易、元稹之名的三首詩，讚美和歌頌諸葛亮。在《三國演義》中，絕大多數章回中皆運用了詩賦形式，開創古典長篇小說的通用體例，對後世古典小說發展產生重要影響。

高手過招（＊為多選題）

1.（　）關於《三國志》、《三國志平話》及《三國演義》三本書，下列敘述何者正確？

Ⓐ 三書皆為正史，並以曹魏為正統。

Ⓑ 三書內容體裁皆有「紀」、「書」、「表」、「列傳」之分。

Ⓒ 成書先後順序為《三國志平話》→《三國志》→《三國演義》。

Ⓓ 《三國演義》目前通行本為清人毛宗崗所增刪改削之一百二十回本。

Ⓔ 《三國志》、《三國志平話》及《三國演義》初為說書人的底稿，後來發展成章回小說。

＊2.（　）以下有關《三國演義》的敘述，何者正確？

Ⓐ 《三國演義》是流行最廣的章回小說，內容主要敘述東漢靈帝中平元年黃巾賊起，至西晉武帝太

康元年東吳滅亡，首尾九十七年間的史事。

Ⓑ《三國演義》的內容與《三國志》並無二致，論述的史觀立場及史實幾乎完全雷同。

Ⓒ《三國演義》是一本原創小說。

Ⓓ清代毛宗崗就羅貫中本《三國演義》加以增刪改削，即目前通行的一百二十回本《三國演義》。

Ⓔ《三國演義》之內容奇詭而仍近乎人情，金聖歎譽為六才子書之一。

3.（　）下列關於《三國志》、《三國演義》兩書比較，何者正確？

Ⓐ《三國志》屬紀傳體斷代正史；《三國演義》屬長篇歷史章回小說。

Ⓑ《三國志》擁曹魏反蜀漢；《三國演義》則尊劉貶曹，以蜀為正統。

Ⓒ《三國志》為陳壽所作，裴松之作注；《三國演義》為毛宗崗所撰。

Ⓓ《三國志》為四史之一；《三國演義》被金聖歎評為六才子書之一。

Ⓔ《三國演義》、《金瓶梅》、《西遊記》、《水滸傳》被合稱為「四大奇書」。

4.（　）關於《三國演義》和《三國志》的不同，下列敘述何者錯誤？

Ⓐ《三國志》有三絕：曹操奸絕、關羽義絕、孔明智絕。

Ⓑ《三國志》載赤壁之戰，大功臣是周瑜。

Ⓒ「桃園三結義」、「煮酒論英雄」、「三顧茅廬」、「草船借箭」都是《三國演義》的精彩作品。

Ⓓ《三國演義》以蜀漢為正統，《三國志》以曹魏為正統。

5.（　）下文所用典故皆出自古典小說，請按提及之先後順序排列。

大江東去，浪淘盡，千古風流人物。且把兄弟肝膽、十萬軍機都換它一計空城沽酒去，與孔明對酌。他怡怡然撫琴頻頻頷首，說道：「天機至此甚明，那青埂峰下的頑石合該煉得一身靈秀了。只不過世間仍難逃一場情劫，縱有寶鑑照射千般風月，那一百零八個從黑獄中掙扎出來的魔君，正以野性活力扯開枷鎖、飛出樊籠、投向梁山泊的自由天地。便是諸法皆空，也須護持師父苦苦挨過八十一難，方得西方求經，修成正果。」

Ⓐ《三國演義》《西廂記》《水滸傳》《西遊記》
Ⓑ《三國演義》《紅樓夢》《水滸傳》《西遊記》
Ⓒ《水滸傳》《三國演義》《西遊記》《聊齋志異》
Ⓓ《世說新語》《三國演義》《紅樓夢》《封神榜》

【解答】 1. D　2. AD　3. A　4. A　5. B

西遊記

吳承恩

「混沌未分天地亂，茫茫渺渺無人見。自從盤古破鴻濛，開闢從茲清濁辨。覆載群生仰至仁，發明萬物皆成善。欲知造化會元功，須看西遊釋厄傳。」

作品通覽

《西遊記》是一部神話小說，繼承並發展了古代神話的優良傳統，爲讀者塑造出一個神奇莫測、動人心魄的神話世界。在此書中不僅可以看到作者創造的理想英雄人物，更深刻表現出主角們堅韌不拔的氣質、鮮明的愛憎、美好的追求、偉大的創造力和雄偉的氣魄，使《西遊記》成爲古典小說發展史上，浪漫主義著作的重要里程碑。

❖ 真實歷史

《西遊記》創作於明代中葉，流傳至今已三百餘年，它的故事和人物可稱得上家喻戶曉。書中有關唐僧取經的故事，是確有其眞人眞事。所謂唐僧取經，原是發生在唐代初年的眞實歷史故事。唐僧，俗姓陳，名禕，法名玄奘。貞觀三年，他西行求法，往返費時十多年，歷百餘國，備嘗艱險，於貞觀十九年返回長安，帶回天竺佛教大小乘經律論數百部，受到唐太宗的禮遇。而後，他奉唐太宗召，口述求法途中所見，由其門徒輯錄成《大唐西域記》，廣泛記述西域諸國的山川物產、風土人情。這個富有傳奇色彩的空前壯舉震驚中外，漸漸地，傳說越來越神奇，離眞人眞事亦越來越遠。

發展到南宋時，話本《大唐三藏取經詩話》中，第一次出現猴行者的形象。他化身爲白衣秀士，一路降妖伏魔，保護唐僧西天取經。這個話本雖說內容簡單粗糙，但卻爲《西遊記》的發展奠定基礎。元代，取經故事迅速發展，不但具備主要情節，人物形象也更加豐滿。明代中葉，吳承恩在以往傳說、話本和雜劇的基礎上，進行改造和再創作，最後寫成《西遊記》。因此，《西遊記》所描寫的唐僧西天取經，並不是吳承恩的一次性創作，而是由眞實的歷史故事，歷經數百年的漫長歲月後，逐漸發展爲《西遊記》。它是集體智慧的結晶，同時也凝聚著個人的心血。

❖全書主旨

《西遊記》全書共一百回，可分爲三個部分。第一回至第七回，寫孫悟空出世和大鬧天宮，是全書的精彩部分；第八回至第十三回，寫唐僧的身世和取經的緣由，是全書承上啟下的部分；第十四回至第一百回，寫唐僧師徒西天取經，經歷九九八十一難，孫悟空一路上降妖伏魔，是全書的主體。

《西遊記》在「八十一難」的藝術構思中頗具匠心。唐僧師徒遇到的有自然界的困難，如「徑過八百里，亙古少行人」的通天河、「八百里火焰，四周圍寸草不生」的火焰山、「荊棘蓬攀八百里，古來有路少人行」的荊棘嶺；也有人爲的困難，如攔路搶劫的大王、無端要殺一萬個和尙的國王、預謀放火謀取袈裟的老僧、情願以國相許強邀成親的西梁女王等等。除此以外，更有無數的妖魔，有的欲吃唐僧肉想延年益壽，有的欲與唐僧結成配偶，「求取元陽」。在這一連串的事件中，讀者所關心的是佛經本身嗎？在《西遊記》中，使讀者驚嘆的並不是玄奘在西天取得的《涅經》等五千零四十八卷「眞經」。其實，「眞經」就象徵一切美好的事物，而一切美好事物都必須付出巨大代價才能獲得，這也是《西遊記》的主旨之一，宣揚「歷盡磨難，終成正果」的信念，從而鼓舞人們克服困難，勇往直前。

以下節錄精彩章回

第六回 觀音赴會問原因，小聖施威降大聖

真君與大聖鬥經三百餘合，不知勝負。那真君抖擻神威，搖身一變，變得身高萬丈，兩隻手舉著三尖兩刃神鋒，好便似華山頂上之峰，青臉獠牙，朱紅頭髮，惡狠狠望大聖著頭就砍。這大聖也使神通，變得與二郎身軀一樣，嘴臉一般，舉一條如意金箍棒，卻就是崑崙頂上擎天之柱，抵住二郎神。諕得那馬、流元帥戰兢兢❶，搖不得旌旗；崩、芭二將虛怯怯，使不得刀劍。這陣上，康、張、姚、李、郭申、直健傳號令，撒放草頭神，向他那水簾洞外縱著鷹犬，搭弩張弓，一齊掩殺。可憐沖散妖猴四健將，捉拿靈怪二三千。那些猴拋戈棄甲，撇劍丟槍，跑的跑，喊的喊，上山的上山，歸洞的歸

洞。好似夜貓驚宿鳥，飛灑滿天星，眾兄弟得勝不題。

卻說真君與大聖變作法天象地的規模，正鬥時，大聖忽見本營中妖猴驚散，自覺心慌，收了法象，掣棒抽身就走。真君見他敗走，大步趕上道：「那裡走？趁早歸降，饒你性命。」大聖不戀戰，只情跑起，將近洞口，正撞著康、張、姚、李四太尉，郭申、直健二將軍，一齊帥眾擋住道：「潑猴那裡走？」大聖慌了手腳，就把金箍棒捏作繡花針，藏在耳內，搖身一變，變作個麻雀兒，飛在樹梢頭釘住。那六兄弟慌慌張張，前後尋覓不見，一齊吆喝道：「走了這猴精也，走了這猴精也！」

正嚷處，真君到了，問：「兄弟們，趕到那廂不見了？」眾神道：「才在這裡圍住，就不見了。」二郎圓睜鳳目觀看，見大聖變了麻雀兒，釘在樹上，就收了法象，撇了神鋒，卸下彈弓，搖身一變，變作個鷂鷹兒❷，抖開翅，飛將去撲打。大聖見了，颼地一翅飛起去，變作一只大鶿老，沖天而去。二郎見了，急抖翎毛，搖身一變，變作一隻大海鶴，鑽上雲霄來嗛❸。大聖又將身按下，入澗中，變作一個魚兒，淬入水內。二郎趕至澗邊，不見蹤跡。心中暗想道：「這猢猻必然下水去也，定變作魚蝦之類，等我再變變拿他。」果一變，變作個魚鷹兒，飄蕩在下溜頭波面上，等待片時。那大聖變魚兒，順水正游，忽見一隻飛禽，似青鷂，毛片不青；似鷺鷥，頂上無纓；似老鸛，腿又不紅。「想是二郎變化了等我哩！」急轉頭，打個花就走。二郎看見道：「打花的魚兒，似鯉魚，尾巴不紅；似鱖魚，花鱗不見；似黑魚，頭上無星；似魴魚，鰓上無針。他怎麼見了我就回去了？必然是那猴變的。」趕上來，刷地啄一嘴。那大聖就攛出水中，一變，變作一條水蛇，游近岸，鑽入草中。二郎因嗛他不著，他見水響中，見一條蛇攛出去，認得是大聖，急轉身，又變了一隻朱繡頂的灰鶴，伸著一個長嘴，與一把尖頭鐵鉗子相似，徑來吃這水蛇。水蛇跳一跳，又變作一隻花鴇❹，木木樗樗的❺，立在蓼汀之上。二郎見他變得低賤（花鴇乃鳥中至賤至淫之物，不拘鸞、鳳、鷹、鴉，都與交群），故此不去攏旁❻，即現原身，走將去，取過彈弓，拽滿，一彈子把他打個躘踵❼。

那大聖趁著機會，滾下山崖，伏在那裡又變，變一座土地廟兒，大張著口，似個廟門；牙齒變作門扇；舌頭變作菩薩；眼睛變作窗櫺❽；只有尾巴不好收拾，豎在後面，變作一根旗竿。真君趕到崖下，不見打倒的鴇鳥，只有一間小廟。急睜鳳眼，仔細看之，見旗竿立在後面，笑道：「是這猢猻了，他今又在那裡哄我。我也曾見廟宇，更不曾見一個旗竿豎在後面的，斷是這畜生弄諠。他若哄我進去，他便一口咬住，我怎肯進去？等我掣拳，先搗窗櫺，後踢門扇。」大聖聽得心驚道：「好狠！好狠！門扇是我牙齒，窗櫺是我眼睛，若打了牙，搗了眼，卻怎麼是好？」撲得一個虎跳，又冒在空中不見。

真君前前後後亂趕，只見四太尉、二將軍一齊擁至，道：「兄長，拿住大聖了麼？」真君笑道：「那猴兒才自變作廟宇哄我，我正要搗他窗櫺，踢他門扇，他就縱一縱，又渺無蹤跡。可怪！可怪！」眾皆愕然，四望更無形影。真君道：「兄弟們在此看守巡邏，等我上去尋他。」急縱身駕雲，起在半空。見那李天王高擎照妖鏡❾，與哪吒住立雲端，真君道：「天王，曾見那猴王麼？」天王道：「不曾上來，我這裡照著他哩！」真君把那賭變化、弄神通、拿群猴一事說畢。卻道：「他變廟宇，正打處就走了。」李天王聞言，又把照妖鏡四方一照，呵呵地笑道：「真君，快去！快去！那猴使了個隱身法，走出營圍，往你那灌江口去也。」二郎聽說，即取神鋒，回灌江口來趕。

卻說那大聖已至灌江口，搖身一變，變作二郎爺爺的模樣，按下雲頭，徑入廟裡。鬼判不能相認，一個個磕頭迎接。他坐中間，點查香火，見李虎拜還的三牲、張龍許下的保福、趙甲求子的文書、錢丙告病的良願。正看處，有人報：「又一個爺爺來了。」眾鬼判急急觀看，無不驚心。真君卻道：「有個什麼齊天大聖，才來這裡否？」眾鬼判道：「不曾見什麼大聖，只有一個爺爺在裡面查點哩！」真君撞進門，大聖見了，現出本相道：「郎君不消嚷，廟宇已姓孫了。」這真君即舉三尖兩刃神鋒，劈臉就砍。那猴王使個身法，讓過神鋒，掣出那繡花針兒，幌一幌，碗來粗細，趕到前，對面相還。兩個嚷嚷鬧鬧，打出廟門，半霧半雲，且行且戰，復打到花果山，慌得那四大天王等眾，隄防愈緊。這康、張太尉等迎著真君，合心努力，把那美猴王圍繞不題❿。

說文解字

❶諕：恐嚇、使人害怕，同「唬」、「嚇」。❷鴇鷹：動物名，也作「鴇子」、「雀鷹」。❸嗛：嘴裡叼著東西。❹花鴇：一種像雁而背部有花色斑紋的鳥，古人認爲花鴇是最爲低賤的鳥。❺木木樗樗：形容痴呆、孤單的樣子。❻攏旁：接近。❼蹡踵：踉蹌欲跌倒的樣子。❽窗櫺：窗上以木條交錯製成的格子，也作「窗户磴兒」。❾擎：持、拿。❿不題：章回小說用語，猶言按下不表。

第二十二回　八戒大戰流沙河，木叉奉法收悟淨

話說唐僧師徒三眾脫難前來，不一日行過了黃風嶺，進西卻是一脈平陽之地。光陰迅速，歷夏經

秋，見了些寒蟬鳴敗柳，大火向西流。正行處，只見一道大水狂瀾，渾波湧浪。三藏在馬上忙呼道：「徒弟，你看那前邊水勢寬闊，怎不見船隻行走，我們從那裡過去？」八戒見了道：「果是狂瀾，無舟可渡。」那行者跳在空中，用手搭涼篷而看❶，他也心驚道：「師父啊，真個是難！真個是難！這條河若論老孫去時，只消把腰兒扭一扭就過去了；若師父，誠千分難渡，萬載難行。」三藏道：「我這裡一望無邊，端的有多少寬闊？」行者道：「經過有八百里遠近。」八戒道：「哥哥怎的定得個遠近之數？」行者道：「不瞞賢弟說，老孫這雙眼，白日裡常看得千里路上的吉凶。卻才在空中看出，此河上下不知多遠，但只見這經過足有八百里。」長老憂嗟煩惱，兜回馬，忽見岸上有一通石碑。三眾齊來看時，見上有三個篆字❷，乃「流沙河」，腹上有小小的四行真字云：

八百流沙界，三千弱水深。鵝毛飄不起，蘆花定底沉。

師徒們正看碑文，只聽得那浪湧如山，波翻若嶺，河當中滑辣地鑽出一個妖精❸，十分兇醜：

一頭紅燄髮蓬鬆，兩隻圓睛亮似燈。不黑不青藍靛臉，如雷如鼓老龍聲。
身披一領鵝黃氅，腰束雙攢露白藤。項下骷髏懸九個，手持寶杖甚崢嶸。

那怪一個旋風，奔上岸來，逕搶唐僧，慌得行者把師父抱住，急登高岸，回身走脫。那八戒放下擔子，掣出釘鈀，望妖精便築，那怪使寶杖架住。他兩個在流沙河岸，各逞英雄。這一場好鬥：

九齒鈀，降妖杖，二人相敵河岸上。這個是總督大天蓬，那個是謫下捲簾將。
昔年曾會在靈霄，今日爭持賭猛壯。這一個鈀去探爪龍，那一個杖架磨牙象。
伸開大四平，鑽入迎風戧。這個沒頭沒臉抓，那個無亂無空放。
一個是久占流沙界吃人精，一個是秉教迦持修行將。

他兩個來來往往，戰經二十回合，不分勝負。

那大聖護了唐僧，牽著馬，守定行李。見八戒與那怪交戰，就恨得咬牙切齒，擦掌磨拳，忍不住要去打他，掣出棒來道：「師父你坐著，莫怕，等老孫和他耍耍兒來。」那師父苦留不住。他打個呼哨❹，跳到前邊。原來那怪與八戒正戰到好處，難解難分，被行者掄起鐵棒，望那怪著頭一下，那怪急轉身，慌忙躲過，徑鑽入流沙河裡。氣得個八戒亂跳道：「哥啊，誰著你來的？那怪漸漸手慢，難架我鈀，再不上三五合我就擒住他了。他見你兇險，敗陣而逃，怎生是好？」行者笑道：「兄弟，實不瞞你說，自從降了黃風怪下山來，這個把月不曾耍棍，我見你和他戰得甜美，我就忍不住腳癢，故就跳將來耍耍的。那知那怪不識耍，就走了。」

他兩個攙著手，說說笑笑，轉回見了唐僧。唐僧道：「可曾捉得妖怪？」行者道：「那妖怪不奈戰，敗回鑽入水去也。」三藏道：「徒弟，這怪久住於此，他知道淺深。似這般無邊的弱水，又沒了舟楫，須是得個知水性的引領引領才好哩！」行者道：「正是這等說。常言道：『近朱者赤，近墨者黑。』那怪在此，斷知水性。我們如今拿住他，且不要打殺，只教他送師父過河，再做理會。」八戒道：「哥哥不必遲疑，讓你先去拿他，等老豬看守師父。」行者笑道：「賢弟呀，這樁兒我不敢說嘴，水裡勾當，老孫不大十分熟。若是空走，還要捻訣，又念念避水咒，方才走得；不然，就要變化作什麼魚蝦蟹鱉之類，我才去得。若論賭手段，憑你在高山雲裡，幹什麼蹊蹺異樣事兒，老孫都會；只是水裡的買賣，有些兒榔杭[5]。」八戒道：「老豬當年總督天河，掌管了八萬水兵大眾，倒學得知些水性。卻只怕那水裡有什麼眷族老小，七窩八代的都來，我就弄他不過，一時不被他撈去耶？」行者道：「你若到他水中與他交戰，卻不要戀戰，許敗不許勝，把他引將出來，等老孫下手助你。」八戒道：「言得是，我去耶。」說聲去，就剝了青錦直裰，脫了鞋，雙手舞鈀，分開水路，使出那當年舊手段，躍浪翻波，撞將進去，徑至水底之下，往前正走。

卻說那怪敗了陣回，方才喘定，又聽得有人推得水響。忽起身觀看，原來是八戒執了鈀推水，那怪舉杖當面高呼道：「那和尚，那裡走？仔細看打。」八戒使鈀架住道：「你是個什麼妖精，敢在此間擋路？」那妖道：「你是也不認得我。我不是那妖魔鬼怪，也不是少姓無名。」八戒道：「你既不是妖魔鬼怪，卻怎生在此傷生？你端的什麼姓名，實實說來，我饒你性命。」那怪道：

自小生來神氣壯，乾坤萬里曾遊蕩。英雄天下顯威名，豪傑人家做模樣。
萬國九州任我行，五湖四海從吾撞。皆因學道蕩天涯，只為尋師遊地曠。
常年衣缽謹隨身，每日心神不可放。沿地雲遊數十遭，到處閒行百餘趟。
因此才得遇真人，引開大道金光亮。先將嬰兒姹女收，後把木母金公放。

明堂腎水入華池，重樓肝火投心臟。三千功滿拜天顏，志心朝禮明華向。
玉皇大帝便加升，親口封為捲簾將。南天門裡我為尊，靈霄殿前吾稱上。
腰間懸掛虎頭牌，手中執定降妖杖。頭頂金盔晃日光，身披鎧甲明霞亮。
往來護駕我當先，出入隨朝予在上。只因王母降蟠桃，設宴瑤池邀眾將。
失手打破玉玻璃，天神個個魂飛喪。玉皇即便怒生嗔，卻令掌朝左輔相。
卸冠脫甲摘官銜，將身推在殺場上。多虧赤腳大天仙，越班啟奏將吾放。
饒死回生不點刑，遭貶流沙東岸上。飽時困臥此山中，餓去翻波尋食餉。
樵子逢吾命不存，漁翁見我身皆喪。來來往往吃人多，翻翻覆覆傷生瘴。
你敢行兇到我門，今日肚皮有所望。莫言粗糙不堪嘗，拿住消停剁鮓醬。

八戒聞言大怒，罵道：「你這潑物！全沒一些兒眼色。我老豬還掐出水沫兒來哩！你怎敢說我粗糙，要剁鮓醬❻？看起來，你把我認作個老走硝哩❼！休得無禮，吃你祖宗這一鈀。」那怪見鈀來，使一個「鳳點頭」躲過。兩個在水中打出水面，各人踏浪登波。這一場賭鬥，比前不同，你看那：

捲簾將，天蓬帥，各顯神通真可愛。那個降妖寶杖著頭輪，這個九齒釘鈀隨手快。
躍浪振山川，推波昏世界。兇如太歲撞幢幡，惡似喪門掀寶蓋。
這一個赤心凜凜保唐僧，那一個犯罪滔滔為水怪。
鈀抓一下九條痕，杖打之時魂魄敗。努力喜相持，用心要賭賽。

算來只為取經人，怒氣沖天不忍耐。
攪得那鯾鮊鯉鱖退鮮鱗，龜鱉黿鼉傷嫩蓋。紅蝦紫蟹命皆亡，水府諸神朝上拜。
只聽得波翻浪滾似雷轟，日月無光天地怪。

二人整鬥有兩個時辰，不分勝敗。這才是銅盆逢鐵帚，玉磬對金鐘。卻說那大聖保著唐僧，立於左右，眼巴巴地望著他兩個在水上爭持，只是他不好動手。只見那八戒虛幌一鈀，佯輸詐敗，轉回頭往東岸上走。那怪隨後趕來，將近到了岸邊，這行者忍耐不住，撇了師父，掣鐵棒，跳到河邊，望妖精劈頭就打。那妖物不敢相迎，颼地又鑽入河內。八戒嚷道：「你這弼馬溫，徹是個急猴子！你再緩緩些兒，等我哄他到了高處，你卻阻住河邊，教他不能回首啊，卻不拿住他也？他這進去，幾時又肯出來？」行者笑道：「獃子❽，莫嚷，莫嚷。我們且回去見師父再來。」

八戒卻同行者到高岸上，見了三藏。三藏欠身道：「徒弟辛苦呀！」八戒道：「且不說辛苦，只是降了妖精，送得你過河，方是萬全之策。」三藏道：「你才與妖精交戰何如？」八戒道：「那妖的手段與老豬是個對手，正戰處，使一個詐敗，他才趕到岸上。見師兄舉著棍子，他就跑了。」三藏道：「如此怎生奈何？」行者道：「師父放心，且莫焦惱。如今天色又晚，且坐在這崖岸之上，待老孫去化些齋飯來，你吃了睡去，待明日再處。」八戒道：「說得是，你快去快來。」

行者急縱雲跳起去，正到直北下人家化了一鉢素齋，回獻師父。師父見他來得甚快，便叫：「悟空，我們去化齋的人家，求問他一個過河之策，不強似與這怪爭持？」行者笑道：「這家子遠得狠哩！相去有五七千里之路，他那裡得知水性？問他何益？」八戒道：「哥哥又來扯謊了，五七千里路，你怎麼這等去來得快？」行者道：「你那裡曉得，老孫的觔斗雲一縱有十萬八千里。像這五七千路，只消把頭點上兩點，把腰躬上一躬，就是個往回，有何難哉？」八戒道：「哥啊，既是這般容易，你把師父背著，只消點點頭，躬躬腰，跳過去罷了，何必苦苦的與這怪廝戰？」行者道：「你不會駕雲？你把師父馱過去不是？」八戒道：「師父的凡胎肉骨，重似泰山，我這駕雲的怎稱得起？須是你的觔斗方可。」行者道：「我的觔斗，好道也是駕雲，只是去的有遠近些兒。你是馱不動，我卻如何馱得動？自古道：『遣泰山輕如芥子，攜凡夫難脫紅塵。』像這潑魔毒怪，使攝法，弄風頭，卻是扯扯拉拉，就地而行，不能帶得空中而去。像那樣法兒，老孫也會使會弄，還有那隱身法、縮地法，老孫件件皆知。但只是師父要窮歷異邦，不能夠超脫苦海，所以寸步難行也。我和你只做得個擁護，保得他身在命在，替不得這些苦惱，也取不得經來；就是有能先去見了佛，那佛也不肯把經善與你我。正叫作『若將容易得，便作等閒看』。」那獃子聞言，喏喏聽受。遂吃了些無菜的素食，師徒們歇在流沙河東崖次之下。

說文解字

❶搭涼篷：指遠望時，手掌平遮在額前。❷篆字：指周朝、秦朝的一種字體，包括大篆、小篆。❸滑辣：狀聲詞，形容水聲。❹呼哨：手指放在嘴裡用力吹時，所發出的尖銳聲響。❺榔杭：形容笨拙、不靈活。❻鮓醬：肉醬。❼老走硝：用以比喻老而皮膚粗糙的人。走硝，醃豬肉時，必須添加朴硝才能保持皮軟肉嫩。走硝即硝性散失，皮肉又恢復粗硬。❽獃：痴愚，同「呆」。

第二十四回　萬壽山大仙留故友，五莊觀行者竊人參

卻說唐僧四眾在山遊玩，忽抬頭，見那松篁一簇❶，樓閣數層。唐僧道：「悟空，你看那裡是什麼去處？」行者看了道：「那所在不是觀宇，定是寺院。我們走動些，到那廂方知端的。」不一時，來於門首觀看，見那：

松坡冷淡，竹徑清幽。往來白鶴送浮雲，上下猿猴時獻果。
那門前池寬樹影長，石裂苔花破。宮殿森羅紫極高，樓台縹緲丹霞墮。
真個是福地靈區，蓬萊雲洞。清虛人事少，寂靜道心生。
青鳥每傳王母信，紫鸞常寄老君經。看不盡那巍巍道德之風，果然漠漠神仙之宅。

三藏離鞍下馬，又見那山門左邊有一通碑，碑上有十個大字，乃是「萬壽山福地，五莊觀洞天」。長老道：「徒弟，真個是一座觀宇。」沙僧道：「師父，觀此景鮮明，觀裡必有好人居住。我們進去看看，若行滿東回，此間也是一景。」行者道：「說得好。」遂都一齊進去，又見那二門上有一對春聯：「長生不老神仙府，與天同壽道人家。」行者笑道：「這道士說大話謊人。我老孫五百年前大鬧天宮時，在那太上老君門首，也不曾見有此話說。」八戒道：「且莫管他，進去，進去，或者這道士有些德行，未可知也。」

及至二層門裡，只見那裡面急急忙忙，走出兩個小童兒來。看他怎生打扮：

骨清神爽容顏麗，頂結丫髻短髮蓬。道服自然襟繞霧，羽衣偏是袖飄風。
環條緊束龍頭結，芒履輕纏蠶口絨。風采異常非俗輩，正是那清風明月二仙童。

那童子控背躬身，出來迎接道：「老師父，失迎，請坐。」長老歡喜，遂與二童子上正殿觀看。原來是向南的五間大殿，都是上明下暗的雕花格子。那仙童推開格子，請唐僧入殿處，只見那壁中間掛著五彩裝成的天地二大字，設一張朱紅雕漆的香几，几上有一副黃金爐瓶，爐邊有方便整香。

唐僧上前，以左手撚香注爐，三匝禮拜。拜畢，回頭道：「仙童，你五莊觀真是西方仙界。何不供養三清、四帝、羅天諸宰，只將『天地』二字侍奉香火？」童子笑道：「不瞞老師說，這兩個字，上頭的，禮上還當；下邊的，還受不得我們的香火，是家師父諂佞出來的❷。」三藏道：「何為諂佞？」童子道：「三清是家師的朋友；四帝是家師的故人；九曜是家師的晚輩；元辰是家師的下賓。」那行者聞言，就笑得打跌。八戒道：「哥啊，你笑怎的？」行者道：「只講老孫會搗鬼，原來這道童會綑風❸。」三藏道：「令師何在？」童子道：「家師元始天尊降簡，請到上清天彌羅宮聽講『混元道果』去了，不在家。」行者聞言，忍不住喝了一聲道：「這個臊道童，人也不認得，你在那個面前搗鬼，扯什麼空心架子？那彌羅宮有誰是太乙天仙？請你這潑牛蹄子去講什麼？」

三藏見他發怒，恐怕那童子回言，鬥起禍來，便道：「悟空，且休爭競，我們既進來就出去，顯得沒了方情。常言道：『鷺鷥不吃鷺鷥肉。』他師既是不在，攪亂他做甚？你去山門前放馬，沙僧看守行李，教八戒解包袱，取些米糧，借他鍋灶，做頓飯吃，待臨行送他幾文柴錢便罷了。各依執事

❹，讓我在此歇息歇息，飯畢就行。」他三人果各依執事而去。

那明月、清風暗自誇稱不盡，道：「好和尚，真個是西方愛聖臨凡，真元不昧。師父命我們接待唐僧，將人參果與他吃，以表故舊之情，又教防著他手下人囉唕。果然那三個嘴臉兇頑，性情粗糙。幸得就把他們調開了，若在邊前，卻不與他人參果見面？」清風道：「兄弟，還不知那和尚可是師父的故人。問他一問看，莫要錯了。」二童子又上前道：「啟問老師可是大唐往西天取經的唐三藏？」長老回禮道：「貧僧就是。仙童為何知我賤名？」童子道：「我師臨行，曾吩咐教弟子遠接。不期車駕來促，有失迎迓❺。老師請坐，待弟子辦茶來奉。」三藏道：「不敢。」那明月急轉本房，取一杯香茶獻與長老。茶畢，清風道：「兄弟，不可違了師命，我和你去取果子來。」

二童別了三藏，同到房中，一個拿了金擊子，一個拿了丹盤，又多將綠帕墊著盤底，徑到人參園內。那清風爬上樹去，使金擊子敲果，明月在樹下，以丹盤等接。須臾，敲下兩個果來，接在盤中，徑至前殿奉獻道：「唐師父，我五莊觀土僻山荒，無物可奉，上儀素果二枚❻，權為解渴。」那長老見了，戰戰兢兢，遠離三尺道：「善哉！善哉！今歲倒也年豐時稔❼，怎麼這觀裡作荒吃人？這個是三朝未滿的孩童，如何與我解渴？」清風暗道：「這和尚在那口舌場中，是非海裡，弄得眼肉胎凡，不識我仙家異寶。」明月上前道：「老師，此物叫作人參果，吃一個兒不妨。」三藏道：「胡說，胡說。他那父母懷胎，不知受了多少苦楚方生下來。未及三日，怎麼就把他拿來當果子？」清風道：「實是樹上結的。」長老道：「亂談，亂談。樹上又會結出人來？拿過去，不當人子❽。」

那兩個童兒見千推萬阻不吃，只得拿著盤子，轉回本房。那果子卻也蹺蹊，久放不得；若放多時，即僵了，不中吃。二人到於房中，一家一個，坐在床邊上，只情吃起。

噫！原來有這般事哩！它那道房與那廚房緊緊的間壁，這邊悄悄地言語，那邊即便聽見。八戒正在廚房裡做飯，先前聽見說取金擊子、拿丹盤，他已在心；又聽見他說唐僧不認得是人參果，即拿在房裡自吃。口裡忍不住流涎道：「怎得一個兒嘗新？」自家身子又狼犺❾，不能夠得動，只等行者來，與他計較。他在那鍋門前更無心燒火，不時地伸頭探腦，出來觀看。不多時，見行者牽將馬來，拴在槐樹上，徑往後走。那獃子用手亂招道：「這裡來，這裡來。」行者轉身，到於廚房門首，道：「獃子，你嚷甚的？想是飯不夠吃，且讓老和尚吃飽，我們前邊大人家再化吃去罷。」八戒道：「你進來，不是飯少。這觀裡有一件寶貝，你可曉得？」行者道：「什麼寶貝？」八戒笑道：「說與你，你不曾見；拿與你，你不認得。」行者道：「這獃子笑話我老孫。老孫五百年前，因訪仙道時，也曾雲遊在海角天涯，那般兒不曾見？」八戒道：「哥啊，人參果你曾見麼？」行者驚道：「這個真不曾見，但只常聞得人說，人參果乃是草還丹，人吃了極能延壽。如今那裡有得？」八戒道：「他這裡有。那童子拿兩個與師父吃，那老和尚不認得，道是三朝未滿的孩兒，不曾敢吃。那童子老大憊懶❿，師父既不吃，便該讓我們，他就瞞著我們，才自在這隔壁房裡，一家一個，啯啅啯啅地吃了出去⓫。就急得我口裡水泱，怎麼得一個兒嘗新？我想你有些溜撒⓬，去他那園子裡偷幾個來嘗嘗，如何？」行者道：「這個容易，老孫去，手到擒來。」急抽身，往前就走，八戒一把扯住道：「哥啊，我聽得他在這房裡說，要拿什麼金擊子去打哩！須是幹得停當，不可走露風聲。」行者道：「我曉得，我曉得。」

那大聖使一個隱身法，閃進道房看時，原來那兩個道童吃了果子，上殿與唐僧說話，不在房裡。行者四下裡觀看，看有什麼金擊子，但只見窗櫺上掛著一條赤金，有二尺長短，有指頭粗細，底下是一個蒜疙疸的頭子⓭，上邊有眼，繫著一根綠絨繩兒。他道：「想必就是此物叫作金擊子。」他卻取下來，出了道房，徑入後邊去，推開兩扇門，抬頭觀看，呀！卻是一座花園！那行者觀看不盡，又見一層門，推開看處，卻是一座菜園：

布種四時蔬菜，菠芹莙薘薑苔。筍薯瓜瓠茭白，蔥蒜芫荽韭薤。
窩蕖童蒿苦藚，葫蘆茄子須栽。蔓菁蘿蔔羊頭埋，紅莧青菘紫芥。

行者笑道：「他也是個自種自吃的道士。」走過菜園，又見一層門。推開看處，呀！只見那正中間有根大樹，真個是青枝馥郁，綠葉陰森，那葉兒卻似芭蕉模樣，直上去有千尺餘高，根下有七八丈圍圓。那行者倚在樹下，往上一看，只見向南的枝上露出一個人參果，真個像孩兒一般。原來尾間上是個扢蒂⓮，看他丁在枝頭，手腳亂動，點頭幌腦，風過處似乎有聲。行者歡喜不盡，暗自誇稱道：「好東西呀！果然罕見，果然罕見。」他倚著樹，颼地一聲攛將上去，那猴子原來第一會爬樹偷果子，他把金擊子敲了一下，那果子撲地落將下來。他也隨跳下來跟尋，寂然不見，四下裡草中找尋，更無蹤跡。

行者道：「蹺蹊，蹺蹊。想是有腳的會走，就走也跳不出牆去。我知道了，想是花園中土地不許老孫偷他果子，他收了去也。」他就捻著訣，念一口「唵」字咒，拘得那花園土地前來，對行者施禮道：「大聖呼喚小神，有何吩咐？」行者道：「你不知老孫是蓋天下有名的賊頭，我當年偷蟠桃、盜御酒、竊靈丹，也不曾有人敢與我分用。怎麼今日偷他一個果子，你就抽了我的頭分去了？這果子是樹上結的，空中過鳥也該有分，老孫就吃它一個，有何大害？怎麼剛打下來，你就撈了去？」土地道：「大聖錯怪了小神也。這寶貝乃是地仙之物，小神是個鬼仙，怎麼敢拿去？就是聞也無福聞聞。」

行者道：「你既不曾拿去，如何打下來就不見了？」土地道：「大聖只知這寶貝延壽，更不知他的出處哩！」行者道：「有甚出處？」土地道：「這寶貝三千年一開花，三千年一結果，再三千年方得成熟。短頭一萬年，只結得三十個。有緣的，聞一聞就活三百六十歲；吃一個，就活四萬七千年，卻是只與五行相畏。」行者道：「怎麼與五行相畏？」土地道：「這果子遇金而落，遇木而枯，遇水而化，遇火而焦，遇土而入。敲時必用金器，方得下來。打下來，卻將盤兒用絲帕襯墊方可。若受些木器，就枯了，就吃也不得延壽。吃他須用磁器⑮，清水化開食用。遇火即焦而無用。遇土而入者，大聖方才打落地上，他即鑽下土去了。這個土有四萬七千年，就是鋼鑽鑽他也鑽不動些須，比生鐵也還硬三四分，人若吃了，所以長生。大聖不信時，可把這地下打打兒看。」行者即掣金箍棒築了一下，響一聲，迸起棒來，土上更無痕跡。行者道：「果然，果然。我這棍打石頭如粉碎，撞生鐵也有痕，怎麼這一下打不傷些兒？這等說，我卻錯怪了你了，你回去罷。」那土地即回本廟去訖。

大聖卻有算計，爬上樹，一隻手使擊子，一隻手將錦布直裰的襟兒扯起來，做個兜子等住，他卻串枝分葉，敲了三個果，兜在襟中，跳下樹，一直前來，徑到廚房裡去。那八戒笑道：「哥哥，可有麼？」行者道：「這不是？老孫的手到擒來。這個果子也莫背了沙僧，可叫他一聲。」八戒即招手叫道：「悟淨，你來。」那沙僧撇下行李，跑進廚房道：「哥哥，叫我怎的？」行者放開衣兜，道：「兄弟，你看這個是甚的東西？」沙僧見了道：「是人參果。」行者道：「好啊！你倒認得，你曾在那裡吃過的？」沙僧道：「小弟雖不曾吃，但舊時做捲簾大將，扶侍鸞輿赴蟠桃宴⑯，嘗見海外諸仙將此果與王母上壽。見便曾見，卻未曾吃。哥哥，可與我些兒嘗嘗？」行者道：「不消講，兄弟們一家一個。」

他三人將三個果個個受用。那八戒食腸大，口又大，一則是聽見童子吃時，便覺饞蟲拱動，卻才見了果子，拿過來，張開口，轂轆的囫圇吞嚥下肚⑰，卻白著眼胡賴⑱，向行者、沙僧道：「你兩個吃的是什麼？」沙僧道：「人參果。」八戒道：「什麼味道？」行者道：「悟淨，不要睬他。你倒先吃了，又來問誰？」八戒道：「哥哥，吃的忙了些，不像你們細嚼細嚥，嘗出些滋味。我也不知有核無核，就吞下去了。哥啊，為人為徹⑲，已經調動我這饞蟲，再去弄個兒來，老豬細細地吃吃。」行者道：「兄弟，你好不知止足⑳。這個東西，比不得那米食麵食，撞著儘飽。像這一萬年只結得三十個，我們吃它這一個，也是大有緣法，不等小可。罷罷罷，夠了。」他欠起身來，把一個金擊子，瞞窗眼兒，丟進他道房裡，竟不睬他。

說文解字

①松篁：竹與松。②諂佞：花言巧語、阿諛逢迎，亦指花言巧語、阿諛逢迎之人。③綑風：瞎說、扯謊。④執事：工作、職務。⑤迎迓：迎接。⑥土儀：作爲禮物餽贈的土產。⑦年豐時稔：莊稼成熟，莊稼豐收。⑧不當人子：表示歉

意或感謝，意爲罪過、不敢當。❾狼犺：形容物體龐大、笨重。❿憊懶：懶散、刁頑。⓫嘓啅嘓啅：狀聲詞，形容吞嚥食物的聲音。⓬溜撒：行動迅速、敏捷。⓭疙疸：皮膚上突起或肌肉上結成的硬塊，也作「疙瘩」。⓮扢蒂：瓜果和枝莖連接的部分。⓯磁器：也作「瓷器」。是由瓷石、高嶺土等組成，外表施有釉或彩繪的器物。⓰鑾輿：帝王的座車。⓱轂轆：車輪，引申爲迅速的樣子。⓲胡賴：任意抵賴。⓳爲人爲徹：指幫助別人，就幫助到底。徹，徹底。⓴不知止足：不知道該停止腳步，引申爲不知道滿足、貪得無厭。

第二十七回　屍魔三戲唐三藏，聖僧恨逐美猴王

卻說常言有云：「山高必有怪，嶺峻卻生精。」果然這山上有一個妖精，孫大聖去時，驚動那怪。他在雲端裡踏著陰風，看見長老坐在地下，就不勝歡喜道：「造化，造化。幾年家人都講東土的唐和尚取大乘，他本是金蟬子化身，十世修行的原體。有人吃他一塊肉，長壽長生，真個今日到了。」那妖精上前就要拿他，只見長老左右手下有兩員大將護持，不敢攏身❶。他說兩員大將是誰？說是八戒、沙僧。八戒、沙僧雖沒什麼大本事，然八戒是天蓬元帥，沙僧是捲簾大將，他的威氣尚不曾泄，故不敢攏身。妖精說：「等我且戲他戲，看怎麼說。」

好妖精，停下陰風，在那山凹裡搖身一變，變作個月貌花容的女兒，說不盡那眉清目秀，齒白唇紅。左手提著一個青砂罐兒，右手提著一個綠磁瓶兒，從西向東，徑奔唐僧。

三藏見了，叫：「八戒、沙僧，悟空才說這裡曠野無人，你看那裡不走出一個人來了？」八戒道：「師父，你與沙僧坐著，等老豬去看看來。」

那獃子放下釘鈀，整整直裰，擺擺搖搖，充作個斯文氣象，一直的覥面相迎❷。真個是遠看未實，近看分明，那女子生得：

冰肌藏玉骨，衫領露酥胸。柳眉積翠黛，杏眼閃銀星。
月樣容儀俏，天然性格清。體似燕藏柳，聲如鶯囀林。
半放海棠籠曉日，才開芍藥弄春晴。

那八戒見他生得俊俏，獃子就動了凡心，忍不住胡言亂語，叫道：「女菩薩，往那裡去？手裡提著是什麼東西？」分明是個妖怪，他卻不能認得。那女子連聲答應道：「長老，我這青罐裡是香米飯，綠瓶裡是炒麵筋。特來此處無他故，因還誓願要齋僧。」八戒聞言，滿心歡喜，急抽身，就跑了個豬顛風❸，報與三藏道：「師父，『吉人自有天報』。師父餓了，教師兄去化齋，那猴子不知那裡摘桃兒耍子去了。桃子吃多了，也有些嘈人❹，又有些下墜。你看，那不是個齋僧的來了？」唐僧不信道：「你這個夯貨胡纏，我們走了這向，好人也不曾遇著一個，齋僧的從何而來！」八戒道：「師父，這不到了？」

三藏一見，連忙跳起身來，合掌當胸道：「女菩薩，你府上在何處住？是甚人家？有甚願心來此齋僧？」分明是個妖精，那長老也不認得。那妖精見唐僧問他來歷，他立地就起個虛情，花言巧語來賺哄道：「師父，此山叫作蛇回獸怕的白虎嶺，正西下面是我家。我父母在堂，看經好善，廣齋方上遠近僧人。只因無子，求神作福，生了奴奴❺。欲扳門第，配嫁他人，又恐老來無倚，只得將奴招了一個女婿，養老送終。」三藏聞言道：「女菩薩，你語言差了。聖經云：『父母在，不遠遊，遊必有方。』你既有父母在堂，又與你招了女婿，有願心，教你男子還便也罷，怎麼自家在山行走，又沒個侍兒隨從，這個是不遵婦道了。」那女子笑吟吟，忙陪俏語道：「師父，我丈夫在山北凹裡，帶幾個客子鋤田。這是奴奴煮的午飯，送與那些人吃的。只為五黃六月，無人使喚，父母又年老，所以親身來送。忽遇三位遠來，卻思父母好善，故將此飯齋僧，如不棄嫌，願表芹獻。」三藏道：「善哉！善哉！我有徒弟摘果子去了，就來，我不敢吃。假如我和尚吃了你飯，你丈夫曉得，罵你，卻不罪坐貧僧也？」那女子見唐僧不肯吃，卻又滿面春生道：「師父啊，我父母齋僧，還是小可；我丈夫更是個善人，一生好的是修橋補路，愛老憐貧。但聽見說這飯送與師父吃了，他與我夫妻情上，比尋常更是不同。」三藏也只是不吃。

旁邊卻惱壞了八戒，那獃子努著嘴，口裡埋怨道：「天下和尚也無數，不曾像我這個老和尚罷軟。現成的飯，三分兒倒不吃，只等那猴子來，做四分才吃。」他不容分說，一嘴把個罐子拱倒，就要動口。只見那行者自南山頂上摘了幾個桃子，托著缽盂，一觔斗，點將回來，睜火眼金睛觀看，認得那女子是個妖精，放下缽盂，掣鐵棒，當頭就打。諕得個長老用手扯住道：「悟空，你走將來打誰？」行者道：「師父，你面前這個女子，莫當作個好人，他是個妖精，要來騙你哩！」三藏道：「你這個猴頭，當時倒也有些眼力，今日如何亂道？這女菩薩有此善心，將這飯要齋我等，你怎麼說他是個妖精？」行者笑道：「師父，你那裡認得。老孫在水簾洞裡做妖魔時，若想人肉吃，便是這等：或變金銀，或變莊台，或變醉人，或變女色。有那等痴心的愛上我，我就迷他到洞裡，盡意隨心，或蒸或煮受用；吃不了，還要曬乾了防天陰哩！師父，我若來遲，你定入他套子，遭他毒手。」那唐僧那裡肯信，只說是個好人。行者道：「師父，我知道你了，你見他那等容貌，必然動了凡心。若果有此意，叫八戒伐幾棵樹來，沙僧尋些草來，我做木匠，就在這裡搭個窩鋪，你與他圓房成事，我們大家散了，卻不是件事業？何必又跋涉取甚經去？」那長老原是個軟善的人，那裡吃得他這句言語，羞得光頭徹耳通紅。

三藏正在此羞慚，行者又發起性來，掣鐵棒，望妖精劈臉一下。那怪物有些手段，使個「解屍法」，見行者棍子來時，他卻抖擻精神，預先走了，把一個假屍首打死在地下。諕得個長老戰戰兢兢，口中作念道：「這猴著然無禮，屢勸不從，無故傷人性命。」行者道：「師父莫怪，你且來看看這罐子裡是甚東西？」沙僧攙著長老，近前看時，那裡是甚香米飯，卻是一罐子拖尾巴的長蛆；也不是麵筋，卻是幾個青蛙、癩蝦蟆滿地亂跳。長老才有三分兒信了，怎禁豬八戒氣不忿，在旁漏八分兒唆嘴道❻：「師父，說起這個女子，他是此間農婦，因為送飯下田，路遇我等，卻怎麼栽他是個妖怪？哥哥的棍重，走將來試手打他一下，不期就打殺了。怕你念什麼緊箍兒咒，故意的使個障眼法兒，變作這等樣東西，演幌你眼，使不念咒哩！」

三藏自此一言，就是晦氣到了。果然信那獃子攛唆❼，手中捻訣，口裡念咒。行者就叫：「頭疼頭疼，莫念莫念，有話便說。」唐僧道：「有甚話說？出家人時時常要方便，念念不離善心，掃地恐傷螻蟻命，愛惜飛蛾紗罩燈。你怎麼步步行兇，打死這個無故平人，取將經來何用？你回去罷。」行者道：「師父，你教我回那裡去？」唐僧道：「我不要你做徒弟。」行者道：「你不要我做徒弟，只怕你西天路去不成。」唐僧道：「我命在天，該那個妖精蒸了吃，就是煮了也算不過。終不然，你救得我的大限？你快回去。」行者道：「師父，我回去便也罷了，只是不曾報得你的恩哩！」唐僧道：「我與你有甚恩？」那大聖聞言，連忙跪下叩頭，道：「老孫因大鬧天宮，致下了傷身之難，被我佛壓在兩界山。幸觀音菩薩與我受了戒行，幸師父救脫吾身。若不與你同上西天，顯得我知恩不報非君子，萬古千秋作罵名。」原來這唐僧是個慈憫的聖僧，他見行者哀告，卻也回心轉意，道：「既如此說，且饒你這一次，再休無禮。如若仍前作惡，這咒語顛倒就念二十遍。」行者道：「三十遍也由你，只是我不打人了。」卻才服侍唐僧上馬，又將摘來桃子奉上。唐僧在馬上也吃了幾個，權且充飢。

卻說那妖精脫命升空，原來行者那一棒不曾打殺妖精，妖精出神去了。他在那雲端裡咬牙切齒，暗恨行者道：「幾年只聞得講他手段，今日果然話不虛傳。那唐僧已是不認得我，將要吃飯。若低頭聞一聞兒，我就一把撈住，卻不是我的人了？不期被他走來，弄破我這勾當，又幾乎被他打了一棒。若饒了這個和尚，誠然是勞而無功也，我還下去戲他一戲。」

好妖精，按落陰雲，在那前山坡下搖身一變，變作個老婦人，年滿八旬，手拄著一根彎頭竹杖，一步一聲地哭著走來。八戒見了，大驚道：「師父，不好了，那媽媽兒來尋人了。」唐僧道：「尋甚人？」八戒道：「師兄打殺的定是他女兒，這個定是他娘尋將來了。」行者道：「兄弟莫要胡說，那女子十八歲，這老婦有八十歲，怎麼六十多歲還生產？斷乎是個假的，等老孫去看來。」

好行者，拽開步，走近前觀看，那怪物：

假變一婆婆，兩鬢如冰雪。走路慢騰騰，行步虛怯怯。
弱體瘦伶仃，臉如枯菜葉。顴骨望上翹，嘴唇往下別。
老年不比少年時，滿臉都是荷葉摺。

行者認得他是妖精，更不理論，舉棒照頭便打。那怪見棍子起時，依然抖擻，又出化了元神，脫真兒去了，把個假屍首又打死在山路旁之下。

唐僧一見，驚下馬來，睡在路旁，更無二話，只是把緊箍兒咒顛倒足足念了二十遍。可憐把個行者頭勒得似個亞腰兒葫蘆，十分疼痛難忍，滾將來哀告道：「師父莫念了，有甚話說了罷。」唐僧道：「有甚話說？出家人耳聽善言，不墮地獄。我這般勸化你，你怎麼只是行兇？把平人打死一個，又打死一個，此是何說？」行者道：「他是妖精。」唐僧道：「這個猴子胡說，就有這許多妖怪？你是個無心向善之輩，有意作惡之人，你去罷。」行者道：「師父又教我去？回去便也回去了，只是一件不相應。」唐僧道：「你有什麼不相應處？」八戒道：「師父，他要和你分行李哩！跟著你做了這幾年和尚，不成空著手回去？你把那包袱內的什麼舊褊衫❽、破帽子分兩件與他罷。」

行者聞言，氣得暴跳道：「我把你這個尖嘴的夯貨❾！老孫一向秉教沙門，更無一毫嫉妒之意、貪戀之心，怎麼要分什麼行李？」唐僧道：「你既不嫉妒貪戀，如何不去？」行者道：「實不瞞師父說，老孫五百年前居花果山水簾洞大展英雄之際，收降七十二洞邪魔，手下有四萬七千小怪，頭戴的是紫金冠，身穿的是赭黃袍，腰繫的是藍田帶，足踏的是步雲履，手執的是如意金箍棒，著實也曾為人。自從涅槃罪度，削髮秉正沙門，跟你做了徒弟，把這個金箍兒勒在我頭上，若回去，卻也難見故鄉人。師父果若不要我，把那個鬆箍兒咒念一念，退下這個箍子，交付與你，套在別人頭上，我就快活相應了，也是跟你一場。莫不成這些人意兒也沒有了？」唐僧大驚道：「悟空，我當時只是菩薩暗受一卷緊箍兒咒，卻沒有什麼鬆箍兒咒。」行者道：「若無鬆箍兒咒，你還帶我去走走罷。」長老又沒奈何道：「你且起來，我再饒你這一次，卻不可再行兇了。」行者道：「再不敢了，再不敢了。」又服侍師父上馬，剖路前進⑩。

卻說那妖精，原來行者第二棍也不曾打殺他，那怪物在半空中誇獎不盡道：「好個猴王，著然有眼，我那般變了去，他也還認得我。這些和尚去得快，若過此山，西下四十里，就不伏我所管了。若是被別處妖魔撈了去，好道就笑破他人口，使碎自家心。我還下去戲他一戲。」好妖精，按聳陰風，在山坡下搖身一變，變作一個老公公，真個是：

白髮如彭祖，蒼髯賽壽星。耳中鳴玉磬，眼裡幌金星。
手拄龍頭拐，身穿鶴氅輕。數珠掐在手，口誦南無經。

唐僧在馬上見了，心中大喜道：「阿彌陀佛！西方真是福地，那公公路也走不上來，逼法的還念經哩！」八戒道：「師父，你且莫要誇獎，那個是禍的根哩！」唐僧道：「怎麼是禍根？」八戒道：「師兄打殺他的女兒，又打殺他的婆子，這個正是他的老兒尋將來了。我們若撞在他的懷裡啊！師父，你便償命，該個死罪；把老豬為從，問個充軍；沙僧喝令，問個擺站。那師兄使個遁法走了，卻不苦了我們三個頂缸⑪？」

行者聽見道：「這個獃根，這等胡說，可不誆了師父？等老孫再去看看。」他把棍藏在身邊，走上前，迎著怪物，叫聲：「老官兒，往那裡去？怎麼又走路又念經？」那妖精錯認了定盤星，把孫大聖也當作個等閒的，遂答道：「長老啊！我老漢祖居此地，一生好善齋僧，看經念佛，命裡無兒，只生得一個小女，招了個女婿。今早送飯下田，想是遭逢虎口。老妻先來找尋，也不見回去，全然不知下落，老漢特來尋看。果然是傷殘他命，也沒奈何，將他骸骨收拾回去，安葬塋中⑫。」行者笑道：「我是個做齁虎的祖宗⑬，你怎麼袖子裡籠了個鬼兒來哄我？你瞞了諸人，瞞不過我，我認得你是個妖精。」那妖精唬得頓口無言。行者掣出棒來，自忖道：「若要不打他，顯得他倒弄個風兒；若要打他，又怕師父念那話兒咒語。」又思量道：「不打殺他，他一時間抄空兒把師父撈了去，卻不又費心勞力去救他？還打的是。就一棍子打殺，師父念起那咒，常言道：『虎毒不吃兒。』憑著我巧言花語，嘴伶舌便，哄他一哄，好道也罷了。」好大聖，念動咒語，叫當坊土地、本處山神道：「這妖精三番來戲弄我師父，這一番卻要打殺他。你與我在半空中作證，不許走了。」眾神聽令，誰敢不從，都在雲端裡照應。那大聖棍起處，打倒妖魔，才斷絕了靈光。

那唐僧在馬上又唬得戰戰兢兢，口不能言。八戒在旁邊又笑道：「好行者，風發了，只行了半日路，倒打死三個人。」唐僧正要念咒，行者急到馬前叫道：「師父莫念，莫念，你且來看看他的模樣。」卻是一堆粉骷髏在那裡，唐僧大驚道：「悟空，這個人才死了，怎麼就化作一堆骷髏？」行者道：「他是個潛靈作怪的僵屍，在此迷人敗本，被我打殺，他就現了本相。他那脊梁上有一行字，叫作『白骨夫人』。」唐僧聞說，倒也信了。怎禁那八戒旁邊唆嘴道：「師父，他的手重棍兇，把人打死，只怕你念那話兒，故意變化這個模樣，掩你的眼目哩！」唐僧果然耳軟，又信了他，隨復念起。行者禁不得疼痛，跪於路旁，只叫：「莫念，莫念，有話快說了罷。」唐僧道：「猴頭，還有甚說話？出家人行善，如春園之草，不見其長，日有所增；行惡之人，如磨刀之石，不見其損，日有所虧。你在這荒郊野外，一連打死三人，還是無人檢舉，沒有對頭；倘到城市之中，人煙湊集之所，你拿了那哭喪棒，一時不知好歹，亂打起人來，撞出大禍，教我怎的脫身？你回去罷。」行者道：「師父錯怪了我也，這廝分明是個妖魔，他實有心害你。我倒打死他，替你除了害，你卻不認得，反信了那獃子讒言冷語，屢次逐我。常言道：『事不過三。』我若不去，真是個下流無恥之徒。我去，我去，去便去了，只是你手下無人。」唐僧發怒道：「這潑猴越發無禮，看起來，只你是人，那悟能、悟淨就不是人？」

那大聖一聞得說他兩個是人，止不住傷情悽慘，對唐僧道聲：「苦啊！你那時節出了長安，有劉伯欽送你上路。到兩界山，救我出來，投拜你為師。我曾穿古洞，入深林，擒魔捉怪，收八戒，得沙僧，吃盡千辛萬苦。今日昧著惺惺使糊塗⑭，只教我回去，這才是『鳥盡弓藏，兔死狗烹』。罷，罷，罷，但只是多了那緊箍兒咒。」唐僧道：「我再不念了。」行者道：「這個難說。若到那毒魔苦難處不得脫身，八戒、沙僧救不得你，那時節想起我來，忍不住又念誦起來。就是十萬里路，我的頭也是疼的，假如再來見你，不如不作此意。」

唐僧見他言言語語，越添惱怒，滾鞍下馬來，叫沙僧包袱內取出紙筆，即於澗下取水，石上磨墨，寫了一紙貶書，遞於行者道：「猴頭，執此為照，再不要你做徒弟了；如再與你相見，我就墮了阿鼻地獄。」行者連忙接了貶書道：「師父不消發誓，老孫去罷。」他將書摺了，留在袖內，卻又軟款唐僧道：「師父，我也是跟你一場，又蒙菩薩指教，今日半途而廢，不曾成得功果，你請坐，受我一拜，我也去得放心。」唐僧轉回身不睬，口裡唧唧噥噥地道：「我是個好和尚，不受你歹人的禮。」大聖見他不睬，又使個身外法，把腦後毫毛拔了三根，吹口仙氣，叫：「變！」即變了三個行者，連本身四個，四面圍住師父下拜。那長老左右躲不脫，好道也受了一拜。

大聖跳起來，把身一抖，收上毫毛，卻又吩咐沙僧道：「賢弟，你是個好人，卻只要留心防著八戒詀言詀語[15]。途中更要仔細，倘一時有妖精拿住師父，你就說老孫是他大徒弟，西方毛怪聞我的手段，不敢傷我師父。」唐僧道：「我是個好和尚，不提你這歹人的名字，你回去罷。」

那大聖見長老三番兩復不肯轉意回心，沒奈何才去。你看他：

噙淚叩頭辭長老，含悲留意囑沙僧。一頭拭迸坡前草，兩腳蹬翻地上藤。
上天下地如輪轉，跨海飛山第一能。頃刻之間不見影，霎時疾返舊途程。

你看他忍氣別了師父，縱觔斗雲，徑回花果山水簾洞去了，獨自個悽悽慘慘。忽聞得水聲聒耳，大聖在那半空裡看時，原來是東洋大海潮發的聲響。一見了，又想起唐僧，止不住腮邊淚墜，停雲住步，良久方去。

畢竟不知此去反復何如，且聽下回分解。

說文解字

❶攏身：近身。❷覥面：厚著臉皮。❸豬顛風：豬的一種疾病，由中樞神經疾患引起，也作「豬癲瘋」。後比喻人的癲狂。❹嘈人：胃不舒服、噁心的感覺。❺奴奴：古代女子自謙之辭。❻唆嘴：搬弄口舌。❼攛唆：慫恿、唆使。❽褊衫：一種僧尼服裝。開脊接領，斜披在左肩上，類似袈裟。❾夯貨：光吃不做、傻頭傻腦、空有一把力氣的人。❿剖路：辨明路途。⓫頂缸：比喻代人受過或承擔責任。⓬塋：墳地、墓地。⓭齁虎：嚇人的模樣。⓮昧著惺惺使糊塗：形容假裝糊塗、假裝不懂。⓯詀言詀語：花言巧語、胡說八道。

第五十九回 唐三藏路阻火焰山，孫行者一調芭蕉扇

且不說這家子供奉唐僧加倍。卻說那行者霎時徑到翠雲山，按住祥光，正自找尋洞口，只聞得丁丁之聲，乃是山林內一個樵夫伐木。行者即趨步至前，又聞得他道：

雲際依依認舊林，斷崖荒草路難尋。西山望見朝來雨，南澗歸時渡處深。

行者近前作禮道：「樵哥，問訊了。」那樵子撇了柯斧❶，答禮道：「長老何往？」行者道：「敢問樵哥，這可是翠雲山？」樵子道：「正是。」行者道：「有個鐵扇仙的芭蕉洞在何處？」樵子笑道：「這芭蕉洞雖有，卻無個鐵扇仙，只有個鐵扇公主，又名羅剎女。」行者道：「人言他有一柄芭蕉扇，能熄得火焰山，敢是他麼？」樵子道：「正是，正是。這聖賢有這件寶貝，善能熄火，保護那方人家，故此稱為鐵扇仙。我這裡人家用不著他，只知他叫作羅剎女，乃大力牛魔王妻也。」

行者聞言，大驚失色，心中暗想道：「又是冤家了。當年伏了紅孩兒，說是這廝養的。前在那解陽山破兒洞遇他叔子，尚且不肯與水，要作報仇之意；今又遇他父母，怎生借得這扇子耶？」樵子見行者沉思默慮，嗟嘆不已，便笑道：「長老，你出家人有何憂疑？這條小路兒向東去，不尚五六里就是芭蕉洞，休得心焦。」行者道：「不瞞樵哥說，我是東土唐朝差往西天求經的唐僧大徒弟，前年在火雲洞，曾與羅剎之子紅孩兒有些言語，但恐羅剎懷仇不與，故生憂疑。」樵子道：「大丈夫鑑貌辨色，只以求扇為名，莫認往時之溲話❷，管情借得。」行者聞言，深深唱個大喏道：「謝樵哥教誨，我去也。」

遂別了樵夫，徑至芭蕉洞口。但見那兩扇門緊閉牢關，洞外風光秀麗好去處。行者上前叫：「牛大哥，開門，開門。」呀的一聲，洞門開了，裡邊走出一個毛兒女，手中提著花籃，肩上擔著鋤子，真個是一身藍縷無妝飾，滿面精神有道心。行者上前迎著合掌道：「女童，累你轉報公主一聲。我本是取經的和尚，在西方路上難過火焰山，特來拜借芭蕉扇一用。」那毛女道：「你是那寺裡和尚？叫甚名字？我好與你通報。」行者道：「我是東土來的，叫作孫悟空和尚。」

那毛女即便回身，轉於洞內，對羅剎跪下道：「奶奶，洞門外有個東土來的孫悟空和尚，要見奶奶，拜求芭蕉扇，過火焰山一用。」那羅剎聽見「孫悟空」三字，便似撮鹽入火❸，火上澆油，骨都都紅生臉上❹，惡狠狠怒發心頭。口中罵道：「這潑猴！今日來了。」叫：「丫鬟，取披掛，拿兵器來。」隨即取了披掛，拿兩口青鋒寶劍，整束出來。行者在洞外閃過，偷看怎生打扮。只見他：

頭裹團花手帕，身穿納錦雲袍。腰間雙束虎觔絛，微露繡裙偏綃。
鳳嘴弓鞋三寸，龍鬚膝褲金銷。手提寶劍怒聲高，兇比月婆容貌。

那羅剎出門，高叫道：「孫悟空何在？」行者上前，躬身施禮道：「嫂嫂，老孫在此奉揖❺。」羅剎咄的一聲道：「誰是你的嫂嫂？那個要你奉揖？」行者道：「尊府牛魔王，當初曾與老孫結義，乃七兄弟之親。今聞公主是牛大哥令正❻，安得不以嫂嫂稱之？」羅剎道：「你這潑猴！既有兄弟之親，如何坑陷我子？」行者佯問道：「令郎是誰？」羅剎道：「我兒是號山枯松澗火雲洞聖嬰大王紅孩兒。被你傾了，我們正沒處尋你報仇，你今上門納命，我肯饒你？」行者滿臉陪笑道：「嫂嫂原來不察理，錯怪了老孫。你令郎因是捉了師父，要蒸要煮，幸虧了觀音菩薩收他去，救出我師。他如今現在菩薩處做善財童子，實受了菩薩正果，不生不滅，不垢不淨，與天地同壽，日月同庚。你倒不謝老孫保命之恩，反怪老孫，是何道理？」羅剎道：「你這個巧嘴的潑猴！我那兒雖不傷命，再怎生得到我的跟前，幾時能見一面？」行者笑道：「嫂嫂要見令郎，有何難處？你且把扇子借我，搧熄了火，送我師父過去，我就到南海菩薩處請他來見你，就送扇子還你，有何不可？那時節，你看他可曾損傷一毫？如有些須之傷，你也怪得有理；如比舊時標致，還當謝我。」羅剎道：「潑猴！少要饒舌，伸過頭來，等我砍上幾劍。若受得疼痛，就借扇子與你；若忍耐不得，教你早見閻君。」行者叉手向前，笑道：「嫂嫂切莫多言，老孫伸著光頭，任尊意砍上多少，但沒氣力便罷，是必借扇子用。」那羅剎不容分說，雙手掄劍，照行者頭上乒乒乓乓砍有十數下，這行者全不認真。羅剎害怕，回頭要走。行者道：「嫂嫂那裡去？快借我使使。」那羅剎道：「我的寶貝原不輕借。」行者道：「既不肯借，吃你老叔一棒。」

好猴王，一隻手扯住，一隻手去耳內掣出棒來，幌一幌，有碗來粗細。那羅剎掙脫手，舉劍來迎，行者隨又掄棒便打。兩個在翠雲山前，不論親情，卻只講仇隙。那羅剎女與行者相持到晚，見行者棒重，卻又解數周密，料鬥他不過，即便取出芭蕉扇，幌一幌，一扇陰風，把行者搧得無影無形，莫想收留得住。這羅剎得勝回歸。

那大聖飄飄蕩蕩，左沉不能落地，右墜不得存身，就如旋風翻敗葉，流水淌殘花。滾了一夜，直至天明，方才落在一座山上，雙手抱住一塊峰石。定性良久，仔細觀看，卻才認得是小須彌山。大聖長嘆一聲道：「好利害婦人！怎麼就把老孫送到這裡來了？我當年曾記得在此處告求靈吉菩薩降黃風怪救我師父，那黃風嶺至此直南上有三千餘里，今在西路轉來，乃東南方隅，不知有幾萬里。等我下去問靈吉菩薩一個消息，好回舊路。」

正躊躇間，又聽得鐘聲響亮，急下山坡，徑至禪院。那門前道人認得行者的形容，即入裡面報道：「前年來請菩薩去降黃風怪的那個毛臉大聖又來了。」菩薩知是悟空，連忙下寶座相迎，入內施禮道：「恭喜，取經來耶？」悟空答道：「正好未到，早哩！早哩！」靈吉道：「既未曾得到雷音，何以回顧荒山？」行者道：「自上年蒙盛情降了黃風怪，一路上不知歷過多少苦楚。今到火焰山，不能前進，詢問土人，說有個鐵扇仙，芭蕉扇搧得火滅，老孫特去尋訪。原來那仙是牛魔王的妻，紅孩兒的母，他說我把他兒子做了觀音菩薩的童子，不得常見，恨我為仇，不肯借扇，與我爭鬥。他見我的棒重難撐，遂將扇子把我一搧，搧得我悠悠蕩蕩，直至於此，方才落住。故此輕造禪院，問個歸路。此處到火焰山，不知有多少里數？」靈吉笑道：「那婦人喚名羅剎女，又叫作鐵扇公主。他的那芭蕉扇本是崑崙山後，自混沌開闢以來，天地產成的一個靈寶，乃太陰之精葉，故能滅火氣。假若搧著人，要飄八萬四千里，方息陰風。我這山到火焰山，只有五萬餘里，此還是大聖有留雲之能，故止住了；若是凡人，正好不得住也。」行者道：「利害，利害！我師父卻怎生得度那方？」靈吉道：「大聖放心。此一來，也是唐僧的緣法，合教大聖成功。」行者道：「怎見成功？」靈吉道：「我當年受如來教旨，賜我一粒定風丹、一柄飛龍杖。飛龍杖已降了風魔，這定風丹尚未曾見用，如今送了大聖，管教那廝搧你不動。你卻要了扇子，搧熄火，卻不就立此功也？」行者低頭作禮，感謝不盡。那菩薩即於衣袖中取出一個錦袋兒，將那一粒定風丹與行者安在衣領裡邊，將針線緊緊縫了。送行者出門道：「不及留款。往西北上去，就是羅剎的山場也。」

行者辭了靈吉，駕觔斗雲，徑返翠雲山，頃刻而至，使鐵棒打著洞門叫道：「開門，開門！老孫來借扇子使使哩！」慌得那門裡女童即忙來報：「奶奶，借扇子的又來了。」羅剎聞言，心中悚懼道：「這潑猴真有本事。我的寶貝搧著人，要去八萬四千里，方能停止；他怎麼才吹去，就回來也？這番等我一連搧他兩三扇，教他找不著歸路。」急縱身，結束整齊，雙手提劍，走出門來道：「孫行者，你不怕我，又來尋死？」行者笑道：「嫂嫂勿得慳吝❼，是必借我使使，保得唐僧過山，就送還你。我是個志誠有餘的君子，不是那借物不還的小人。」羅剎又罵道：「潑猢猻！好沒道理、沒分曉。奪子之仇，尚未報得；借扇之意，豈得如心？你不要走，吃我老娘一劍。」大聖公然不懼，使鐵棒劈手相迎。他兩個往往來來，戰經五七回合，羅剎女手軟難掄，孫行者身強善敵。他見事勢不諧，即取扇子，望行者搧了一扇，行者巍然不動。行者收了鐵棒，笑吟吟地道：「這番不比那番，任你怎麼搧來，老孫若動一動，就不算漢子。」那羅剎又搧兩扇，果然不動。羅剎慌了，急收寶貝轉回，走入洞裡，將門緊緊關上。

行者見他閉了門，卻就弄個手段，拆開衣領，把定風丹噙在口中。搖身一變，變作一個蟭蟟蟲兒❽，從他門隙處鑽進。只見羅剎叫道：「渴了，渴了，快拿茶來。」近侍女童即將香茶一壺，沙沙的滿斟一碗，沖起茶沫漕漕。行者見了歡喜，嚶的一翅，飛在茶沫之下。那羅剎渴極，接過茶，兩三氣都吃了。行者已到他肚腹之內，現原身，厲聲高叫道：「嫂嫂，借扇子我使使。」羅剎大驚失色，叫：「小的們，關了前門否？」俱說：「關了。」他又說：「既關了門，孫行者如何在家裡叫喚？」女童道：「在你身上叫哩！」羅剎道：「孫行者，你在那裡弄術哩？」行者道：「老孫一生不會弄術，都是些真手段、實本事，已在尊嫂尊腹之內耍子，已見其肺肝矣。我知你也飢渴了，我先送你個坐碗兒解渴。」卻就把腳往下一登，那羅剎小腹之中疼痛難禁，坐於地下叫苦。行者道：「嫂嫂休得推辭，我再送你個點心充飢。」又把頭往上一頂，那羅剎心痛難禁，只在地上打滾，疼得他面黃唇白，只叫：「孫叔叔饒命。」

行者卻才收了手腳道：「你才認得叔叔麼？我看牛大哥情上，且饒你性命。快將扇子拿來我使使。」羅剎道：「叔叔，有扇，有扇，你出來拿了去。」行者道：「拿扇子我看了出來。」羅剎即叫女童拿一柄芭蕉扇，執在旁邊。行者探到喉嚨之上見了道：「嫂嫂，我既饒你性命，不在腰肋之下搠個窟窿出來❾，還自口出，你把口張三張兒。」那羅剎果張開口。行者還作個蟭蟟蟲，先飛出來，丁在芭蕉扇上。那羅剎不知，連張三次，叫：「叔叔出來罷。」行者化原身，拿了扇子，叫道：「我在此間不是？謝借了，謝借了。」拽開步，往前便走。小的們連忙開了門，放他出洞。

說文解字

❶柯斧：裝有柄的斧頭。❷漫話：指過時不中用的老話。❸撮鹽入火：鹽一放在火裡就爆裂，比喻性情急躁。撮，以指取物。❹骨都都：雲霧上升的樣子。❺奉揖：恭敬地作揖、行禮。奉，獻上。揖，作揖、行禮。❻令正：古代稱嫡妻爲「正室」，故尊稱他人的妻子爲「令正」。❼慳吝：吝嗇。❽蟭蟟蟲兒：一種小蟲。❾搠：刺、扎。

言外之意

❖內容隱喻

「取經」在《西遊記》中是畫分眞善美和假醜惡的界線。「經」就是「寶」，就抽象意義上來說，取寶是爲了造福人類，至於這個寶能不能眞正地造福人類，這就無須認眞推敲，因爲那只不過是一個象徵罷了。吳承恩塑造的孫悟空，就是眞善美的代表，而那些妖魔鬼怪，有的作惡多端，有的存心不良，有的以假亂眞，皆極力阻撓唐僧師徒西天取經。孫悟空和妖魔的鬥爭實際上就是正義和邪惡的較量，全書的結局也是在唐僧師徒不懈的努力之下，克服種種艱難險阻，終於抵達西天，成功取得經典。

❖浪漫主義

《西遊記》全書充滿浪漫主義的神奇幻想，作者在小說中充分地發揮神魔小說的特點，大膽而自由地張開藝術想像的翅膀，運用奇特的幻想、美麗的故事，創造出一個綺麗迷幻的神話世界。這裡有風光如畫、景色優美的花果山；有淫威森嚴、光怪陸離的天上神國；有陰森恐怖、鬼哭神號的陰曹地府；有碧波翻滾、水族橫行的水晶龍宮；有主宰天上人間、萬物生靈的最高統治者玉皇大帝；有傷生造孽、危害四方的妖魔鬼怪，還有敢於造反、不畏強暴的神猴等等。

《西遊記》的神奇之處也反映在對景物、環境的構思上，只有讓帶有神奇色彩的人物，在神奇的環境中，展開神奇的情節，才能構成和諧，使讀者有如身臨其境，使作品產生「召人入境」的藝術魅力。翻開《西遊記》第一回「靈根育孕源流出，心性修持大道生」，作者這樣描寫東勝神州花果山水簾洞：

> 此山乃十洲之祖脈，三島之來龍……丹崖怪石，削壁奇峰。丹崖上，彩鳳雙鳴；削壁前，麒麟獨臥……林中有壽鹿仙狐，樹上有靈禽玄鶴。瑤草奇花不謝，青松翠柏長春。仙桃常結果，修竹每留雲。一條澗壑藤蘿密，四面原堤草色新。正是百川會處擎天柱，萬劫無移大地根。

接著又寫石猴在水簾洞邊嬉戲的種種親切、頑皮、逗人之態。這一段景物和環境的描述，將美猴王得天獨厚、明快好動、樂觀恢諧的性格，染遍花果山的一草一木。

❖人物塑造

吳承恩運用獨創的藝術構思，極其精彩地塑造出《西遊記》中一連串的人物形象，是吳承恩的又一傑出

才能，展現作者驚人的想象力和大膽的創造性。在這些栩栩如生、絢麗奪目的人物角色中，孫悟空便是最典型的代表。

在作者筆下，孫悟空首先是一隻猴子：尖嘴縮腮、毛臉雷公嘴、火眼金睛、羅圈腿，再加上紅屁股、長尾巴，又有著靈活好動、攀樹爬枝、採花食果的特徵。然而，他從出生起就不是一隻普通的猴子，他不是父母的精血孕育而成，而是出自石卵，是大自然的產物——石猴。他的本事遠遠超過人間的十八般武藝，孫悟空具有七十二變化，一筋斗能翻十萬八千里。這位神通廣大、變化多端的神猴手上的武器——金箍棒，也很奇特：要它大，可以大到頂天立地；要它小，可以小如繡花針，藏在耳朵裡。

隨著吳承恩的筆尖，讀者可以在孫悟空身上發現古代英雄人物的美好特質。例如，他大公無私、正直義氣、勇敢機智、積極樂觀等。當然，他也有人的喜怒哀樂，例如，他秉性驕傲、爭強好勝、愛出風頭、急躁衝動、愛捉弄人等。也就是說，作者將人、妖、獸三者結合，塑造出孫悟空這一理想的神話英雄，讓讀者感到親切有趣、生動活潑。

❖語言特色

《西遊記》中充滿幽默風趣的藝術風格，這些都體現在孫悟空的語言上。眾所周知，語言是人類交往最基本、最主要的工具，人類總是不斷探索語言的表達藝術，進而促進人與人之間的相互理解。

孫悟空在三借芭蕉扇的過程中，就運用了準確明快而又不失幽默的詞語。悟空在借扇過程中，面對牛魔王和羅刹女，一直以兄嫂相稱，只在他們先動了手之後，才不得已還擊。當羅刹女指責悟空害了他們的兒子

——紅孩兒時，悟空耐心地解釋：「你令郎因是捉了師父，要蒸要煮，幸虧了觀音菩薩收他去，救出我師。他如今現在菩薩處做善財童子，實受了菩薩正果，不生不滅，不垢不淨，與天地同壽，日月同庚。」闡明自己並沒有害他，進而悟空還對羅剎女說：「嫂嫂要見令郎，有何難處？你且把扇子借我，搧熄了火，送我師父過去，我就到南海菩薩處請他來見你，就送扇子還你，有何不可？那時節，你看他可曾損傷一毫？如有些須之傷，你也怪得有理；如比舊時標致，還當謝我。」幽默風趣的語言使孫悟空的性格更加活潑可愛，也使人物形象更完整和諧、絢麗奪目。

高手過招

1.（　）下列關於《西遊記》的敘述，何者正確？

Ⓐ 唐三藏至西天取經的「西天」是指「天竺國」，也就是現在的不丹。

Ⓑ《西遊記》中的唐三藏師徒四人為作者吳承恩虛構的人物。

Ⓒ 孫悟空是《西遊記》裡的重要靈魂人物，又稱孫行者、齊天大聖。

Ⓓ《西遊記》一書是作者吳承恩憑藉自己豐富的想像力創造而成。

2.（　）《西遊記》假借玄奘取經的史實，改寫成長篇小說，流傳中外。下列有關《西遊記》的敘述，何者正確？

Ⓐ《西遊記》敘述唐僧取經的歷程，是一部歷史小說。

Ⓑ歷史上的唐僧取經，只有孫悟空為伴，豬八戒、沙和尚和龍馬是《西遊記》添加的虛構人物。

Ⓒ齊天大聖大鬧天宮，要玉皇大帝搬出天宮，讓他來住，並且說：「常言道：『皇帝輪流做，明年到我家。』」這一段故事表現了民主精神。

Ⓓ美猴王離開花果山水簾洞，參訪仙道，遇到一個樵夫，樵夫指點神仙住處說：「不遠、不遠。此山叫作靈台方寸山，山中有座斜月三星洞……。」其中「靈台方寸」、「斜月三星」指的是「心」，意指學仙不必在遠，只在此心。

3.（　）下列有關《西遊記》一書的說明，何者正確？

Ⓐ作者吳承恩，字汝忠，清朝人。

Ⓑ全書藉神怪寫人間，以諷刺讀書人熱中功名的醜態。

Ⓒ《西遊記》敘述唐代高僧前往西天取經的故事，加上作者的渲染想像，屬於白話章回小說。

Ⓓ作者以詼諧、嘲諷的筆調描寫深富寓意的《西遊記》，屬於「四史」之一。

【解答】 1. C　2. D　3. C

封神演義

陸西星或許仲琳

混沌初分盤古先，太極兩儀四象懸。子天丑地人寅出，避除獸患有巢賢。
燧人取火免鮮食，伏羲畫卦陰陽前。神農治世嘗百草，軒轅禮樂婚姻聯。
少昊五帝民物阜，禹王治水洪波蠲。承平享國至四百，桀王無道乾坤顛。
日縱妹喜荒酒色，成湯造亳洗腥羶。放桀南巢拯暴虐，雲霓如願後蘇全。
三十一世傳殷紂，商家脈絡如斷弦。紊亂朝綱絕倫紀，殺妻誅子信讒言。
穢污宮闈寵妲己，蠆盆炮烙忠貞冤。鹿台聚斂萬姓苦，愁聲怨氣應障天。
直諫剖心盡焚炙，孕婦刳剔朝涉殲。崇信姦回棄朝政，屏逐師保性何偏。
郊社不修宗廟廢，奇技淫巧盡心研。昵此罪人乃罔畏，沉酗肆虐如鶉鳶。
西伯朝商囚羑里，微子抱器走風湮。皇天震怒降災毒，若涉大海無淵邊。
天下荒荒萬民怨，子牙出世人中仙。終日垂絲釣人主，飛熊入夢獵岐田。

共載歸周輔朝政，三分有二日相沿。文考末集大勳沒，武王善述日乾乾。
孟津大會八百國，取彼凶殘伐罪愆。甲子昧爽會牧野，前徒倒戈反回旋。
若崩厥角齊稽首，血流漂杵脂如泉。戎衣甫著天下定，更於成湯增光妍。
牧馬華山示偃武，開我周家八百年。太白旗懸獨夫死，戰亡將士幽魂潛。
天挺人賢號尚父，封神壇上列花箋。大小英靈尊位次，商周演義古今傳。

作品通覽

《封神演義》是一部將歷史上實有其事的商周之爭神話化的小說，雖然名之曰「演義」，但與其他基本忠於史傳，只是稍加藝術渲染的講史型演義小說有顯著區別。《封神演義》大部分情節都是神仙鬥法的故事，所以多數文學史家將它歸為「神魔小說」一類。

❖ 真實歷史

殷商與周的鬥爭，自漢代以來就有記載，漢代司馬遷在《史記》中便記載頗多商紂王才兼文武，而又荒淫暴虐的史實。他敘述商紂王寵信妲己，唯「妲己之言是從」；搜括民脂民膏，修建專供玩樂的鹿台；設置酒池肉林，沒日沒夜的飲酒取樂；用炮烙酷刑迫害無辜良臣，無故囚禁賢明的西伯侯姬昌；重用奸臣惡來、費中等人，使天下諸侯紛紛反叛歸周；大臣微子多次向紂王進諫，紂王不予理睬，微子心灰意冷，不辭而別；

王子比干進諫，竟被紂王下令剖開胸膛，挖出心臟；大臣箕子感到害怕，便開始裝瘋賣傻……。而後，周武王率領天下諸侯討伐紂王，與紂王的軍隊在牧野交戰。紂王兵敗後，登上鹿台，投入烈火中自殺，周武王下令斬斷紂王的頭顱，懸掛於白旗上，並處斬妲己、釋放箕子、祭祀比干。之後，周武王又封紂王兒子武庚延續商朝血脈，因此受天下諸侯推舉，成為天子。這就是《封神演義》的主要歷史根據。

在這些史實基礎上，作者再借鑑於六朝以來的志怪小說，以及《西遊記》等神魔小說，還有相關民間傳說，尤其是元朝刊本《武王伐紂平話》，並加上自己的虛構，演繹成《封神演義》這部家喻戶曉、魅力永存的長篇小說，從而在古典小說史上寫下燦爛的一頁。

❖作者爭議

《封神演義》共有一百回。根據日本內閣文庫所藏明刻本，此書作者為「鐘山逸叟許仲琳」，然而許氏之名僅出現在原書卷二之中，且有關許仲琳的事跡，我們知之甚少。另外一個說法則是，清代《傳奇彙考》中曾提到：「《封神傳》係元時（應為明代）道士陸長庚（陸西星）所作，未知的否。」根據這段論述，我們可以得知，《傳奇彙考》也不確定《封神演義》是否眞的為陸長庚的作品。所以，此書到底為何人所作，如今尚無定論。

不過，現在一般都依魯迅說法，將此書歸為許仲琳名下，成書時間也因此被認為在明代中葉。也有人傳說，許仲琳為一寒士，他在完成此書後，便把《封神演義》賣出，作為自己女兒的嫁妝。

第六回　紂王無道造炮烙

方至九龍橋，只見一位大夫，身穿大紅袍，乃梅伯也。見杜太師綁縛而來，向前問曰：「太師得何罪如此？」元銑曰：「天子失政，吾等上本內庭，言妖氣纍貫於宮中，災星立變於天下。首相轉達，有犯天顏，君賜臣死，不敢違旨。梅先生，『功名』二字，化作灰塵，數載丹心，竟成冰冷！」梅伯聽言：「兩邊的，且住了。」竟至九龍橋邊，適逢首相商容。梅伯曰：「請問丞相，杜太師有何罪犯君，特賜其死？」商容曰：「元銑本章實為朝廷，因妖氛遶於禁闕❶，怪氣照於宮闈。當今聽蘇美人之言，坐以『妖言惑眾，驚慌萬民』之罪。老夫苦諫，天子不從，如之奈何！」梅伯聽罷，只氣得五靈神暴躁，三昧火燒胸：「老丞相燮理陰陽❷，調和鼎鼐；奸者即斬，佞者即誅；賢者即薦，能者即褒；君正而首相無言，君不正以直言諫主。今天子無辜而殺大臣，似丞相這等鉗口不言❸，委之無奈，是重一己之功名，輕朝內之股肱，怕死貪生；是愛血肉之微軀，懼君王之刑典，皆非丞相之所為也！」叫：「兩邊，且住了！待我與丞相面君！」梅伯攜商容過大殿，徑進內庭。

伯乃外官，及至壽仙宮門首，便自俯伏。奉御官啟奏：「商容、梅伯候旨。」王曰：「商容乃三世之老臣，進內可赦；梅伯擅進內廷，不遵國法。」傳旨：「宣！」商容在前，梅伯隨後，進宮俯伏。王問曰：「二卿有何奏章？」梅伯口稱：「陛下！臣梅伯具疏，杜元銑何事干犯國法，致於賜死？」王曰：「杜元銑與方士通謀，架捏妖言，搖惑軍民，播亂朝政，污衊朝廷。身為大臣，不思報本酬恩，而反詐言妖魅，蒙蔽欺君，律法當誅，除奸勦佞，不為過耳。」梅伯聽紂王之言，不覺厲聲奏曰：「臣聞堯王治天下，應天而順人；言聽於文官，計從於武將，一日一朝，共談安民治國之道；去讒遠色，共樂太平。今陛下半載不朝，樂於深宮，朝朝飲宴，夜夜歡娛，不理朝政，不容諫章。臣聞：『君如腹心，臣如手足。』心正則手足正，心不正則手足歪邪。古語有云：『臣正君邪，國患難治。』杜元銑乃治世之忠良。陛下若斬元銑而廢先王之大臣，聽豔妃之言，有傷國家之梁棟，臣願主公赦杜元銑毫末之生，使文武仰聖君之大德。」

紂王聽言：「梅伯與元銑一黨，違法進宮，不分內外，本當與元銑一例典刑，奈前侍朕有勞，姑免其罪，削其上大夫，永不敘用！」梅伯厲聲大言曰：「昏君聽妲己之言，失君臣之義，今斬元銑，豈是斬元銑，寔斬朝歌萬民❹！今罷梅伯之職，輕如灰塵，這何足惜！但不忍成湯數百年基業喪於昏君之手！今聞太師北征，朝綱無統，百事混淆。昏君日聽讒佞之臣，左右蔽惑，與妲己在深宮，日夜荒淫，眼見天下變亂，臣無面見先帝於黃壤也❺！」紂王大怒，著奉御官：「把梅伯拿下去，用金瓜擊頂❻！」

兩邊才待動手，妲己曰：「妾有奏章。」王曰：「美人有何奏朕？」妲己曰：「妾啟主公，人臣立殿，張眉豎目，詈語侮君❼，大逆不道，亂倫反常，非一死可贖者也。且將梅伯權禁囹圄，妾治一刑，杜狡臣之瀆奏，除邪言之亂正。」紂王問曰：「此刑何樣？」妲己曰：「此刑約高二丈，圓八尺，上、中、下用三火門，將銅造成，如銅柱一般，裡邊用炭火燒紅。卻將妖言惑眾、利口侮君、不尊法度、無事妄生諫章與諸般違法者，跣剝官服❽，將鐵索纏身，裹圍銅柱之上，只炮烙四肢筋骨。不須臾，煙盡骨消，盡成灰燼，此刑名曰『炮烙』。若無此酷刑，奸猾之臣、沽名之輩，盡玩法紀，皆不知戒懼。」紂王曰：「美人之法，可謂盡善盡美！」即命傳旨：「將杜元銑梟首示眾，以戒妖言；將梅伯禁於囹圄。」又傳旨意：「照樣造炮烙刑具，限作速完成。」

首相商容觀紂王將行無道，任信妲己，竟造炮烙，在壽仙宮前嘆曰：「今觀天下大事去矣！只是成湯懋敬厥德⑨，一片小心，承天永命；豈知傳至當今天子，一旦無道。眼見七廟不守⑩，社稷坵墟，我何忍見！」又聽妲己造炮烙之刑，商容俯伏奏曰：「臣啟陛下，天下大事已定，國家萬事康寧。老臣衰朽，不堪重任，恐失於顛倒，得罪於陛下，懇乞念臣侍君三世，數載揆席，實愧素餐，陛下雖不即賜罷斥，其如臣之庸老何。望陛下赦臣殘軀，放歸田里，得含哺鼓腹於光天之下，皆陛下所賜之餘年也。」紂王見商容辭官，不居相位，王慰勞曰：「卿雖暮年，尚自矍鑠，無奈卿苦苦固辭，但卿朝綱勞苦，數載殷勤，朕甚不忍。」即命隨侍官：「傳朕旨意，點文官二員，四表禮，送卿榮歸故里，仍著本地方官不時存問。」商容謝恩出朝。

不一時，百官俱知首相商榮致政榮歸，各來遠送。當有黃飛虎、比干、微子、箕子、微子啟、微子衍各官，俱在十里長亭餞別。商容見百官在長亭等候，只得下馬。只見七位親王，把手一舉：「老丞相今日固是榮歸，你為一國元老，如何下得這般毒意，就把成湯社稷拋棄一旁，揚鞭而去，於心安乎！」商容泣而言曰：「列位殿下，眾位先生，商容縱粉骨碎身，難報國恩，這一死何足為惜，而偷安苟免。今天子信任妲己，無端造惡，製造炮烙酷刑，拒諫殺忠，商容力諫不聽，又不能挽回聖意。不日天愁民怨，禍亂自生，商容進不足以輔君，死適足以彰過，不得已讓位待罪，俟賢才俊彥，大展經綸，以救禍亂，此容本心，非敢遠君，而先身謀也。列位殿下所賜，商容立飲一杯，此別料還有會期。」

乃持杯作詩一首，以誌後會之期，詩曰：

蒙君十里送歸程，把酒長亭淚已傾。回首天顏成隔世，歸來畎韭祝神京。
丹心難化龍逢血，赤日空消夏桀名。幾度話來多悒怏，何年重訴別離情？

商容作詩已畢，百官無不灑淚而別。商容上馬前去，各官俱回朝歌，不表。

話言紂王在宮歡樂，朝政荒亂。不一日，監造炮烙官啟奏功完。紂王大悅，問妲己曰：「銅柱造完，如何處置？」妲己命取來過目。監造官將炮烙銅柱推來：黃鄧鄧的高二丈，圓八尺，三層火門，下有二滾盤，推動好行。紂王觀之，指妲己而笑曰：「美人神傳，祕授奇法，真治世之寶！待朕明日臨朝，先將梅伯炮烙殿前，使百官知懼，自不敢阻撓新法，章牘煩擾。」一宿不題。

次日，紂王設朝，鐘鼓齊鳴，聚兩班文武朝賀已畢。武成王黃飛虎見殿東二十根大銅柱，不知此物新設何用。王曰：「傳旨把梅伯拿出！」執殿官去拿梅伯。紂王命把炮烙銅柱推來，將三層火門用炭架起，又用巨扇搧那炭火，把一根銅柱火燒的通紅。眾官不知其故，午門官啟奏：「梅伯已至午門。」王曰：「拿來！」兩班文武看梅伯垢面蓬頭，身穿縞素，上殿跪下，口稱：「臣梅伯參見陛下。」紂王曰：「匹夫！你看看此物是什麼東西？」梅大夫觀看，不知此物，對曰：「臣不知此物。」紂王笑曰：「你只知內殿侮君，仗你利口，誣言毀罵。朕躬治此新刑，名曰『炮烙』。匹夫！今日九聞殿前炮烙你，教你筋骨成灰！使狂妄之徒，如侮謗人君者，以梅伯為例耳。」梅伯聽言，大叫，罵曰：「昏君！梅伯死輕如鴻毛，有何惜哉！我梅伯官居上大夫，三朝舊臣，今得何罪，遭此慘刑？只是可憐成湯天下，喪於昏君之手！久以後將何面目見汝之先王耳！」

紂王大怒，將梅伯剝去衣服，赤身將鐵索綁縛其手足，抱住銅柱。可憐梅伯，大叫一聲，其氣已絕。只見九間殿上烙得皮膚筋骨，臭不可聞，不一時化為灰燼。可憐一片忠心，半生赤膽，直言諫君，遭此慘禍！

說文解字

❶妖氛：不祥的氣氛，也比喻戰亂。禁闕：宮城前的樓觀，借指宮城或宮門。❷燮理陰陽：指大臣輔佐天子治理國事。燮，調和。理，治理。❸鉗口不言：閉著嘴，不說話。❹寔：眞實、實在，同「實」。❺黃壤：原意爲黃土，後引申爲地底下、黃泉之下。❻金瓜擊頂：古代酷刑之一，即用瓜形銅錘擊打受刑人頭頂，致其死亡。❼詈語：罵人的言語、髒話。❽跣剝：脫光。❾懋敬：勉勵戒愼。❿七廟：指帝王祀奉祖先的廟。《禮記》中規定，天子可以追祀七世祖，故稱爲七廟。

第二十三回 文王夜夢飛熊兆

且言姜子牙自從棄卻朝歌，別了馬氏，土遁救了居民，隱於磻溪，垂釣渭水。子牙一意守時候命，不管閒非，日誦黃庭❶，悟道修真。苦悶時，持絲綸倚綠柳而垂釣❷，時時心上崑崙，刻刻念隨師長，難忘道德，朝暮懸懸。一日，執竿嘆息，作詩曰：

自別崑崙地，俄然二四年。商都榮半載，直諫在君前。
棄卻歸西土，磻溪執釣先。何日逢真主，披雲再見天。

子牙作罷詩，坐於垂楊之下。只見滔滔流水，無盡無休，徹夜東行，熬盡人間萬古。正是：

唯有青山流水依然在，古往今來盡是空。

子牙嘆畢，只聽得一人作歌而來：

登山過嶺，伐木丁丁。隨身板斧，砍劈枯藤。崖前兔走，山後鹿鳴。樹梢異鳥，柳外黃鶯。
見了些青松檜柏，李白桃紅。
無憂樵子，勝似腰金。擔柴一石，易米三升。隨時菜蔬，沽酒二瓶。對月邀飲，樂守孤林。
深山幽僻，萬壑無聲。奇花異草，逐日相侵。逍遙自在，任意縱橫。

樵子歌罷，把一擔柴放下，近前少憩，問子牙曰：「老丈，我常時見你在此，執竿釣魚，我和你像一個故事。」子牙曰：「像何故事？」樵子曰：「我與你像一個『漁樵問答』。」子牙大喜：「好個『漁樵問答』。」樵子曰：「你上姓？貴處？緣何到此？」子牙曰，「吾乃東海許洲人也。姓姜，名尚，字子牙，道號飛熊。」樵子聽罷，揚笑不止。子牙問樵子曰：「你姓甚？名誰？」樵子曰：「吾姓武，名吉，祖貫西岐人氏。」子牙曰：「你方才聽吾姓名，反加揚笑者，何也？」武吉曰：「你適才言號飛熊，故有此笑。」子牙曰：「人各有號，何以為笑？」樵子曰：「當時古人、高人、聖人、賢人，胸藏萬斛珠璣，腹隱無邊錦繡。如風后、老彭、傅說、常桑、伊尹之輩，方稱其號。似你也有此號，名不稱實，故此笑耳。我常時見你伴綠柳而垂絲，別無營運，守株而待兔，看此清波，無識見高明，為何亦稱道號？」武吉言罷，卻將溪邊釣竿拿起，見線上叩一針而無曲。樵子撫掌大笑不止，對子牙點頭嘆曰：「有智不在年高，無謀空言百歲。」樵子問子牙曰：「你這釣線何為不曲？古語云：『且將香餌釣金鰲。』我傳你一法，將此針用火燒紅，打成鉤樣，上用香餌，線上又用浮子，魚來吞食，浮子自動，是知魚至，望上一拎，鉤掛魚腮，方能得鯉，此是捕魚之方。似這等鉤，莫說三年，便百年也無一魚到手。可見你智量愚拙，安得妄曰飛熊！」子牙曰：「你只知其一，不知其二。老夫在此，名雖垂釣，我自意不在魚。吾在此不過守青雲而得路，撥陰翳而騰霄，豈可曲中而取魚乎！非丈夫之所為也。吾寧在直中取，不向曲中求，不為錦鱗設，只釣王與侯。」有詩為證：

短杆長線守磻溪，這個機關那個知？只釣當朝君與相，何嘗意在水中魚。

武吉聽罷，大笑曰：「你這個人也想做王侯！看你那個嘴臉，不像王侯，你到像個活猴！」子牙也笑著曰：「你看我的嘴臉不像王侯，我看你的嘴臉也不什麼好。」武吉曰：「我的嘴臉比你好些。吾雖樵夫，真比你快活。春看桃杏，夏賞荷紅，秋看黃菊，冬賞梅松。我也有詩：

擔柴貨賣長街上，沽酒回家母子歡。伐木只知營運樂，放翻天地自家看。」

子牙曰：「不是這等嘴臉，我看你臉上的氣色不什麼好。」武吉曰：「你看我的氣色怎的不好？」子牙曰：「你左眼青，右眼紅，今日進城打死人。」武吉聽罷，叱之曰：「我和你閒談戲語，為何毒口傷人？」

武吉挑起柴，徑往西岐城中來賣。不覺行至南門，卻逢文王車駕往靈台，占驗災祥之兆❸。隨侍文武出城，兩邊侍衛甲馬，御林軍人大呼曰：「千歲駕臨，少來！」武吉挑著一擔柴往南門來，市井道窄，將柴換肩，不知塌了一頭，翻轉尖擔，把門軍王相夾耳門一下，即刻打死。兩邊人大叫曰：「樵子打死了門軍！」即時拿住，來見文王。文王曰：「此是何人？」兩邊啟奏：「大王千歲，這個樵子不知何故打死門軍王相。」文王在馬上問曰：「那樵子姓甚名字？為何打死王相？」武吉啟曰：「小人就是西岐的良民，叫作武吉。因見大王駕臨，道路窄狹，將柴換肩，誤傷王相。」文王曰：「武吉既打死王相，理當抵命。」隨即就在南門畫地為牢，豎木為吏，將武吉禁於此間，文王往靈台去了。紂時畫地為牢，止西岐有此事。東、南、北連朝歌俱有禁獄，唯西岐因文王先天數，禍福無差，因此人民不敢逃匿，所以畫地為獄，民亦不敢逃去。但凡人走了，文王演先天數，算出拿來，加倍問罪。以此頑猾之民，皆奉公守法，故曰「畫地為獄」。

且說武吉禁了三日，不得回家。武吉思：「母無依，必定倚閭而望❹，況又不知我有刑陷之災。」因思母親，放聲大哭，行人圍看。其時散宜生往南門過，忽見武吉悲聲大痛，散宜生問曰：「你是前日打死王相的。殺人償命，理之常也，為何大哭？」武吉告曰：「小人不幸逢遇冤家，誤將王相打死，理當償命，安得埋怨。只奈小人有母，七十餘歲，小人無兄無弟，又無妻室，母老孤身，必為溝渠餓殍，屍骸暴露，情切傷悲。養子無益，子喪母亡，思之切骨，苦不敢言。小人不得已，放聲大哭，不知迴避，有犯大夫，祈望恕罪。」散宜生聽罷，默思久之：「若論武吉打死王相，非是鬥毆殺傷人命，不過挑柴誤塌尖擔打傷人命，自無抵償之理。」宜生曰：「武吉不必哭，我往見千歲啟一本，放你回去，辦你母親衣衾棺木，柴米養身之資，你再等秋後以正國法。」武吉叩頭：「謝老爺大恩！」

宜生一日進便殿❺，見文王朝賀畢，散宜生奏曰：「臣啟大王，前日武吉打傷王相人命，禁於南門。臣往南門，忽見武吉痛哭。臣問其故，武吉言有老母七十有餘歲，止生武吉一人，況吉上無兄弟，又無妻室，其母一無所望，吉遭國法，羈陷莫出，思母必成溝渠之鬼，因此大哭。臣思王相人命，原非鬥毆，實乃誤傷。況武吉母寡身單，不知其子陷身於獄。據臣愚見，且放武吉歸家，以辦養母之費，棺木衣衾之資，完畢，再來抵償王相之命。臣請大王旨意定奪。」文王聽宜生之言，隨准行：「速放武吉回家。」

說文解字

❶黃庭：《黃庭經》，道教的重要經典，據傳爲上清仙眞降授於南嶽魏華存。❷絲綸：釣絲。❸占驗：占卜的兆象。

❹閭：里巷的門，後泛指門。❺便殿：正殿以外的別殿，古時帝王休息之處。

第二十六回　妲己設計害比干

話說紂王與妲己在台上玩月❶，催逼妲己焚香。妲己曰：「妾雖焚香拜請，倘或喜媚來時，陛下當迴避一時。恐凡俗不便，觸彼回去，急切難來。待妾以言告過，再請陛下相見。」紂王曰：「但憑愛卿吩咐，一一如命。」妲己方淨手焚香，做成圈套。將近一鼓時分❷，聽半空風響，陰雲密布，黑霧迷空，將一輪明月遮掩。一霎時，天昏地暗，寒氣侵入。紂王驚疑，忙問妲己曰：「好風！一會兒翻轉了天地。」妲己曰：「想必喜媚踏風雲而來。」言未畢，只聽空中有環珮之聲，隱隱有人聲墜落。妲己忙催紂王進裡面，曰：「喜媚來矣。俟妾講過❸，好請相見。」紂王只得進內殿，隔簾偷瞧。只見風聲停息，月光之中，見一道姑穿大紅八卦衣，絲絛麻履❹。況此月色復明，光彩皎潔，且是燈燭輝煌，常言：「燈月之下看佳人，比白日更勝十倍。」

只見此女肌如瑞雪，臉似朝霞，海棠風韻，櫻桃小口，香臉桃腮，光瑩嬌媚，色色動人。妲己向前曰：「妹妹來矣！」喜媚曰：「姐姐，貧道稽首了❺。」二人同至殿內，行禮坐下。茶罷，妲己曰：「昔日妹妹曾言：『但欲相會，只焚信香即至❻。』今果不失前言，得會尊容，妾之幸甚。」道姑曰：「貧道適聞信香一至，恐違前約，故此即速前來，幸恕唐突。」彼此遜謝。且說紂王再觀喜媚之姿，復睹妲己之色，天地懸隔。紂王暗想：「但得喜媚同侍衾枕❼，便不做天子又有何妨。」心上甚是難過，只見妲己問喜媚曰：「妹妹是齋？是葷？」喜媚答曰：「是齋。」妲己傳旨：「排上素齋來。」二人傳杯敘話，燈光之下，故作妖嬈。紂王看喜媚，真如蕊宮仙子、月窟嫦娥，把紂王只弄得魂遊蕩漾三千里，魄遶山河十萬重，恨不能共語相陪，一口吞他下肚，抓耳撓腮，坐立不寧，不知如何是好。紂王急得不耐煩，只是亂咳嗽。妲己已會其意，眼角傳情，看著喜媚曰：「妹妹，妾有一言奉瀆，不知妹妹可容納否？」喜媚曰：「姐姐有何事吩咐？貧道領教。」妲己曰：「前者，妾在天子面前讚揚妹妹大德，天子喜不自勝，久欲一睹仙顏。今蒙不棄，慨賜降臨，實出萬幸。乞賢妹念天子渴想之懷，俯同一會，得領福慧，感戴不勝！今不敢唐突晉謁，托妾先容。不知妹妹意下如何？」喜媚曰：「妾係女流，況且出家，生俗不便相會。二來男女不雅，且男女授受不親，豈可同筵晤對，而不分內外之禮。」妲己曰：「不然。妹妹既係出家，原是『超出三界外，不在五行中』，豈得以世俗男女分別而論。況天子繫命於天，即天之子，總控萬民，富有四海，率土皆臣，即神仙亦當讓位。況我與你幼雖結拜，義實同胞，即以姐妹之情，就見天子，亦是親道，這也無妨。」喜媚曰：「姐姐吩咐，請天子相見。」

紂王聞「請」字，也等不得，就走出來了。紂王見道姑一躬，喜媚打一稽首相還。喜媚曰：「請天子坐。」紂王便旁坐在側，二妖反上下坐了。燈光下，見喜媚兩次三番啟朱唇，一點櫻桃，吐的是美孜孜一團和氣；轉秋波，雙彎活水，送的是嬌滴滴萬種風情。把個紂王弄得心猿難按，意馬馳韁，只急得一身香汗。妲己情知紂王欲火正熾，左右難捱，故意起身更衣。妲己上前曰：「陛下在此相陪，妾更衣就來。」紂王復轉下坐，朝上覿面傳杯❽。紂王燈下以眼角傳情，那道姑面紅微笑。紂王斟酒，雙手奉於道姑，道姑接酒，吐嬝娜聲音答曰：「敢勞陛下。」紂王乘機將喜媚手腕一捻，道姑不語，把紂王魂靈兒都飛在九霄。紂王見是如此，便問曰：「朕同仙姑台前玩月，何如？」喜媚曰：「領教。」紂王復攜喜媚手出台玩月，喜媚不辭。紂王心動，便搭住香肩，月下偎倚，情意甚密。紂王心中甚美，乃以言挑之曰⑨：「仙姑何不棄此修行，而與令姐同住宮院，拋此清涼，且享富貴，朝夕歡娛，四時歡慶，豈不快樂！人生幾何，乃自苦如此。仙姑意下如何？」喜媚只是不語。紂王見喜媚不甚推托，乃以手抹著喜媚胸膛軟綿綿、溫潤潤、嫩嫩的腹皮，喜媚半推半就。紂王見他如此，雙手抱摟，偏殿交歡，雲雨幾度，方才歇手。

正起身整衣，忽見妲己出來，一眼看見喜媚烏雲散亂，氣喘吁吁，妲己曰：「妹妹為何這等模樣？」紂王曰：「實不相瞞，方才與喜媚姻緣相湊。天降赤繩⑩，你姐妹同侍朕左右，朝暮歡娛，共享無窮之福。此亦是愛卿薦拔喜媚之功，朕心嘉悅，不敢有忘。」即傳旨重新排宴，三人共飲，至五更方共寢鹿台之上。有詩為證，詩曰：

國破妖氛現，家亡紂主昏。不聽君子諫，專納佞臣言。
先愛狐狸女，又寵雉雞精。比干逢此怪，目下死無存。

且說紂王自得喜媚，朝朝雲雨，夜夜酣歌，那裡把社稷為重。那日，二妖正在台上用早膳，忽見妲己大叫一聲，跌倒在地，把紂王驚駭汗出，嚇得面如土色。見妲己口中噴出血水來，閉目不言，面皮俱紫，紂王曰：「御妻自隨朕數年，未有此疾。今日如何得這等凶症？」喜媚故意點頭嘆曰：「姐姐舊疾發了！」帝問：「媚美人為何知御妻有此舊疾？」喜媚奏曰：「昔在冀州時，彼此俱是閨女。姐姐常有心痛之疾，一發即死。冀州有一醫士，姓張，名元，他用藥最妙，有玲瓏心一片，煎湯吃下，此疾即愈。」紂王曰：「傳旨宣冀州醫士張元。」喜媚奏曰：「陛下之言差矣！朝歌到冀州有多少路？一去一來，至少月餘。耽誤日期，焉能救得？除非，朝歌之地若有玲瓏心，取他一片，登時可救；如無，須臾即死。」紂王曰：「玲瓏心誰人知道？」喜媚曰：「妾身曾拜師，善能推算。」紂王大喜，命喜媚速算。這妖精故意掐指，算來算去，奏曰：「朝中只有一大臣，官居顯爵，位極人臣。只怕此人捨不得，不肯救拔娘娘⑪。」紂王曰：「是誰？快說！」喜媚曰：「唯亞相比干乃是玲瓏七竅之心。」紂王曰：「比干乃是皇叔，一宗嫡派，難道不肯借一片玲瓏心為御妻起沉痾之疾⑫？速發御札宣比干！」差官飛往相府。

比干閒居無辜，正為國家顛倒，朝政失宜，心中籌畫。忽堂候官敲雲板⑬，傳御札，立宣見駕。比干接札，禮畢，曰：「天使先回，午門會齊。」比干自思：「朝中無事，御札為何甚速？」話未了，又報：「御札又至！」比干又接過。不一時，連到五次御札。比干疑惑：「有甚緊急，連發五札？」正沉思間，又報：「御札又至！」持札者乃奉御官陳青。比干接畢，問青曰：「何事要緊，用札六次？」青曰：「丞相在上。方今國勢漸衰，鹿台又新納道姑，名曰胡喜媚。今日早膳，娘娘偶然心疼疾發，看看氣絕。胡喜媚陳說，要得玲瓏心一片，煎羹湯，吃下即癒。皇上言：『玲瓏心如何曉得？』胡喜媚會算，算丞相是玲瓏心，因此發札六道，要借老千歲的心一片，急救娘娘，故此緊急。」比干聽說，驚得心膽俱落，自思：「事已如此。」乃曰：「陳青，你在午門等候，我即至也。」

比干進內，見夫人孟氏曰：「夫人，你好生看顧孩兒微子德！我死之後，你母子好生守我家訓，不可造次，朝坤併無一人矣！」言罷淚如雨下。夫人大驚，問曰：「大王何故出此不吉之言？」比干曰：「昏君聽信妲己有疾，欲取吾心作羹湯，豈有生還之理！」夫人垂淚曰：「官居相位，又無欺誑，上不犯法於天子，下不貪酷於軍民，大王忠誠節孝，素表著於人耳目，有何罪惡，豈至犯取心慘刑。」有子在旁泣曰：「父王勿憂。方才孩兒想起，昔日姜子牙與父王看氣色，曾說不利，留一簡帖，見在書房，說：『至危急兩難之際，進退無路，方可看簡，亦可解救。』」比干方悟曰：「呀！幾乎一時忘了！」忙開書房門，見硯台下壓著一帖，取出觀之，上書明白。比干曰：「速取火來！」取水一碗，將子牙符燒在水裡，比干飲於腹中，忙穿朝服上馬，往午門來。不表。

且說六札宣比干，陳青泄了內事，驚得一城軍民官宰，盡知取比干心做羹湯。話說武成王、黃元帥同諸大臣俱在午門，只見比干乘馬，飛至午門下馬。百官忙問其故，比干曰：「據陳青說取心一節，吾總不知。」百官隨比干至大殿，比干徑往鹿台下候旨。紂王立候，聽得比干至，命：「宣上台來。」比干行禮畢，王曰：「御妻偶發沉痾心痛之疾，唯玲瓏心可癒。皇叔有玲瓏心，乞借一片作湯，治疾若癒，此功莫大焉。」比干曰：「心是何物？」紂王曰：「乃皇叔腹內之心。」比干怒奏曰：「心者一身之主，隱於肺內，坐六葉兩耳之中，百惡無侵，一侵即死。心正，手足正；心不正，則手足不正。心為萬物之靈苗，四象變化之根本。吾心有傷，豈有生路？老臣雖死不惜，只是社稷坵墟，賢能盡絕。今昏君聽新納妖婦之言，賜吾摘心之禍，只怕比干在，江山在；比干亡，社稷亡。」紂王曰：「皇叔之言差矣！總只借心一片，無傷於事，何必多言？」比干厲聲大叫曰：「昏君！你是酒色昏迷，糊塗狗彘[14]！心去一片，吾即死矣！比干不犯剜心之罪，如何無辜遭此非殃！」紂王怒曰：「君叫臣死，不死不忠。台上毀君，有虧臣節。如不從朕命，武士，拿下去，取了心來！」比干大罵：「妲己賤人！我死冥下，見先帝無愧矣！」喝：「左右，取劍來與我！」奉御將劍遞與比干。比干接劍在手，望太廟大拜八拜，泣曰：「成湯先王，豈知殷受斷送成湯二十八世天下，非臣之不忠耳！」遂解帶現軀，將劍往臍中刺入，將腹剖開，其血不流。比干將手入腹內，摘心而出，望下一擲，掩袍不語，面似淡金，徑下台去了。

說文解字

❶玩月：賞月。❷一鼓：古代把夜晚分爲五個時段，用鼓打更報時，所以也作「五更」、「五鼓」、「五夜」。❸俟：等待。❹絲絛：以絲編織而成的腰帶。❺稽首：一種俯首至地的最敬禮。❻信香：佛教認爲虔誠燒香，神佛即能知燒香者的心願，故稱「香」爲「信香」。❼衾枕：被子與枕頭。後比喻爲閨房之樂，指男女間的歡愛。❽覿面：當面、迎面。❾挑：引誘、逗弄。❿赤繩：相傳月下老人以紅繩繫男女之足，使成婚配。後用以比喻男女間的姻緣天定。⓫救拔：拯救他人免於危難。⓬沉痾之疾：指重病。痾，病。⓭堂候官：供高級官員役使的小吏。雲板：古代官署或貴族家庭用爲報事、集眾的信號。⓮狗彘：狗與豬，比喻行爲卑鄙的人。

第八十九回　紂王敲骨剖孕婦

且言妲己聞飛廉奏袁洪得勝奏捷，來見紂王曰：「妾蘇氏恭喜陛下又得社稷之臣也！袁洪實有大將之才，永堪重任。似此奏捷，叛逆指日可平，臣妾不勝慶幸，實皇上無疆之福以啟之耳，今特具觴為陛下稱賀。」紂王曰：「御妻之言正合朕意。」命當駕官於鹿台上治九龍席，三妖同紂王共飲。此時正值仲冬天氣，嚴威凜冽，寒氣侵人。正飲之間，不覺彤雲四起，亂舞梨花。當駕官啟奏曰：「上天落雪了。」紂王大喜曰：「此時正好賞雪。」命左右暖注金樽，重斟杯斝❶，酣飲交歡。

話說紂王與妲己共飲，又見大雪紛紛，忙傳旨，命：「捲起氈簾，待朕同御妻、美人看雪。」侍駕官捲起簾幔，打掃積雪。紂王同妲己、胡喜媚、王貴人在台上，看朝歌城內外似銀裝世界，粉砌乾坤。王曰：「御妻，你自幼習學歌聲曲韻，何不把按雪景的曲兒唱一套，俟朕漫飲三杯❷。」妲己領旨，款啟朱唇，輕舒鶯舌，在鹿台上唱一個曲兒。真是：

婉轉鶯聲飛柳外，笙簧嘹亮自天來。

曲曰：

才飛燕塞邊，又灑向城門外。輕盈過玉橋去，虛飄臨閬苑來。
攘攘挨挨，顛倒把乾坤玉載。凍的長江上魚沉雁杳，空林中虎嘯猿哀。
憑天降，冷禍胎，六花飄墮難禁耐，砌漫了白玉階。
宮幃裡冷侵衣袂，那一時暖烘烘紅日當頭晒，掃彤雲四開，現青天一派，瑞氣祥光擁出來。

妲己唱罷，餘韻悠揚，嬝嬝不絕，紂王大喜，連飲三大杯。一時雪俱止了，彤雲漸散，日色復開。紂王同妲己憑欄，看朝歌積雪。忽見西門外，有一小河，此河不是活水河，因紂王造鹿台，挑取泥土，致成小河。適才雪水注積，因此行人不便，必跣足過河❸。只見有一老人跣足渡水，不甚懼冷，而行步且快；又有一少年人，亦跣足渡水，懼冷行緩，有驚怯之狀。紂王在高處觀之，盡得其態，問於妲己曰：「怪哉！怪哉！有這等異事？你看那老者渡水，反不怕冷，行步且快；這年少的反又怕冷，行走甚嘆，這不是反其事了？」妲己曰：「陛下不知，老者不甚怕冷，乃是少年父母，精血正旺之時交姤成孕❹，所秉甚厚，故精血充滿，骨髓皆盈，雖至末年，遇寒氣猶不甚畏怯也。至若少年怕冷，乃是末年父母，氣血已衰，偶爾姤精成孕，所秉甚薄，精血既虧，髓皆不滿，雖是少年，形同老邁，故過寒冷而先畏怯也。」紂王笑曰：「此惑朕之言也！人秉父精母血而生，自然少壯老衰，豈有反其事之理？」妲己又曰：「陛下何不差官去拏來，便知端的。」紂王傳旨：「命當駕官至西門，將渡水老者、少者俱拿來。」當駕官領旨，忙出朝趕至西門，不分老少，即時一併拿到。老少民人曰：「你拿我們怎麼？」侍臣曰：「天子要你去見。」老少民人曰：「吾等奉公守法，不欠錢糧，為何來拿我們？」侍臣曰：「只怕當今天子有好處到你們，也不可知。」正是：

平白行來因過水，誰知敲骨喪其生。

紂王在鹿台上專等渡水人民，卻說侍駕官將二民拏至台下，回旨：「啟陛下，將老少二民拏至台下。」紂王命：「將斧砍開二民脛骨❺，取來看驗。」左右把老者、少者腿俱砍斷，拿上台看，果然老者髓滿，少者髓淺。紂王大喜，命左右：「把屍拖出！」可憐無辜百姓，受此慘刑。後人有詩嘆之，詩曰：

敗葉飄飄落故宮，至今猶自起悲風。獨夫只聽讒言婦，目下朝歌社稷空。

話說紂王見妲己加此神異，撫其背而言曰：「御妻真是神人，何靈異若此！」妲己曰：「妾雖係女流，少得陰符之術，其勘驗陰陽，無不奇中。適才斷脛驗髓，此猶其易者也，至如婦人懷孕，一見便知他腹內有幾月，是男、是女，面在腹內，或朝東、南、西、北，無不周知。」紂王曰：「方才老少人民斷脛斷髓，如此神異，朕得聞命矣；至如孕婦，再無有不妙之理。」命當駕官傳旨：「民間搜取孕婦見朕。」奉御官往朝歌城來。正是：

天降大殃臨孕婦，成湯社稷盡歸周。

話說奉御官在朝歌滿城尋訪，有三名孕婦，一齊拿往午門來❻。只見他夫妻難捨，搶地呼天，哀聲痛慘，大呼曰：「我等百姓又不犯天子之法，不拖欠錢糧，為何拿我等有孕之婦？」子不捨母，母不捨子，悲悲泣泣，前遮後擁，扯進午門來。只見箕子在文書房共微子、微子啟、微子衍、上大夫孫榮正議「袁洪為將，退天下諸侯之兵，不知何如」，只聽得九龍橋鬧鬧嚷嚷，呼天叫地，哀聲不絕。眾人大驚，齊出文書房來，問其情由。見奉御官拉著兩三個婦女而來，箕子問曰：「這是何故？」民婦泣曰：「吾等俱是女流，又不犯天子之法，為何拿我女人做甚麼？老爺是天子之臣，當得為國為民，救我等蟻命！」言罷，哭聲不絕。箕子忙問奉御官，奉御官答曰：「皇上夜來聽娘娘言語，將老少二民敲骨驗髓，分別淺深，知其老少生育，皇上大喜。娘娘又奏，尚有剖腹驗胎，知道陰陽。皇上聽信斯言，特命臣等取此孕婦看驗。」箕子聽罷，大罵：「昏君！方今兵臨城下，將至濠邊❼，社稷不久丘墟❽，還聽妖婦之言，造此無端罪業！左右且住！待吾面君諫止。」箕子怒氣不息，後隨著微子等俱往鹿台來見駕⑨。

且說紂王在鹿台專等孕婦來看驗，只見當駕官啟曰：「有箕子等候旨。」王曰：「宣。」箕子至台上，俯伏大哭曰：「不意成湯相傳數十世之天下，一旦喪於今日，而尚不知警戒修省，造此無辜惡業，你將何面目見先王之靈也！」紂王怒曰：「周武叛逆，今已有元帥袁洪足可禦敵，斬將覆軍，不日奏凱⑩。朕偶因觀雪，見朝涉者，有老少之分，行步之異，幸皇后分別甚明，朕得以決其疑，於理何害？今朕欲剖孕婦以驗陰陽，有甚大事？你敢當面侮君，而妄言先王也！」箕子泣諫曰：「臣聞人秉天下之靈氣以生，分別五官，為天地宣猷贊化⑪，作民父母；未聞荼毒生靈，稱為民父母者也。且人死不能復生，誰不愛此血軀，而輕棄以死耶。今陛下不敬上天，不修德政，天怒民怨，人日思亂。陛下尚不自省，猶殺此無辜婦女，臣恐八百諸侯屯兵孟津，旦夕不保。一旦兵臨城下，又誰為陛下守此都城哉？只可惜商家宗裔為他人所擄，宗廟被他人所毀，宮殿為他人所居，百姓為他人之民，府庫為他人之有，陛下還不自悔，猶聽婦女之言，敲民骨，剔孕婦，臣恐周武人馬一到，不用攻城，朝歌之民自然獻之矣！軍民與陛下作仇，只恨周武不能早至，軍民欲簞食壺漿以迎之耳。雖陛下被擄，理之當然，只可憐二十八代神主，盡被天下諸侯所毀，陛下此心忍之乎？」紂王大怒曰；「老匹夫⑫！焉敢覿面侮君，以亡國視朕，不敬孰大於此！」命武士：「拿去打死！」箕子大叫曰：「臣死不足惜，只可惜你昏君敗國，遺譏萬世，縱孝子慈孫不能改也！」

只見左右武士扶箕子方欲下台，只見台下有人大呼：「不可！」微子、微子啟、微子衍三人上台，見紂王俯伏，嗚咽不能成語，泣而奏曰：「箕子忠良，有功社稷。今日之諫，雖則過激，皆是為國之言。陛下幸察之！陛下昔日剖比干之心，今又誅忠諫之口，社稷危在旦夕，而陛下不知悟，臣恐萬姓怨憤，禍不旋踵也⑬。幸陛下憐赦箕子，褒忠諫之名，庶幾人心可挽⑭，天意可回耳。」紂王見微子等齊來諫諍，不得已，乃曰：「聽皇伯、皇兄之諫，將箕子廢為庶民！」妲己在後殿出而奏曰：「陛下不可！箕子當面辱君，已無人臣禮，今若放之在外，必生怨望。倘與周武搆謀，致生禍亂，那時表裡受敵，為患不小。」紂王曰：「將何處治？」妲己曰：「依臣妾愚見，且將箕子剃髮囚禁，為奴宮禁，以示國法，使民人不敢妄為，臣下亦不敢瀆奏矣。」紂王聞奏大喜，將箕子囚之為奴。微子見如此光景，料成湯終無挽救之日，隨即下台，與微子啟、微子衍大哭曰：「我成湯繼統六百年來，今日一旦被嗣君所失，是天亡我商也，奈之何哉！」微子與微子啟兄弟二人商議曰：「我與你兄弟可將太廟中二十八代神主負往他州外郡，隱姓埋名，以存商代禋祀⑮，不令同日絕滅可也。」微子啟含淚應曰：「敢不如命！」於是三人打點收拾，投他州自隱。後孔聖稱他三人曰：「微子去之；箕子為之奴；比干諫而死。」謂「殷有三仁」是也。後人有詩贊之：

鶯囀商郊百草新，成湯宮殿已成塵。為奴豈是存商禋，去國應知接後禋。
剖腹丹心成往事，割胎民婦又遭迍。朝歌不日歸周主，可惜成湯化鬼燐。

話說微子三人收拾行囊，投他州去了。紂王將三婦人拿上鹿台，妲己指一婦人：「腹中是男，面朝左脅。」一婦人：「也是男，面朝右脅。」命左右用刀剖開，毫釐不爽。又指一婦人：「腹中是女，面朝後背。」用刀剖開，果然不差。紂王大悅：「御妻妙術如神，雖龜筮莫敵⑯！」自此肆無忌憚，橫行不道，慘惡異常，萬民切齒。當日有詩為證：

大雪紛紛宴鹿台，獨夫何苦降飛災。三賢遠遁全宗廟，孕婦身亡實可哀。

說文解字

❶斝：古代酒器。形狀像爵而較大，有三足、兩柱，圓口平底，盛行於商代。❷俟：等待。❸跣足：光著腳，沒穿鞋襪。❹交姤成孕：交媾，性交。❺脛骨：小腿內側的長管狀骨骼，可分爲近位端、體、遠位端三部分。❻午門：古代皇城的正門，爲群臣待朝候旨的地方。❼濠：護城河。❽丘墟：形容破敗荒涼的樣子。❾見駕：晉見皇上。❿奏凱：戰勝而作凱歌，引申爲獲得勝利。⓫宣猷：明達而順乎事理，也作「宣猶」。⓬老匹夫：輕視、怒罵他人的話。⓭禍不旋踵：指災禍很快就會降臨，也作「禍不反踵」。不旋踵，來不及轉身，指極爲短暫快速。踵，腳跟。⓮庶幾：表示希望的語氣詞，意爲或許可以。⓯禋祀：祭天神之禮。⓰龜筮：占卦之意。古代占卜用龜，筮用蓍（植物名，古代取其莖以爲占卜之用）。

第九十七回　摘星樓紂王自焚

話說楊戩等將三妖摔下雲端，三人隨收土遁，來至轅門。那眾軍士見半空中掉下三個女人，後隨著楊戩等三人，軍士忙報人中軍：「啟元帥，楊戩等令。」子牙傳令：「令來。」楊戩上帳見子牙，子牙曰：「你拿的妖怪如何？」楊戩曰：「奉元帥將令，趕三妖於中途，幸逢女媧娘娘大發仁慈，賜縛妖繩，將三妖捉至轅門，請令施行。」子牙傳令：「解進來。」帳下左右諸侯俱來觀看怎樣個妖精。少時，楊戩解九頭雉雞精，雷震子解九尾狐狸精，韋護解玉石琵琶精同至帳下。三妖跪於帳前，子牙曰：「你這三個業障，無端造惡，殘害生靈，食人無厭，將成湯天下送得乾乾淨淨。雖然是天數，你豈可縱欲殺人，唆紂王造炮烙，慘殺忠諫；治蠆盆荼毒宮人❶；造鹿台聚天下之財，為酒池肉林，內宮喪命；甚至敲骨看髓，剖腹驗胎。此等慘惡，罪不容誅，天地人神共怒，雖食肉寢皮❷，不足以盡厥辜！」妲己俯伏哀泣告曰：「妾身係冀州侯蘇護之女，幼長深閨，鮮知世務，謬蒙天子宣詔，選擇為妃。不意國母薨逝，天子強立為后，凡一應主持，皆操之於天子，政事俱掌握於大臣。妾不過一女流，唯知灑掃應對，整飾宮闈，侍奉巾櫛而已，其他妾安能以自專也。紂王失政，雖文武百官不啻千百，皆不能釐正，又何況區區一女子能動其聽也？今元帥德播天下，仁溢四方，紂王不日授首，縱殺妾一女流，亦無補於元帥。況古語云：『罪人不孥❸。』懇祈元帥大開慈隱，憐妾身之無辜，赦歸故國，得全殘年，真元帥天地之仁，再生之德也。望元帥裁之！」

眾諸侯聽妲己一派言語，大是有理，皆有憐惜之心。子牙笑曰：「你說你是蘇侯之女，將此一番巧言，迷惑眾聽，眾諸侯豈知你是九尾狐狸在恩州驛迷死蘇妲己，借竅成形，惑亂天子？其無端毒惡，皆是你造業。今已被擒，死且不足以盡其罪，尚假此巧語花言，希圖漏網！」命左右：「推出轅門，斬首號令！」妲己等三妖低頭無語。左右旗牌官簇擁出轅門來❹，後有雷震子、楊戩、韋護監斬。只見三妖推至法場，雉雞精垂頭喪氣，琵琶精默默無言，唯有這狐狸精乃是妲己，他就有許多嬌痴❺，又連累了幾個軍士。話說那妲己綁縛在轅門外，跪在塵埃，恍然似一塊美玉無瑕，嬌花欲語，臉襯朝霞，唇含碎玉，綠蓬鬆雲鬢，嬌滴滴朱顏，轉秋波無限鍾情，頓歌喉百般嫵媚，乃對那持刀軍士曰：「妾身係無辜受屈，望將軍少緩須臾，勝造浮屠七級！」那軍士見妲己美貌，已自有十分憐惜，再加他嬌滴滴地叫了幾聲將軍長，將軍短，便把這幾個軍士叫得骨軟筋酥，口呆目瞪，軟痴痴癱作一堆，麻酥酥癱成一塊，莫能動履。只見行刑令下：「楊戩監斬九頭雉雞精，韋護監斬玉石琵琶精，雷震子監斬狐狸精。」三人見行刑令下，喝令：「軍士動手！」楊戩鎮壓住雉雞精，韋謹鎮壓住琵琶精，一聲吶喊，軍士動手，將兩個妖精斬了首級。有一首詩單道琵琶精終不免一刀之厄，詩曰：

憶昔當年遇子牙，硯台擊頂煉琵琶。誰知三九重逢日，萬死無生空自嗟。

話說三軍動手，已將雉雞精、琵琶精斬了首級，楊戩與韋護上帳報功。只有雷震子監斬狐狸精，眾軍士被妲己迷惑，皆目瞪口呆，手軟不能舉刃。雷震子發怒，喝令軍士，只見個個如此，雷震子急得沒奈何，只得來中軍帳報知，請令定奪。子牙見楊戩、韋護報功，令：「拿出轅門號令。」唯有雷震子赤手來見。子牙問曰：「你監斬妲己，如何空身來見我？莫非這狐狸走了？」雷震子曰：「弟子奉令監斬妲己，孰意眾軍士被這妖狐迷惑，皆目瞪口呆，莫能動履。」子牙怒曰：「監斬無能，要你何用！」一聲喝退。雷震子羞慚滿面，站立一旁。子牙命：「將行刑軍士拿下，斬首示眾。」復命楊戩、韋護監斬。二人領命，另換了軍士，再至轅門。只見那妖婦依舊如前，一樣軟款，又把這些軍士弄得東倒西歪，如痴如醉。楊戩與韋護看見這等光景，二人商議曰：「這畢竟是個多年狐狸，極善迷惑人，所以紂王被他纏縛得迷而忘返，又何況這些愚人哉！我與你快去稟明元帥，無令這些無辜軍士死於非命也。」楊戩道罷，二人齊至中軍帳來，對子牙如此如彼說了一遍，眾諸侯俱各驚異。子牙對眾人曰：「此妖乃千年老狐，受日精月華，偷採天地靈氣，故此善能迷惑人，待吾自出營去，斬此惡怪。」子牙道罷先行，眾諸侯隨後。子牙同眾諸侯弟子出得轅門，見妲己綁縛在法場，果然千嬌百媚，似玉如花，眾軍士如木雕泥塑。子牙喝退眾士卒，命左右排香案，焚香爐內，取出陸壓所賜葫蘆，放於案上，揭去蓋。只見一道白光上升，現出一物，有眉，有眼，有翅，有足，在白光上旋轉。子牙打一躬：「請寶貝轉身！」那寶貝連轉兩三轉，只見妲己頭落在塵埃，血濺滿地。諸侯中尚有憐惜之者，有詩為證，詩曰：

妲己妖嬈起眾憐，臨刑軍士也情牽。桃花難寫溫柔態，芍藥堪方窈窕妍。
憶昔恩州能借竅，應知內闕善周旋。從來嬌媚歸何處，化作南柯帶血眠。

且說紂王在顯慶殿懨懨獨坐，有宮人左右紛紛如蟻，慌慌亂竄。紂王問曰：「爾等為何這樣急遽？想是皇城破了麼？」旁一內臣跪下，泣而奏曰：「三位娘娘夜來二更時分不知何往，因此六宮無主，故此著忙❻。」紂王聽罷，忙叫內臣快快查：「往那裡去了！速速來報！」有常侍打聽，少時來報：「啟陛下，三位娘娘首級已號令於周營轅門。」紂王大驚，忙隨左右宦官，急上五鳳樓觀看，果是三后之首。紂王看罷，不覺心酸，淚如雨下，乃作詩一首以弔之，詩曰：

玉碎香消實可憐，嬌容雲鬢盡高懸。奇歌妙舞今何在，覆雨翻雲竟枉然。
鳳枕已無藏玉日，鴛衾難再拂花眠。悠悠此恨情無極，日落滄桑又萬年。

話說紂王吟罷詩，自嗟自嘆，不勝傷感。只見周營中一聲砲響，三軍吶喊，齊欲攻城。紂王看見，不覺大驚，知大勢已去，非人力可挽，點頭數點，長吁一聲，竟下五鳳樓，過九間殿，至顯慶殿，過分宮樓，將至摘星樓來。忽然一陣旋窩風，就地滾來，將紂王罩住。怎見得怪風一陣，透膽生寒，有詩為證，詩曰：

蕭蕭颯颯攝離魂，透骨侵肌氣若吞。攝起沉冤悲往事，追隨枉死泣新猿。
催花須借吹嘘力，助雨敲殘次第先。止為紂王慘毒甚，故教屈鬼訴辜恩。

話說紂王方行至摘星樓，只見一陣怪風，就地裹將上來，那蠆盆內咽咽哽哽，悲悲泣泣，無限蓬頭披髮、赤身裸體之鬼，血腥臭惡，穢不可聞，齊上前來，扯住紂王大呼曰：「還吾命來！」又見趙啟、梅伯赤身大叫：「昏君！你一般也有今日敗亡之時！」紂王忽地把二目一睜，陽氣沖出，將陰魂撲散，那些屈魂怨鬼隱然而退。紂王把袍袖一抖，上了頭一層樓，又見姜娘娘一把扯住紂王，大罵曰：「無道昏君，誅妻殺子，絕滅彝倫⑦，今日你將社稷斷送，將何面目見先王於泉壤也！」姜娘娘正扯住紂王不放，又見黃娘娘一身血污，腥氣逼人，也上前扯住，大呼曰：「昏君摔我下樓，跌吾粉骨碎身，此心何忍！真殘忍刻薄之徒！今日罪盈惡滿，天地必誅！」紂王被兩個冤魂纏得如痴似醉一般，又見賈夫人也上前大罵曰：「昏君受辛！你君欺臣妻，吾為守貞立節，墜樓而死，沉冤莫白。今日方能泄我恨也！」照紂王一掌劈面打來。紂王忽然一點真靈驚醒，把二目一睜，沖出陽神，那陰魂如何敢近，隱隱散了。紂王上了摘星樓，行至九曲欄邊，默默無語，神思不寧，扶欄而問：「封宮官何在？」封宮官朱升聞紂王呼喚，慌忙上摘星樓來，俯伏欄邊，口稱：「陛下，奴婢聽旨。」紂王曰：「朕悔不聽群臣之言，誤被讒奸所惑，今兵連禍結，莫可解救，噬臍何及。朕思身為天子之尊，萬一城破，為群小所獲，辱莫甚焉，欲尋自盡。此身倘遺人間，猶為他人作念，不若自焚，反為乾淨，毋得令兒女子藉口也。你可取柴薪堆積樓下，朕當與此樓同焚，你當如朕命。」朱升聽罷，披淚滿面，泣而奏曰：「奴婢侍陛下多年，蒙豢養之恩，粉骨難報。不幸皇天不造我商，禍亡旦夕，奴婢恨不能以死報國，何敢舉火焚君也！」言罷，嗚咽不能成聲。紂王曰：「此天亡我也，非干你罪。你不聽朕命，反有忤逆之罪。昔日朕曾命費、尤向姬昌演數，言朕有自焚之厄，今日正是天定，人豈能逃，當聽朕言！」

話說朱升再三哭奏，勸紂王：「且自寬慰，另尋別策，以解彼圍。」紂王怒曰：「事已急矣！朕籌之已審。若諸侯攻破午門，殺入內庭，朕一被擒，汝之罪不啻泰山之重也！」朱升大哭下樓，去尋柴薪，堆積樓下，不表。且說紂王見朱升下樓，自服袞冕❽，手執碧圭，佩滿身珠玉，端坐樓中。朱升將柴堆滿，揮淚下拜畢，方敢舉火，放聲大哭。

話說朱升舉火，燒著樓下乾柴，只見煙捲沖天，風狂火猛，六宮中宮人喊叫，霎時間乾坤昏暗，宇宙翻崩，鬼哭神號，帝王失位。朱升見摘星樓一派火著，甚是凶惡，朱升撩衣，痛哭數聲，大叫：「陛下！奴輩以死報陛下也！」言罷，將身躥入火中。可憐朱升忠烈，身為宦豎❾，猶知死節。話說紂王在三層樓上，看樓下火起，烈焰沖天，不覺撫膺長嘆曰❿：「悔不聽忠諫之言，今日自焚，死故不足惜，有何面目見先王於泉壤也！」只見火趁風威，風乘火勢。須臾間，四面通紅，煙霧障天。

說文解字

❶蠆盆：商朝酷刑之一。將官人跣剝乾淨送下坑中，餵毒蛇、毒蠍等物。❷食肉寢皮：形容痛恨到極點，也作「寢皮食肉」。❸罪人不孥：治罪僅止本人，不牽連妻子兒女。也作「罪人不帑」。❹旗牌官：古代傳達命令的武官。❺嬌痴：年幼無知、天眞可愛的樣子，也作「嬌憨」。❻著忙：趕忙、急忙。❼彝倫：常道、倫常。❽服：穿著、穿戴。袞冕：袞服和冠冕。袞，古代天子祭祀時所穿的禮服。冕，古代大夫以上王侯所戴的禮帽。❾宦豎：對宦官的賤稱。❿撫膺：撫胸，表示悲恨。

言外之意

《封神演義》這部神魔小說，正如魯迅在《中國小說史略》裡所說的：「書之開篇詩有云：『商周演義古今傳。』似志在於演史，而侈談神怪，十九虛造，實不過假商周之爭，自寫幻想。」事實上，正是如此。本書作者便是根據自己的歷史觀和政治思想，對商周歷史進行反思，藉歷史抒寫理想。

縱觀全書，《封神演義》的中心思想是以仁易暴；以正克邪；以臣伐君；以有道伐無道；「持力者亡，持德者昌」。作者反對暴君暴政，嚮往仁君賢相的開明政治，這正是作者藉寫眞實歷史中的商周鬥爭，以表現自己理想的眞實意圖。

❖主線一——正與邪的對抗

在《封神演義》中，作者精心撰結了兩條相輔相成，而又相互貫穿的敘述主線。第一條主線是兩位仁政理想的化身——周文王姬昌與周武王姬發，並與暴君商紂王形成鮮明對比，尤其是用了許多篇幅描寫「西岐」這個儒家的理想社會。例如第十八回「子牙諫主隱磻溪」，從正在逃難的一群難民，寫出西岐物產豐富，人民安居樂業；行人讓路，老幼不欺，路不拾遺，夜不閉戶的一派太平盛世。尤其是周文王的大兒子伯邑考妥善安置難民，並且無微不至地照顧孤家老人的一言一行，以及下級官員們奉公守法、嚴於律己的一舉一動，皆展現出作者渴望仁君賢相的內心想法。

又如第二十二回「西伯侯文王吐子」，寫到文王從羑里逃歸西岐，途中飢乏困頓，向店小二要求暫記欠帳，說到了西岐「著人加利送來」。店小二怒曰：「此處比別處不同，俺這西岐，撒不得野，騙不得人。西伯侯以仁義而化萬民，行人讓路，道不損遺，夜無犬吠，萬民而受安康。湛湛青天，朗朗舜日，好好拿出銀子，算還明白，放你去；若是遲延，送你到西岐，見上散宜生老爺，那時悔之晚矣。」這一戲劇性的插曲，正反映出周文王推行仁政的效果，亦表現出古代知識分子所追求的理想社會。

而周文王也是人民心目中理想的仁君，作者特意描寫西岐人民歡迎文王歸國的情景：一路上歡聲擁道，樂奏笙簧，戶戶焚香，家家結彩。文王端坐鑾輿，兩邊的執事成行，旛幢蔽日。只見眾民大呼曰：「七年遠隔，未睹天顏。今大王歸國，萬民瞻仰，欲親覲天顏，愚民欣慰。」文王聽見眾臣如此，方騎逍遙馬。眾民歡聲大振曰：「今日西岐有主矣！」人人歡悅，個個傾心。

另一方面，作者也成功塑造暴君的典型——商紂王。《封神演義》中充滿了商紂王荒淫好色、炮烙重臣、殺棄妻子、挖蠆盆、修鹿台、酒池肉林的惡行，其專橫殘忍，令人髮指。

歷史上的商和周是兩個不同的部族，但作者卻有意將兩者之間寫成君臣關係。武王伐紂是「以臣伐君」，作者在此處表現了這樣一種思想：君者無道，臣可以伐之。從梅伯、商容、姜后、黃飛虎等人詛咒紂王的罵聲中，經常可以聽到「天下者，非一人之天下，乃天下人之天下也」一類的吶喊和呼喚。例如，紂王炮烙梅伯後，黃飛虎聽了微子等大臣的議論，大怒曰：「古云道得好：『君之視臣如手足，則臣視君如腹心；君之視臣如土芥，則臣視君如寇讎。』」當然，書中也表彰了聞仲那樣對商紂王竭盡愚忠，最後以身殉職的大臣，但更多的是讚賞敢於反抗暴虐昏君的行動。許多叛商投周的大臣，皆反復提到「君不正，臣投外國」，並以此為反叛暴君的理論依據。這些無疑都閃爍著古代民主思想的光輝，有其獨特的歷史意義。

❖主線二——神魔大戰

作者構織的第二條敘事主線，是姜子牙受元始天尊之命封神，書中虛構了闡教與截教的矛盾鬥爭，使得武王伐紂的過程中充滿了神魔鬥法。闡教的神道仙怪輔佐周武王，截教的神魔妖怪則助紂為虐，雖互有勝敗，各有傷亡，但正義終於戰勝了邪惡，闡教降伏了截教。在戰鬥過程中，三百六十五位喪生的神魔，其靈魂都進入了封神台。最後，由姜子牙依據封神榜封神。這一主線也是《封神演義》一書作為神魔小說最具特色和魅力之處，也是數百年來深受廣大讀者歡迎的原因。

❖藝術成就

在眾多神魔小說中，《封神演義》在藝術上的成就僅次於吳承恩的《西遊記》。它具有自然流暢的白話敘述，生動活潑，展現樸素本色之美，可讀性強；描繪人物或自然景物時，再穿插大量詩詞賦贊的韻文，極富表現力。更為重要的是，本書還塑造了眾多典型藝術形象，誇張地描寫人類超越自然、上天入地的奇異故事，並與商周之交的眞實歷史融會貫通，形成想像瑰奇、妙趣橫生、結構恢巨、引人入勝的一本小說。在這片想像世界中，人們在現實生活中不可能實現的願望，都得以暫時獲得滿足，因而使得此書具有永恆的藝術魅力，永傳不衰、歷久彌新。

高手過招（*為多選題）

1.（　）裕軒在讀四本小說時，分別抄出以下四幅對聯，請依序排列出處，選出最適當的選項。甲、淡泊以明志，寧靜而致遠。乙、三千社稷歸周主，一派華夷屬武王。丙、長生不老神仙府，與天同壽道人家。丁、假作真時真亦假，無為有處有還無。

Ⓐ《西遊記》《紅樓夢》《三國演義》《封神演義》

Ⓑ《紅樓夢》《封神演義》《西遊記》《三國演義》

Ⓒ《紅樓夢》《西遊記》《封神演義》《三國演義》

Ⓓ《三國演義》《封神演義》《西遊記》《紅樓夢》

2.（　）下列有關小說的敘述，何者正確？甲、四大奇書：施耐庵《水滸傳》、羅貫中《三國演義》、吳承恩《西遊記》、蘭陵笑笑生《金瓶梅》。乙、《水滸傳》是寫英雄傳奇的俠義歷史小說，以塑造人物形象、鋪敘場面見長。丙、《金瓶梅》寫的是宋代的故事，反映出當時的人情風俗及社會現狀。由於書中不少淫穢的描寫，故有「少不讀金瓶梅」一說。丁、《西遊記》一書雖是寫神怪，但事實上卻反映出作者對傳統封建社會的撻伐。戊、《封神演義》以姜子牙輔佐武王伐紂的歷史為背景，描寫周朝與殷商的對抗，和諸仙鬥智鬥勇、破陣斬將並封神的故事。己、明代馮夢龍輯有三言：《喻世明言》、《警世通言》、《醒世恒言》。凌濛初作二拍：《拍案驚奇初刻》、《拍案驚奇二刻》。後抱甕老人就三言二拍將近二百篇小說中，選出四十篇，名為《今古奇觀》，至今流行。

Ⓐ甲乙丙丁戊己
Ⓑ甲乙丙丁
Ⓒ丙丁戊己
Ⓓ甲乙丁戊己

＊3.（　）如果小明想以神鬼妖魔之題材寫作一篇小論文，應該閱讀並參考哪些相關書籍？

Ⓐ《西遊記》
Ⓑ《封神演義》
Ⓒ《儒林外史》
Ⓓ《聊齋志異》
Ⓔ《文心雕龍》

4.（　）以下何者不屬於明代四大奇書？

Ⓐ《封神演義》
Ⓑ《水滸傳》
Ⓒ《西遊記》
Ⓓ《金瓶梅》

5.（　）古典小說《封神演義》中夾雜許多神話，亦反映出商代末年國君無道、恣意享樂，以致漸失人心，最後招致亡國的悲慘結局。請問下列哪一事件與《封神演義》最有關連？

Ⓐ少康中興。
Ⓑ商湯伐桀。
Ⓒ武王伐紂。
Ⓓ周公東征。

【解答】1. D　2. D　3. A B D　4. A　5. C

金瓶梅

蘭陵笑笑生

”讀金瓶梅而生憐憫心者，菩薩也；生畏懼心者，君子也；生歡喜心者，小人也；生效法心者，乃禽獸耳。“

作品通覽

《金瓶梅》與《三國演義》、《西遊記》、《水滸傳》並稱爲古典小說四大奇書。而《金瓶梅》之奇在於「寫實」，它將一個社會最荒唐墮落的一面、種種的罪惡和黑暗，赤裸裸、毫無忌憚地表現出來。它揭露家庭間的黑暗，尤其是妻妾之間的鬥、狠、詐；善於描寫世態人情，針針見血。魯迅在《中國小說史略》中，曾將明末這類描寫「離合悲歡及發跡變態之事」、「描摹世態，見其炎涼」的小說，稱爲「世情書」，在古典小說發展史上，給予這類小說一個重要的位置。

但是，人們對於《金瓶梅》的第一印象總在於書中露骨的性行爲描寫，而忽略了它乃古典小說第一部寫實巨著的重要性。

❖創作年代

《金瓶梅》的作者將故事背景設定在北宋徽宗年間，但其所述寫的許多風俗景物、官場生態或政治時事等，皆是明末的社會現狀。明、清兩代學者皆認為，《金瓶梅》的成書年代大約在嘉靖時期。後來的多數學者則認為，《金瓶梅》的成書時間最晚不超過萬曆三十四年（西元一六〇六年）。

❖版本演變

早期的《金瓶梅》以手抄本形式流行於文人圈，後來流傳日廣，始有刻本出現。現今流傳的《金瓶梅》版本，大致上可分為兩方面：一是「詞話本」，即《金瓶梅詞話》。現存最早刻本為萬曆四十五年刻本，因此又稱為「萬曆本」，收錄有欣欣子序、東吳弄珠客序、二十公跋。篇首引詞，前四節「詞曰」講述茅舍水竹無憂無慮的閒情開懷；後四節「四貪詞」則分別描寫酒、色、財、氣之危害。

二是「繡像本」，即《新刻繡像批評金瓶梅》。最早的刻本是在崇禎年間，因此又稱為「崇禎本」。崇禎本附有兩百幅繡像圖，大多有眉批，有些版本還有旁批，無欣欣子序。

一般認為，崇禎本是以萬曆本為底本進行改寫，詞話本刊印在前，崇禎本刊印在後，兩者情節內容差異不大。最大的差異即是崇禎本將第一回「景陽崗武松打虎」改寫為「西門慶熱結十弟兄」，先是開門見山地介紹西門慶出場，然後描述玉皇廟結拜十弟兄的場景，再藉著吳道官的口，讓讀者得知景陽崗上有吊睛白額的猛虎。一日，應伯爵興奮地跑來找西門慶，拉著他到街上去看打虎英雄，這才引出武松。藉著這個線索，再將武大及潘金蓮牽連起來，就此展開全書。

相較於萬曆本，崇禎本的情節顯得較爲緊湊合理，它將萬曆本中過多與情節發展無關的詩詞歌賦、講經說唱刪去，再改寫某些地方，如前述第一回的改寫，以及第八十四回刪去「宋公明義釋清風寨」一節，使全書更爲嚴謹，增加故事的可讀性。

❖作者爭議

關於《金瓶梅》的作者究竟是誰，歷來衆說紛紜，然皆未有確鑿證據，迄今仍無定論。晚明時期對作者的猜測就有「西門千戶家中紹興老儒」、「金吾戚裡門客」、「某孝廉」等說法，然而這些純屬傳說。清人沈德符在《野獲編》中提出：「聞此爲嘉靖間大名士手筆，指斥時事。」之後，所有的嘉靖間大名士皆被認爲是此書作者，諸如李開先、賈三近、屠隆、王稚登、徐渭、湯顯祖、李漁等不下十幾人，但都沒有定論。

其中最有名的猜測就是嘉靖時的著名學者王世貞，據說，王世貞的父親被明代重臣嚴嵩和其子嚴世蕃害死，他一直苦無復仇的機會。當他得知嚴世蕃愛讀淫書，便用三年的時間寫成《金瓶梅》，又在每頁頁角塗上毒藥，然後獻給嚴世蕃。當書閱畢，嚴世蕃即中毒身亡。然而，這其實也只是穿鑿附會的說法而已。

除了琳瑯滿目的「嘉靖間大名士」外，後世的研究者根據《金瓶梅》中內容文字的錯漏之處、書中引用大量他人詞曲著作、書名爲「詞話」的事實，認定《金瓶梅》如同《水滸傳》一樣，是屬於世代累積的集體創作。儘管有這樣的疑慮，但至今依舊沒有任何史料可以證明《金瓶梅》是集體創作的產物。再者，《金瓶梅》引用他人著作的地方，都被精細巧妙地安排，不著痕跡地呈現在整部書中。細觀全書，書中人物衆多，人際關係綿密複雜，作者往往在前面不經意地埋下一筆，在後面揭示，讀之令人恍然大悟，這些都讓人難以相信整部書是集體創作。

由於萬曆本欣欣子序首句有云：「竊謂蘭陵笑笑生作金瓶梅傳，寄寓於時俗，蓋有謂也。」故現今姑且說《金瓶梅》的作者就是「蘭陵笑笑生」了。

以下節錄精彩章回

因情節需要及提供讀者忠於原著的文本，故本書保留原著中的露骨描寫，敬請斟酌閱讀

第一回 西門慶熱結十弟兄，武二郎冷遇親哥嫂

卻說光陰過隙，又早是十月初十外了。一日，西門慶正使小廝請太醫診視卓二姐病症，剛走到廳上，只見應伯爵笑嘻嘻走將進來。西門慶與他作了揖，讓他坐了。伯爵道：「哥，嫂子病體如何？」西門慶道：「多分有些不起解，不知怎的好。」因問：「你們前日多咱時分才散？」伯爵道：「承吳道官再三苦留，散時也有二更多天氣。咱醉的要不的，倒是哥早早來家的便益些。」西門慶因問道：「你吃了飯不曾？」伯爵不好說不曾吃，因說道：「哥，你試猜。」西門慶道：「你敢是吃了？」伯爵掩口道：「這等猜不著。」西門慶笑道：「怪狗才，不吃便說不曾吃，有這等張致的！」一面叫小廝：「看飯來，咱與二叔吃。」伯爵笑道：「不然咱也吃了來了，咱聽得一件稀罕的事兒，來與哥說，要同哥去瞧瞧。」西門慶道：「什麼稀罕的？」伯爵道：「就是前日吳道官所說的，景陽岡上那隻大蟲❶，昨日被一個人一頓拳頭打死了。」西門慶道：「你又來胡說了，咱不信。」伯爵道：「哥，說也不信，你聽著，等我細說。」於是手舞足蹈說道：「這個人有名有姓，姓武名松，排行第二。」先

前怎的避難在柴大官人莊上，後來怎的害起病來，病好了又怎的要去尋他哥哥，過這景陽岡來，怎的遇了這虎，怎的怎的被他一頓拳腳打死了，一五一十說來，就像是親見的一般，又像這隻猛虎是他打的一般。說畢，西門慶搖著頭兒道：「既恁的，咱與你吃了飯同去看來。」伯爵道：「哥，不吃罷，怕誤過了。咱們倒不如上大街酒樓上去坐罷。」只見來興兒來放桌兒，西門慶道：「對你娘說，叫別要看飯了，拿衣服來我穿。」

須臾，換了衣服，與伯爵手拉著手兒同步出來。路上撞著謝希大，笑道：「哥們，敢是來看打虎的麼？」西門慶道：「正是。」謝希大道：「大街上好挨，擠不開哩！」於是一同到臨街一個大酒樓上坐下。不一時，只聽得鑼鳴鼓響，眾人都一齊瞧看。只見一對對纓槍的獵戶擺將過來❷，後面便是那打死的老虎，好像錦布袋一般，四個人還抬不動。末後一匹大白馬上坐著一個壯士，就是那打虎的這個人。西門慶看了，咬著指頭道：「你說這等一個人，若沒有千百斤水牛般氣力，怎能夠動他一動兒。」這裡三個兒飲酒評品，按下不題。

單表迎來的這個壯士怎生模樣，但見：

雄軀凜凜，七尺以上身材；闊面稜稜，二十四五年紀。
雙目直豎，遠望處猶如兩點明星；兩手握來，近覷時好似一雙鐵碓。
腳尖飛起，深山虎豹失精魂；拳手落時，窮谷熊羆皆喪魄。
頭戴著一頂萬字頭巾，上簪兩朵銀花；身穿著一領血腥衲襖，披著一方紅錦。

這人不是別人，就是應伯爵說所陽谷縣的武二郎。只為要來尋他哥子，不意中打死了這個猛虎，被知縣迎請將來，眾人看著他迎入縣裡。卻說這時正值知縣升堂，武松下馬進去，扛著大蟲在廳前。知縣看了武松這般模樣，心中自忖道：「不恁的❸，怎打得這個猛虎！」便喚武松上廳。參見畢，將打虎首尾訴說一遍，兩邊官吏都嚇呆了。知縣在廳上賜了三杯酒，將庫中眾土戶出納的賞錢五十兩❹，賜與武松。武松稟道：「小人托賴相公福蔭，偶然僥倖打死了這個大蟲，非小人之能，如何敢受這些賞賜！眾獵戶因這畜生，受了相公許多責罰，何不就把賞給散與眾人，也顯得相公恩典。」知縣道：「既是如此，任從壯士處分。」武松就把這五十兩賞錢，在廳上散與眾獵戶去了。知縣見他仁德忠厚，又是一條好漢，有心要抬舉他，便道：「你雖是陽谷縣人氏，與我這清河縣只在咫尺。我今日就參你在我縣裡做個巡捕的都頭，專在河東水西擒拿賊盜，你意下如何？」武松跪謝道：「若蒙恩相抬舉，小人終身受賜。」知縣隨即喚押司立了文案❺，當日便參武松做了巡捕都頭。眾里長大戶都來與武松作賀慶喜，連連吃了數日酒。正要回陽谷縣去抓尋哥哥，不料又在清河縣做了都頭，卻也歡喜。那時傳得東平一府兩縣，皆知武松之名。正是：

壯士英雄藝略芳，挺身直上景陽岡。醉來打死山中虎，自此聲名播四方。

卻說武松一日在街上閒行，只聽背後一個人叫道：「兄弟，知縣相公抬舉你做了巡捕都頭，怎不看顧我！」武松回頭見了這人，不覺的：

欣從額角眉邊出，喜逐歡容笑口開。

這人不是別人，卻是武松日常間要去尋他的嫡親哥哥武大。卻說武大自從兄弟分別之後，因時遭飢饉，搬移在清河縣紫石街賃房居住❻。人見他為人懦弱，模樣猥蕤，起了他個渾名叫作三寸丁谷樹皮，俗語言其身上粗糙，頭臉窄狹故也，只因他這般軟弱朴實❼，多欺侮也，這也不在話下。且說武大無甚生意，終日挑擔子出去街上賣炊餅度日，不幸把渾家故了❽，丟下個女孩兒，年方十二歲，名喚迎兒，爺兒兩個過活。那消半年光景，又消折了資本，移在大街坊張大戶家臨街房居住。張宅家下人見他本分，常看顧他，照顧他依舊賣些炊餅，閒時在鋪中坐地，武大無不奉承。因此張宅家下人個個都歡喜，在大戶面前一力與他說方便，因此大戶連房錢也不問武大要。

卻說這張大戶有萬貫家財，百間房屋，年約六旬之上，身邊寸男尺女皆無。媽媽余氏，主家嚴厲，房中並無清秀使女。只因大戶時常拍胸嘆氣道：「我許大年紀，又無兒女，雖有幾貫家財，終何大用。」媽媽道：「既然如此說，我叫媒人替你買兩個使女，早晚習學彈唱，服侍你便了。」大戶聽了大喜，謝了媽媽。過了幾時，媽媽果然叫媒人來，與大戶買了兩個使女，一個叫作潘金蓮，一個喚作白玉蓮。玉蓮年方二八，樂戶人家出身，生得白淨小巧。這潘金蓮卻是南門外潘裁的女兒，排行六姐，因他自幼生得有些姿色，纏得一雙好小腳兒，所以就叫金蓮。他父親死了，做娘的度日不過，從九歲賣在王招宣府裡，習學彈唱，閒常又教他讀書寫字。他本性機變伶俐，不過十二三，就會描眉畫眼、傅粉施朱、品竹彈絲、女工針指、知書識字，梳一個纏髻兒，著一件扣身衫子，做張做致，喬模喬樣。到十五歲的時節，王招宣死了，潘媽媽爭將出來，三十兩銀子轉賣於張大戶家，與玉蓮同時進門。大戶教他習學彈唱，金蓮原自會的，甚是省力。金蓮學琵琶，玉蓮學箏，這兩個同房歇臥。主家婆余氏初時甚是抬舉二人，與他金銀首飾裝束身子。後日不料白玉蓮死了，只落下金蓮一人，長成一十八歲，出落得臉襯桃花，眉彎新月。張大戶每要收他，只礙主家婆厲害，不得到手。一日，主家婆鄰家赴席不在，大戶暗把金蓮喚至房中，遂收用了。正是：

莫訝天台相見晚，劉郎還是老劉郎。

大戶自從收用金蓮之後，不覺身上添了四五件病症。端的那五件？第一腰便添疼；第二眼便添淚；第三耳便添聾；第四鼻便添涕；第五尿便添滴。自有了這幾件病後，主家婆頗知其事，與大戶嚷罵了數日，將金蓮百般苦打。大戶知道不容，卻賭氣倒賠了房奩❾，要尋嫁得一個相應的人家。大戶家下人都說武大忠厚，見無妻小，又住著宅內房兒，堪可與他。這大戶早晚還要看覷此女，因此不要武大一文錢，白白地嫁與他為妻。這武大自從娶了金蓮，大戶甚是看顧他，若武大沒本錢做炊餅，大戶私與他銀兩；若武大挑擔兒出去，大戶候無人，便踅入房中與金蓮廝會。武大雖一時撞見，原是他的行貨，不敢聲言。朝來暮往，也有多時。忽一日，大戶得患陰寒病症，嗚呼死了。主家婆察知其事，怒令家僮將金蓮、武大即時趕出。武大故此遂尋了紫石街西王皇親房子，賃內外兩間居住，依舊賣炊餅。

原來這金蓮自嫁武大，見他一味老實，人物猥瑣，甚是憎嫌，常與他合氣。報怨大戶：「普天世界斷生了男子，何故將我嫁與這樣個貨！每日牽著不走，打著倒退的，只是一味吃酒，著緊處卻是錐鈀也不動。奴端的那世裡悔氣，卻嫁了他！是好苦也！」

武大每日自挑擔兒出去賣炊餅，到晚方歸。那婦人每日打發武大出門，只在簾子下嗑瓜子兒⑩，一徑把那一對小金蓮故露出來，勾引浮浪子弟，日逐在門前彈胡博詞⑪、撒謎語⑫，叫唱：「一塊好羊肉，如何落在狗嘴裡？」油似滑的言語，無般不說出來。因此武大在紫石街又住不牢，要往別處搬移，與老婆商議。婦人道：「賊餛飩不曉事的⑬，你賃人家房住，淺房淺屋，可知有小人囉唣⑭！不如添幾兩銀子，看相應的典上他兩間住，卻也氣概些，免受人欺侮。」武大道：「我那裡有錢典房？」婦人道：「呸！濁才料，你是個男子漢，倒擺布不開，常教老娘受氣。沒有銀子，把我的釵梳湊辦了去，有何難處！過後有了再治不遲。」武大聽老婆這般說，當下湊了十數兩銀子，典得縣門前樓上下兩層、四間房屋居住，第二層是樓，兩個小小院落，甚是乾淨。

武大自從搬到縣西街上來，照舊賣炊餅過活，不想這日撞見自己嫡親兄弟。當日兄弟相見，心中大喜，一面邀請到家中，讓至樓上坐，房裡喚出金蓮來，與武松相見。因說道：「前日景陽岡上打死大蟲的，便是你的小叔。今新充了都頭，是我一母同胞兄弟。」那婦人叉手向前，便道：「叔叔萬福。」武松施禮，倒身下拜。婦人扶住武松道：「叔叔請起，折殺奴家。」武松道：「嫂嫂受禮。」兩個相讓了一回，都平磕了頭起來。少頃，小女迎兒拿茶，二人吃了。武松見婦人十分妖嬈，只把頭來低著。不多時，武大安排酒飯，款待武松。

說話中間，武大下樓買酒菜去了，丟下婦人獨自在樓上陪武松坐地。看了武松身材凜凜，相貌堂堂，又想他打死了那大蟲，畢竟有千百斤氣力。口中不說，心下思量道：「一母所生的兄弟，怎生我家那身不滿尺的丁樹，三分似人七分似鬼，奴那世裡遭瘟撞著他來！如今看起武松這般人壯健，何不叫他搬來我家住？想這段姻緣卻在這裡了。」於是一面堆下笑來，問道：「叔叔你如今在那裡居住？每日飯食誰人整理？」武松道：「武二新充了都頭，逐日答應上司，別處住不方便，胡亂在縣前尋了個下處，每日撥兩個土兵服侍做飯。」婦人道：「叔叔何不搬來家裡住？省的在縣前土兵服侍做飯腌臢⑮。一家裡住，早晚要些湯水吃時，也方便些，就是奴家親自安排與叔叔吃，也乾淨。」武松道：「深謝嫂嫂。」婦人又道：「莫不別處有嬸嬸？可請來廝會。」武松道：「武二並不曾婚娶。」婦人道：「叔叔青春多少？」武松道：「虛度二十八歲。」婦人道：「原來叔叔倒長奴三歲。叔叔今番從那裡來？」武松道：「在滄州住了一年有餘，只想哥哥在舊房居住，不道移在這裡。」婦人道：「一言難盡。自從嫁得你哥哥，吃他忒善了，被人欺負，才到這裡來。若是叔叔這般雄壯，誰敢道個不字！」武松道：「家兄從來本分，不似武松撒潑。」婦人笑道：「怎的顛倒說！常言：『人無剛強，安身不長。』奴家平生性快，看不上那三打不回頭，四打和身轉的。」武松道：「家兄不惹禍，免得嫂嫂憂心。」二人在樓上一遞一句的說。有詩為證：

叔嫂萍蹤得偶逢，嬌嬈偏逞秀儀容。私心便欲成歡會，暗把邪言釣武松。

說文解字

❶大蟲：老虎。古代用「蟲」泛指一切動物，而老虎爲禽獸，就被稱爲「毛蟲」。又因爲老虎爲百獸之王，故以「大」尊稱。❷纓槍：槍上用絲線做成的穗狀飾物。❸不恁的：不這樣。❹土户：指在本地户籍上登記的國家編户。在南北朝時，土户相對於流民、僑民、城民，也被稱爲土著、土民；唐代，相對於客户，也被稱爲居人。❺押司：衙門裡的書吏，也就是書寫文書的人員。❻賃房：租用房子。❼朴實：質樸誠實。❽渾家：古人謙稱自己妻子的一種說法。❾房奩：嫁妝。❿帘子：泛指門簾或窗簾。⓫胡博詞：樂器名，也作火不思、胡撥思。⓬撇謎語：拐彎抹角地說一些隱語。⓭賊餛飩：罵人糊塗。⓮羅唣：吵鬧，尋事。⓯腌臢：不乾淨、不舒暢。也作「骯髒」。

第二十八回 陳敬濟徼倖得金蓮，西門慶糊塗打鐵棍

卻說陳敬濟早晨從鋪子裡進來尋衣服，走到花園角門首。小鐵棍兒在那裡正頑著❶，見陳敬濟手裡拿著一副銀網巾圈兒，便問：「姑夫，你拿的什麼？與了我耍子罷❷。」敬濟道：「此是人家當的網巾圈兒，來贖，我尋出來與他。」那小猴子笑嘻嘻道：「姑夫，你與了我耍子罷，我換與你件好物件兒。」敬濟道：「傻孩子，此是人家當的。你要，我另尋一副兒與你耍子。你有什麼好物件，拿來我瞧。」那猴子便向腰裡掏出一隻紅繡花鞋兒與敬濟看。敬濟便問：「是那裡的？」那猴子笑嘻嘻道：「姑夫，我對你說了罷！我昨日在花園裡耍子，看見俺爹吊著俺五娘兩隻腿兒，在葡萄架兒底下，搖搖擺擺。落後俺爹進去了，我尋俺春梅姑娘要果子吃，在葡萄架底下拾了這隻鞋。」敬濟接在手裡，就知是金蓮腳上之物，便道：「你與了我，明日另尋一對好圈兒與你耍子。」猴子道：「姑夫你休哄我，我明日就問你要哩！」敬濟道：「我不哄你。」那猴子一面笑的耍去了。

這敬濟把鞋褪在袖中，自己尋思：「我幾次戲他，他口兒且是活，及到中間，又走滾了。不想天假其便，此鞋落在我手裡。今日我著實撩逗他一番，不怕他不上帳兒。」正是：

時人不用穿針線，那得工夫送巧來？

陳敬濟袖著鞋，徑往潘金蓮房來。轉過影壁❸，只見秋菊跪在院內，便戲道：「小大姐，為什麼來？投充了新軍，又掇起石頭來了？」金蓮在樓上聽見，便叫春梅問道：「是誰說他掇起石頭來了？乾淨這奴才沒頂著？」春梅道：「是姑夫來了，秋菊頂著石頭哩！」婦人便叫：「陳姐夫，樓上沒人，你上來。」這小伙兒打步撩衣上的樓來。只見婦人在樓上，前面開了兩扇窗兒，掛著湘簾，那裡臨鏡梳妝。這陳敬濟走到旁邊一個小杌兒坐下❹，看見婦人黑油般頭髮，手挽著梳還拖著地兒，紅絲繩兒扎著一窩絲，纘上戴著銀絲鬏髻❺，還墊出一絲香雲，鬏髻內安著許多玫瑰花瓣兒，露著四鬢❻，打扮得就是活觀音。須臾，婦人梳了頭，掇過妝台去，向面盤內洗了手，穿上衣裳，喚春梅拿茶來與姐夫吃。那敬濟只是笑，不作聲。婦人因問：「姐夫，笑什麼？」敬濟道：「我笑你管情不見了些什麼兒？」婦人道：「賊短命！我不見了關你甚事？你怎的曉得？」敬濟道：「你看，我好心倒做了驢肝肺，你倒訕起我來。恁說，我去了。」抽身往樓下就走，被婦人一把手拉住，說道：「怪短命，會張致的！來旺兒媳婦子死了，沒了想頭了，卻怎麼還認得老娘。」因問：「你猜著我不見了什麼物件兒？」這敬濟向袖中取出來，提著鞋拽靶兒，笑道：「你看這個是誰的？」婦人道：「好短命，原來是你偷拿了我的鞋去了！教我打著丫頭，繞地裡尋。」敬濟道：「你怎的到得我手裡？」婦人道：「我這屋裡再有誰來？敢是你賊頭鼠腦，偷了我這隻鞋去了。」敬濟道：「你老人家不害羞。我這兩日又不往你屋裡來，我怎生偷你的？」婦人道：「好賊短命，等我對你爹說，你倒偷了我鞋，還說我不害羞。」敬濟道：「你只好拿爹來唬我罷了。」婦人道：「你好小膽兒，明知道和來旺兒媳婦子七個八個，你還調戲他，你幾時有些忌憚兒的！既不是你偷了我的鞋，這鞋怎落在你手裡？趁早實供出來，交還與我鞋，你還便宜。自古物見主必索取，但道半個不字，教你死在我手裡。」敬濟道：「你老人家是個女番子，且是倒會的放刁。這裡無人，咱們好講。你既要鞋，拿一件物事兒我換與你，不然天雷也打不出去。」婦人道：「好短命！我的鞋應當還我，教換甚物事兒與你？」敬濟笑道：「五娘，你拿你袖的那方汗巾兒賞與兒子，兒子與了你的鞋罷。」婦人道：「我明日另尋一方好汗巾兒，這汗巾兒是你爹成日眼裡見過，不好與你的。」敬濟道：「我不。別的就與我一百方也不算，我一心只要你老人家這方汗巾兒。」婦人笑道：「好個牢成久慣的短命[7]！我也沒氣力和你兩個纏。」於是向袖中取出一方細撮穗白綾挑線鶯鶯燒夜香汗巾兒，上面連銀三字兒都掠與他。有詩為證：

郎君見妾下蘭階，來索纖纖紅繡鞋。不管露泥藏袖裡，只言從此事堪諧。

這陳敬濟連忙接在手裡，與他深深的唱個喏。婦人吩咐：「好生藏著，休教大姐看見，他不是好嘴頭子。」敬濟道：「我知道。」一面把鞋遞與他，如此這般：「是小鐵棍兒昨日在花園裡拾的，今早拿著問我換網巾圈兒耍子。」如此這般，告訴了一遍。婦人聽了，粉面通紅，說道：「你看賊小奴才，把我這鞋弄的恁漆黑的！看我教他爹打他不打他。」敬濟道：「你弄殺我！打了他不打緊，敢就賴著我身上，是我說的。千萬休要說罷。」婦人道：「我饒了小奴才，除非饒了蝎子❽。」

兩個正說在熱鬧處，忽聽小廝來安兒來尋：「爹在前廳請姐夫寫禮帖兒哩！」婦人連忙攛掇他出去了。下的樓來，教春梅取板子來，要打秋菊。秋菊不肯躺，說道：「尋將娘的鞋來，娘還要打我！」婦人把陳敬濟拿的鞋遞與他看，罵道：「賊奴才，你把那個當我的鞋，將這個放在那裡？」秋菊看見，把眼瞪了半日，說道：「可是作怪的勾當，怎生跑出娘三隻鞋來了？」婦人道：「好大膽奴才！你拿誰的鞋來搪塞我，倒說我是三隻腳的蟾？」不由分說，教春梅拉倒，打了十下。打有秋菊抱股而哭，望著春梅道：「都是你開門，教人進來，收了娘的鞋，這回教娘打我。」春梅罵道：「你倒收拾娘鋪蓋，不見了娘的鞋，娘打了你這幾下兒，還敢抱怨人！早是這隻舊鞋，若是娘頭上的簪環不見了，你也推賴個人兒就是了？娘惜情兒，還打得你少。若是我，外邊叫個小廝，辣辣地打上他二三十板，看這奴才怎麼樣的！」幾句罵得秋菊忍氣吞聲，不言語了。

且說西門慶叫了敬濟到前廳，封尺頭禮物，送賀千戶新升了淮安提刑所掌刑正千戶。本衛親識，都與他送行在永福寺，不必細說。西門慶差了鉞安送去，廳上陪著敬濟吃了飯，歸到金蓮房中。這金蓮千不合萬不合，把小鐵棍兒拾鞋之事告訴一遍，說道：「都是你這沒才料的貨平白幹的勾當！教賊萬殺的小奴才把我的鞋拾了，拿到外頭，誰是沒瞧見。被我知道，要將過來了。你不打與他兩下，到明日慣了他。」西門慶就不問「誰告你說來」，一衝性子走到前邊。那小猴兒不知，正在石台基頑耍，被西門慶揪住頂角❾，拳打腳踢，殺豬也似叫起來，方才住了手。這小猴子躺在地下，死了半日，慌得來昭兩口子走來扶救，半日蘇醒。見小廝鼻口流血，抱他到房裡慢慢問他，方知為拾鞋之事惹起事來。這一丈青氣忿忿地走到後邊廚下，指東罵西，一頓海罵道：「賊不逢好死的淫婦，王八羔子！我的孩子和你有甚冤仇？他才十一二歲，曉的什麼？知道毬也在那塊兒⑩？平白地調唆打他恁一頓，打得鼻口中流血。假若死了，淫婦、王八兒也不好！稱不了你什麼願！」廚房裡罵了，到前邊又罵，整罵了一二日還不定。因金蓮在房中陪西門慶吃酒，還不知。

晚夕上床宿歇，西門慶見婦人腳上穿著兩隻綠綢子睡鞋，大紅提根兒，因說道：「啊呀，如何穿這個鞋在腳？怪怪的，不好看。」婦人道：「我只一雙紅睡鞋，倒吃小奴才將一隻弄油了，那裡再討第二雙來？」西門慶道：「我的兒，你到明日做一雙兒穿在腳上。你不知，我達達一心歡喜穿紅鞋兒，看著心裡愛。」婦人道：「怪奴才！可可兒的來想起一件事來，我要說，又忘了。」因令春梅：「你取那隻鞋來與他瞧。」「你認得這鞋是誰的鞋？」西門慶道：「我不知是誰的鞋。」婦人道：「你看，他還打張雞兒哩⑪！瞞著我，黃貓黑尾⑫，你幹的好萌兒⑬！來旺兒媳婦子的一隻臭蹄子，寶上珠也一般，收藏在藏春塢雪洞兒裡，拜帖匣子內，攪著些字紙和香兒一處放著。什麼稀罕物件，也不當家化化的⑭！怪不得那賊淫婦死了，墮阿鼻地獄！」又指著秋菊罵道：「這奴才當我的鞋，又翻出來，教我打了幾下。」吩咐春梅：「趁早與我掠出去！」春梅把鞋掠在地下，看著秋菊說道：「賞與你穿了罷！」那秋菊拾在手裡，說道：「娘這個鞋，只好盛我一個腳指頭兒罷了。」婦人罵道：「賊奴才，還叫什麼毬娘哩！他是你家主子前世的娘！不然，怎的把他的鞋這等收藏的嬌貴？到明日好傳代，沒廉恥的貨！」秋菊拿著鞋就往外走，被婦人又叫回來，吩咐：「取刀來，等我把淫婦剁作幾截子，掠到茅廁裡去！叫賊淫婦陰山背後⑮，永世不得超生！」因向西門慶道：「你看著越心疼，我越發偏剁個樣兒你瞧。」西門慶笑道：「怪奴才，丟開手罷了，我那裡有這個心！」婦人道：「你沒這個心，你就賭了誓。淫婦死的不知往那去了，你還留著他的鞋做什麼？早晚有省，好思想他。正以俺每和你恁一場，你也沒恁個心兒，還要人和你一心一計哩⑯！」西門慶笑道：「罷了，怪小淫婦兒，偏有這些兒的！他就在時，也沒曾在你跟前行差了禮法。」於是摟過粉項來就親了個嘴，兩個雲雨做一處。正是：

動人春色嬌還媚，惹蝶芳心軟又濃。

有詩為證：

漫吐芳心說向誰？欲於何處寄想思？想思有盡情難盡，一日都來十二時。

說文解字

❶頑：嬉戲，同「玩」。❷耍子：嬉戲、玩耍。❸影壁：古代房子門內或門外，用以遮擋視線或裝飾的短牆。❹杌：方形而沒有椅背的椅子。❺鬏髻：用頭髮，或銀絲，或金絲編結成的網帽，把頭髮包覆起來。爲明代已婚婦女的裝扮。❻髩：近耳旁兩頰上的頭髮，同「鬢」。❼牢成久慣：做慣某事而成爲箇中老手。也作「久慣牢成」、「久慣老成」。❽除非饒了蝎子：比喻對某人絕不輕饒。❾頂角：幼童頭上所梳的抓髻。❿毴：女子的外生殖器，同「屄」。⓫打張雞兒：假裝糊塗。⓬黃貓黑尾：黃色的貓，卻有黑色的尾巴。比喻人表裡不一，別有心機。⓭葫兒：事情、事件。⓮不當家化化：罪過、不應該。⓯陰山背後：無法投胎轉世之鬼魂所在的地方。⓰一心一計：全心全意、專一無他。

第三十八回　王六兒棒槌打搗鬼，潘金蓮雪夜弄琵琶

話說馮婆子走到前廳角門首，看見玳安在廳槅子前[1]，拿著茶盤兒伺候。玳安望著馮媽努嘴兒：「你老人家先往那裡去，俺爹和應二爹說了話就起身，已先使棋童兒送酒去了。」那婆子聽見，兩步作一步走的去了。原來應伯爵來說：「攬頭李智、黃四派了年例三萬香蠟等料錢糧下來，該一萬兩銀子，也有許多利息。上完了批，就在東平府見關銀子，來和你計較，做不做？」西門慶道：「我那裡做他！攬頭以假充真，買官讓官。我衙門裡搭了事件，還要動他，我做他怎的！」伯爵道：「哥若不做，叫他另搭別人。你只借二千兩銀子與他，每月五分行利，叫他關了銀子還你，你心下何如？」西門慶道：「既是你的分上，我挪一千銀子與他罷。如今我莊子收拾，還沒銀子哩！」伯爵見西門慶吐了口兒，說道：「哥若十分沒銀子，看怎麼再撥五百兩貨物兒，湊個千五兒與他罷，他不敢少下你的。」西門慶道：「他少下我的，我有法兒處。又一件，應二哥，銀子便與他，只不叫他打著我的旗兒，在外邊東誆西騙。我打聽出來，只怕我衙門監裡放不下他。」伯爵道：「哥說的什麼話，典守者不得辭其責。他若在外邊打哥的旗兒，常沒事罷了。若壞了事，要我做什麼？哥你只顧放心，但有差池，我就來對哥說。說定了，我明日叫他好寫文書。」西門慶道：「明日不教他來，我有勾當。叫他後日來。」說畢，伯爵去了。

西門慶叫玳安伺候馬，帶上眼紗，問棋童去沒有。玳安道：「來了，取了輓手兒去了[2]。」不一時，取了輓手兒來，打發西門慶上馬，徑往牛皮巷來。不想韓道國兄弟韓二搗鬼，耍錢輸了，吃的光

睜睜兒的❸，走來哥家，問王六兒討酒吃。袖子裡掏出一條小腸兒來，說道：「嫂，我哥還沒來哩！我和你吃壺燒酒。」那婦人恐怕西門慶來，又見老馮在廚下，不去兜攬他，說道：「我是不吃。你要吃拿過一邊吃去，我那裡耐煩？你哥不在家，招是招非的，又來做什麼？」那韓二搗鬼，把眼兒涎瞪著，又不去，看見桌底下一罈白泥頭酒，貼著紅紙帖兒，問道：「嫂子，是那裡酒？打開篩壺來俺每吃❹。耶嚛❺！你自受用！」婦人道：「你趁早兒休動，是宅裡老爹送來的，你哥還沒見哩！等他來家，有便倒一甌子與你吃❻。」韓二道：「等什麼哥？就是皇帝爺的，我也吃一盅兒！」才待搬泥頭，被婦人劈手一推，奪過酒來，提到屋裡去了。把二搗鬼仰八叉推了一跤，半日扒起來，惱羞變成怒，口裡喃喃吶吶罵道：「賊淫婦，我好意帶將菜兒來，見你獨自一個冷落落，和你吃杯酒。你不理我，倒推我一跤。我教你不要慌，你另敘上了有錢的漢子，不理我了，要把我打開，故意兒囂我，訕我，又趁我❼。休叫我撞見，我叫你這不值錢的淫婦，白刀子進去紅刀子出來！」婦人見他的話不妨頭，一點紅從耳邊起，須臾紫脹了雙腮，便取棒槌在手，趕著打出來，罵道：「賊餓不死的殺才！你那裡吃醉了，來老娘這裡撒野火兒。老娘手裡饒你不過！」那二搗鬼口裡喇喇哩哩罵淫婦，直罵出門去。不想西門慶正騎馬來，見了他，問是誰，婦人道：「情知是誰，是韓二那廝，見他哥不在家，要便耍錢輸了，吃了酒來毆我。有他哥在家，常時撞見打一頓。」那二搗鬼看見，一溜煙跑了。西門慶又道：「這少死的花子，等我明日到衙門裡與他做功德！」婦人道：「又叫爹惹惱。」西門慶道：「你不知，休要慣了他。」婦人道：「爹說的是。自古良善被人欺，慈悲生患害。」一面讓西門慶明間內坐。西門慶吩咐棋童回馬家去，叫玳安兒：「你在門首看，但掉著那光棍的影兒，就與我鎖在這裡，明日帶到衙門裡來。」玳安道：「他的魂兒聽見爹到，不知走的那裡去了。」

西門慶坐下。婦人見畢禮，連忙屋裡叫丫鬟錦兒拿了一盞果仁茶出來，與西門慶吃，就叫他磕頭。西門慶道：「也罷，倒好個孩子，你且將就使著罷。」又道：「老馮在這裡，怎的不替你拿茶？」婦人道：「馮媽媽他老人家，我央及他廚下使著手哩！」西門慶又道：「頭裡我使小廝送來的那酒，是個內臣送我的竹葉青，裡頭有許多藥味，甚是峻利❽。我前日見你這裡打的酒，都吃不上口，我所以拿的這壇酒來。」婦人又道了萬福，說：「多謝爹的酒，正是這般說，俺每不爭氣，住在這僻巷子裡，又沒個好酒店，那裡得上樣的酒來吃，只往大街上取去。」西門慶道：「等韓伙計來家，你和他計較，等著獅子街那裡，替你破幾兩銀子買所房子，等你兩口子亦發搬到那裡住去罷。鋪子裡又近，買東西諸事方便。」婦人道：「爹說的是。看你老人家怎的可憐見，離了這塊兒也好。就是你老人家行走，也免了許多小人口嘴。咱行的正，也不怕他。爹心裡要處自情處，他在家和不在家一個樣兒，也少不得打這條路兒來。」說一回，房裡放下桌兒，請西門慶進去寬了衣服坐。

須臾，安排酒菜上來，婦人陪定，把酒來斟。不一時，兩個並肩疊股而飲。吃得酒濃時，兩個脫剝上床交歡，自在玩耍。婦人早已床炕上鋪得厚厚的被褥，被裡熏的噴鼻香。西門慶見婦人好風月，一徑要打動他，家中袖了一個錦包兒來，打開，裡面銀托子、相思套、硫黃圈、藥煮的白綾帶子、懸玉環、封臍膏、勉鈴，一弄兒淫器。那婦人仰臥枕上，玉腿高蹺，口舌內吐。西門慶先把勉鈴教婦人自放牝內❾，然後將銀托束其根，硫黃圈套其首，臍膏貼於臍上。婦人以手導入牝中，兩相迎湊，漸入大半。婦人呼道：「達達❿！我只怕你墩的腿酸⓫，拿過枕頭來，你墊著坐，我淫婦自家動罷。」

又道：「只怕你不自在，你把淫婦腿吊著合，你看好不好？」西門慶真個把他腳帶解下一條來，拴他一足，吊在床槅子上抵著拽，拽的婦人牝中之津如蝸之吐蜒，綿綿不絕，又拽出好些白漿子來。西門慶問道：「你如何流這些白？」才待要抹去，婦人道：「你休抹，等我吮咂了罷⑫。」於是蹲跪在他面前吮吞數次，嗚咂有聲。咂的西門慶淫心輒起，掉過身子，兩個幹後庭花。龜頭上有硫黃圈，濡研難澀，婦人蹙眉隱忍，半晌僅沒其棱。西門慶頗作抽送，而婦人用手摸之，漸入大半，把屁股坐在西門慶懷裡，回首流眸，作顫聲叫：「達達！慢著些，後越發粗大，教淫婦怎生挨忍。」西門慶且扶起股，觀其出入之勢，因叫婦人小名：「王六兒，我的兒，你達不知心裡怎的只好這一樁兒。不想今日遇你，正可我之意，我和你明日生死難開。」婦人道：「達達，只怕後來耍的絮煩了，把奴不理怎了？」西門慶道：「相交下來，才見我不是這樣人。」說話之間，兩個幹夠一頓飯時，西門慶令婦人沒高低淫聲浪語叫著才過。婦人在下，一面用手舉股承受其精，樂極情濃，一泄如注。已而抽出那話來，帶著圈子，婦人還替他吮咂淨了，兩個方才並頭交股而臥。

西門慶與婦人摟抱到二鼓時分，小廝馬來接，方才起身回家。到次日，到衙門裡差了兩個緝捕，把二搗鬼拿到提刑院，只當作掏摸土賊，不由分說，一夾二十，打得順腿流血。睡了一個月，險不把命花了，往後唬得影也再不敢上婦人門纏攪了。正是：

恨小非君子，無毒不丈夫。

遲了幾日，來保、韓道國一行人東京回來，備將前事對西門慶說：「翟管家見了女子，甚是歡喜，說爹費心。留俺府裡住了兩日，討了回書⑬，送了爹一匹青馬，封了韓伙計女兒五十兩銀子禮錢，又與了小的二十兩盤纏。」西門慶道：「夠了。」看了回書，書中無非是知感不盡之意。自此兩家都下眷生名字，稱呼親家，不在話下。韓道國與西門慶磕頭拜謝回家，西門慶道：「韓伙計，你還把你女兒這禮錢收去，也是你兩口兒恩養孩兒一場。」韓道國再三不肯收，說道：「蒙老爹厚恩，禮錢是前日有了。這銀子小人怎好又受得？從前累的老爹好少哩！」西門慶道：「你不依，我就惱了。你將回家不要花了，我有個處。」那韓道國就磕頭謝了，拜辭回去。

老婆見他漢子來家，滿心歡喜，一面接了行李，與他拂了塵土，問他長短：「孩子到那裡好麼？」這道國把往回一路的話，告訴一遍，說：「好人家，孩子到那裡，就與了三間房，兩個丫鬟服侍，衣服頭面不消說。第二日，就領了後邊見了太太。翟管家甚是歡喜，留俺們住了兩日，酒飯連下人都吃不了，又與了五十兩禮錢。我再三推辭，大官人又不肯，還叫我拿回來了。」因把銀子與婦人收了。婦人一塊石頭方落地，因和韓道國說：「咱到明日，還得一兩銀子謝老馮。你不在，虧他常來作作伴兒。大官人那裡，也與了他一兩。」正說著，只見丫頭過來遞茶。韓道國道：「這個是那裡大姐？」婦人道：「這個是咱新買的丫頭，名喚錦兒。過來與你爹磕頭！」磕了頭，丫頭往廚下去了。

老婆如此這般，把西門慶勾搭之事，告訴一遍：「自從你去了，來行走了三四遭，才使四兩銀子買了這個丫頭。但來一遭，帶一二兩銀子來。第二的不知高低，氣不憤，走來這裡放水⑭，被他撞見了，拿到衙門裡，打了個臭死，至今再不敢來了。大官人見不方便，許了要替我每大街上買一所房子，叫咱搬到那裡住去。」韓國道：「嗔道他頭裡不受這銀子，教我拿回來休要花了，原來就是這些話了。」婦人道：「這不是有了五十兩銀子，他到明日，一定與咱多添幾兩銀子，看所好房兒。也是我輸了身一場，且落他些好供給穿戴。」韓道國道：「等我明日往鋪子裡去了，他若來時，你只推我不知道，休要怠慢了他，凡事奉承他些兒。如今好容易賺錢，怎麼趕的這個道路！」老婆笑道：「賊強人，倒路死的⑮！你倒會吃自在飯兒，你還不知老娘怎樣受苦哩！」兩個又笑了一回，打發他吃了晚飯，夫妻收拾歇下。到天明，韓道國宅裡討了鑰匙，開鋪子去了，與了老馮一兩銀子謝他。俱不必細說。

說文解字

❶槅子：類似書架的器具，中分不同樣式的許多層小格，供陳設器皿、玩具。也作「擱子」。❷輓手兒：鞭子。❸光睜睜兒：油光滿面的樣子。❹篩壺：將酒加熱用的酒壺。❺耶嚛：啊呀，也作「耶樂」。❻甌子：杯子、盅子。❼趍：同「趨」。❽峻利：猛烈。❾牝：女子陰户。❿達達：原意爲稱呼父親，此處爲情人之間的親暱稱呼。⓫墩：同「蹲」。⓬吮咂：吮吸。⓭回書：答覆的書信。⓮放水：搗亂。⓯倒路死：倒死在路上，罵人不得好死。

第四十九回　請巡按屈體求榮，遇胡僧現身施藥

西門慶回到方丈坐下，長老走來合掌問訊，遞茶，西門慶答禮相還。見他雪眉交白，便問：「長老多大年紀？」長老道：「小僧七十有四。」西門慶道：「到還這等康健。」因問法號，長老道：「小僧法名道堅。」又問：「有幾位徒弟？」長老道：「只有兩個小徒，本寺也有三十餘僧行。」西門慶道：「這寺院也寬大，只是欠修整。」長老道：「不瞞老爹說，這座寺原是周秀老爹蓋造，長住裡沒

錢糧修理，丟得壞了。」西門慶道：「原來就是你守備府周爺的香火院。我見他家莊子不遠，不打緊處，你稟了你周爺，寫個緣簿，別處也再化些，我也資助你些布施。」道堅連忙又合掌問訊謝了。西門慶吩咐玳安兒：「取一兩銀子謝長老，今日打攪。」道堅道：「小僧不知老爹來，不曾預備齋供。」西門慶道：「我要往後邊更更衣去。」道堅連忙叫小沙彌開門。

西門慶更了衣，因見方丈後面五間大禪堂，有許多雲遊和尚在那裡敲著木魚看經。西門慶不因不由❶，信步走入裡面觀看。見一個和尚形骨古怪，相貌搊搜❷，生得豹頭凹眼，色若紫肝，戴了雞蠟箍兒，穿一領肉紅直裰，頦下髭鬚亂拃❸，頭上有一溜光檐，就是個形容古怪真羅漢，未除火性獨眼龍。在禪床上旋定過去了，垂著頭，把脖子縮到腔子裡❹，鼻孔中流下玉箸來❺。西門慶口中不言，心中暗道：「此僧必然是個有手段的高僧。不然，如何因此異相？等我叫醒他，問他個端的。」於是高聲叫：「那位僧人，你是那裡人氏，何處高僧？」叫了頭一聲不答應；第二聲也不言語；第三聲，只見這個僧人在禪床上把身子打了個挺，伸了伸腰，睜開一隻眼，跳將起來，向西門慶點了點頭兒，麄聲應道❻：「你問我怎的？貧僧行不更名，坐不改姓，乃西域天竺國密松林齊腰峰寒庭寺下來的胡僧，雲遊至此，施藥濟人。官人，你叫我有甚話說？」西門慶道：「你既是施藥濟人，我問你求些滋補的藥兒，你有也沒有？」胡僧道：「我有，我有。」又道：「我如今請你到家，你去不去？」胡僧道：「我去，我去。」西門慶道：「你說去，即此就行。」那胡僧直豎起身來，向床頭取過他的鐵柱杖來拄著，背上他的皮褡褳❼，褡褳內盛了兩個藥葫蘆兒，下的禪堂，就往外走。西門慶吩咐玳安：「叫了兩個驢子，同師父先往家去等著，我就來。」胡僧道：「官人不消如此，你騎馬只顧先行。貧僧也不騎頭口❽，管情比你先到。」西門慶道：「一定是個有手段的高僧，不然如何開這等朗言。」恐怕他走了，吩咐玳安：「好歹跟著他同行。」於是作辭長老上馬，僕從跟隨，徑直進城來家。

那日四月十七日，不想是王六兒生日，家中又是李嬌兒上壽，有堂客吃酒。後晌時分❾，只見王六兒家沒人使，使了他兄弟王經來請西門慶，吩咐他宅門首只尋玳安兒說話。不見玳安在門首，只顧立。立了約一個時辰，正值月娘與李嬌兒送院裡李媽媽出來上轎，看見一個十五六歲紥包髻兒小廝，問是那裡的。那小廝三不知走到跟前，與月娘磕了個頭，說道：「我是韓家，尋安哥說話。」月娘問：「那安哥？」平安在旁邊，恐怕他知道是王六兒那裡來的，恐怕他說岔了話，向前把他拉過一邊，對月娘說：「他是韓伙計家使了來尋玳安兒，問韓伙計幾時來。」以此哄過。月娘不言語，回後邊去了。

不一時，玳安與胡僧先到門首，走得兩腿皆酸，渾身是汗，抱怨的要不的。那胡僧體貌從容，氣也不喘。平安把王六兒那邊使了王經來請爹尋他說話一節，對玳安兒說了一遍，道：「不想大娘看見，早是我在旁邊替他摭拾過了❿，不然就要露出馬腳來了。等往回娘若問，你也是這般說。」那玳安走得睜睜的⓫，只顧搧扇子：「今日造化低也怎的？平白爹交我領了這賊禿囚來。好近路兒！從門外寺裡直走到家，路上通沒歇腳兒，走得我上氣兒接不著下氣兒。爹交雇驢子與他騎，他又不騎。他便走著沒事，難為我這兩條腿了！把鞋底子也磨透了，腳也踏破了，攮氣的營生！」平安道：「爹請他來家做什麼？」玳安道：「誰知道！他說問他討什麼藥哩！」正說著，只聞喝道之聲。西門慶到家，看見胡僧在門首，說道：「吾師真乃人中神也，果然先到。」一面讓至裡面大廳上坐。西門慶叫書童接了衣裳，換了小帽，陪他坐的。吃了茶，那胡僧睜眼觀見廳堂高遠，院子深沉，門上掛的是龜背紋蝦鬚織抹綠珠簾，地下鋪獅子滾繡球絨毛線毯，正當中放一張蜻蜓腿、螳螂肚、肥皂色起楞的桌子，桌子上安著條環樣須彌座大理石屏風。周圍擺的都是泥鰍頭、楠木靶腫筋的交倚，兩壁掛的畫都是紫竹桿兒綾邊、瑪瑙軸頭。正是：

鼉皮畫鼓振庭堂，烏木春台盛酒器。

胡僧看畢，西門慶問道：「吾師用酒不用？」胡僧道：「貧僧酒肉齊行。」西門慶一面吩咐小廝：「後邊不消看素饌，拿酒飯來。」那時正是李嬌兒生日，廚下餚饌下飯都有，安放桌兒，只顧拿上來。先綽邊兒放了四碟果子、四碟小菜，又是四碟案酒：一碟頭魚、一碟糟鴨、一碟烏皮雞、一碟舞鱸公。又拿上四樣下飯來：一碟羊角蔥炒的核桃肉、一碟細切的餚飫樣子肉、一碟肥肥的羊貫腸、一碟光溜溜的滑鰍。次又拿了一道湯飯出來：一個碗內兩個肉圓子，夾著一條花腸滾子肉，名喚一龍戲二珠湯；一大盤裂破頭高裝肉包子。西門慶讓胡僧吃了，教琴童拿過團靶鉤頭雞脖壺來，打開腰州精製的紅泥頭，一股一股邈出滋陰摔白酒來，傾在那倒垂蓮蓬高腳盅內，遞與胡僧。那胡僧接放口內，一吸而飲之。隨即又是兩樣添換上來：一碟寸扎的騎馬腸兒、一碟子腌臘鵝脖子。又是兩樣艷物與胡僧下酒：一碟子癩葡萄、一碟子流心紅李子。落後又是一大碗鱔魚麵與菜捲兒，一齊拿上來與胡僧打散。登時把胡僧吃得楞子眼兒⑫，便道：「貧僧酒醉飯飽，足以夠了。」

西門慶叫左右拿過酒桌去，因問他求房術的藥兒。胡僧道：「我有一枝藥，乃老君煉就，王母傳方，非人不度，非人不傳，專度有緣。既是官人厚待於我，我與你幾丸罷。」於是向褡褳內取出葫蘆來，傾出百十丸，吩咐：「每次只一粒，不可多了，用燒酒送下。」又將那一個葫兒捏了，取二錢一塊粉紅膏兒，吩咐：「每次只許用二釐，不可多用。若是脹得慌，用手捏著，兩邊腿上只顧摔打，百十下方得通。你可樽節用之⑬，不可輕泄於人。」西門慶雙手接了，說道：「我且問你，這藥有何功效？」胡僧說：

形如雞卵，色似鵝黃。三次老君炮煉，王母親手傳方。
外視輕如糞土，內覷貴乎玕琅。比金金豈換，比玉玉何償。
任你腰金衣紫，任你大廈高堂。任你輕裘肥馬，任你才俊棟梁。
此藥用托掌內，飄然身入洞房。
洞中春不老，物外景長芳。玉山無頹敗，丹田夜有光。
一戰精神爽，再戰氣血剛。不拘嬌艷寵，十二美紅妝。
交接從吾好，徹夜硬如槍。服久寬脾胃，滋腎又扶陽。
百日鬚髮黑，千朝體自強。固齒能明目，陽生姤始藏。
恐君如不信，拌飯與貓嘗。三日淫無度，四日熱難當。
白貓變為黑，尿糞俱停亡。夏月當風臥，冬天水裡藏。
若還不解泄，毛脫盡精光。每服一釐半，陽興愈健強。

一夜歇十女，其精永不傷。老婦顰眉蹙，淫娼不可當。
有時心倦怠，收兵罷戰場。冷水吞一口，陽回精不傷。
快美終宵樂，春色滿蘭房。贈與知音客，永作保身方。

西門慶聽了，要問他求方兒，說道：「請醫須請良，傳藥須傳方。吾師不傳於我方兒，倘或我久後用沒了，那裡尋師父去？隨師父要多少東西，我與師父。」因令玳安：「後邊快取二十兩白金來。」遞與胡僧，要問他求這一枝藥方。那胡僧笑道：「貧僧乃出家之人，雲遊四方，要這資財何用？官人趁早收拾回去。」一面就要起身。西門慶見他不肯傳方，便道：「師父，你不受資財，我有一匹五丈長大布，與師父做件衣服罷。」即令左右取來，雙手遞與胡僧。胡僧方才打問訊謝了，臨出門又吩咐：「不可多用，戒之！戒之！」言畢，背上褡褳，拴定拐杖，出門揚長而去。正是：

柱杖挑擎雙日月，芒鞋踏遍九軍州。

說文解字

❶不因不由：猶言無意之中。❷搊搜：勇猛，也作「搊瘦」。❸頦下：臉部的下方，即下巴。髭鬚：生在嘴邊的短毛。❹腔子：割去頭的軀體，或指軀體。❺玉箸：佛教用語，指坐化時垂下的鼻涕。坐化，指和尚盤膝而坐，安然死去。❻麄：同「粗」。❼褡褳：古代人們出行時使用，一種裝錢物的口袋。形狀爲長方形，中間有一開口，兩邊各爲一個袋子。❽頭口：牲口，也作「頭匹」。❾後晌：午後。❿摭拾：收拾。⓫睜睜的：痴呆懵懂的樣子。⓬楞子眼兒：不正常地直瞪著眼。⓭樽節：抑止、約束。

第七十九回 西門慶貪欲喪命，吳月娘失偶生兒

王經打著燈籠，玳安、琴童籠著馬，那時也有三更天氣，陰雲密布，月色朦朧，街市上人煙寂寞，閭巷內犬吠盈盈。打馬剛走到西首那石橋兒跟前，忽然一陣旋風，只見個黑影子，從橋底下鑽出來，向西門慶一撲。那馬見了只一驚跳，西門慶在馬上打了個冷戰，醉中把馬加了一鞭，那馬搖了搖鬃，玳安、琴童兩個用力拉著嚼環❶，收煞不住，雲飛般望家奔將來，直跑到家門首方止。王經打著燈籠，後邊跟不上。西門慶下馬腿軟了，被左右扶進，徑往前邊潘金蓮房中來。此這一來，正是：

失脫人家逢五道，濱冷餓鬼撞鐘馗。

原來金蓮從後邊來，還沒睡，渾衣倒在炕上，等待西門慶。聽見來了，連忙一骨碌扒起來，向前替他接衣服。見他吃得酩酊大醉，也不敢問他。西門慶一隻手搭伏著他肩膀上，摟在懷裡，口中喃喃吶吶說道：「小淫婦兒，你達達今日醉了，收拾鋪，我睡也。」那婦人持他上炕，打發他歇下。那西門慶丟倒頭在枕上鼾睡如雷，再搖也搖他不醒。然後婦人脫了衣裳，鑽在被窩內，慢慢用手腰裡摸他那話，猶如綿軟，再沒硬朗氣兒，更不知在誰家來。翻來覆去，怎禁那欲火燒身，淫心蕩漾，不住用手只顧捏弄，蹲下身子，被窩內替他百計品咂，只是不起，急的婦人要不的。因問西門慶：「和尚藥在那裡放著哩？」推了半日推醒了，西門慶酩子裡罵道：「怪小淫婦，只顧問怎的？你又教達達擺布你，你達今日懶待動彈。藥在我袖中穿心盒兒內，你拿來吃了，有本事品弄的它起來，是你造化。」

那婦人便去袖內摸出穿心盒來打開，裡面只剩下三四丸藥兒。這婦人取過燒酒壺來，斟了一盅酒，自己吃了一丸，還剩下三丸，恐怕力不效，千不合，萬不合，拿燒酒都送到西門慶口內。醉了的人，曉的什麼？合著眼只顧吃下去。

那消一盞熱茶時，藥力發作起來，婦人將白綾帶子拴在根上，那話躍然而起。婦人見他只顧去睡，於是騎在他身上，又取膏子藥安放在馬眼內，頂入牝中，只顧揉搓。那話直抵苞花窩裡，覺翕翕然，渾身酥麻，暢美不可言。又兩手據按，舉股一起一坐，那話坐棱露腦，一二百回。初時澀滯，次後淫水浸出，稍沾滑落，西門慶由著他掇弄，只是不理。婦人情不能當，以舌親於西門慶口中，兩手摟著他脖項，極力揉搓，左右偎擦，塵柄盡沒至根，止剩二卵在外，用手摸之，美不可言，淫水隨拭隨出。比三鼓天，五換巾帕，婦人一連丟了兩次，西門慶只是不泄，龜頭越發脹的猶如炭火一般，害箍脹的慌，令婦人把根下帶子去了，還發脹不已，令婦人用口吮之。這婦人扒伏在他身上，用朱唇吞裹龜頭，只顧往來不已，又勒勾約一頓飯時，那管中之精猛然一股冒將出來，猶水銀之瀉筒中相似，忙用口接咽不及，只顧流將出來。初時還是精液，往後盡是血水出來，再無個收救，西門慶已昏迷去，四肢不收。婦人也慌了，急取紅棗與他吃下去。精盡繼之以血，血盡出其冷氣而已，良久方止。婦人慌作一團，便摟著西門慶問道：「我的哥哥，你心裡覺怎麼的？」西門慶亦蘇醒了一回，方言：「我頭目森森然，莫知所以。」金蓮問：「你今日怎的流出恁許多來？」更不說他用的藥多了。看官聽說，一己精神有限，天下色欲無窮。又曰：「嗜欲深者生機淺。」西門慶只知貪淫樂色，更不知油枯燈滅，髓竭人亡。正是起頭所說：

二八佳人體似酥，腰間仗劍斬愚夫。雖然不見人頭落，暗裡教君骨髓枯。

一宿晚景題過。到次日清早晨，西門慶起來梳頭，忽然一陣昏暈，望前一頭搶將去。早被春梅雙手扶住，不曾跌著磕傷了頭臉。在椅上坐了半日，方才回過來，慌的金蓮連忙問道：「只怕你空心虛弱，且坐著，吃些什麼兒著，出去也不遲。」一面使秋菊：「後邊取粥來與你爹吃。」那秋菊走到後邊廚下，問雪娥：「熬的粥怎麼了？爹如此這般，今早起來害了頭暈，跌了一跤，如今要吃粥哩！」不想被月娘聽見，叫了秋菊，問其端的。秋菊悉把西門慶梳頭，頭暈跌倒之事告訴一遍。月娘不聽便了，聽了魂飛天外，魄散九霄，一面吩咐雪娥快熬粥，一面走來金蓮房中看視。見西門慶坐在椅子上，問道：「你今日怎的頭暈？」西門慶道：「我不知怎的，剛才就頭暈起來。」金蓮道：「早時我和春梅要跟前扶住了，不然好輕身子兒，這一跤和你善哩！」月娘道：「敢是你昨日來家晚了，酒多了，頭沉。」金蓮道：「昨日往誰家吃酒？那咱晚才來。」月娘道：「他昨日和他二舅在鋪子裡吃酒來。」不一時，雪娥熬了粥，教春梅拿著，打發西門慶吃。那西門慶拿起粥來，只吃了半甌兒，懶待吃，就放下了。月娘道：「你心裡覺怎的？」西門慶道：「我不怎麼，只是身子虛飄飄的，懶待動旦❷。」月娘道：「你今日不往衙門中去罷。」西門慶道：「我不去了，消一回。我往前邊看著姐夫寫帖兒，十五日請周菊軒、荊南崗、何大人眾官客吃酒。」月娘道：「你今日還沒吃藥，取奶來把那藥再吃上一服。是你連日著辛苦忙碌了。」一面教春梅問如意兒擠了奶來，用盞兒盛著，教西門慶吃了藥，起身往前邊去。春梅扶著，剛走到花園角門首，覺眼便黑了，身子晃晃蕩蕩，做不的主兒，只要倒。春梅又扶回來了，月娘道：「依我且歇兩日兒，請人也罷了，那裡在乎這一時。且在屋裡將息兩日兒，不出去罷。」因說：「你心裡要吃什麼，我往後邊做來與你吃。」西門慶道：「我心裡不想吃。」

月娘到後邊，從新又審問金蓮❸：「他昨日來家醉不醉？再沒曾吃酒？與你行什麼事？」金蓮聽了，恨不得生出幾個口來，說一千個沒有：「姐姐，你沒的說。他那咱晚來了，醉的行禮兒也沒顧的，還問我要燒酒吃，教我拿茶當酒與他吃，只說沒了酒，好好打發他睡了。自從姐姐那等說了，誰和他有甚事來，倒沒的羞人子剌剌的。倒只怕別處外邊有了事來，俺每不知道❹。若說家裡，可是沒絲毫事兒。」月娘和玉樓都坐在一處，一面叫了玳安、琴童兩個到跟前審問他：「你爹昨日在那裡吃酒來？你實說便罷，不然有一差二錯，就在你這兩個囚根子身上❺。」那玳安咬定牙，只說獅子街和二舅、賁四吃酒，再沒往那裡去。落後叫將吳二舅來，問他，二舅道：「姐夫只陪俺每吃了沒多大回酒，就起身往別處去了。」這吳月娘聽了，心中大怒，待二舅去了，把玳安、琴童儘力數罵了一遍，要打他二人。二人慌了，方才說出：「昨日在韓道國老婆家吃酒來。」那潘金蓮得不的一聲就來了，說道：「姐姐剛才就埋怨起俺每來，正是冤殺旁人笑殺賊。俺每人人有面，樹樹有皮，姐姐那等說來，莫不俺每成日把這件事放在頭裡？」又道：「姐姐，你再問這兩個囚根子，前日你往何千戶家吃酒，他爹也是那咱時分才來，不知在誰家來。誰家一個拜年，拜到那咱晚！」玳安又恐怕琴童說出來，隱瞞不住，遂把私通林太太之事備說一遍，月娘方才信了，說道：「嗔道教我拿帖兒請他，我還說人生面不熟，他不肯來，怎知和他有連手。我說恁大年紀，描眉畫鬢，搽的那臉倒像膩抹兒抹的一般❻，乾淨是個老浪貨！」玉樓道：「姐姐，沒見一個兒子也長恁大人兒，娘母還幹這個營生。忍不住，嫁了個漢子，也休要出這個醜。」金蓮道：「那老淫婦有什麼廉恥！」月娘道：「我只說他絕不來，誰想他浪搧著來了。」金蓮道：「這個，姐姐才顯出個皂白來了❼！像韓道國家這個淫婦，姐姐還嗔我罵他！乾淨一家子都養漢，是個明王八，把個王八花子也裁派將來，早晚好做勾使鬼。」月娘道：「王三官兒娘，你還罵他老淫婦，他說你從小兒在他家使喚來。」那金蓮不聽便罷，聽了把臉掣耳朵帶脖子都紅了❽，便罵道：「汗邪了那賊老淫婦！我平日在他家做什麼？還是我姨娘在他家緊隔壁住，他家有個花園，俺每小時在俺姨娘家住，常過去和他家伴姑兒耍子，就說我在他家來，我認得他是誰？也是個張眼露睛的老淫婦！」月娘道：「你看那嘴頭子！人和你說話，你罵他。」那金蓮一聲兒就不言語了。

月娘主張叫雪娥做了些水餃兒，拿了前邊與西門慶吃。正走到儀門首，只見平安兒徑直往花園中走，被月娘叫住問道：「你做什麼？」平安兒道：「李銘叫了四個唱的，十五日擺酒，因來回話，問擺的成擺不成。我說未發帖兒哩！他不信，教我進來稟爹。」月娘罵道：「怪賊奴才，還擺什麼酒，問什麼，還不回那王八去哩！還來稟爹娘哩！」把平安兒罵的往外金命水命去了。月娘走到金蓮房中，看著西門慶只吃了三四個水餃兒，就不吃了。因說道：「李銘來回唱的，教我回倒他，改日子了，他去了。」西門慶點頭兒。

西門慶只望一兩日好些出來，誰知過了一夜，到次日，內邊虛陽腫脹，不便處發出紅瘰來，連腎囊都腫得明滴溜如茄子大。但溺尿，尿管中猶如刀子犁的一般，溺一遭，疼一遭。外邊排軍、伴當備下馬伺候⑨，還等西門慶往衙門裡大發放，不想又添出這樣症候來。月娘道：「你依我拿帖兒回了何大人，在家調理兩日兒，不去罷。你身子恁虛弱，趁早使小廝請了任醫官，教瞧瞧，你吃他兩帖藥過來。休要只顧耽著，不是事。你偌大的身量，兩日通沒大好吃什麼兒，如何禁的？」那西門慶只是不肯吐口兒請太醫，只說：「我不妨事，過兩日好了，我還出去。」雖故差人拿帖兒、送假牌往衙門裡去，在床上睡著，只是急躁，沒好氣。

應伯爵打聽得知，走來看他。西門慶請至金蓮房中坐的。伯爵聲喏道：「前日打攪哥，不知哥心中不好，嗔道花大舅那裡不去。」西門慶道：「我心中若好時，也去了，不知怎的懶待動旦。」伯爵道：「哥，你如今心內怎樣的？」西門慶道：「不怎的，只是有些頭暈，起來身子軟，走不得。」伯爵道：「我見你面容發紅色，只怕是火，教人看來不曾？」西門慶道：「房下說請任後溪來看我⑩，我說又沒甚大病，怎好請他的。」伯爵道：「哥，你這個就差了，還請他來看看。怎的說，吃兩帖藥，散開這火就好了。春氣起，人都是這等痰火舉發舉發。昨日李銘撞見我，說你使他叫唱的，今日請人擺酒，說你心中不好，改了日子。把我唬了一跳，我今日才來看哥。」西門慶道：「我今日連衙門中拜牌也沒去，送假牌去了。」伯爵道：「可知去不的，大調理兩日兒出門。」吃畢茶道：「我去罷，再來看哥。李桂姐會了吳銀兒，也要來看你哩！」西門慶道：「你吃了飯去。」伯爵道：「我一些不吃。」揚長出去了。

西門慶於是使琴童往門外，請了任醫官來，進房中診了脈，說道：「老先生此貴恙，乃虛火上炎，腎水下竭，不能既濟，此乃是脫陽之症。須是補其陰虛，方才好得。」說畢，作辭起身，去了。

一面封了五錢銀子，討將藥來，吃了。止住了頭暈，身子依舊還軟，起不來。下邊腎囊越發腫痛，溺尿甚難。

到後晌時分，李桂姐、吳銀兒坐轎子來看。每人兩個盒子，進房與西門慶磕頭，說道：「爹怎的心裡不自在？」西門慶道：「你姐兒兩個自恁來看看便了，如何又費心買禮兒。」因說道：「我今年不知怎的，痰火發的重些。」桂姐道：「還是爹這節間酒吃的多了，清潔他兩日兒就好了。」坐了一回，走到李瓶兒那邊屋裡，與月娘眾人見節。請到後邊，擺茶畢，又走來到前邊，陪西門慶坐的說話兒。只見伯爵又陪了謝希大、常峙節來望，西門慶教玉簫攙扶他起來坐的，留他三人在房內，放桌兒吃酒。謝希大道：「哥，用了些粥不曾？」玉簫把頭扭著，不答應。西門慶道：「我還沒吃粥，咽不下去。」希大道：「拿粥，等俺每陪哥吃些粥兒還好。」不一時，拿將粥來。西門慶拿起粥來，只扒了半盞兒，就吃不下了。月娘和李桂姐、吳銀兒，都在李瓶兒那邊坐的。伯爵問道：「李桂姐與銀姐來了，怎的不見？」西門慶道：「在那邊坐的。」伯爵因令來安兒：「你請過來，唱一套兒與你爹聽。」吳月娘恐西門慶不耐煩，攔著，只說吃酒哩！不教過來。眾人吃了一回酒，說道：「哥，你陪著俺每坐，只怕勞碌著你。俺每去了，你自在側側兒罷。」西門慶道：「起動列位掛心。」三人於是作辭去了。

應伯爵走出小院門，叫玳安過來吩咐：「你對你大娘說，應二爹說來，你爹面上變色，有些滯氣，不好，早尋人看他。大街上胡太醫最治的好痰火，何不使人請他看看，休要耽遲了。」玳安不敢怠慢，走來告訴月娘。月娘慌進房來，對西門慶說：「方才應二哥對小廝說，大街上胡太醫看的痰火好，你何不請他來看看你？」西門慶道：「胡太醫前番看李大姐不濟⑪，又請他？」月娘道：「藥醫不死病，佛度有緣人。看他不濟，只怕你有緣，吃了他的藥兒好了是的。」西門慶道：「也罷，你請他去。」不一時，使棋童兒請了胡太醫來。適有吳大舅來看，陪他到房中看了脈，對吳大舅、陳敬濟說：「老爹是個下部蘊毒，若久而不治，卒成溺血之疾，乃是忍便行房。」又封了五錢藥金，討將藥來吃下去，如石沉大海一般，反溺不出來。月娘慌了，打發桂姐、吳銀兒去了，又請何老人兒子何春泉來看。又說：「是癃閉便毒，一團膀胱邪火，趕到這下邊來。四肢經絡中，又有濕痰流聚，以致心腎不交。」封了五錢藥金，討將藥來，越發弄的虛陽舉發，麈柄如鐵，晝夜不倒。潘金蓮晚夕不管好歹，還騎在他身上，倒澆蠟燭掇弄，死而複蘇者數次。

到次日，何千戶要來望，先使人來說。月娘便對西門慶道：「何大人要來看你，我扶你往後邊去罷，這邊隔二偏三⑫，不是個待人的。」那西門慶點頭兒。於是月娘替他穿上暖衣，和金蓮肩搭搊扶著，方離了金蓮房，往後邊上房，鋪下被褥高枕，安頓他在明間炕上坐的。房中收拾乾淨，焚下香。不一時，何千戶來到，陳敬濟請他到於後邊臥房，看見西門慶坐在病榻上，說道：「長官，我不敢作揖。」因問：「貴恙覺好些？」西門慶告訴：「上邊火倒退下了，只是下邊腫毒，當不的。」何千戶道：「此係便毒。我學生有一相識，在東昌府探親，昨日新到舍下，乃是山西汾州人氏，姓劉號桔齋，年半百，極看的好瘡毒。我就使人請他來看看長官貴恙。」西門慶道：「多承長官費心，我這裡就差人請去。」何千戶吃畢茶，說道：「長官，你耐煩保重。衙門中事，我每日委答應的遞事件與你，不消掛意。」西門慶舉手道：「只是有勞長官了。」作辭出門。西門慶這裡隨即差玳安拿帖兒，同何家人請了這劉桔齋來。看了脈，並不便處，連忙上了藥，又封一帖煎藥來。西門慶答賀了一匹杭州絹，一兩銀子。吃了他頭一盞藥，還不見動靜。

那日不想鄭月兒送了一盒鴿子雛兒，一盒果餅頂皮酥，坐轎子來看。進門與西門慶磕頭，說道：「不知道爹不好，桂姐和銀姐好人兒，不對我說聲兒，兩個就先來了。看的爹遲了，休怪。」西門慶道：「不遲，又起動你費心，又買禮來。」愛月兒笑道：「什麼大禮，惶恐。」因說：「爹清減的恁樣的，每日飲饌也用些兒？」月娘道：「用的倒好了，吃不多兒。今日早晨，只吃了些粥湯兒，剛才太醫看了去了。」愛月兒道：「娘，你吩咐姐把鴿子雛兒燉爛一個兒來，等我勸爹進些粥兒。你老人家不吃，恁偌大身量，一家子金山也似靠著你，卻怎麼樣兒的。」月娘道：「他只害心口內攔著，吃不下去。」愛月兒道：「爹，你依我說，把這飲撰兒就懶待吃，須也強吃些兒，怕怎的？人無根本，水食為命，終須用些兒。不然，越發淘淥的身子空虛了[13]。」不一時，燉爛了鴿子雛兒，小玉拿粥上來，十香甜醬瓜茄，粳粟米粥兒。這鄭月兒跳上炕去，用盞兒托著，跪在西門慶身邊，一口口喂他。強打著精神，只吃了上半盞兒，揀兩箸兒鴿子雛兒在口內，就搖頭兒不吃了。愛月兒道：「一來也是藥，二來還虧我勸爹，卻怎的也進了些飲饌兒！」玉簫道：「爹每常也吃，不似今日月姐來，勸著吃的多些。」月娘一面擺茶與愛月兒吃，臨晚管待酒饌，與了他五錢銀子，打發他家去。愛月兒臨出門，又與西門慶磕頭，說道：「爹，你耐煩將息兩日兒，我再來看你。」

比及到晚夕，西門慶又吃了劉桔齋第二帖藥，遍身疼痛，叫了一夜。到五更時分，那不便處腎囊脹破了，流了一灘鮮血，龜頭上又生出疳瘡來，流黃水不止，西門慶不覺昏迷過去。月娘眾人慌了，都守著看視，見吃藥不效，一面請了劉婆子，在前邊捲棚內與西門慶點人燈挑神，一面又使小廝往周守備家內訪問吳神仙在那裡，請他來看，因他原相西門慶今年有嘔血流膿之災，骨瘦形衰之病。貴四說：「也不消問周老爹宅內去，如今吳神仙見在門外土地廟前，出著個卦肆兒，又行醫，又賣卦。人請他，不爭利物，就去看治。」月娘連忙就使琴童把這吳神仙請將來。進房看了西門慶不似往時，形容消減，病體懨懨，勒著手帕，在於卧榻。先診了脈息，說道：「官人乃是酒色過度，腎水竭虛，太極邪火聚於欲海，病在膏肓，難以治療。」

月娘見他說治不了，道：「既下藥不好，先生看他命運如何？」吳神仙掐指尋紋，打算西門慶八字，說道：「屬虎的，丙寅年，戊申月，壬午日，丙辰時。今年戊戌，流年三十三年，算命，見行癸亥運。雖然是火土傷官，今年戊土來克壬水。正月又是戊寅月，三戊沖辰，怎麼當的？雖發財發福，難保壽源。有四句斷語不好。」說道：

命犯災星必主低，身輕煞重有災危。時日若逢真太歲，就是神仙也皺眉。

月娘道：「命不好，請問先生還有解麼？」神仙道：「白虎當頭，喪門坐命，神仙也無解，太歲也難推。造物已定，神鬼莫移。」月娘只得拿了一匹布，謝了神仙，打發出門。月娘見求神問卜皆有凶無吉，心中慌了。到晚夕，天井內焚香，對天發願，許下「兒夫好了，要往泰安州頂上與娘娘進香掛袍三年」，孟玉樓又許下逢七拜斗，獨金蓮與李嬌兒不許願心。

西門慶自覺身體沉重，要便發昏過去，眼前看見花子虛、武大在他跟前站立，問他討債，又不肯告人說，只教人廝守著他。見月娘不在跟前，一手拉著潘金蓮，心中捨他不得，滿眼落淚，說道：「我的冤家，我死後，你姐妹們好好守著我的靈，休要失散了。」那金蓮亦悲不自勝，說道：「我的哥哥，只怕人不肯容我。」西門慶道：「等他來，等我和他說。」不一時，吳月娘進來，見他二人哭得眼紅紅的，便道：「我的哥哥，你有甚話，對奴說幾句兒，也是我和你做夫妻一場。」西門慶聽了，不覺哽咽哭不出聲來，說道：「我覺自家好生不濟，有兩句遺言和你說：我死後，你若生下一男半女，你姐妹好好待著，一處居住。休要失散了，惹人家笑話。」指著金蓮說：「六兒從前的事，你擔待他罷。」說畢，那月娘不覺桃花臉上滾下珍珠來，放聲大哭，悲慟不止。西門慶囑付了吳月娘，又把陳敬濟叫到跟前，說道：「姐夫，我養兒靠兒，無兒靠婿。姐夫就是我的親兒一般，我若有些山高水低[14]，你發送了我入土，好歹一家一計，幫扶著你娘兒每過日子，休要教人笑話。」又吩咐：「我死後，緞子鋪裡五萬銀子本錢，有你喬親家爹那邊，多少本利都找與他。教傅伙計把貸賣一宗交一宗，休要開了。賁四絨線鋪，本銀六千五百兩，吳二舅綢絨鋪是五千兩，都賣盡了貨物，收了來家。又李三討了批來，也不消做了，教你應二叔拿了別人家做去罷。李三、黃四身上還欠五百兩本錢，一百五十兩利錢未算，討來發送我，你只和傅伙計守著家門這兩個鋪子罷。印子鋪占用銀二萬兩，生藥鋪五千兩，韓伙計、來保松江船上四千兩。開了河，你早起身，往下邊接船去，接了來家，賣了銀子併進來，你娘兒每盤纏。前邊劉學官還少我二百兩，華主簿少我五十兩，門外徐四鋪內，還欠我本利三百四十兩，都有合同見在，上緊使人摧去。到日後，對門並獅子街兩處房子都賣了罷，只怕你娘兒們顧攬不過來。」說畢，哽哽咽咽地哭了。陳敬濟道：「爹囑咐，兒子都知道了。」不一時，傅伙計、甘伙計、吳二舅、賁四、崔本都進來看視問安。西門慶一一都吩咐了一遍，眾人都道：「你老人家寬心，不妨事。」一日來問安看者，也有許多，見西門慶不好的沉重，皆嗟嘆而去。

過了兩日，月娘痴心，只指望西門慶還好，誰知天數造定，三十三歲而去。到於正月二十一日，五更時分，像火燒身，變出風來，聲若牛吼一般，喘息了半夜。挨到巳牌時分⑮，嗚呼哀哉，斷氣身亡。正是：

三寸氣在千般用，一旦無常萬事休。

古人有幾句格言，說得好：

為人多積善，不可多積財。積善成好人，積財惹禍胎。
石崇當日富，難免殺身災。鄧通飢餓死，錢山何用哉。
今人非古比，心地不明白。只說積財好，反笑積善呆。
多少有錢者，臨了沒棺材。

說文解字

❶嚼環：爲了便於駕馭牲口，橫放在牲口嘴裡的鐵製品。❷懶待動旦：懶得動，身體不舒服不想挪動。❸從新：重新。❹俺每：我。❺囚根子：罵人的話。囚、根子，均表示男性生殖器。❻膩抹兒：泥水匠塗抹牆壁的工具。❼皂白：指黑色和白色，引喻爲正確與謬誤。❽掣：牽引、牽動。❾排軍：泛指官府衙門內的軍兵。伴當：指跟隨作伴的僕人或

夥伴。❿房下：內人，妻子。⓫不濟：事情不成功。⓬隔二偏三：形容地方偏僻、遙遠。⓭淘淥：銷蝕，多指色欲傷身。也作「淘碌」。⓮山高水低：比喻不幸的事情，多指人的死亡。⓯巳牌時分：指上午九點至十一點。

言外之意

❖寫實諷刺

《金瓶梅》的「奇」首先表現在它的題材上，古典小說在《金瓶梅》以前，多半描寫帝王將帥可歌可泣的歷史故事，如《三國演義》；或草莽英雄的民間故事，如《水滸傳》；或神仙靈怪亦幻亦眞的神怪故事，如《西遊記》。而最先將寫作的視角放在市井社會的就是《金瓶梅》，這近百萬言的長篇巨帙無一處不洋溢著強烈的現實氣息，眞實地反映明末社會金錢利益掛帥、政治社會黑暗的殘酷現實。

古代中國時常提倡「重農抑商」的政策，但隨著物質生活提升、城市經濟興起，商人在擁有財富之後，也漸漸地開始覬覦權勢，因爲一旦擁有權勢，就將會帶來更多財富。這種情況在明代晚期更爲嚴重，晚明商人暴起，買官鬻爵時有所聞。

《金瓶梅》的背景即是建立在這樣的社會上，主角西門慶本身就是一位暴富的商人，他靠著送生辰擔打通東京門路，謀得清河縣提刑所副千戶之職，仗著官位權勢恣意妄爲、枉法貪贓，後來又拜太師蔡京爲乾爹，不久轉爲正千戶，執掌清河縣提刑大權。當他體會到金錢無所不能的力量時，他曾在妻妾面前誇口：「咱聞那佛祖西天，也止不過要黃金鋪地；陰司十殿，也要些楮鏹營求（楮鏹，祭祀用的紙錢）。咱只消盡這家私廣爲善事，就使強姦了姮娥，和奸了織女，拐了許飛瓊，盜了西王母的女兒，也不減我潑天的富貴！」

而在西門慶死後，作者又安排了張二官這個人物，張二官接收了西門慶的二妾及其營利管道，也接收了千戶之職。西門慶所代表的惡勢力，並不隨著他的死亡而消逝，反而繼續有人走上這條暴起暴落的道路。由此可見，作者對於晚明社會徹頭徹尾的絕望，正是這種絕望感促使他以前所未見的寫實手法，描繪出這群世紀末荒唐時代下，營苟偷生的荒唐人物。

❖扭曲人性

《金瓶梅》以其銳利之筆，不僅寫出社會、政治的黑暗墮落，還揭示人性的弱點，尤其是金錢對人性的扭曲。西門慶家中的家人媳婦、夥計之妻，從宋惠蓮、王六兒、賁四娘子、來爵之妻惠元等等，無一不與他勾搭。這些女人都不是屈從於暴力脅迫下，而是屈服在金錢的淫威之下。每當西門慶與他們偷歡時，這些女人不但要肢體奉承，還要口出淫語穢言以滿足西門慶的淫心，一面交歡還一面要求施予財物，或爲丈夫謀利。第三十八回「王六兒棒槌打搗鬼，潘金蓮雪夜弄琵琶」，描寫西門慶趁著韓道國送韓愛姐到東京翟管家做妾時，與王六兒勾搭。當韓道國回家時，王六兒還一五一十地告訴韓道國自己與西門慶偷歡之事：

老婆如此這般，把西門慶勾搭之事，告訴一遍：「自從你去了，來行走了三四遭，才使四兩銀子買了這個丫頭。但來一遭，帶一二兩銀子來……大官人見不方便，許了要替我每大街上買一所房子，叫咱搬到那裡住去。」韓道國道：「嗔道他頭裡不受這銀子，教我拿回來休要花了，原來就是這些話了。」婦人道：「這不是有了五十兩銀子，他到明日，一定與咱多添幾兩銀子，看所好房兒。也是我輸了身一場，且落他些好供給穿戴。」韓道國道：「等我明日往鋪子裡去了，他若來時，你只推我不知道，休要怠慢了他，凡事奉承他些兒。如今好容易賺錢，怎麼趕的這個道路！」老婆笑道：「賊強人，倒路死的！你倒會吃自在飯兒，你還不知老娘怎樣受苦哩！」兩個又笑了一回，打發他吃了晚飯，夫妻收拾歇下。

往後，每當西門慶來找王六兒時，韓道國總會識趣地迴避。作者極盡諷刺地描寫這些卑微無恥的人物，反映出人性在金錢的驅使下，是何等的可悲與可憐。

❖無辜受害

《金瓶梅》的寫實除了表現在政治、社會、家庭上，更於全書中充斥著無辜者受盡屈辱、悲慘而死的故事，完全沒有傳統古典小說中普遍存在的「善人必令其終，而惡人必罹其罰」的正義。例如，武大被潘金蓮與西門慶聯手毒死，就算兄弟武松身爲都頭，還是敵不過金錢的力量，無法爲其伸冤。又如，宋惠蓮自縊而亡，西門慶差人遞狀，說他因失落一件銀盅，恐家主查問見責，便自縊身死。他的父親宋仁攔屍喊冤，反被西門慶一狀告到官府，當廳一夾二十大板，打得鮮血順腿淋漓，歸家不久便一命嗚呼。

類似的事件在書中俯拾即是，雖然屈死者不一定都是善人，他們當然都有著人性的弱點，但終究是無辜的人。就連西門慶那樣的惡人，最終也不是死於正義的制裁，而是因自身縱欲過度導致精盡人亡。

❖露骨描寫

《金瓶梅》的寫實還在於對性的露骨描寫。曾有人懷疑，也許這些露骨的性愛場景是當時書商刊刻時，爲求其暢銷而加入。如今，我們已無法得知它起初的原貌爲何，但至少在傳抄之時，此書就已有「淫書」的封號。此外，其實在當時的社會，從上到下並不以談房闈之事爲恥，這種性行爲的描寫與當時社會肯定「好色」

的思潮有很大的關係。許多評論認為，《金瓶梅》中大量鋪陳的性愛場面過於粗鄙，而顯得格外不堪，因此削弱其文學性。然而，或許作者從來就不打算將性愛場景描述地多麼愉悅美好，而是藉由這類場景來表現卑微的人性。

❖人物性格

《金瓶梅》的藝術特點在於它注重人物形象的塑造，善於挖掘人物的深層心理。《水滸傳》可說是人物形象非常鮮明了，但對於人物心理，作者還未必能深入，所以《水滸傳》仍是一部傳奇色彩濃厚的小說，主要以故事情節吸引讀者。而《金瓶梅》則有意淡化故事情節，描述大量生活瑣事。整體來說，讀完一部《金瓶梅》，讀者也許記不起來主要事件的來龍去脈，但卻可以深刻感受主要人物的性格特徵。這便是因為《金瓶梅》已將描寫重點轉向人物性格的塑造，它從大量的閒筆瑣事中，展現出主角們的心理狀況。作者又善於摹寫人物鮮活的口吻語氣，以及人物的神態動作等等，從中表現人物的心理與性格特徵。

此外，不像傳統古典小說中的各色人物，即使性格鮮活，但都略為單一扁平，《金瓶梅》的主要人物個個都是性格複雜矛盾的立體人物，就這一點而言，《金瓶梅》便不負寫實巨著的名號。

以潘金蓮為例，他可說是集所有惡德於一身的惡婦，他善嫉妒、好譏刺，性格邪惡、狠辣，然而當他心情不錯時，也許會流露出些許可愛的韻致。當武松殘殺他時，讀者當不至於有親痛仇快之感，反而會有一股深沉的感慨隱隱發自心底。因為，武松正是他最初心儀的對象，他為了武松，蒙蔽平時的聰慧心機，最後落得身首異處的下場。即使潘金蓮在書中表現得人盡可夫，但對於無可抗拒者所表現出的軟弱，還是令人感到可悲的同情。這種隱隱的感慨時常出現在書中，乃是因爲作者將人物的性格複雜化，當我們愈深入認識這個角色時，就愈能設身處地去理解其行爲及心態，因而產生同理心。

《金瓶梅》的作者不是站在歷史的高處縱覽人生，而是站在現實生活的地平面上環視群生，使得人性中的妍媸美醜都得以鮮明地呈現。他摒棄「好人一切皆好，壞人一切皆壞」的二分法，提供讀者對於複雜人物充滿矛盾的審美感受。

高手過招 （＊為多選題）

1.（　）請依循下列選項中的文字敘述，找出適當的配對小說。甲、滾滾長江東逝水，浪花淘盡英雄。是非成敗轉頭空，青山依舊在，幾度夕陽紅。乙、滿紙荒唐言，一把辛酸淚，都云作者痴，誰解其中味？丙、功名富貴無憑據，費盡心情，總把流光誤。濁酒三杯沉醉去，水流花謝知何處？丁、吾人生今之時，有身世之感情，有家國之感情，有宗教之感情，其感情愈深者，其哭泣愈痛。戊、讀此書而生憐憫心者，菩薩也；生畏懼心者，君子也；生歡喜心者，小人也；生效法心者，乃禽獸耳。己、姑妄言之妄聽之，豆棚瓜架雨如絲。料應厭作人間語，愛聽秋墳鬼唱詩。

(A)《紅樓夢》《三國演義》《儒林外史》《老殘遊記》《聊齋志異》《金瓶梅》
(B)《金瓶梅》《紅樓夢》《老殘遊記》《儒林外史》《三國演義》《聊齋志異》
(C)《三國演義》《紅樓夢》《儒林外史》《老殘遊記》《金瓶梅》《聊齋志異》

Ⓓ《聊齋志異》《紅樓夢》《儒林外史》《老殘遊記》《金瓶梅》《三國演義》

2.（　）下列敘述何者正確？

Ⓐ「只近浮名不近情，且看不飲更何成。三杯漸覺紛華遠，一斗都澆塊磊平。醒復醉，醉還醒，靈均憔悴可憐生。離騷讀殺渾無味，好個阮步兵。」元遺山這首詞是期望自己像阮籍那樣酣飲恣肆，沉醉酒鄉，以逃避塵世苦惱。

Ⓑ楊維楨為拒絕明太祖的招賢，故寫下「皇帝書徵老秀才，秀才懶下讀書台。商山本為儲君出，黃石終期孺子來。太守枉於堂下拜，使臣空向日邊回。老夫一管春秋筆，留向胸中取次裁」。

Ⓒ金聖歎將《西遊記》列為六大才子書之一，理由是該書成功地塑造孫悟空這一光彩奪目的英雄形象，藝術成就非常高。

Ⓓ《金瓶梅》一書由西門慶與三個妾姬：潘金蓮、李瓶兒、龐春梅所構成，描繪一個上自朝廷弄權專政的太師，下至地方官僚惡霸，乃至市井地痞流氓、幫閒蔑片所構成的陰暗世界。

3.（　）「婦人道：『怪奴才，可可兒的來想起一件事來，我要說，又忘了。』因令春梅：『你取那隻鞋來與他瞧。』」依上文內容分析，應是摘錄自哪一部書？

Ⓐ《金瓶梅》

Ⓑ《三國演義》

Ⓒ《水滸傳》
Ⓓ《西遊記》

＊4.（　）下列敘述何者錯誤？
Ⓐ《官場現形記》、《老殘遊記》、《儒林外史》、《二十年目睹之怪現狀》並稱為晚清四大譴責小說。
Ⓑ古代「雜記類」文體概略分為四類：山水遊記、人事雜記、台閣名勝記、書畫名物記。
Ⓒ王勃、楊炯、盧照鄰、駱賓王並稱為「初唐四傑」。
Ⓓ清代李漁將《紅樓夢》、《金瓶梅》、《水滸傳》、《三國演義》並稱為「四大奇書」。
Ⓔ中國古代繪畫稱梅、蘭、菊、竹為「四君子」。

【解答】 1. C　2. D　3. A　4. AD

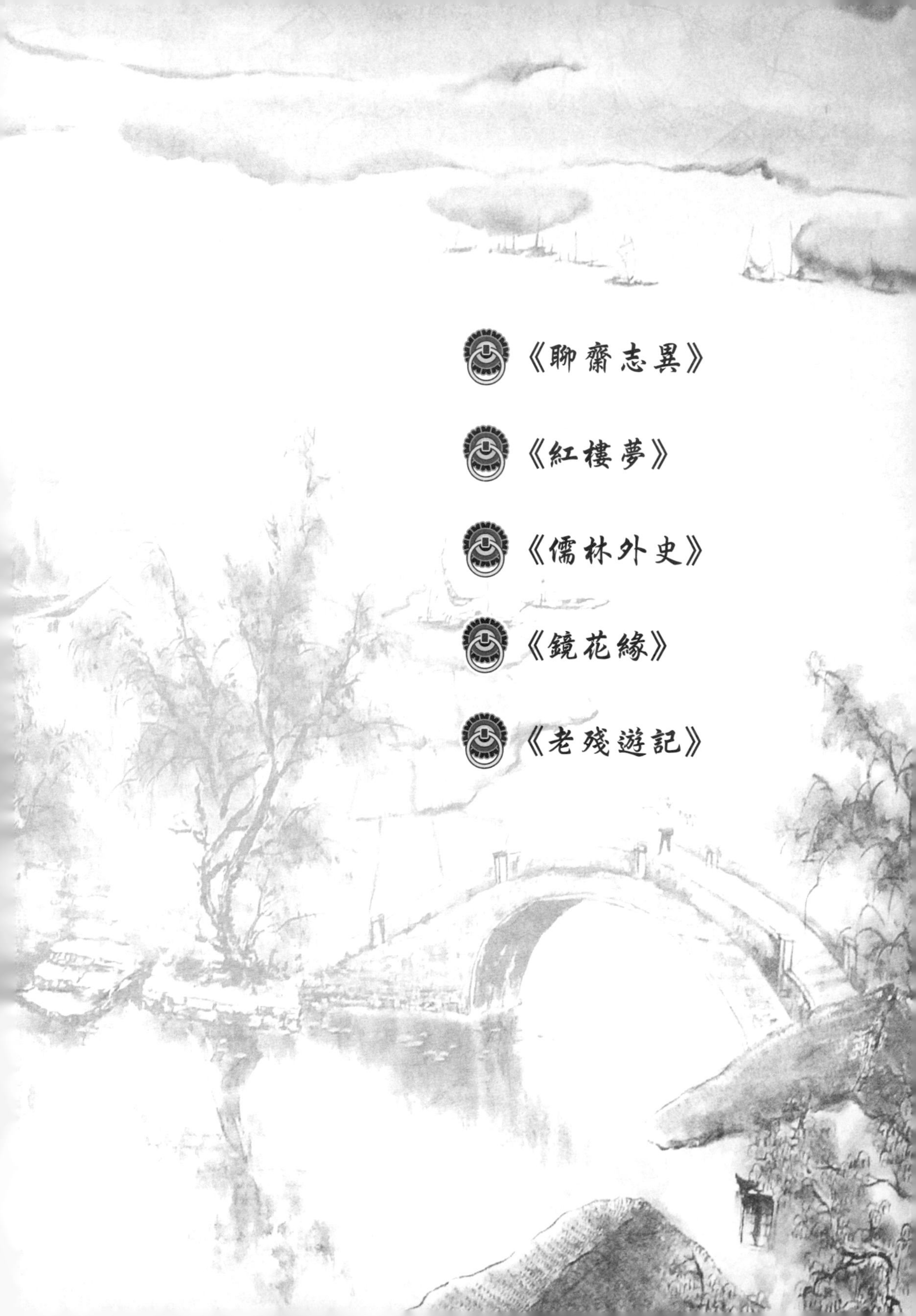

《聊齋志異》

《紅樓夢》

《儒林外史》

《鏡花緣》

《老残遊記》

清代

聊齋志異

姑妄言之姑聽之，豆棚瓜架雨如絲。料應厭作人間語，愛聽秋墳鬼唱詩。

蒲松齡

作品通覽

蒲松齡寫《聊齋志異》一書，大約開始於康熙九年左右，約完成於康熙十八年。完成時，蒲松齡已是個四十多歲的中年人，人世滄桑，潦倒不幸集於一身。然而，身世不幸文章幸，他的筆下則達到爐火純青的境界。蒲松齡就像一個蘊藉深遠的「恂恂然長者」，將一腔孤憤、滿腹牢騷、平生感慨，寄之於筆端，以嚴肅的態度將其幻化爲一個花妖狐魅、幽冥絢爛的大千世界。其實，蒲松齡能寫出這篇如此精彩的著作，是因爲他一生接觸交遊的人物相當廣泛，上自官僚縉紳、舉子名士，下至農夫村婦、婢妾娼妓，以及惡棍無賴、賭徒酒鬼、僧道術士等等，作者將這些人的精神風貌、命運遭際盡納眼底，再轉化爲文字，栩栩如生，躍然紙上。可以說，《聊齋志異》能在古典小說中自成突兀一峰，全在於它根植於深廣的現實沃土。

❖作者簡介

蒲松齡，字留仙，別號柳泉居士，山東淄川人。生在書香門第，但祖上科名都不顯，其父原來走科舉出仕之路，無奈二十多歲還未能考取秀才，便棄文經商，至蒲松齡時就更爲貧困潦倒。受當時世風時俗和家庭影響，蒲松齡從小就熱衷功名科舉，並在十九歲時接連考取縣、府、道三個第一，名振一時。然而，他卻在之後的科舉場中極不得志，儘管他滿腹經綸，詩、詞、歌賦、戲曲、小說無所不精，但唯獨不擅長「八股文」，因此屢試不中。三十二歲時，蒲松齡迫於家貧，受聘爲幕僚，但與其志相違，次年便辭職回鄉。此後四十年間，他一邊教書，一邊應考，一邊搜奇說異，歸而粉飾，傾心構築《聊齋志異》。

蒲松齡的一生是文人深受腐朽的科舉制度、黑暗的傳統社會毒害的過程。他憤憤不平道：「仕途黑暗，公道不彰，非袖金輸璧，不能自達於聖明，眞令人憤氣塡胸，欲望望然哭向南山而去！」正因爲這些坎坷不幸，使他不滿於不公平的世道，對人民的疾苦深有感觸，寫鬼寫妖高人一籌，繪世畫心特立獨行。蒲松齡廣泛地吸取傳奇、史傳文學，乃至先秦兩漢散文淵遠流長的傳統精華，融會貫通，形成自己獨特的風格，使這部洋洋幾十萬言的《聊齋志異》，達到文言小說的高峰。

❖浪漫與寫實的結合

蒲松齡將花妖狐魅的幽冥世界和當時的現實生活結合，構築出一幅虛實相生、幽明相間的生活畫面，意境獨穎，立意高遠。作者一會兒寫狐魅鬼怪，一會兒寫世俗眞人；一會兒上至天界，一會兒又回到人間。蒲松齡不僅描繪人與人之戀，更擅長寫人鬼之戀、人狐之戀、人仙之戀，人鬼混融，將狐魅精怪人格化、幽冥世界世俗化。讀《聊齋志異》，讀者便有如在五彩斑斕的奇麗世界中飛翔，陶然沉醉，流連忘返。

書中主角多半是狐魅精怪，卻具有常人，甚至「與人無異」的眞實可親之品格。讀者情不自禁隨其憂歡、同其歌哭，正如魯迅在《中國小說史略》中所說：「使花妖狐魅，多具人情，和易可親，忘爲異類。」

作者將狐魅精怪人格化，使其形象栩栩如生、呼之即出。例如「狐諧」中的狐女，妙趣橫生，語出驚人，滿座皆爲傾倒，若不是他忽然別去，一切都悉如常人。書中的精怪無不超乎形骸原性，集人的精靈稟性，給人可驚、可讚、可歌、可泣的藝術震撼力。

《聊齋志異》還擅長將幽冥世界世俗化，使陰司地獄的描寫也成爲揭露和抨擊世俗社會的眞實圖畫。針對統治者政治壓迫、經濟掠奪，及科舉制度的弊端、社會風氣的腐敗、封建禮教的束縛，蒲松齡總是寓冷峻、灼辣、深刻於奇誇妙想、俏比幽托、揶揄百態之中，在一個個有聲有色、光怪陸離的精魂身上抒寫不平，宣洩感慨，表達理想，任思緒遨遊於現實與幻想之中。書中大量使用奇妙的想像與誇飾，增添浪漫主義的色彩。

總之，《聊齋志異》是以浪漫主義的筆調來表達現實主義之內涵，以浪漫之「矢」射現實之「的」。神仙鬼怪打破幽明的界限，飄然而至又飄然而逝，無不籠罩在神祕浪漫的光環之中。縱是寫人本身亦是實相見虛幻，充滿誇張的筆法。同時，蒲松齡亦塑造出一連串女性理想人物，或人或鬼、或狐或仙，他們敢愛敢恨、敢於蔑視封建禮教，完全憑自己主觀意願行事，不屈服於父母之命、媒約之言，身上有一種詩情畫意般的完美品格。理想的男主角則都以誠摯的感情和平等的觀念看待對方，無悔初衷，簡直是一幅世外桃源的圖畫。

第一卷

勞山道士

邑有王生，行七，故家子❶。少慕道，聞勞山多仙人，負笈往遊。登一頂，有觀宇甚幽。一道士坐蒲團上，素髮垂領❷，而神光爽邁。叩而與語，理甚玄妙。請師之，道士曰：「恐嬌情不能作苦。」答言：「能之。」其門人甚眾，薄暮畢集❸，王俱與稽首，遂留觀中。凌晨，道士呼王去，授以斧，使隨眾採樵，王謹受教。過月餘，手足重繭，不堪其苦，陰有歸志。

一夕歸，見二人與師共酌，日已暮，尚無燈燭。師乃剪紙如鏡黏壁間，俄頃月明輝室，光鑑毫芒。諸門人環廳奔走，一客曰：「良宵勝樂，不可不同。」乃於案上取酒壺分賚諸徒❹，且囑盡醉。王自思：「七八人，壺酒何能遍給？」遂各覓盎盂，競飲先釂❺，唯恐樽盡，而往復挹注，竟不少減，心奇之。俄一客曰：「蒙賜月明之照，乃爾寂飲，何不呼嫦娥來？」乃以箸擲月中。見一美人自光中出，初不盈尺，至地遂與人等。纖腰秀項，翩翩作《霓裳舞》。已而歌曰：「仙仙乎！而還乎！而幽我於廣寒乎！」其聲清越，烈如簫管。歌畢，盤旋而起，躍登几上，驚顧之間，已復為箸，三人大笑。又一客曰：「今宵最樂，然不勝酒力矣。其餞我於月宮可乎？」三人移席，漸入月中。眾視三人，坐月中飲，鬚眉畢見，如影之在鏡中。移時月漸暗，門人燃燭來，則道士獨坐，而客杳矣。几上餚核尚存；壁上月，紙圓如鏡而已。道士問眾：「飲足乎？」曰：「足矣。」「足，宜早寢，勿誤樵蘇❻。」眾諾而退。王竊欣慕，歸念遂息。

又一月，苦不可忍，而道士並不傳教一本。心不能待，辭曰：「弟子數百里受業仙師，縱不能得長生術，或小有傳習，亦可慰求教之心。今閱兩三月，不過早樵而暮歸。弟子在家，未諳此苦。」道士笑曰：「吾固謂不能作苦，今果然。明早當遣汝行。」王曰：「弟子操作多日，師略授小技，此來為不負也。」道士問：「何術之求？」王曰：「每見師行處，牆壁所不能隔，但得此法足矣。」道士笑而允之。乃傳一訣，令自咒畢，呼曰：「入之！」王面牆不敢入。又曰：「試入之。」王果從容入，及牆而阻。道士曰：「俯首輒入，勿逡巡！」王果去牆數步奔而入，及牆，虛若無物，回視，果在牆外矣。大喜，入謝。道士曰：「歸宜潔持，否則不驗。」遂助資斧遣歸❼。

抵家，自詡遇仙，堅壁所不能阻，妻不信。王效其作為，去牆數尺，奔而入，頭觸硬壁，驀然而踣❽。妻扶視之，額上墳起如巨卵焉。妻揶揄之，王慚忿，罵老道士之無良而已。

異史氏曰：「聞此事，未有不大笑者，而不知世之為王生者正復不少。今有傖父❾，喜疢毒而畏藥石❿，遂有舐吮癰痔者⓫，進宣威逞暴之術，以迎其旨，紿之曰：『執此術也以往，可以橫行而無礙。』初試未嘗不小效，遂謂天下之大，舉可以如是行矣，勢不至觸硬壁而顛蹶不止也⓬。」

畫皮

太原王生，早行，遇一女郎，抱襆獨奔⓭，甚艱於步。急走趁之，乃二八姝麗。心相愛樂，問：

「何夙夜踽踽獨行⑭？」女曰：「行道之人，不能解愁憂，何勞相問。」生曰：「卿何愁憂？或可效力，不辭也。」女黯然曰：「父母貪賂，鬻妾朱門⑮。嫡妒甚，朝詈而夕楚辱之，所弗堪也，將遠遁耳。」問：「何之？」曰：「在亡之人，烏有定所。」生言：「敝廬不遠⑯，即煩枉顧。」女喜，從之。生代攜襆物，導與同歸。女顧室無人，問：「君何無家口？」答云：「齋耳。」女曰：「此所良佳。如憐妾而活之，須祕密勿泄。」生諾之，乃與寢合，使匿密室，過數日而人不知也。生微告妻，妻陳，疑為大家媵妾⑰，勸遣之，生不聽。

偶適市，遇一道士，顧生而愕。問：「何所遇？」答言：「無之。」道士曰：「君身邪氣縈繞，何言無？」生又力白。道士乃去，曰：「惑哉！世固有死將臨而不悟者。」生以其言異，頗疑女。轉思明明麗人，何至為妖，意道士借魘禳以獵食者⑱。無何，至齋門，門內杜⑲，不得入。心疑所作，乃踰垝垣⑳，則室門亦閉。躡跡而窗窺之，見一獰鬼，面翠色，齒巉巉如鋸，鋪人皮於榻上，執彩筆而繪之，已而擲筆，舉皮，如振衣狀，披於身，遂化為女子。睹此狀，大懼，獸伏而出，急追道士，不知所往。遍跡之，遇於野，長跪乞救。道士曰：「請遣除之。此物亦良苦，甫能覓代者，予亦不忍傷其生。」乃以蠅拂授生㉑，令掛寢門，臨別，約會於青帝廟。生歸，不敢入齋，乃寢內室，懸拂焉。一更許，聞門外戢戢有聲，自不敢窺也，使妻窺之。但見女子來，望拂子不敢進，立而切齒，良久乃去。少時復來，罵曰：「道士嚇我，終不然寧入口而吐之耶！」取拂碎之，壞寢門而入，徑登生床，裂生腹，掬生心而去。妻號，婢入燭之，生已死，腔血狼藉，陳駭涕不敢聲。

明日，使弟二郎奔告道士。道士怒曰：「我固憐之，鬼子乃敢爾！」即從生弟來。女子已失所在，既而仰首四望，曰：「幸遁未遠。」問：「南院誰家？」二郎曰：「小生所舍也。」道士曰：「現在君所。」二郎愕然，以為未有。道士問曰：「曾否有不識者一人來？」答曰：「僕早赴青帝廟，良不知，當歸問之。」去少頃而返，曰：「果有之。晨間一嫗來，欲傭為僕家操作，室人止之㉒，尚在也。」道士曰：「即是物矣。」遂與俱往。仗木劍，立庭心，呼曰：「孽魅！償我拂子來！」嫗在室，惶遽無色，出門欲遁。道士逐擊之，嫗仆，人皮劃然而脫，化為厲鬼，臥嗥如豬。道士以木劍梟其首，身變作濃煙，匝地作堆。道士出一葫蘆，撥其塞，置煙中，飀飀然如口吸氣㉓，瞬息煙盡，道士塞口入囊。共視人皮，眉目手足，無不備具。道士捲之，如捲畫軸聲，亦囊之，乃別欲去。陳氏拜迎於門，哭求回生之法。道士謝不能，陳益悲，伏地不起。道士沉思曰：「我術淺，誠不能起死。我指一人，或能之，往求必合有效。」問：「何人？」曰：「市上有瘋者，時臥糞土中，試叩而哀之。倘狂辱夫人，夫人勿怒也。」二郎亦習知之，乃別道士，與嫂俱往。

見乞人顛歌道上，鼻涕三尺，穢不可近。陳膝行而前，乞人笑曰：「佳人愛我乎？」陳告之故。又大笑曰：「人盡夫也，活之何為？」陳固哀之。乃曰：「異哉！人死而乞活於我，我閻摩耶㉔？」怒以杖擊陳，陳忍痛受之。市人漸集如堵，乞人咯痰唾盈把㉕，舉向陳吻曰㉖：「食之！」陳紅漲於面，有難色。既思道士之囑，遂強啖焉。覺入喉中，硬如團絮，格格而下，停結胸間。乞人大笑曰：「佳人愛我哉！」遂起，行已不顧，尾之，入於廟中，追而求之，不知所在，前後冥搜，殊無端兆，慚恨而歸。既悼夫亡之慘，又悔食唾之羞，俯仰哀啼，但願即死。方欲展血斂屍，家人佇望，無敢近者。陳抱屍收腸，且理且哭，哭極聲嘶，頓欲嘔，覺鬲中結物，突奔而出，不及回首，已落腔中，驚而視之，乃人心也。在腔中突突猶躍，熱氣騰蒸如煙然。大異之，急以兩手合腔，極力抱擠，少懈，則氣氤氳自縫中出，乃裂繒帛急束之，以手撫屍，漸溫，覆以衾裯。中夜啟視，有鼻息矣。天明，竟活。為言：「恍惚若夢，但覺隱痛耳。」視破處，痂結如錢，尋愈。

異史氏曰：「愚哉世人！明明妖也，而以為美。迷哉愚人！明明忠也，而以為妄。然愛人之色而漁之㉗，妻亦將食人之唾而甘之矣。天道好還，但愚而迷者不悟耳。可哀也夫！」

種梨

有鄉人貨梨於市，頗甘芳，價騰貴。有道士破巾絮衣，丐於車前，鄉人咄之而不去。鄉人怒，加以叱罵。道士曰：「一車數百顆，老衲止丐其一，於居士亦無大損，何怒為？」觀者勸置劣者一枚令去，鄉人執不肯。

肆中傭保者㉘，見喋聒不堪㉙，遂出錢市一枚，付道士。道士拜謝，謂眾曰：「出家人不解吝惜。我有佳梨，請出供客。」或曰：「既有之，何不自食？」曰：「我特需此核作種。」於是掬梨大啗。且盡，把核於手，解肩上鑱，坎地深數寸，納之而覆以土，向市人索湯沃灌。好事者於臨路店索得沸瀋㉚，道士接浸坎處。萬目攢視，見有勾萌出，漸大；俄成樹，枝葉扶疏；倏而花，倏而實，碩大芳馥，累累滿樹。道士乃即樹頭摘賜觀者，頃刻而盡。已，乃以鑱伐樹，丁丁良久，乃斷。帶葉荷肩頭，從容徐步而去。

初，道士作法時，鄉人亦雜立眾中，引領注目，竟忘其業。道士既去，始顧車中，則梨已空矣。方悟適所俵散㉛，皆己物也。又細視車上一靶亡，是新鑿斷者。心大憤恨，急跡之，轉過牆隅，則斷靶棄垣下，始知所伐梨木，即是物也。道士不知所在，一市粲然。

異史氏曰：「鄉人憒憒㉜，憨狀可掬，其見笑於市人，有以哉。每見鄉中稱素封者㉝，良朋乞米，則怫然，且計曰：『是數日之資也。』或勸濟一危難，飯一煢獨㉞，則又忿然計曰：『此十人、五人之食也。』甚而父子兄弟，較盡錙銖。及至淫博迷心，則傾囊不吝；刀鋸臨頸，則贖命不遑。諸如此類，正不勝道。蠢爾鄉人，又何足怪？」

說文解字

❶故家子：世代仕宦人家的後代。❷素發：白髮。❸薄暮：傍晚，太陽將落的時候。❹賚：賞賜、賜予。❺釂：把酒喝完，即乾杯。❻樵蘇：採薪與取草。❼資斧：資財與器用，泛指旅費。❽踣：跌倒。❾傖父：鄙賤的人。❿疢毒：比喻禍害。藥石：方藥與砭石，皆是治病的藥物。比喻規勸人改過遷善的話。⓫舐吮癰痔：比喻諂媚之徒逢迎阿順的卑鄙行爲。吮癰，秦王生病召醫診治，能使膿瘡破痤的，給車一輛；能用嘴舐痔瘡的，給車五輛。舐痔，漢代鄧通用嘴爲文帝吮吸膿瘡，獲得榮華富貴。⓬顛蹶：失敗、挫敗。⓭襆：行李、包袱。⓮踽踽獨行：孤單無伴地行走。⓯鬻：賣。朱門：古代王侯貴族的府第大門皆漆成紅色，以示尊貴，後泛指富貴人家。⓰敝廬：破舊的房子，爲自謙之詞。⓱媵妾：指陪嫁的女子或姬妾，但媵妾的地位比妾高，有正式的身分，擁有出席正式宴會等權力。⓲魘禳：一種畫符念咒、向神祈禱的行爲。相傳可趕走鬼怪，驅除災禍。⓳杜：堵塞、阻絕。⓴踰：越過、超過。垝垣：毀壞的牆。㉑蠅拂：驅蠅除塵的用具，也作「拂塵」。㉒室人：妻妾的通稱。㉓飀飀然：狀聲詞，形容風聲。㉔閻摩：掌管地獄刑罰的神明，尊稱其爲閻魔羅闍大王，簡稱閻羅王、閻王、閻君。㉕咯：由喉頭用力清出異物。盈把：滿滿的一手。㉖吻：嘴唇。

㉗漁：用不正當的手段掠奪、謀取。㉘傭保者：店鋪僱用的雜役人員。㉙喋聒：多言擾耳、囉嗦。㉚沸瀋：滾燙的水。㉛俵散：分發、分給。㉜憒憒：糊塗。㉝素封者：指無官爵封邑，卻富比封君（泛指擁有爵位和封地的人）。㉞煢獨：孤單、孤獨，亦指孤獨無依的人。

第二卷

聶小倩

甯采臣，浙人，性慷爽，廉隅自重。每對人言：「生平無二色。」適赴金華，至北郭，解裝蘭若❶。寺中殿塔壯麗，然蓬蒿沒人，似絕行蹤。東西僧舍，雙扉虛掩，唯南一小舍，扃鍵如新❷。又顧殿東隅，修竹拱把，階下有巨池，野藕已花，意甚樂其幽杳。會學使按臨❸，城舍價昂，思便留止，遂散步以待僧歸。

日暮，有士人來，啟南扉。甯趨為禮，且告以意。士人曰：「此間無房主，僕亦僑居。能甘荒落，旦晚惠教，幸甚。」甯喜，藉稿代床，支板作几，為久客計。是夜，月明高潔，清光似水，二人促膝殿廊，各展姓字。士人自言：「燕姓，字赤霞。」甯疑為赴試諸生，而聽其音聲，殊不類浙。詰之，自言：「秦人。」語甚樸誠。既而相對詞竭，遂拱別歸寢。

甯以新居，久不成寐，聞舍北喁喁❹，如有家口。起伏北壁石窗下，微窺之，見短牆外一小院落，有婦可四十餘，又一媼衣黲緋❺，插蓬遝❻，鮐背龍鍾❼，偶語月下。婦曰：「小倩何久不來？」

媼曰：「殆好至矣。」婦曰：「將無向姥姥有怨言否？」曰：「不聞，但意似蹙蹙❽。」婦曰：「婢子不宜好相識！」言未已，有一十七八女子來，彷彿艷絕。媼笑曰：「背地不言人，我兩個正談道，小妖婢悄來無跡響，幸不訾著短處。」又曰：「小娘子端好是畫中人，遮莫老身是男子，也被攝魂去。」女曰：「姥姥不相譽，更阿誰道好？」婦人女子又不知何言。

甯意其鄰人眷口，寢不復聽。又許時，始寂無聲。方將睡去，覺有人至寢所，急起審顧，則北院女子也。驚問之，女笑曰：「月夜不寐，願修燕好❾。」甯正容曰：「卿防物議，我畏人言；略一失足，廉恥道喪。」女云：「夜無知者。」甯又咄之，女逡巡若復有詞。甯叱：「速去！不然，當呼南舍生知。」女懼，乃退。至戶外復返，以黃金一鋌置褥上❿，甯掇擲庭墀⓫，曰：「非義之物，汙吾囊橐⓬！」女慚出，拾金自言曰：「此漢當是鐵石。」

詰旦，有蘭溪生攜一僕來候試，寓於東廂，至夜暴亡，足心有小孔，如錐刺者，細細有血出，俱莫知故。經宿，僕亦死，症亦如之。向晚，燕生歸，甯質之，燕以為魅。甯素抗直，頗不在意。宵分，女子復至，謂甯曰：「妾閱人多矣，未有剛腸如君者⓭。君誠聖賢，妾不敢欺。小倩，姓聶氏，十八夭殂，葬寺側，輒被妖物威脅，歷役賤務，覥顏向人，實非所樂。今寺中無可殺者，恐當以夜叉來。」甯駭求計。女曰：「與燕生同室可免。」問：「何不惑燕生？」曰：「彼奇人也，不敢近。」問：「迷人若何？」曰：「狎昵我者，隱以錐刺其足，彼即茫若迷，因攝血以供妖飲。又惑以金，非金也，乃羅剎鬼骨，留之能截取人心肝。二者，凡以投時好耳。」甯感謝，問戒備之期，答以明宵。臨別泣曰：「妾墮玄海，求岸不得。郎君義氣干雲，必能拔生救苦。倘肯囊妾朽骨，歸葬安宅，不啻再造。」甯毅然諾之，因問葬處，曰：「但記取白楊之上，有烏巢者是也。」言已出門，紛然而滅。

明日，恐燕他出，早詣邀致。辰後具酒饌，留意察燕。既約同宿，辭以性癖耽寂，甯不從，強攜臥具來。燕不得已，移榻從之，囑曰：「僕知足下丈夫，傾風良切。要有微衷，難以遽白。幸勿翻窺篋襆，違之，兩俱不利。」甯謹受教。既而各寢，燕以箱篋置窗上，就枕移時，齁如雷吼，甯不能寐。近一更許，窗外隱隱有人影。俄而近窗來窺，目光睒閃⑭。甯懼，方欲呼燕，忽有物裂篋而出，耀若匹練⑮，觸折窗上石櫺，欻然一射，即遽斂入，宛如電滅。燕覺而起，甯偽睡以覘之⑯。燕捧篋檢徵，取一物，對月嗅視，白光晶瑩，長可二寸，徑韭葉許。已而數重包固，仍置破篋中。自語曰：「何物老魅，直爾大膽，致壞篋子。」遂復臥。

甯大奇之，因起問之，且以所見告。燕曰：「既相知愛，何敢深隱。我，劍客也。若非石櫺，妖當立斃；雖然，亦傷。」問：「所緘何物？」曰：「劍也。適嗅之，有妖氣。」甯欲觀之，慨出相示，熒熒然一小劍也，於是益厚重燕。明日，視窗外，有血跡。遂出寺北，見荒墳纍纍，果有白楊，烏巢其顛。迨營謀既就，趣裝欲歸。燕生設祖帳，情義殷渥，以破革囊贈甯，曰：「此劍袋也，寶藏可遠魑魅。」甯欲從授其術，曰：「如君信義剛直，可以為此。然君猶富貴中人，非此道中人也。」甯乃託有妹葬此，發掘女骨，斂以衣衾，賃舟而歸。

甯齋臨野，因營墳葬諸齋外。祭而祝曰：「憐卿孤魂，葬近蝸居，歌哭相聞，庶不見陵於雄鬼。一甌漿水飲，殊不清旨，幸不為嫌！」祝畢而返。後有人呼曰：「緩待同行！」回顧，則小倩也。歡喜謝曰：「君信義，十死不足以報。請從歸，拜識姑嫜⑰，媵御無悔。」審諦之，肌映流霞，足翹細筍，白晝端相，嬌艷尤絕。

遂與俱至齋中，囑坐少待，先入白母。母愕然，時甯妻久病，母戒勿言，恐所駭驚。言次，女已翩然入，拜伏地下。甯曰：「此小倩也。」母驚顧不遑。女謂母曰：「兒飄然一身，遠父母兄弟。蒙公子露覆⑱，澤被髮膚，願執箕帚，以報高義。」母見其綽約可愛，始敢與言，曰：「小娘子惠顧吾兒，老身喜不可已。但生平止此兒，用承祧緒⑲，不敢令有鬼偶。」女曰：「兒實無二心。泉下人，既不見信於老母，請以兄事，依高堂，奉晨昏，如何？」母憐其誠，允之。即欲拜嫂，母辭以疾，乃止。女即入廚下，代母尸饔⑳，入房穿榻，似熟居者。日暮，母畏懼之，辭使歸寢，不為設床褥。女窺知母意，即竟去。

過齋欲入，卻退，徘徊戶外，似有所懼。生呼之，女曰：「室有劍氣畏人。向道途中不奉見者，良以此故。」甯悟為革囊，取懸他室。女乃入，就燭下坐。移時，殊不一語，久之，問：「夜讀否？妾少誦《楞嚴經》，今強半遺忘。浼求一卷㉑，夜暇，就兄正之。」甯諾。又坐，默然，二更向盡，不言去。甯促之，愀然曰：「異域孤魂，殊怯荒墓。」甯曰：「齋中別無床寢，且兄妹亦宜遠嫌。」女起，眉顰蹙而欲啼，足恇儴而懶步，從容出門，涉階而沒。甯竊憐之，欲留宿別榻，又懼母嗔。

女朝旦朝母，捧匜沃盥㉒，下堂操作，無不曲承母志。黃昏告退，輒過齋頭，就燭誦經。覺甯將寢，始慘然去。

先是，甯妻病廢，母劬不可堪㉓。自得女，逸甚，心德之。日漸稔，親愛如己出，竟忘其為鬼，不忍晚令去，留與同臥起。女初來未嘗食飲，半年漸啜稀粥。母子皆溺愛之，諱言其鬼，人亦不之辨也。無何，甯妻亡，母隱有納女意，然恐於子不利。女微窺之，乘間告母曰：「居年餘，當知兒肝膈。為不欲禍行人，故從郎君來。區區無他意，止以公子光明磊落，為天人所欽矚[24]，實欲依贊三數年，借博封誥，以光泉壤。」母亦知無惡，但懼不能延宗嗣。女曰：「子女唯天所授。郎君注福籍，有亢宗子三[25]，不以鬼妻而遂奪也。」母信之，與子議。甯喜，因列筵告戚黨，或請覿新婦[26]，女慨然華妝出，一堂盡眙，反不疑其鬼，疑為仙。由是五黨諸內眷，咸執贄以賀，爭拜識之。女善畫蘭梅，輒以尺幅酬答，得者藏什襲，以為榮。

一日，俯頸窗前，怊悵若失。忽問：「革囊何在？」曰：「以卿畏之，故緘置他所。」曰：「妾受生氣已久，當不復畏，宜取掛床頭。」甯詰其意，曰：「三日來，心怔忡無停息，意金華妖物，恨妾遠遁，恐旦晚尋及也。」甯果攜革囊來。女反復審視，曰：「此劍仙將盛人頭者也，敝敗至此，不知殺人幾何許！妾今日視之，肌猶粟慄。」乃懸之。

次日，又命移懸戶上。夜對燭坐，約甯勿寢。欻有一物[27]，如飛鳥墮。女驚匿夾幕間，甯視之，物如夜叉狀，電目血舌，睒閃攫拿而前。至門卻步，逡巡久之，漸近革囊，以爪摘取，似將抓裂。囊忽格然一響，大可合簣。恍惚有鬼物，突出半身，揪夜叉入，聲遂寂然，囊亦頓縮如故。甯駭詫，女亦出，大喜曰：「無恙矣！」共視囊中，清水數斗而已。

後數年，甯果登進士，女舉一男。納妾後，又各生一男，皆仕進有聲。

說文解字

❶解裝：卸下行裝，比喻休息。蘭若：寺廟名。❷扃鍵：指門閂、門環之類。❸按臨：巡視。❹喁喁：低語聲。❺媼：婦人的通稱。黦：黃黑色。❻蓬遝：古代婦女頭上戴的髮飾。❼鮐背：比喻年老的人氣色衰退，皮膚消瘦，背若鮐魚。龍鍾：年老體衰行動不便的樣子。❽蹙蹙：憂懼不安的樣子。❾燕好：夫妻恩愛，閨房諧樂。❿鋌：金銀鎔鑄成一定的形式。⓫庭墀：屋前的台階。墀，台階上的平地。⓬囊橐：盛物的袋子。大稱囊，小稱橐；或稱有底面的爲囊，無底面的爲橐。⓭剛腸：剛直的性情。⓮睒閃：目光閃爍的樣子。⓯匹練：一匹白布，也作「疋練」。⓰覘：窺視、觀察。⓱姑嫜：稱謂，舊稱丈夫的父母。⓲露覆：施恩於人。⓳祧緒：奉祀祖先。⓴尸饔：主管烹飪飲食之事。㉑浼：請託、請求。㉒匜：古代盛水或酒的器皿。㉓劬：勤勞、勞苦。㉔欽矚：敬重、期待、注目。㉕亢宗：比喻庇護宗族、光大門楣。㉖覿：拜訪、探視。㉗欻：忽然、突然。

第四卷

狐諧

萬福字子祥，博興人，幼業儒，家貧而運蹇❶，年二十有奇，尚不能掇一芹❷。鄉中澆俗❸，多報富戶役，長厚者至碎破其家。萬適報充役，懼而逃，如濟南，稅居逆旅❹。夜有奔女，顏色頗麗，萬悅而私之，問姓氏。女自言：「實狐，然不為君祟❺。」萬喜而不疑。女囑勿與客共，遂日至，與共臥處。凡日用所需，無不仰給於狐。

居無何，二三相識，輒來造訪，恆信宿不去。萬厭之，而不忍拒，不得已以實告客。客願一睹仙容，萬白於狐。狐曰：「見我何為哉？我亦猶人耳。」聞其聲，不見其人。客有孫得言者，善謔，固請見，且曰：「得聽嬌音，魂魄飛越。何吝容華，徒使人聞聲相思？」狐笑曰：「賢孫子！欲為高曾母作行樂圖耶❻？」眾大笑。狐曰：「我為狐，請與客言狐典，頗願聞之否？」眾唯唯。狐曰：「昔某村旅舍，故多狐，輒出祟行客。客知之，相戒不宿其舍，半年，門戶蕭索，主人大憂，甚諱言狐。忽有一遠方客，自言異國人，望門休止。主人大悅，甫邀入門，即有途人陰告曰：『是家有狐。』客懼，白主人，欲他徙。主人力白其妄，客乃止。入室方臥，見群鼠出於床下，客大駭，驟奔急呼：『有狐！』主人驚問。客怒曰：『狐巢於此，何誑我言無？』主人又問：『所見何狀？』客曰：『我今所見，細細麼麼❼，不是狐兒，必當是狐孫子？』」言罷，座客粲然❽。孫曰：「既不賜見，我輩留勿去，阻爾陽台。」狐笑曰：「寄宿無妨。倘有小迕犯❾，幸勿介懷。」客恐其惡作劇，乃共散去，然數日必一來，索狐笑罵。狐諧甚，每一語即顛倒賓客，滑稽者不能屈也，群戲呼為「狐娘子」。

一日，置酒高會，萬居主人位，孫與二客分左右坐，上設一榻待狐。狐辭不善酒，咸請坐談，許之。酒數行，眾擲骰為瓜蔓之令。客值瓜色，會當飲，戲以觥移上座曰：「狐娘子太清醒，暫借一杯。」狐笑曰：「我故不飲，願陳一典，以佐諸公飲。」孫掩耳不樂聞。客皆曰：「罵人者當罰。」狐笑曰：「我罵狐何如？」眾曰：「可。」於是傾耳共聽。狐曰：「昔一大臣，出使紅毛國❿，著狐腋冠見國王。王見而異之，問：『何皮毛，溫厚乃爾？』大臣以狐對。王曰：『此物生平未曾得聞，狐字字畫何等？』使臣書空而奏曰：『右邊是一大瓜，左邊是一小犬。』」主客又復哄堂。二客，陳氏兄弟，一名所見，一名所聞，見孫大窘，乃曰：「雄狐何在，而縱雌狐流毒若此⓫？」狐曰：「適一典談猶未終，遂為群吠所亂，請終之。國王見使臣乘一騾，甚異之。使臣告曰：『此馬之所生。』又大異之。使臣曰：『中國馬生騾，騾生駒駒。』王細問其狀。使臣曰：『馬生騾，是臣所見，騾生駒駒，是臣所聞。』」舉坐又大笑。眾知不敵，乃相約，後有開謔端者，罰做東道主。

頃之酒酣，孫戲謂萬曰：「一聯請君屬之。」萬曰：「何如？」孫曰：「妓者出門訪情人，來時萬福去時萬福。」眾屬思未對。狐笑曰：「我有之矣。」對曰：「龍王下詔求直諫，鱉也得言龜也得言。」眾絕倒。孫大恚曰⑫：「適與爾盟，何復犯戒？」狐笑曰：「罪誠在我，但非此不能確對耳。明日設席，以贖吾過。」相笑而罷。狐之詼諧，不可殫述。居數月，與萬偕歸，乃博興界，告萬曰：「我此處有葭莩親⑬，往來久梗，不可不一訊。日且暮，與君同寄宿，待旦而行可也。」萬詢其處，指言不遠。萬疑前此故無村落，姑從之。二里許，果見一莊，生平所未歷。狐往叩關，一蒼頭出應門⑭，入則重門疊閣，宛然世家。俄見主人，有翁與媼，揖萬而坐，列筵豐盛，待萬以姻婭⑮，遂宿焉。狐早謂曰：「我遽偕君歸，恐駭聞聽。君宜先往，我將繼至。」萬從其言，先至，預白於家人。未幾狐至，與萬言笑，人盡聞之，而不見其人。逾年，萬復事於濟，狐又與俱。忽有數人來，狐從與語，備極寒暄。乃語萬曰：「我本陝中人，與君有夙因，遂從許時。今我兄弟來，將從以歸，不能周事。」留之不可，竟去。

說文解字

❶蹇：困苦、艱難、不順利。❷掇一芹：指考取秀才。❸澆俗：輕浮庸俗的社會風氣。❹稅居：租賃房屋。逆旅：旅

館。❺祟：作怪、爲害。❻行樂圖：以行樂爲題材的圖畫，亦指人的肖像畫。❼麼麼：貶詞，小東西。❽粲然：形容笑容燦爛的樣子。❾迕犯：冒犯。❿紅毛國：明清時代稱英國、荷蘭爲紅毛國。⓫流毒：散布禍害。⓬大恚：大怒。⓭葭莩：蘆葦中的薄膜，比喻關係疏遠的親戚。⓮蒼頭：古代僕役皆須以青巾作頭飾，故稱僕役爲「蒼頭」。⓯姻婭：女婿的父親爲姻，兩婿互稱爲婭。今泛指姻親。

第五卷

罵鴨

邑西白家莊居民某，盜鄰鴨烹之。至夜，覺膚癢，天明視之，茸生鴨毛，觸之則痛，大懼，無術可醫。夜夢一人告之曰：「汝病乃天罰，須得失者罵，毛乃可落。」而鄰翁素雅量，生平失物，未嘗徵於聲色。某詭告翁曰❶：「鴨乃某甲所盜，彼深畏罵焉，罵之亦可警將來。」翁笑曰：「誰有閒氣罵惡人❷。」卒不罵❸。某益窘，因實告鄰翁，翁乃罵，其病良已。

異史氏曰：「甚矣，攘者之可懼也❹，一攘而鴨毛生！甚矣，罵者之宜戒也，一罵而盜罪減！然為善有術，彼鄰翁者，是以罵行其慈者也。」

說文解字

❶詭：責求、要求。❷閒氣：因無關緊要的事而氣惱。❸卒：終於、終究。❹攘：竊取。

第六卷

馬介甫

楊萬石，大名諸生也，生平有季常之懼❶。妻尹氏，奇悍，少迕之，輒以鞭撻從事。楊父年六十餘而鰥，尹以齒奴隸數❷，楊與弟萬鐘常竊餌翁，不敢令婦知，然衣敗絮，恐貽訕笑，不令見客。萬石四十無子，納妾王，旦夕不敢通一語。兄弟候試郡中，見一少年，容服都雅❸。與語，悅之。詢其姓字，自云：「介甫，姓馬。」由此交日密，焚香為昆季之盟❹。既別，約半載，馬忽攜僮僕過楊。值楊翁在門外，曝陽捫蝨❺，疑為傭僕，通姓氏使達主人。翁披絮去，或告馬：「此即其翁也。」馬方驚訝。楊兄弟岸幘出迎❻，登堂一揖，便請朝父，萬石辭以偶恙。促坐笑語，不覺向夕。萬石屢言具食❼，而終不見至，兄弟迭互出入，始有瘦奴持壺酒來，俄頃引盡。坐伺良久，萬石頻起催呼，額頰間熱汗蒸騰。俄瘦奴以饌具出，脫粟失飪❽，殊不甘旨。食已，萬石草草便去，萬鐘襆被來伴客寢❾。馬責之曰：「曩以伯仲高義，遂同盟好。今老父實不溫飽，行道者羞之！」萬鐘泫然曰：「在心之情，卒難申致。家門不吉，蹇遭悍嫂，尊長細弱，橫被摧殘。非瀝血之好，此醜不敢揚也。」馬駭嘆移時，曰：「我初欲早旦而行，今得此異聞，不可不一目見之。請假閒舍，就便自炊。」萬鐘從其教，即除室為馬安頓。夜深竊餽蔬稻❿，唯恐婦知。馬會其意，力卻之，且請楊翁與同食寢。自詣城肆，市布帛，為易袍袴，父子兄弟皆感泣。

萬鐘有子喜兒，方七歲，夜從翁眠。馬撫之曰：「此兒福壽，過於其父，但少年孤苦耳。」婦聞老翁安飽，大怒，輒罵，謂馬強預人家事。初惡聲尚在閨闥⑪，漸近馬居，以示瑟歌之意。楊兄弟汗體徘徊，不能制止，而馬若弗聞也者。妾王，體妊五月，婦始知之，褫衣慘掠⑫。已，乃喚萬石跪受巾幗⑬，操鞭逐出。值馬在外，慚懅不前，又追逼之，始出。婦亦隨出，叉手頓足，觀者填溢⑭。馬指婦叱曰：「去！去！」婦即反奔，若被鬼逐，袴履俱脫，足纏縈繞於道上，徒跣而歸⑮，面色灰死。少定，婢進襪履，著已，噭啕大哭，家人無敢問者。馬曳萬石為解巾幗，萬石聳身定息，如恐脫落，馬強脫之，而坐立不寧，猶懼以私脫加罪。探婦哭已，乃敢入，趦趄而前⑯。婦殊不發一語，遽起，入房自寢。萬石意始舒，與弟竊奇焉。家人皆以為異，相聚偶語。婦微有聞，益羞怒，鞭撻奴婢。呼妾，妾創劇不能起，婦以為偽，就榻搒之，崩注墮胎⑰。萬石於無人處，對馬哀啼，馬慰解之。呼僮具牢饌，更籌再唱，不放萬石歸。婦在閨房，恨夫不歸，方大恚忿。聞撬扉聲，急呼婢，則室門已闢。有巨人入，影蔽一室，猙獰如鬼。俄又有數人入，各執利刃。婦駭絕欲號，巨人以刀刺頸，曰：「號便殺卻！」婦急以金帛贖命。巨人曰：「我冥曹使者，不要錢，但取悍婦心耳！」婦益懼，自投敗顙⑱。巨人乃以利刃畫婦心而數之曰：「如某事，謂可殺否？」即一畫。凡一切兇悍之事，責數殆盡，刀畫膚革，不啻數十。末乃曰：「妾生子，亦爾宗緒⑲，何忍打墮？此事必不可宥！」乃令數人反接其手，剖視悍婦心腸。婦叩頭乞命，但言知悔。俄聞中門啟閉，曰：「楊萬石來矣。既已悔過，姑留餘生。」紛然盡散。無何，萬石入，見婦赤身綳繫，心頭刀痕，縱橫不可數。解而問之，得其故，大駭，竊疑馬。

明日，向馬述之，馬亦駭。由是婦威漸斂，經數月不敢出一惡語。馬大喜，告萬石曰：「實告君，幸勿宣洩，前以小術懼之。既得好合，請暫別也。」遂去。婦每日暮，挽留萬石作侶，懽笑而承迎之。萬石生平不解此樂，遽遭之，覺坐立皆無所可。婦一夜憶巨人狀，瑟縮搖戰。萬石思媚婦意，微露其假。婦遽起，苦致窮詰。萬石自覺失言，而不可悔，遂實告之。婦勃然大罵，萬石懼，長跽床下。婦不顧，哀至漏三下⑳，婦曰：「欲得我恕，須以刀畫汝心頭如干數，此恨始消。」乃起捉廚刀，萬石大懼而奔，婦逐之。犬吠雞騰，家人盡起。萬鐘不知何故，但以身左右翼兄。婦方詬詈，忽見翁來，睹袍服，倍益烈怒，即就翁身條條割裂，批頰而摘翁髭㉑。萬鐘見之怒，以石擊婦，中顱，顛蹶而斃。萬鐘曰：「我死而父兄得生，何憾！」遂投井中，救之已死。移時婦蘇，聞萬鐘死，怒亦遂解。既殯，弟婦戀兒，矢不嫁，婦唾罵不與食，醮去之㉒，遺孤兒，朝夕受鞭楚。俟家人食訖，始啗以冷塊。積半歲，兒尫羸㉓，僅存氣息。

一日，馬忽至，萬石囑家人勿以告婦。馬見翁襤縷如故，大駭，又聞萬鐘殞謝，頓足悲哀。兒聞馬至，便來依戀，前呼馬叔。馬不能識，審顧始辨，驚曰：「兒何憔悴至此！」翁乃囁嚅具道情事。馬忿然謂萬石曰：「我曩道兄非人，果不謬。兩人止此一線，殺之，將奈何？」萬石不言，唯伏首貼耳而泣。坐語數刻，婦已知之，不敢自出逐客，但呼萬石入，批使絕馬。含涕而出，批痕儼然。馬怒之曰：「兄不能威，獨不能斷出耶㉔？毆父殺弟，安然忍受，何以為人？」萬石欠伸，似有動容。馬又激之曰：「如渠不去，理須威劫，便殺卻勿懼。僕有二三知交，都居要地，必合極力，保無虧也。」萬石喏，負氣疾行，奔而入。適與婦遇，叱問：「何為？」萬石遑遽失色，以手據地，曰：「馬生教余出婦。」婦益恚，顧尋刀杖，萬石懼而卻步。馬唾之曰：「兄真不可教也已！」遂開篋，出刀圭藥

㉕，合水授萬石飲。曰：「此丈夫再造散，所以不輕用者，以能病人故耳。今不得已，暫試之。」飲下，少頃，萬石覺忿氣填胸，如烈焰中燒，刻不容忍，直抵閨闥，叫喊雷動。婦未及詰，萬石以足騰起，婦顛去數尺有咫，即復握石成拳，擂擊無算。婦體幾無完膚，嘲猶詈。萬石於腰中出佩刀，婦罵曰：「出刀子，敢殺我耶？」萬石不語，割股上肉，大如掌，擲地上。方欲再割，婦哀鳴乞恕，萬石不聽，又割之。家人見萬石兇狂，相集，死力掖出。馬迎去，捉臂相用慰勞。萬石餘怒未息，屢欲奔尋，馬止之。少間，藥力漸消，嗒焉若喪㉖。馬囑曰：「兄勿餒。乾綱之振，在此一舉。夫人之所以懼者，非朝夕之故，其所由來者漸矣。譬昨死而今生，須從此滌故更新，再一餒，則不可為矣。」遣萬石入探之。婦股慄心慴，倩婢扶起，將以膝行，止之，乃已。出語馬生，父子交賀。馬欲去，父子共挽之。馬曰：「我適有東海之行，故便道相過，還時可復會耳。」

月餘，婦起，賓事良人。久覺黔驢無技，漸狎，漸嘲，漸罵，居無何，舊態全作矣。翁不能堪，宵遁，至河南，隸道士籍，萬石亦不敢尋。年餘，馬至，知其狀，怫然責數已，立呼兒至，置驢子上，驅策徑去。由此鄉人皆不齒萬石，學使案臨，以劣行黜名。又四五年，遭回祿㉗，居室財物，悉為煨燼，延燒鄰舍。村人執以告郡，罰鍰煩苛，於是家產漸盡，至無居廬，近村相戒無以舍舍萬石。尹氏兄弟怒婦所為，亦絕拒之。萬石既窮，質妾於貴家，偕妻南渡。至河南界，資斧已絕，婦不肯從，聒夫再嫁。適有屠而鰥者，以錢三百貨去，萬石一身丐食於遠村近郭間。至一朱門，閽人訶拒不聽前㉘。少間，一官人出，萬石伏地啜泣。官人熟視久之，略詰姓名，驚曰：「是伯父也！何一貧至此？」萬石細審，知為喜兒，不覺大哭。從之入，見堂中金碧煥映。俄頃，父扶童子出，相對悲哽，萬石始述所遭。初，馬攜喜兒至此，數日，即出尋楊翁來，使祖孫同居，又延師教讀。十五歲入邑庠，次年領鄉薦，始為完婚。乃別欲去，祖孫泣留之，馬曰：「我非人，實狐仙耳，道侶相候已久。」遂去。孝廉言之，不覺惻楚。因念昔與庶伯母同受酷虐，倍益感傷，遂以輿馬齎金贖王氏歸。年餘，生一子，因以為嫡。

尹從屠半載，狂悖猶昔。夫怒，以屠刀孔其股，穿以毛綆，懸梁上，荷肉竟出，號極聲嘶，鄰人始知，解縛抽綆，一抽則呼痛之聲，震動四鄰，以是見屠來，則骨毛皆豎。後脛創雖愈，而斷芒遺肉內，終不良於行，猶夙夜服役，無敢少懈。屠既橫暴，每醉歸，則撻詈不情。至此，始悟昔之施於人者，亦猶是也。

一日，楊夫人及伯母燒香普陀寺，近村農婦，並來參謁，尹在中悵立不前。王氏故問：「此伊誰？」家人進白：「張屠之妻。」便訶使前，與太夫人稽首。王笑曰：「此婦從屠，當不乏肉食，何羸瘠乃爾？」尹愧恨，歸欲自經，綆弱不得死，屠益惡之。歲餘，屠死。途遇萬石，遙望之，以膝行，淚下如縻。萬石礙僕，未通一言。歸告姪，欲謀珠還，姪固不肯。婦為里人所唾棄，久無所歸，依群乞以食。萬石猶時就尹廢寺中，姪以為玷，陰教群乞窘辱之，乃絕。

戲縊

邑人某，佻健無賴㉙，偶遊村外，見少婦乘馬來，謂同遊者曰：「我能令其一笑。」眾不信，約賭作筵。某遽奔去，出馬前，連聲譁曰：「我要死！」因於牆頭抽梁藍一本㉚，橫尺許，解帶掛其上，引頸作縊狀。婦果過而哂之，眾亦粲然。婦去既遠，某猶不動，眾益笑之。近視，則舌出目瞑，而氣真絕矣。

梁幹自經，不亦奇哉？是可以為儇薄者戒㉛。

說文解字

❶季常之懼：宋陳慥，字季常，其妻柳氏兇悍而好嫉妒，陳慥頗爲懼怕。後用以比喻懼內、怕老婆。❷齒奴隸數：列於奴隸之數，意謂視同奴隸。齒，列。❸都雅：漂亮、高雅。都，美。❹昆季之盟：即結拜爲兄弟。昆季，兄弟。長爲昆；幼爲季。❺曝陽捫蝨：邊曬太陽，邊捉蝨子。❻岸幘：頭巾戴得高，露出額頭，形容穿著率性隨意。岸，高。幘，頭巾。❼具食：準備飯菜。❽脫粟失飪：糙米爲飯，且半生不熟。失飪，烹飪失宜，意謂不熟。❾襆被：收拾被褥。襆，包袱。❿餽：贈送，同「饋」。⓫閨闥：女子居住的內室。⓬褫衣慘掠：剝去衣服，重重拷打。褫，剝衣。掠，拷打。⓭巾幗：古時婦女的頭巾和髮飾。授男子以巾幗，即羞辱其無丈夫氣概。⓮觀者塡溢：街巷塡塞不下，形容觀者眾多。⓯徒跣：赤腳。⓰趑趄：且進且退，畏懼不敢向前。也作「趦趄」。⓱崩注：血流如注。崩，血崩。⓲自投敗顙：叩頭求饒，以至磕破額頭。自投，以首投地，即叩頭。顙，額。⓳宗緒：後代。⓴漏三下：三更天。漏，刻漏，古代計時的器具。在銅壺中蓄水，壺底穿一小孔，壺內豎一刻有度數的箭形浮標，以壺中浮標所顯示的度數計算時辰。㉑批頰：用手掌擊打他人臉頰。髭：嘴唇上方的短鬚。㉒醮：已婚婦女再嫁。㉓尪羸：瘦弱。㉔斷出：決定休棄。出，休棄妻子。㉕刀圭藥：以刀圭稱量的藥粉。刀圭，中藥的量器名。㉖嗒焉若喪：失魂落魄的樣子。㉗回祿：火神，後引申爲火災。㉘閽人：古代宮門晨昏按時啟閉，稱守門人爲「閽人」，後泛指守門人。也作「閽侍」。㉙佻撻：輕薄放蕩，也作「佻㺚」。㉚梁藍：植物名。一本：表示數量的多寡，此處爲草木一株。㉛儇薄：輕佻無行。

言外之意

❖人物塑造

《聊齋志異》不朽的藝術魅力在於賦予一個個人物獨特獨行的個性，不論是現實生活中的「畸人」，或是幻化成人、躋身於人類社會的鬼狐，多數都「同於化工賦物，人各面目」。讀之，音容笑顰宛在目前。

蒲松齡總是能從數種相同、相近或相類的因素中，寫出人物性格的差異，充分顯現出「同中求異」的藝術功力。例如，「小謝」、「連鎖」、「聶小倩」均歌頌人和鬼在患難中建立的眞摯愛情；「俠女」、「商三官」、「庚娘」皆表現對強暴的反抗。但是，其中的人物卻是個性鮮明，迥不相同。例如，在「俠女」、「商三官」、「庚娘」三篇中，我們從俠女身上，看到的是不同凡俗的俠氣；從商三官身上，則洞見超人一般的膽識；從庚娘身上，則發現臨難不驚、警變非常、智勇無雙的特點。同樣寫爲他人物色佳偶，封三娘閱世深沉，精明煉達，深謀遠慮，做事果斷，義氣干雲；而青梅則單純直率，無視傳統禮法，大膽潑辣地追求純眞愛情。兩個故事雖有近似之處，但兩位主角卻是冬梅春蘭，各具風采。

《聊齋志異》特別注重人物刻畫，蒲松齡在書中仔細描寫人物的性格和心理，從而發展出古典短篇小說的白描藝術。透過「畫眼睛」，精簡地寫出人物的思想、精神、性格，尤其是寫年輕男女的戀愛心理，每有燭微顯隱之筆。例如在「嬌娜」中，孔生「貪近嬌姿，不唯不覺其苦，且恐速竣割事，偎傍不久」；在「阿繡」中，劉子固深愛阿繡，「蹈隙輒往」，買脂粉時，任由阿繡包裝，從不檢查眞僞，阿繡包赤土捉弄他，他也不以爲意。此種筆法，默默將人物的專注神情、微妙心境透視得一清二楚、了了可辨。

❖描摹手法

《聊齋志異》對現實生活的描寫並不限於愛戀之情、兒女之態，而是包含了廣泛的生活場景、社會風貌、民間習俗、人情世態，構成豐富的藝術內涵。弄蛇、鬥蟋蟀、玩鵪鶉、賽龍舟、跳神、兄弟爭產、婆媳爭執、酒徒罵座、商販討價還價、衙役敲詐索賄、秀才賣弄詩文、官紳作威作福，無不摹繪如生，躍然紙上。僅舉「狐夢」為例，此篇敘寫蒲松齡友人畢怡庵做的一個夢，其夢與「鳳陽士人」、「續黃粱」的夢境不同，既無生動故事，也無非常遭遇，只是一個普普通通的生活場面。看似狐仙所托之夢，其實分明是人間生活細事、閨閣閒情。句句畢肖，筆筆入妙，「文字逼眞，化工肖物」的人情描寫，充滿鮮活的現實血肉、濃鬱的人間氣息。

而在景物描寫方面，《聊齋志異》不只畫面鮮明，也常營造一種氣氛、境界，烘托出人物的性格。例如，蒲松齡寫「嬰寧」所居之處，「門前皆絲柳，牆內桃杏尤繁，間以修竹、野鳥格磔其中」，「門內白石砌路，夾道紅花，片片墮階上。曲折而西，又啟一關，豆棚花架滿庭中」，「粉壁光明如鏡，窗外海棠枝朵，探入室中」，充分展現女主人純潔天眞的個性。

❖語言特色

《聊齋志異》成功地使用文言文表現深刻的內容，其語言具體可感、繪影傳神，遣詞造句、煉字設譬都有濃厚的藝術功力，使作品的文句既簡潔、凝煉，具有文言的長處；又生動形象，富於小說語言的特色。在單行奇句中，間用駢詞儷語，典型工麗而又生動活潑，極富表現力。

《聊齋志異》的語言較之其他文言小說，嵌入較多對句、排句，絲毫不見呆板、造作，仿佛隨手而對，涉筆成偶，一派天然渾成氣象。不僅增加了語言的整齊美和節奏感，也使作品的語言更爲凝煉精美。例如，在「小翠」中，蒲松齡寫公子挨打，小翠「笑拉」公子入室、「代撲」衣上塵、「拭」眼淚、「摩挲」杖痕、「餌」以棗栗，五個動作連三並四，五個動詞珠璣參差，構成一幅清晰而又親切的圖畫，有聲有色，錯雜相間。

蒲松齡幼讀經史，吸取各家之長，又能「絕去町畦，自成一家」。讓《聊齋志異》的語言以嶄新的風貌，卓立於文言名作之林，足與爭輝，毫不遜色。他吸收生活語言之精華，大力改造古文辭，創造出新穎、富有藝術描摹力的文言文，較之許多歷史上的文言小說，顯得雅致、簡淨、圓潤、優美；比之歷代大家之文，又顯得活脫、靈動。

❖情節結構

《聊齋志異》的大部分作品頭尾完整、短章精緻、跨時馳空，不僅逾月經年，乃至隔生再世，作品皆結構緊湊。可以說，鋪陳則花繁葉茂，簡約則雲淡風輕。蒲松齡總是「一題到手，必靜相其神理所起止，由實字堪到虛字，更由有字句處堪到無字句處」，具體落筆講究起承轉合，使之「水霓風裳，剪裁入妙；冰花雪蕊，結撰維新」。

《聊齋志異》其中包含了近五百篇短篇小說，每一篇總是盡可能地安排新穎別致的開頭，盡可能地創新，變化多姿。而在具體的組織布局方面，其中的故事幾乎篇篇有懸念，而且常常不只一個，前山才過，後山又來，前後相銜，直至終局。前面將答案藏於雲霧之中，偶見鱗爪，形成具有懸疑效果的神祕感，逗引讀者急不可耐地往下閱讀，又暗中推動情節發展。

❖異史氏曰

《聊齋志異》現存的近五百篇作品中，有近二百篇於篇末寫有「異史氏曰」。這一做法繼承自漢代司馬遷的《史記》，被稱爲論贊體。而《聊齋志異》中的論贊大致分爲三類：

其一，借題發揮，深化主題。例如，「促織」中的「異史氏曰」指出：「天子偶用一物，未必不過此已忘；而奉行者即爲定例，加以官貪吏虐，民日貼婦賣兒，更無休止。」作者將矛頭直指皇帝，指出社會弊端根源是皇帝昏庸，再加上官貪吏虐，讀來字字千鈞，發人深思。其他如「冤獄」、「潞令」等作品的篇末也都透過「異史氏曰」針砭時弊，痛快淋漓地揭露社會醜惡及其根源。

其二，適當引申，錦上添花。例如，「王子安」一篇，前寫王子安於夢中「大呼跟班」的醜態，後文的「異史氏曰」則寫秀才入闈的情景，一口氣使用七個比喻，極盡形容，精細入微。前寫王子安是具體故事，後文的「異史氏曰」則是議論儒生階層，前後珠聯璧合，各有千秋，相得益彰。

其三，抒情寄憤，言簡意明，發揮盡致，嬉笑成文。例如，「姚安」篇末對喜新厭舊的不道德行爲憤怒地譴責：「愛新而殺其舊，忍乎哉！人止知新鬼爲厲，而不知故鬼之奪其魄也。嗚呼！截指而適其屨，不亡何待！」另外，如「鳳仙」、「鏡聽」、「天宮」等篇章的「異史氏曰」也都是有所寄託，表達作者憤世嫉俗的獨到見解。

高手過招（*為多選題）

1.（　）國文老師要同學上台介紹《聊齋志異》，下列四位同學的說法何者錯誤？

Ⓐ小明：《聊齋志異》的「聊齋」是蒲松齡的書齋名，「志異」是記載奇聞異事。

Ⓑ大華：《聊齋志異》是一部由「人、鬼、狐、仙、怪」交流互動而成的文言長篇小說集。

Ⓒ美惠：《聊齋志異》在離奇怪誕的情節中，寄寓作者的憤慨不滿、勸世諷俗。

Ⓓ二虎：《聊齋志異》不僅蘊含人生哲理，文字更是典雅精煉，是中國志怪小說的傑作。

2.（　）下列關於蒲松齡與《聊齋志異》的敘述，何者正確？

Ⓐ蒲松齡，字留仙，號柳泉，自幼才華過人，弱冠即登進士第，一生宦途顯達，故能竭盡精力於著作之中。

Ⓑ《聊齋志異》書中包含花妖狐魅、神仙鬼怪之事，人間百態無所不包，故可反映社會現實，寓有諷勸警世之意，為清代章回小說的傑作。

Ⓒ「勞山道士」選自《聊齋志異》，構思奇巧，布局高超，情節曲折起伏，借鬼寫人以警世。

Ⓓ「勞山道士」一文中提到「剪紙如鏡，月明輝室」、「箸化嫦娥，翩翩作《霓裳舞》」等情節，表現志怪小說的浪漫特質。

Ⓔ「勞山道士」文中，異史氏曰：「喜疢毒而畏藥石，遂有吮癰舐痔者。」其中運用《左傳》和《莊子》的典故，藉此表達作者對世間情事的見解。

3.（　）下列有關蒲松齡與曹雪芹的說明，何者正確？

Ⓐ《聊齋志異》其中不少故事在現代經過改編，拍成電影及電視劇；《紅樓夢》亦然。

Ⓑ蒲松齡曾考中進士，因此得以接觸上層社會人士，深知人情冷暖；曹雪芹為漢軍正白旗人，於雍正時被查抄家業，家道敗落。

Ⓒ蒲松齡筆下的狐仙、花妖，個個皆具有高潔情操，與俗世醜陋人心相較，反覺親切可愛；曹雪芹筆下的賈家，「只有門口一對石獅子是乾淨的」。

Ⓓ蒲松齡博學多才，除《聊齋志異》外尚有文集、詩集、戲曲、俚曲傳世；曹雪芹能詩能文，擅長書畫，好飲酒，善談吐。

Ⓔ《聊齋志異》為清代著名之白話章回小說；《紅樓夢》費時十年，經多次增刪始成。

*4.（　）**蒲松齡以其成就，曾被譽為「絕無僅有的世界短篇小說之王」。以下關於蒲松齡的介紹，何者正確？**

Ⓐ蒲松齡，字留仙，別號柳泉居士。

Ⓑ十九歲時以第一名舉貢生，七十二歲中狀元，四年後即撒手人寰。

Ⓒ其一生除了擔任幕僚與教書外，畢生窮其志在官場上大放異彩。

Ⓓ平生著作甚豐，其中最著名、影響最深遠的是窮二十年之功寫成的《聊齋志異》。

Ⓔ博學多才，除《聊齋志異》外，尚有文集、詩集、戲曲、俚曲等作品行世。

5.（　）閱讀下文，並推斷文章空格處為哪一本小說？

唐代文學家韓愈記敘自己苦讀的情形是「焚膏油以繼晷」，這種夜以繼日的勤奮精神，我是無法學習的，因為深夜讀書一想起＿＿＿＿中的鬼狐世界，就覺得氣氛詭異，擔心冷不防從背後的木櫃，伸出一隻手來。

Ⓐ《紅樓夢》
Ⓑ《聊齋志異》
Ⓒ《三國演義》
Ⓓ《儒林外史》

＊6.（　）〈勞山道士〉一文雖題為「勞山道士」，但故事的主角卻是王生，下列哪些選項應是其命題的原因？

Ⓐ主角王生「慕道、不能作苦、嬌惰之心」的性格特徵，易令讀者氣憤難耐，因此不以此命題。
Ⓑ《聊齋志異》為志怪小說，故命題為「勞山道士」，可扣緊全書寫志怪、奇人異事的主題。
Ⓒ以擁有法術的特異人物勞山道士，對比凡夫俗子的王生，可滿足一般人追求不凡人物的心態。
Ⓓ以取特殊突出者為名，命名為「勞山道士」，比起「王生學道」，更能引起閱讀興趣。
Ⓔ道士的法術高強，令人稱羨，作者藉此宣揚道教的宗教意味濃厚。

【解答】1. B　2. D　3. A　4. A D E　5. B　6. B C D

紅樓夢

曹雪芹和高鶚

"滿紙荒唐言，一把辛酸淚。都云作者痴，誰解其中味。"

作品通覽

《紅樓夢》是一部擁有極大影響力和極高國際聲譽的文學巨著，不僅在古典小說史上占有極其重要的地位，在世界文學史中也是光彩奪目的一頁。和世界上其他偉大的現實主義作者狄更斯、托爾斯泰一樣，《紅樓夢》的作者曹雪芹也是一個文學時代的總結者，他承上啟下，堪稱是近代現實主義文學的先驅者。

曹雪芹從傳統文化中汲取豐富的養分，包含詩詞歌賦、戲曲典籍等等，無一不融入作品的情節中。曹雪芹對生活、人生、社會的深刻理解，以及對生命的熾熱情感，使得《紅樓夢》充滿批判現實的深刻意涵。《紅樓夢》不僅是曹雪芹智慧的結晶，更是由他的血淚所交織而成的經典。

在《紅樓夢》中，最主要的故事主線便是賈寶玉和林黛玉之間的愛情悲劇，它伴隨著豪門望族賈府的榮辱興衰而發展。大觀園的榮華富貴、錦衣玉食，轉瞬間便因爲抄家流放而敗落，其中的金陵十二釵或遠嫁，或被折磨早亡，或被掠走，無一人能倖免。《紅樓夢》中的愛情悲劇、命運悲劇，都歸因於傳統封建社會、禮教文化所造就的歷史悲劇，其中巨大的力量感染著一代又一代的讀者，使人在享受藝術薰陶的同時，也獲得無數思想啓發。

❖憤世之作

在《紅樓夢》中，曹雪芹對於傳統社會的反叛情緒是非常明顯的，作者用那支犀利無比的筆，毫不留情地剝開傳統大家族的華麗外衣，揭露其中的黑暗醜惡、紙醉金迷，以及對人性的無情摧殘、對女性的百般蹂躪，令人怵目驚心。但同時，曹雪芹作爲世家飄零子弟，又懷著「無才補天」的深刻遺憾，以《紅樓夢》爲自己的家族和社會唱一曲哀豔的輓歌。

作者是時代的叛逆者，但他在痛恨這個時代的同時，又和這個時代有著千絲萬縷的血肉連繫。有逝去的繁榮昌盛，有家族國家的倫理綱常……。小說開篇的神話故事非常耐人尋味，若能讀懂這段神話，也就理解了曹雪芹對社會的用心良苦。一塊「無才補天」且被丟棄在青埂峰下的頑石，便是作者的自喻，頑石無力去補這方千瘡百孔的社會之天，只能眼睜睜地看著它敗落，直到「落了片白茫茫大地眞乾淨」。這種憤激之情貫穿在《紅樓夢》的字裡行間，但曹雪芹最終依然無法找到出路，只能在佛界天國寄託自己的理想。然而，賈府重興的希望又像一縷燭光牽動著他，難以割捨，於是就有了作品中賈探春協理榮國府的情節，才有了探春遠嫁，榮華而歸。曹雪芹將自己「補天」的希望寄託在聰敏靈巧的女孩身上，把憤世之情傾注在行徑乖張的賈寶玉身上，這二者之間難以割捨，卻又同時存在。

《紅樓夢》的主旨多重、複雜、立體，「橫看成嶺側成峰」，每個讀者的心裡都自會有一部《紅樓夢》；有一位曹雪芹；有一個抗爭於世，哀絕於心，血淚於書的天之驕子。

❖曹雪芹與賈寶玉

根據記載，曹雪芹的家族也曾顯赫一世，他的曾祖父任江寧織造，曾祖母是康熙皇帝的褓姆，後歷任三代達六十年之久，與皇家有著千絲萬縷的連繫。榮寧兩府中的許多華貴，都有當年這個權勢顯赫的豪門望族的影子。雍正初年，由於政治鬥爭，曹家失寵，曹雪芹的父親曹頫被革職下獄，家產抄沒，曹家從此敗落。之後，曹雪芹隨著全家遷往北京，寓居在北京西郊，以賣文賣畫維生，「舉家食粥」。晚年，他的幼子夭折，貧困不堪，最終臥病而死。《紅樓夢》便是在此種境況下，批閱十載，增刪五次，字字血淚。

曹雪芹「身胖，頭廣，面色黑」，善詩文、繪畫，且偏愛奇石，常以詩文圖畫贈友，他的傲骨凜然，在圖畫中躍然紙上。又喜喝酒，狂放不羈，憤世嫉俗。《紅樓夢》中的賈寶玉和作者雖同爲貴公子，但卻大不相同。賈寶玉秀雅聰慧，光彩照人，也許在作者的心目中，貴公子本來就應是這般模樣。曹雪芹將自己的叛逆思想、憤世孤傲全給了這一角色，於是賈寶玉便有了種種怪癖、種種胡言亂語、種種瘋瘋傻傻，和各種不被世人理解認同的乖張。

❖高鶚續書

《紅樓夢》有許多異名，像是《石頭記》、《情僧錄》、《風月寶鑑》、《金陵十二釵》等，作品的前八十回在曹雪芹在世時，便已有抄本流傳。但後四十回有人認爲作者因病未能完成，也有人認爲殘稿已丟失。

八十回的抄本至今仍存，後四十回則由高鶚續作，在乾隆五十六年問世。

其實，學術界對高鶚是否爲續書的作者曾有過許多爭論，目前雖被多數人認定，但仍還有不同意見。還有，今人對後四十回續書的藝術表現也有所爭論，除了黛玉焚稿被視爲精彩章節外，續書雖然保持了悲劇結局，但許多人物的個性色彩大減，前八十回栩栩如生的人物，到了後面大多成爲理念的軀殼。還有許多結局安排皆完全違背曹雪芹的初衷，例如香菱被扶正，並與薛蟠結爲夫妻，大大削弱人物的悲劇性力量。

後半部中的重要情節之一就是「調包計」，導致黛玉含恨歸天，讀者一般都認可此一情節，因爲它的戲劇性極強，且維持了黛玉的悲劇個性和悲劇結局。但許多學者依舊認爲這是拙劣的一筆，是展現曹雪芹、高鶚高下的分野，如果曹雪芹在世，絕不會容忍。因爲「調包計」將許多人物推到絕對的反面，而且人工痕跡過重，將人物命運寄於巧合和偶然。但是，當我們細讀《紅樓夢》便能發現，曹雪芹筆下的人物，其悲劇命運是一種社會和歷史的必然，寶黛愛情悲劇更應是如此。

以下節錄精彩章回

第三回　託內兄如海薦西賓，接外孫賈母惜孤女

一時，黛玉進入榮府，下了車，只見一條大甬路❶，直接出大門來。眾嬤嬤引著，便往東轉彎，走過一座東西穿堂，向南大廳之後，至儀門內大院落。上面五間大正房，兩邊廂房，鹿頂耳門鑽山，四通八達，軒昂壯麗，比各處不同，黛玉便知這方是正內室。進入堂屋，抬頭迎面先見一個赤金九龍青地大匾，匾上寫著斗大三個字是「榮禧堂」。後有一行小字，「某年月日書賜榮國公賈源」，又有「萬

機宸翰」之寶。大紫檀雕螭案上設著三尺多高青綠古銅鼎，懸著待漏隨朝墨龍大畫。一邊是鏨金彝❷，一邊是玻璃盆，地下兩溜十六張楠木圈椅❸。又有一副對聯，乃是烏木聯牌，鑲著鏨金字跡，道是：「座上珠璣昭日月，堂前黼黻煥煙霞。」下面一行小字是：「世教弟勳襲東安郡王穆蒔拜手書。」

原來王夫人時常居坐宴息也不在這正室中，只在東邊的三間耳房內。於是嬤嬤們引黛玉進東房門來，臨窗大炕上鋪著猩紅洋毯，正面設著大紅金錢蟒引枕，秋香色金錢蟒大條褥。兩邊設一對梅花式洋漆小几，左邊几上擺著文王鼎，鼎旁匙箸香盒；右邊几上擺著汝窯美人觚，裡面插著時鮮花卉。地下面，西一溜四張大椅都搭著銀紅撒花椅搭，底下四副腳踏；兩邊又有一對高几，几上茗碗瓶花俱備。其餘陳設不必細說。

老嬤嬤讓黛玉上炕坐，炕沿上卻也有兩個錦褥對設。黛玉度其位次，便不上炕，只就東邊椅上坐了。本房的丫鬟忙捧上茶來，黛玉一面吃茶，一面打量這些丫鬟們，妝飾衣裙，舉止行動，果與別家不同。

茶未吃了，只見一個穿紅綾襖青緞掐牙背心的丫鬟走來，笑道：「太太說，請林姑娘到那邊坐罷。」老嬤嬤聽了，於是又引黛玉出來，到了東南三間小正房內。正面炕上橫設一張炕桌，上面堆著書籍茶具，靠東壁面西設著半舊的青緞靠背引枕。王夫人卻坐在西邊下首，亦是半舊青緞靠背坐褥，見黛玉來了，便往東讓。黛玉心中料定這是賈政之位，因見挨炕一溜三張椅子上也搭著半舊的彈墨椅袱，黛玉便向椅上坐了。王夫人再三讓他上炕，他方挨王夫人坐下。王夫人因說：「你舅舅今日齋戒去了，再見罷。只是有一句話囑咐你：你三個姐妹倒都極好，以後一處念書、認字、學針線，或偶一頑笑❹，都有個儘讓的❺。我就只一件不放心：我有一個孽根禍胎，是家裡的『混世魔王』，今日因往廟裡還願去，尚未回來，晚上你看見就知道了。你只以後不要睬他，你這些姐姐、妹妹都不敢沾惹他的。」

黛玉素聞母親說過：「有個內姪，乃銜玉而生，頑劣異常，不喜讀書，最喜在內幃廝混，外祖母又溺愛，無人敢管。」今見王夫人所說，便知是這位表兄，一面陪笑道：「舅母所說，可是那位銜玉而生的哥哥？在家時記得母親常說，這位哥哥比我大一歲，小名就叫寶玉，性雖憨頑，說待姐妹們卻是極好的。況我來了，自然和姐妹們一處，弟兄們是另院別房，豈有沾惹之理？」王夫人笑道：「你不知道原故。他和別人不同，自幼因老太太疼愛，原係和姐妹們一處嬌養慣了的。若姐妹們不理他，他倒還安靜些；若一日姐妹們和他多說了一句話，他心上一喜，便生出許多事來，所以囑咐你別理會他。他嘴裡一時甜言蜜語，一時有天沒日，瘋瘋傻傻，只休信他。」

黛玉一一的都答應著。忽見一個丫鬟來說：「老太太那裡傳晚飯了。」王夫人忙攜了黛玉出後房門，由後廊往西出了角門，是一條南北甬路，南邊是倒座三間小小抱廈廳，北邊立著一個粉油大影壁，後有一個半大門，小小一所房屋。王夫人笑指向黛玉道：「這是你鳳姐姐的屋子，回來你好往這裡找他去。少什麼東西，只管和他說就是了。」這院門上也有幾個才總角的小廝，都垂手侍立。

王夫人遂攜黛玉穿過一個東西穿堂，便是賈母的後院了，於是進入後房門。已有許多人在此伺候，見王夫人來，方安設桌椅。賈珠之妻李氏捧杯，熙鳳安箸，王夫人進羹。賈母正面榻上獨坐，兩旁四張空椅，熙鳳忙拉黛玉在左邊第一張椅子上坐下，黛玉十分推讓。賈母笑道：「你舅母和嫂子們是不在這裡吃飯的，你是客，原該這麼坐。」黛玉方告了坐，就坐了。賈母命王夫人也坐了，迎春姐妹三個告了坐方上來，迎春坐右手第一，探春左第二，惜春右第二。旁邊丫鬟執著拂塵、漱盂、巾帕，李紈、鳳姐立於案旁布讓。外間伺候的媳婦、丫鬟雖多，卻連一聲咳嗽不聞。飯畢，個個有丫鬟用小茶盤捧上茶來。當日林家教女以惜福養身，每飯後必過片時方吃茶，不傷脾胃。今黛玉見了這裡許多規矩不似家中，也只得隨和著些。接了茶，又有人捧過漱盂來，黛玉也漱了口。又盥手畢，然後又捧上茶來，這方是吃的茶。

賈母便說：「你們去罷，讓我們自在說說話兒。」王夫人遂起身，又說了兩句閒話兒，方引李、鳳二人去了。賈母因問黛玉念何書，黛玉道：「剛念了《四書》。」黛玉又問姐妹們讀何書，賈母道：「讀什麼書！不過認幾個字罷了。」

一語未了，只聽外面一陣腳步響，丫鬟進來報道寶玉來了。黛玉心想：「這個寶玉不知是怎樣個憊懶人呢❻！」及至進來一看，卻是位青年公子：頭上戴著束髮嵌寶紫金冠，齊眉勒著二龍戲珠金抹額❼；一件二色金百蝶穿花大紅箭袖，束著五彩絲攢花結長穗宮絛❽，外罩石青起花八團倭緞排穗褂；蹬著青緞粉底小朝靴❾；面若中秋之月，色如春曉之花；鬢若刀裁，眉如墨畫，鼻如懸膽，睛若秋波；雖怒時而似笑，即瞋視而有情；項上金螭纓絡，又有一根五色絲絛，繫著一塊美玉。

黛玉一見便吃一大驚，心中想道：「好生奇怪！倒像在那裡見過的？何等眼熟！」只見這寶玉向賈母請了安，賈母便命：「去見你娘來。」即轉身去了。一回再來時，已換了冠帶。頭上周圍一轉的短髮，都結成小辮，紅絲結束，共攢至頂中胎髮，總編一根大辮，黑亮如漆，從頂至梢，一串四顆大珠，用金八寶墜腳。身上穿著銀紅撒花半舊大襖，仍舊戴著項圈、寶玉、寄名鎖、護身符等物；下面半露松綠撒花綾褲，錦邊彈墨襪，厚底大紅鞋；越顯得面如敷粉，唇若施脂，轉盼多情，語言若笑。天然一段風韻，全在眉梢；平生萬種情思，悉堆眼角。看其外貌是極好，卻難知其底細。後人有《西江月》二詞，批的極確。詞曰：

無故尋愁覓恨，有時似傻如狂。縱然生得好皮囊，腹內原來草莽。
潦倒不通世務，愚頑怕讀文章。行為偏僻性乖張，那管世人誹謗？

又曰：

富貴不知樂業，貧窮難耐淒涼。可憐辜負好時光，於國於家無望。
天下無能第一，古今不肖無雙。寄言紈袴與膏粱，莫效此兒形狀！

卻說賈母見他進來，笑道：「外客沒見就脫了衣裳了？還不去見你妹妹呢！」寶玉早已看見了一個嬝嬝婷婷的女兒，便料定是林姑媽之女，忙來見禮。歸了座，細看時，真是與眾各別。只見：

兩彎似蹙非蹙籠煙眉，一雙似喜非喜含情目。態生兩靨之愁，嬌襲一身之病。
淚光點點，嬌喘微微。閒靜似嬌花照水，行動如弱柳扶風。心較比干多一竅，病如西子勝三分。

寶玉看罷，笑道：「這個妹妹，我曾見過的。」賈母笑道：「又胡說了，你何曾見過？」寶玉笑道：「雖沒見過，卻看著面善，心裡倒像是舊相認識，恍若遠別重逢的一般。」賈母笑道：「好，好！這麼更相和睦了。」

寶玉便走向黛玉身邊坐下，又細細打量一番，因問：「妹妹可曾讀書？」黛玉道：「不曾讀書，只上了一年學，些須認得幾個字。」寶玉又道：「妹妹尊名？」黛玉便說了名。寶玉又道：「表字？」黛玉道：「無字。」寶玉笑道：「我送妹妹一字，莫若『顰顰』二字，極妙。」探春便道：「何處出典？」寶玉道：「《古今人物通考》上說：『西方有石名黛，可代畫眉之墨。』況這妹妹，眉尖若蹙，取這個字，豈不甚美？」探春笑道：「只怕又是杜撰！」寶玉笑道：「除了《四書》，杜撰的也太多呢！」因又問黛玉：「可有玉沒有？」眾人都不解。黛玉便忖度著⑩：「因他有玉，所以才問我的。」便答道：「我沒有玉，你那玉也是件稀罕物兒！豈能人人皆有？」

寶玉聽了，登時發作起狂病來，摘下那玉，就狠命摔去，罵道：「什麼罕物！人的高下不識，還說靈不靈呢！我也不要這勞什子⑪！」嚇的地下眾人一擁爭去拾玉。賈母急地摟了寶玉，道：「孽障！你生氣，要打罵人容易，何苦摔那命根子！」寶玉滿面淚痕，哭道：「家裡姐姐妹妹都沒有，單我有，我說沒趣兒。如今來了這個神仙似的妹妹也沒有，可知這不是個好東西。」賈母忙哄他道：「你這妹妹原有玉來著，因你姑媽去世時，捨不得你妹妹，無法可處，遂將他的玉帶了去。一則全殉葬之禮，盡你妹妹的孝心；二則你姑媽的陰靈兒也可權作見了你妹妹了。因此，他說沒有，也是不便誇張的意思啊！你還不好生帶上，仔細你娘知道！」說著，便向丫鬟手中接來，親與他帶上。寶玉聽如此說，想了一想，也就不生別論。

當下，奶娘來問黛玉房舍，賈母便說：「將寶玉挪出來，同我在套間暖閣裡，把林姑娘暫且安置在碧紗櫥裡。等過了殘冬，春天再給他們收拾房屋，另作一番安置罷。」寶玉道：「好祖宗，我就在碧紗櫥外的床上很妥當，又何必出來鬧的老祖宗不得安靜呢？」賈母想一想，說：「也罷了。」每人一個奶娘，並一個丫頭照管，餘者在外間上夜聽喚，一面早有熙鳳命人送了一頂藕合色花帳，並錦被緞褥之類。

黛玉只帶了兩個人來：一個是自己的奶娘王嬤嬤，一個是十歲的小丫頭，名喚雪雁。賈母見雪雁甚小，一團孩氣，王嬤嬤又極老，料黛玉皆不遂心，將自己身邊一個二等小丫頭，名喚鸚哥的，與了黛玉。亦如迎春等一般：每人除自幼乳母外，另有四個教引嬤嬤，除貼身掌管釵釧、盥沐兩個丫頭外⓬，另有四五個灑掃房屋、來往使役的小丫頭。

當下，王嬤嬤與鸚哥陪侍黛玉在碧紗櫥內；寶玉乳母李嬤嬤並大丫頭名喚襲人的，陪侍在外面大床上。

原來這襲人亦是賈母之婢，本名蕊珠。賈母因溺愛寶玉，恐寶玉之婢不中使，素喜蕊珠心地純良，遂與寶玉。寶玉因知他本姓花，又曾見舊人詩句有「花氣襲人」之句，遂回明賈母，即把蕊珠更名襲人。

卻說這襲人倒有些痴處，服侍賈母時，心中只有賈母；如今跟了寶玉，心中又只有寶玉了。只因寶玉性情乖僻，每每規諫，見寶玉不聽，心中著實憂鬱。是晚，寶玉、李嬤嬤已睡了，他見裡面黛玉、鸚哥猶未安歇，自卸了妝，悄悄地進來，笑問：「姑娘怎麼還不安歇？」黛玉忙笑讓：「姐姐請坐。」襲人在床沿上坐了。鸚哥笑道：「林姑娘在這裡傷心，自己淌眼抹淚地說：『今兒才來了，就惹出你家哥兒的狂病來。倘或摔壞了那玉，豈不是因我之過？』所以傷心。我好容易勸好了。」襲人道：「姑娘快別這麼著！將來只怕比這更奇怪的笑話兒還有呢！若為他這種行狀，你多心傷感，只怕你還傷感不了呢！快別多心！」黛玉道：「姐姐們說的，我記著就是了。」又敘了一回，方才安歇。

說文解字

❶甬路：通道、走道。也作「甬道」。❷彝：古代盛酒的器具或宗廟常用的祭器。❸溜：列。❹頑：嬉戲，同「玩」。❺儘讓：謙讓。❻憊懶：懶散、刁頑。❼抹額：繫綁在額頭上的布巾，也作「抹頭」。❽絛：用絲編成的繩帶。❾蹬：穿。❿忖度：揣測。⓫勞什子：惹人討厭的東西。也作「牢什子」、「勞什骨子」、「傍什子」、「撈什子」。⓬釵釧：釵與鐲，泛指婦女的飾物。盥沐：沐浴。

第五回　賈寶玉神遊太虛境，警幻仙曲演紅樓夢

那寶玉才合上眼，便恍恍惚惚地睡去，猶似秦氏在前。悠悠蕩蕩，跟著秦氏到了一處，但見朱欄玉砌，綠樹清溪，真是人跡不逢，飛塵罕到。寶玉在夢中歡喜，想道：「這個地方兒有趣！我若能在這裡過一生，雖然失了家也願意，強如天天被父母、先生管束呢！」正在胡思之間，聽見山後有人作歌，曰：

春夢隨雲散，飛花逐水流。寄言眾兒女，何必覓閒愁？

寶玉聽了，是個女孩兒的聲氣。歌音未息，早見那邊走出一個麗人來，蹁躚嫋娜❶，與凡人大不相同。寶玉見是一個仙姑，喜的忙來作揖，笑問道：「神仙姐姐，不知從那裡來？如今要往那裡去？我也不知這裡是何處，望乞攜帶攜帶。」那仙姑道：「吾居離恨天之上，灌愁海之中，乃放春山遣香洞太虛幻境警幻仙姑是也。司人間之風情月債，掌塵世之女怨男痴。因近來風流冤孽，纏綿於此，是以前來訪察機會，布散相思。今日與爾相逢，亦非偶然。此離吾境不遠，別無他物，僅有自採仙茗一盞、親釀美酒一甕、素練魔舞歌姬數人、新填《紅樓夢》仙曲十二支。可試隨吾一遊否？」

寶玉聽了，喜悅非常，便忘了秦氏在何處了，竟隨了仙姑至一個所在。忽然前面有一座石牌橫建，上書「太虛幻境」四大字，兩邊一副對聯，乃是：「假作真時真亦假，無為有處有還無。」轉過牌坊，便是一座宮門，上面橫書著四個大字，道是「孽海情天」，也有一副對聯，大書云：「厚地高天，堪嘆古今情不盡；痴男怨女，可憐風月債難酬。」

寶玉看了，心下自思道：「原來如此。但不知何為『古今之情』？又何為『風月之債』？從今倒要領略領略。」寶玉只顧如此一想，不料早把些邪魔招入膏肓了。當下隨了仙姑，進入二層門內，只見兩邊配殿皆有匾額、對聯。一時看不盡許多，唯見幾處寫著的是：「痴情司」、「結怨司」、「朝啼司」、「暮哭司」、「春感司」、「秋悲司」。看了，因向仙姑道：「敢煩仙姑引我到那各司中遊玩遊玩，不知可使得麼？」仙姑道：「此中各司存的是普天下所有女子過去未來的簿冊，爾乃凡眼塵軀，未便先知的。」寶玉聽了，那裡肯捨，又再四地懇求。那警幻便說：「也罷，就在此司內略隨喜隨喜罷。」寶玉喜不自勝，抬頭看這司的匾上，乃是「薄命司」三字，兩邊寫著對聯道：「春恨秋悲皆自惹，花容月貌為誰妍？」

寶玉看了，便知感嘆。進入門中，只見有十數個大櫥，皆用封條封著，看那封條上，皆有各省地名。寶玉一心只揀自己家鄉的封條看，只見那邊櫥上封條大書「金陵十二釵正冊」。寶玉因問：「何為『金陵十二釵正冊』？」警幻道：「即爾省中十二冠首女子之冊，故為正冊。」寶玉道：「常聽人說金陵極大，怎麼只十二個女子？如今單我們家裡，上上下下就有幾百個女孩兒。」警幻微笑道：「一省女子固多，不過擇其緊要者錄之。兩邊二櫥則又次之，餘者庸常之輩便無冊可錄了。」

寶玉再看下首一櫥，上寫著「金陵十二釵副冊」；又一櫥，上寫著「金陵十二釵又副冊」。寶玉便伸手先將又副冊櫥門開了，拿出一本冊來。揭開看時，只見這首頁上畫的，既非人物，亦非山水，不過是水墨滃染❷，滿紙烏雲濁霧而已。後有幾行字跡，寫道是：

霽月難逢，彩雲易散。心比天高，身為下賤。
風流靈巧招人怨，壽夭多因誹謗生，多情公子空牽念。

寶玉看了不甚明白。又見後面畫著一簇鮮花，一床破席，也有幾句言詞，寫道是：

枉自溫柔和順，空雲似桂如蘭。堪羨優伶有福，誰知公子無緣。

寶玉看了，益發解說不出是何意思。遂將這一本冊子擱起來，又去開了副冊櫥門，拿起一本冊來，打開看時，只見首頁也是畫，卻畫著一株桂花，下面有一方池沼，其中水涸泥乾，蓮枯藕敗。後面書云：

根並荷花一莖香，平生遭際實堪傷。自從兩地生孤木，致使香魂返故鄉。

寶玉看了又不解。又去取那正冊看時，只見頭一頁上畫著是兩株枯木，木上懸著一圍玉帶；地下又有一堆雪，雪中一股金簪。也有四句詩道：

可嘆停機德，堪憐詠絮才。玉帶林中掛，金簪雪裡埋。

寶玉看了仍不解，待要問時，知他必不肯洩漏天機，待要丟下，又不捨，遂往後看。只見畫著一張弓，弓上掛著一個香櫞❸。也有一首歌詞云：

二十年來辨是非，榴花開處照宮闈。三春爭及初春景？虎兔相逢大夢歸。

後面又畫著兩個人放風箏，一片大海，一隻大船，船中有一女子，掩面泣涕之狀。畫後也有四句，寫著道：

才自精明志自高，生於末世運偏消。清明涕送江邊望，千里東風一夢遙。

後面又畫著幾縷飛雲，一灣逝水。其詞曰：

富貴又何為？繈褓之間父母違。展眼弔斜暉，湘江水逝楚雲飛。

後面又畫著一塊美玉，落在泥汙之中。其斷語云：

欲潔何曾潔？雲空未必空。可憐金玉質，終陷淖泥中。

後面忽畫一惡狼，追撲一美女，有欲啖之意。其下書云：

子係中山狼，得志便倡狂。金閨花柳質，一載赴黃粱。

後面便是一所古廟，裡面有一美人在內看經獨坐。其判云：

勘破三春景不長，緇衣頓改昔年妝。可憐繡戶侯門女，獨臥青燈古佛旁。

後面是一片冰山，山上有一隻雌鳳。其判云：

凡鳥偏從末世來，都知愛慕此生才。一從二令三人木，哭向金陵事更哀。

後面又是一座荒村野店，有一美人在那裡紡績。其判曰：

勢敗休云貴，家亡莫論親。偶因濟劉氏，巧得遇恩人。

詩後又畫一盆茂蘭。旁有一位鳳冠霞帔的美人。也有判云：

桃李春風結子完，到頭誰似一盆蘭？如冰水好空相妒，枉與他人作笑談。

詩後又畫一座高樓，上有一美人懸梁自盡。其判云：

情天情海幻情身，情既相逢必主淫。漫言不肖皆榮出，造釁開端實在寧。

寶玉還欲看時，那仙姑知他天分高明，性情穎慧，恐洩漏天機，便掩了卷冊，笑向寶玉道：「且隨我去遊玩奇景，何必在此打這悶葫蘆？」

寶玉恍恍惚惚，不覺棄了卷冊，又隨警幻來至後面。但見畫棟雕簷，珠簾繡幕，仙花馥鬱，異草芬芳，真好所在也！又聽警幻笑道：「你們快出來迎接貴客！」一言未了，只見房中走出幾個仙子來，荷袂蹁躚，羽衣飄舞，嬌若春花，媚如秋月。見了寶玉，都怨謗警幻道：「我們不知係何貴客，忙地接出來。姐姐曾說，今日今時必有個絳珠妹子的生魂前來遊玩，故我等久待，何故反引這濁物來污染清淨女兒之境？」

寶玉聽如此說，便嚇的欲退不能，果覺自形汙穢不堪。警幻忙攜住寶玉的手，向眾仙姬笑道：「你等不知原委。今日原欲往榮府去接絳珠，適從寧府經過，偶遇榮寧二公之靈，囑吾云：『吾家自國朝定鼎以來，功名奕世，富貴流傳，已歷百年，奈運終數盡，不可挽回！我等之子孫雖多，竟無可以繼業者。唯嫡孫寶玉一人，稟性乖張，用情怪譎，雖聰明靈慧，略可望成，無奈吾家運數合終，恐無人規引入正。幸仙姑偶來，望先以情欲聲色等事警其痴頑，或能使他跳出迷人圈子，入於正路，亦吾兄弟之幸矣。』如此囑吾，故發慈心，引彼至此。先以他家上中下三等女子的終身冊籍，令其熟玩，尚未覺悟。故引了再到此處，遍歷那飲饌聲色之幻，或冀將來一悟，未可知也。」說畢，攜了寶玉入室。但聞一縷幽香，不知所焚何物，寶玉不禁相問。警幻冷笑道：「此香乃塵世所無，爾如何能知！此係諸名山勝境初生異卉之精，合各種寶林珠樹之油所製，名為『群芳髓』。」

寶玉聽了，自是羨慕。於是大家入座，小鬟捧上茶來。寶玉覺得香清味美，迥非常品，因又問何名。警幻道：「此茶出在放春山遺香洞，又以仙花靈葉上所帶的宿露烹了，名曰『千紅一窟』。」寶玉聽了，點頭稱賞，因看房內，瑤琴、寶鼎、古畫、新詩，無所不有，更喜窗下亦有唾絨❹，奩間時漬粉汙❺。壁上也掛著一副對聯，書云：「幽微靈秀地，無可奈何天。」寶玉看畢，因又請問眾仙姑姓名：一名痴夢仙姑，一名鍾情大士，一名引愁金女，一名度恨菩提，個個道號不一。

說文解字

❶蹁躚：形容儀態曼妙。嬝娜：姿態柔美的樣子，也作「裊娜」、「嫋娜」。❷渲染：烘染。❸香櫞：枸櫞，果實爲長圓形，可供觀賞、食用及入藥。因其具香氣，故也作香櫞。❹唾絨：古代婦女刺繡，每當停針換線、咬斷繡線時，口中常沾留線絨，隨口吐出，便稱爲「唾絨」。❺奩：盛裝婦女梳妝用品的小匣子。

第十七回 大觀園試才題對額，榮國府歸省慶元宵

又不知歷幾何時，這日賈珍等來回賈政：「園內工程俱已告竣，大老爺已瞧過了，只等老爺瞧了，或有不妥之處，再行改造，好題匾額對聯的。」賈政聽了，沉思一回，說道：「這匾額對聯倒是一件難事。論理該請貴妃賜題才是，然貴妃若不親睹其景，大約亦必不肯妄擬。若直待貴妃遊幸過再請題，偌大景致，若干亭榭❶，無字標題，也覺寥落無趣，任有花柳山水，也斷不能生色。」眾清客在旁笑答道❷：「老世翁所見極是。如今我們有個愚見：各處匾額對聯斷不可少，亦斷不可定名。如今且按其景致，或兩字、三字、四字，虛合其意，擬了出來，暫且做燈匾聯懸了。待貴妃遊幸時，再請定名，豈不兩全？」賈政等聽了，都道：「所見不差。我們今日且看看去，只管題了，若妥當便用，不妥時，然後將雨村請來，令他再擬。」眾人笑道：「老爺今日一擬定佳，何必又待雨村。」賈政笑道：「你們不知，我自幼於花鳥山水題詠上就平平，如今上了年紀，且案牘勞煩，於這怡情悅性文章上更生疏了。縱擬了出來，不免迂腐古板，反不能使花柳園亭生色，似不妥協，反沒意思。」眾清客笑道：「這也無妨。我們大家看了公擬，各舉其長，優則存之，劣則刪之，未為不可。」賈政道：「此論極是。且喜今日天氣和暖，大家去逛逛。」說著起身，引眾人前往。

賈珍先去園中知會眾人。可巧近日寶玉因思念秦鐘，憂戚不盡，賈母常命人帶他到園中來戲耍。此時亦才進去，忽見賈珍走來，向他笑道：「你還不出去，老爺就來了。」寶玉聽了，帶著奶娘小廝們，一溜煙就出園來。方轉過彎，頂頭賈政引眾客來了，躲之不及，只得一邊站了。賈政近因聞得塾

掌稱讚寶玉專能對對聯❸，雖不喜讀書，偏倒有些歪才情似的，今日偶然撞見這機會，便命他跟來。寶玉只得隨往，尚不知何意。

賈政剛至園門前，只見賈珍帶領許多執事人來，一旁侍立。賈政道：「你且把園門都關上，我們先瞧了外面再進去。」賈珍聽說，命人將門關了。賈政先秉正看門，只見正門五間，上面桶瓦泥鰍脊，那門欄窗槅，皆是細雕新鮮花樣，並無朱粉塗飾，一色水磨群牆，下面白石台磯，鑿成西番草花樣。左右一望，皆雪白粉牆，下面虎皮石，隨勢砌去，果然不落富麗俗套，自是歡喜。遂命開門，只見迎面一帶翠嶂擋在前面。眾清客都道：「好山，好山！」賈政道：「非此一山，一進來園中所有之景悉入目中，則有何趣。」眾人道：「極是。非胸中大有丘壑，焉想及此。」說畢，往前一望，見白石峻嶒❹，或如鬼怪，或如猛獸，縱橫拱立，上面苔蘚成斑，藤蘿掩映，其中微露羊腸小徑。賈政道：「我們就從此小徑遊去，回來由那一邊出去，方可遍覽。」

說畢，命賈珍在前引導，自己扶了寶玉，逶迤進入山口。抬頭忽見山上有鏡面白石一塊，正是迎面留題處。賈政回頭笑道：「諸公請看，此處題以何名方妙？」眾人聽說，也有說該題「疊翠」二字，也有說該提「錦嶂」的，又有說「賽香爐」的，又有說「小終南」的，種種名色，不止幾十個。原來眾客心中早知賈政要試寶玉的功業進益如何，只將些俗套來敷衍，寶玉亦料定此意。賈政聽了，便回頭命寶玉擬來。寶玉道：「嘗聞古人有云：『編新不如述舊，刻古終勝雕今。』況此處並非主山正景，原無可題之處，不過是探景一進步耳。莫若直書『曲徑通幽處』這句舊詩在上，倒還大方氣派。」眾人聽了，都讚道：「是極！二世兄天分高，才情遠，不似我們讀腐了書的。」賈政笑道：「不可謬獎。他年小，不過以一知充十用，取笑罷了，再俟選擬❺。」

說著，進入石洞來。只見佳木蘢蔥，奇花閃灼，一帶清流，從花木深處曲折瀉於石隙之下。再進數步，漸向北邊，平坦寬豁，兩邊飛樓插空，雕甍繡檻❻，皆隱於山坳樹杪之間❼。俯而視之，則清溪瀉雪，石磴穿雲，白石為欄，環抱池沿，石橋三港，獸面銜吐。橋上有亭，賈政與諸人上了亭子，倚欄坐了，因問：「諸公以何題此？」諸人都道：「當日歐陽公《醉翁亭記》有云：『有亭翼然。』就名『翼然』。」賈政笑道：「『翼然』雖佳，但此亭壓水而成，還須偏於水題方稱。依我拙裁，歐陽公之『瀉出於兩峰之間』，竟用他這一個『瀉』字。」有一客道：「是極，是極。竟是『瀉玉』二字妙。」賈政拈髯尋思，因抬頭見寶玉侍側，便笑命他也擬一個來。寶玉聽說，連忙回道：「老爺方才所議已是。但是如今追究了去，似乎當日歐陽公題釀泉用一『瀉』字，則妥；今日此泉若亦用『瀉』字，則覺不妥。況此處雖云省親駐蹕別墅❽，亦當入於應制之例，用此等字眼，亦覺粗陋不雅。求再擬較此蘊籍含蓄者。」賈政笑道：「諸公聽此論若何？方才眾人編新，你又說不如述古；如今我們述古，你又說粗陋不妥。你且說你的來我聽。」寶玉道：「有用『瀉玉』二字，則莫若『沁芳』二字，豈不新雅？」賈政拈髯點頭不語。眾人都忙迎合，讚寶玉才情不凡。賈政道：「匾上二字容易，再作一副七言對聯來。」寶玉聽說，立於亭上，四顧一望，便機上心來，乃念道：

繞堤柳借三篙翠，隔岸花分一脈香。

賈政聽了，點頭微笑，眾人先稱讚不已。於是出亭過池，一山一石，一花一木，莫不著意觀覽。

忽抬頭看見前面一帶粉垣，裡面數楹修舍，有千百竿翠竹遮映。眾人都道：「好個所在！」於是大家進入，只見入門便是曲折遊廊，階下石子漫成甬路。上面小小兩三間房舍，一明兩暗，裡面都是合著地步打就的床几椅案。從裡間房內又得一小門，出去則是後院，有大株梨花兼著芭蕉。又有兩間小小退步❾，後院牆下忽開一隙，得泉一派，開溝僅尺許，灌入牆內，繞階緣屋至前院，盤旋竹下而出。

賈政笑道：「這一處還罷了。若能月夜坐此窗下讀書，不枉虛生一世。」說畢，看著寶玉，唬的寶玉忙垂了頭。眾客忙用話開釋，又說道：「此處的匾該題四個字。」賈政笑問：「那四字？」一個道是「淇水遺風」。賈政道：「俗。」又一個是「睢園雅跡」。賈政道：「也俗。」賈珍笑道：「還是寶兄弟擬一個來。」賈政道：「他未曾作，先要議論人家的好歹，可見就是個輕薄人。」眾客道：「議論的極是，其奈他何。」賈政忙道：「休如此縱了他。」因命他道：「今日任你狂為亂道，先設議論來，然後方許你作。方才眾人說的，可有使得的？」寶玉見問，答道：「都似不妥。」賈政冷笑道：「怎麼不妥？」寶玉道：「這是第一處行幸之處，必須頌聖方可。若用四字的匾，又有古人現成的，何必再作。」賈政道：「難道『淇水』、『睢園』不是古人的？」寶玉道：「這太板腐了，莫若『有鳳來儀』四字。」眾人都哄然叫妙。賈政點頭道：「畜生，畜生，可謂『管窺蠡測』矣。」因命：「再題一聯來。」寶玉便念道：

寶鼎茶閒煙尚綠，幽窗棋罷指猶涼。

賈政搖頭說道：「也未見長。」說畢，引眾人出來。方欲走時，忽又想起一事來，因問賈珍道：

「這些院落房宇並几案桌椅都算有了，還有那些帳幔簾子並陳設玩器古董，可也都是一處一處合式配就的⑩？」賈珍回道：「那陳設的東西早已添了許多，自然臨期合式陳設。帳幔簾子，昨日聽見璉兄弟說還不全。那原是一起工程之時，就畫了各處的圖樣，量准尺寸，就打發人辦去的，想必昨日得了一半。」賈政聽了，便知此事不是賈珍的首尾⑪，便命人去喚賈璉。

一時，賈璉趕來，賈政問他共有幾種，現今得了幾種，尚欠幾種。賈璉見問，忙向靴桶取靴掖內裝的一個紙折略節來⑫，看了一看，回道：「妝蟒繡堆、刻絲彈墨並各色綢綾大小幔子一百二十架，昨日得了八十架，下欠四十架。簾子二百掛，昨日俱得了。外有猩猩氈簾二百掛，金絲藤紅漆竹簾二百掛，黑漆竹簾二百掛，五彩線絡盤花簾二百掛，每樣得了一半，也不過秋天都全了。椅搭、桌圍、床裙、桌套，每份一千二百件，也有了。」一面走，一面說。倏爾青山斜阻，轉過山懷中，隱隱露出一帶黃泥築就矮牆，牆頭皆用稻莖掩護。有幾百株杏花，如噴火蒸霞一般。裡面數楹茅屋，外面卻是桑、榆、槿、柘，各色樹稚新條，隨其曲折，編就兩溜青籬。籬外山坡之下，有一土井，旁有桔槔轆轤之屬⑬。下面分畦列畝，佳蔬菜花，漫然無際。

賈政笑道：「倒是此處有些道理。固然係人力穿鑿，此時一見，未免勾引起我歸農之意。我們且進去歇息歇息。」說畢，方欲進籬門去，忽見路旁有一石碣，亦為留題之備。眾人笑道：「更妙，更妙，此處若懸匾待題，則田舍家風一洗盡矣。立此一碣，又覺生色許多，非范石湖田家之詠不足以盡其妙⑭。」賈政道：「諸公請題。」眾人道：「方才世兄有云：『編新不如述舊。』此處古人已道盡矣，莫若直書『杏花村』妙極。」賈政聽了，笑向賈珍道：「正虧提醒了我。此處都妙極，只是還少一個酒幌⑮。明日竟做一個，不必華麗，就依外面村莊的式樣做來，用竹竿挑在樹梢。」賈珍答應了，又回道：「此處竟還不可養別的雀鳥，只是買些鵝鴨雞類，才都相稱了。」賈政與眾人都道：「更妙。」賈政又向眾人道：「『杏花村』固佳，只是犯了正名，村名直待請名方可。」眾客都道：「是呀！如今虛的，便是什麼字樣好？」

大家想著，寶玉卻等不得了，也不等賈政的命，便說道：「舊詩有云：『紅杏梢頭掛酒旗。』如今莫若『杏簾在望』四字。」眾人都道：「好個『在望』！又暗合『杏花村』意。」寶玉冷笑道：「村名若用『杏花』二字，則俗陋不堪了。又有古人詩云：『柴門臨水稻花香。』何不就用『稻香村』的妙？」眾人聽了，亦發哄聲拍手，道：「妙！」賈政一聲斷喝：「無知的業障，你能知道幾個古人，能記得幾首熟詩，也敢在老先生前賣弄！你方才那些胡說的，不過是試你的清濁，取笑而已，你就認真了！」

說著，引人步入茆堂，裡面紙窗木榻，富貴氣象一洗皆盡。賈政心中自是歡喜，卻瞅寶玉道：「此處如何？」眾人見問，都忙悄悄地推寶玉，教他說好。寶玉不聽人言，便應聲道：「不及『有鳳來儀』多矣。」賈政聽了道：「無知的蠢物！你只知朱樓畫棟，惡賴富麗為佳，那裡知道這清幽氣象。終是不讀書之過！」寶玉忙答道：「老爺教訓的固是，但古人常云『天然』二字，不知何意？」眾人見寶玉牛心，都怪他呆痴不改。今見問『天然』二字，眾人忙道：「別的都明白，為何連『天然』不知？『天然』者，天之自然而有，非人力之所成也。」寶玉道：「卻又來！此處置一田莊，分明見得人力穿鑿扭捏而成。遠無鄰村，近不負郭，背山山無脈，臨水水無源，高無隱寺之塔，下無通市之橋，峭然孤出，似非大觀。爭似先處有自然之理，得自然之氣，雖種竹引泉，亦不傷於穿鑿。古人云『天然圖畫』四字，正畏非其地而強為地，非其山而強為山，雖百般精而終不相宜……。」未及說完，賈政氣地喝命：「叉出去。」剛出去，又喝命：「回來！」命再題一聯：「若不通，一併打嘴！」寶玉只得念道：

新漲綠添浣葛處，好雲香護採芹人。

賈政聽了，搖頭說：「更不好。」一面引人出來，轉過山坡，穿花度柳，撫石依泉，過了荼蘼架，再入木香棚，越牡丹亭，度芍藥圃，入薔薇院，出芭蕉塢，盤旋曲折。忽聞水聲潺湲，瀉出石洞，上則蘿薜倒垂，下則落花浮蕩。眾人都道：「好景，好景！」賈政道：「諸公題以何名？」眾人道：「再不必擬了，恰恰乎是『武陵源』三個字。」賈政笑道：「又落實了，而且陳舊。」眾人笑道：「不然就用『秦人舊舍』四字也罷了。」寶玉道：「這越發過露了。『秦人舊舍』說避亂之意，如何使得？莫若『蓼汀花漵』四字。」賈政聽了，更批胡說。於是要進港洞時，又想起有船無船。賈珍道：「採蓮船共四隻，座船一隻，如今尚未造成。」賈政笑道：「可惜不得入了。」賈珍道：「從山上盤道亦可以進去。」說畢，在前導引，大家攀藤撫樹過去。只見水上落花愈多，其水愈清，溶溶蕩蕩⑯，曲折縈迂。池邊兩行垂柳，雜著桃杏，遮天蔽日，真無一些塵土。忽見柳陰中又露出一個折帶朱欄板橋來，度過橋去，諸路可通，便見一所清涼瓦舍，一色水磨磚牆，清瓦花堵。那大主山所分之脈，皆穿牆而過。

賈政道：「此處這所房子，無味的很。」因而步入門時，忽迎面突出插天的大玲瓏山石來，四面群繞各式石塊，竟把裡面所有房屋悉皆遮住，而且一株花木也無。只見許多異草：或有牽藤的，或有引蔓的，或垂山巔，或穿石隙，甚至垂簷繞柱，縈砌盤階，或如翠帶飄飄，或如金繩盤屈，或實若丹砂，或花如金桂，味芬氣馥，非花香之可比。賈政不禁笑道：「有趣！只是不大認識。」有的說：「是薜荔藤蘿。」賈政道：「薜荔藤蘿不得如此異香。」寶玉道：「果然不是。這些之中也有藤蘿薜荔，那香的是杜若蘅蕪，那一種大約是茝蘭，這一種大約是清葛，那一種是金簦草，這一種是玉蕗藤，紅的自然是紫芸，綠的定是青芷。想來《離騷》、《文選》等書上所有的那些異草，也有叫作什麼藿納薑蕁的，也有叫作什麼綸組紫絳的，還有石帆、水松、扶留等樣，又有叫什麼綠荑的，還有什麼丹椒、蘼蕪、風連。如今年深歲改，人不能識，故皆象形奪名，漸漸地喚差了，也是有的。」未及說完，賈政喝道：「誰問你來！」唬的寶玉倒退，不敢再說。

賈政因見兩邊俱是超手遊廊，便順著遊廊步入。只見上面五間清廈連著卷棚，四面出廊，綠窗油壁，更比前幾處清雅不同。賈政嘆道：「此軒中煮茶操琴，亦不必再焚名香矣。此造已出意外，諸公必有佳作新題以顏其額，方不負此。」眾人笑道：「再莫若『蘭風蕙露』貼切了。」賈政道：「也只好用這四字。其聯若何？」一人道：「我倒想了一對，大家批削改正。」念道是：

麝蘭芳靄斜陽院，杜若香飄明月洲。

眾人道：「妙則妙矣，只是『斜陽』二字不妥。」那人道：「古人詩云：『蘼蕪滿手泣斜暉。』」

眾人道：「頽喪，頽喪。」又一人道：「我也有一聯，諸公評閱評閱。」因念道：

三徑香風飄玉蕙，一庭明月照金蘭。

賈政拈髯沉吟，意欲也題一聯。忽抬頭見寶玉在旁不敢則聲⑰，因喝道：「怎麼你應說話時又不說了？還要等人請教你不成！」寶玉聽說，便回道：「此處並沒有什麼『蘭麝』、『明月』、『洲渚』之類，若要這樣著跡說起來，就題二百聯也不能完。」賈政道：「誰按著你的頭，叫你必定說這些字樣呢？」寶玉道：「如此說，匾上則莫若『蘅芷清芬』四字。」對聯則是：

吟成荳蔻才猶豔，睡足荼蘼夢也香。

賈政笑道：「這是套的『書成蕉葉文猶綠』，不足為奇。」眾客道：「李太白『鳳凰台』之作，全套『黃鶴樓』，只要套得妙。如今細評起來，方才這一聯，竟比『書成蕉葉』猶覺幽嫻活潑。視『書成』之句，竟似套此而來。」賈政笑道：「豈有此理！」

說文解字

❶亭榭：亭閣台榭。榭，建築在台上的房屋。❷清客：古代陪伴主人清談取樂的人。❸塾掌：掌管私塾的人。❹峻嶒：陡峭不平的樣子。❺俟：等待。❻甍：屋脊。檻：欄杆。❼坳：低窪的地方。杪：樹枝末端。❽駐蹕：帝王出巡時，沿途停留暫住。❾退步：套間，正屋後面的小屋。❿合式：符合一定的形式、規格。⓫首尾：責任。⓬靴桶：靴子的

筒狀部分，也作「靴筒」。靴掖：置於靴桶內的皮夾。⑬桔槔：汲水的工具。以繩懸橫木上，一端繫水桶，一端繫重物，使其交替上下，以節省力氣。轆轤：利用滑輪原理製成的井上汲水用具，也作「鹿盧」。⑭范石湖：范成大，與楊萬里、尤袤、陸游合稱「南宋四大詩人」。⑮酒幌：古代酒店的招牌。用布綴於竿頂，懸在店門前，以招攬客人。也作「酒帘」。⑯溶溶蕩蕩：水波蕩漾的樣子。⑰則聲：開口發言、出聲，也作「子聲」、「做聲」。

第三十七回　秋爽齋偶結海棠社，蘅蕪院夜擬菊花題

單表寶玉自賈政起身之後，每日在園中任意縱性遊蕩，真把光陰虛度，歲月空添。這日甚覺無聊，便往賈母、王夫人處來混了一混，仍舊進園來了。剛換了衣裳，只見翠墨進來，手裡拿著一幅花箋，送與他看。寶玉因道：「可是我忘了，才要瞧瞧三妹妹去。你來的正好，可好些了？」翠墨道：「姑娘好了，今兒也不吃藥了，不過是冷著一點兒。」

寶玉聽說，便展開花箋看時，上面寫道：

娣探謹奉二兄文几：

前夕新霽，月色如洗，因惜清景難逢，詎忍就臥，時漏已三轉，猶徘徊於桐檻之下，未防風露所欺，致獲采薪之患。昨蒙親勞撫囑，復又數遣侍兒問切，兼以鮮荔並真卿墨跡見賜，何瘝痌惠愛之深哉！今因伏几憑床處默之時，因思及歷來古人中，處名攻利奪之場，猶置些山滴水之區，遠招近揖，投轄攀轅，務結二三同志，盤桓於其中，或豎詞壇，或開吟社。雖一時之偶興，遂成千古之佳談。娣雖不才，竊同叨棲處於泉石之間，而兼慕薛、林之技。風庭月榭，惜未宴集詩人；簾杏溪桃，或可醉飛吟

盞。孰謂蓮社之雄才，獨許鬚眉，直以東山之雅會，讓余脂粉。若蒙棹雪而來，娣則掃花以待。

此謹奉

寶玉看了，不覺喜地拍手笑道：「倒是三妹妹高雅！我如今就去商議。」一面說，一面就走，翠墨跟在後面。剛到了沁芳亭，只見園中後門上值日的婆子，手裡拿著一個字帖兒走來。見了寶玉，便迎上去，口內說道：「芸哥兒請安，在後門等著呢！這是叫我送來的。」寶玉打開看時，寫道：

不肖男芸恭請父親大人萬福金安：

男思自蒙天恩，認於膝下，日夜思一孝順，竟無可孝順之處。前因買辦花草，上托大人洪福，竟認得許多花兒匠，並認得許多名園。前因忽見有白海棠一種，不可多得，故變盡方法，只弄得兩盆。大人若視男是親男一般，便留下賞玩。因天氣暑熱，恐園中姑娘們防礙不便，故不敢面見，奉書恭啟，並叩台安。

男芸跪書

寶玉看了，笑問道：「他獨來了？還有什麼人？」婆子道：「還有兩盆花兒。」寶玉道：「你出去說，我知道了，難為他想著。你就把花兒送到我屋裡去就是了。」一面說，一面同翠墨往秋爽齋來，只見寶釵、黛玉、迎春、惜春已都在那裡了。

眾人見他進來，都大笑說：「又來了一個！」探春笑道：「我不算俗，偶然起了個念頭，寫了幾個帖兒試一試，誰知一招皆到。」寶玉笑道：「可惜遲了！早該起個社的。」黛玉說道：「此時還不算遲，也沒什麼可惜。但你們只管起社，可別算我，我是不敢的。」迎春笑道：「你不敢，誰還敢呢？」寶玉道：「這是一件正經大事，大家鼓舞起來，別你謙我讓的。各有主意只管說出來，大家評論。寶姐姐也出個主意，林妹妹也說句話兒。」寶釵道：「你忙什麼？人還不全呢！」一語未了，李紈也來了，進門笑道：「雅的很哪！要起詩社，我自舉我掌壇。前兒春天，我原有這個意思的，我想了一想，我又不會做詩，瞎鬧什麼！因而也忘了，就沒有說。既是三妹妹高興，我就幫著你作興起來。」

黛玉道：「既然定要起詩社，偺們就是詩翁了[1]，先把這些『姐妹叔嫂』的字樣改了才不俗。」李紈道：「極是。何不起個別號彼此稱呼倒雅？我是定了『稻香老農』，再無人占的。」探春笑道：「我就是『秋爽居士』罷。」寶玉道：「居士主人，到底不雅，又累贅。這裡梧桐芭蕉儘有，或指桐蕉起個倒好。」探春笑道：「有了。我卻愛這芭蕉，就稱『蕉下客』罷。」眾人都道：「別致！有趣！」黛玉笑道：「你們快牽了他來燉了肉脯子，來吃酒！」眾人不解。黛玉笑道：「莊子說的：『蕉葉覆鹿。』他自稱『蕉下客』，可不是一隻鹿麼？快做了鹿脯來！」

眾人聽了，都笑起來。探春因笑道：「你又使巧話來罵人。你別忙，我已替你想了個極當的美號了。」又向眾人道：「當日娥皇女英灑淚在竹上成斑，故今斑竹又名湘妃竹。如今他住的是瀟湘館，他又愛哭，將來他那竹子想來也是要變成斑竹的，以後都叫他作『瀟湘妃子』就完了。」

大家聽說，都拍手叫妙。黛玉低了頭，也不言語。李紈笑道：「我替薛大妹妹也早已想了個好的，也只三個字。」眾人忙問：「是什麼？」李紈道：「我是封他為『蘅蕪君』，不知你們以為如何？」

探春道：「這個封號極好。」

寶玉道：「我呢？你們也替我想一個。」寶釵笑道：「你的號早有了，『無事忙』，三字恰當得很。」李紈道：「你還是你的舊號『絳洞花主』就是了。」寶玉笑道：「小時候幹的營生，還提他做什麼？」寶釵道：「還是我送你個號罷，有最俗的一個號，卻於你最當。天下難得的是富貴，又難得的是閒散，這兩樣再不能兼，不想你兼有了，就叫你『富貴閒人』也罷了。」寶玉笑道：「當不起！當不起！倒是隨你們混叫去罷。」黛玉道：「混叫如何使得？你既住怡紅院，索性叫『怡紅公子』不好？」眾人道：「也好。」

李紈道：「二姑娘、四姑娘，起個什麼？」迎春道：「我們又不大會詩，白起個號做什麼？」探春道：「雖如此，也起個才是。」寶釵道：「他住的是紫菱洲，就叫他『菱洲』；四丫頭在藕香榭，就叫他『藕榭』就完了。」

李紈道：「就是這樣好。但序齒我大，你們都要依我的主意，管教說了，大家合意。我們七個人起社，我和二姑娘、四姑娘都不會做詩，須得讓出我們三個人去。我們三個人各分一件事。」探春笑道：「已有了號，還只管這樣稱呼，不如不有了。以後錯了，也要立個罰約才好。」李紈道：「立定了社，再定罰約。我那裡地方兒大，竟在我那裡作社。我雖不能做詩，這些詩人竟不厭俗，容我做個東道主人，我自然也清雅起來了。還要推我做社長，我一個社長，自然不夠，必要再請兩位副社長。就請菱洲、藕榭二位學究來：一位出題限韻，一位謄錄監場❷。亦不可拘定了我們三個不做，若遇見容易些的題目、韻腳，我們也隨便做一首。你們四個，卻是要限定的。是這麼著就起，若不依我，我也不敢附驥了❸。」

迎春、惜春本性懶於詩詞，又有薛、林在前，聽了這話，深合己意。二人皆說：「是極。」探春等也知此意，見他二人悅服，也不好相強，只得依了。因笑道：「這話罷了，只是自想好笑。好好兒的，我起了個主意，反叫你們三個來管起我來了。」寶玉道：「既這樣，偺們就往稻香村去。」李紈道：「都是你忙。今日不過商議了，等我再請。」寶釵道：「也要議定幾日一會才好。」探春道：「若只管會多了，又沒趣兒了。一月之中，只可兩、三次。」寶釵說道：「一月只要兩次就夠了。擬定日期，風雨無阻。除這兩日外，倘有高興的，他情願加一社，或請到他那裡去，或附就了來，也使得，豈不活潑有趣？」眾人都道：「這個主意更好。」

探春道：「這原係我起的意，我須得先做個東道，方不負我這番高興。」李紈道：「既這樣說，明日你就先開一社，不好嗎？」探春道：「明日不如今日，就是此刻好。你就出題，菱洲限韻，藕榭監場。」迎春道：「依我說，也不必隨一人出題限韻，竟是拈鬮公道❹。」李紈道：「方才我來時，看見他們抬進兩盆白海棠來，倒很好。你們何不就詠起它來呢？」迎春道：「花還未賞，先倒做詩？」寶釵道：「不過是白海棠，又何必定要見了才做？古人的詩賦，也不過都是寄興寓情。要等見了做，如今也沒這些詩了。」

迎春道：「這麼著，我就限韻了。」說著，走到書架前，抽出一本詩來，隨手一揭，這首詩竟是一首七言律，遞與眾人看了，都該做七言律。迎春掩了詩，又向一個小丫頭道：「你隨口說個字來。」那丫頭正倚門站著，便說了個「門」字。迎春笑道：「就是『門』字韻『十三元』了，起頭一個韻定要『門』字。」說著，又要了韻牌匣子過來，抽出「十三元」一屜，又命那丫頭隨手拿四塊。那丫頭便拿了「盆」、「魂」、「痕」、「昏」四塊來。

寶玉道：「這『盆』、『門』兩個字不大好做呢！」侍書一樣預備下四份紙筆，便都悄然各自思索起來。獨黛玉或撫弄梧桐，或看秋色，或又和丫鬟們嘲笑。迎春又命丫鬟點了一支「夢甜香」，原來這「夢甜香」只有三寸來長，有燈草粗細，以其易燼，故以此為限。如香燼未成，便要受罰。

一時，探春便先有了，自己提筆寫出，又改抹了一回，遞與迎春。因問寶釵：「蘅蕪君，你可有了？」寶釵道：「有卻有了，只是不好。」寶玉背著手在迴廊上踱來踱去，因向黛玉說道：「你聽，他們都有了。」黛玉道：「你別管我。」寶玉又見寶釵已謄寫出來，因說道：「了不得！香只剩下一寸了，我才有了四句！」又向黛玉道：「香要完了，只管蹲在那潮地下做什麼？」黛玉也不理。寶玉道：「我可顧不得你了，管他好歹，寫出來罷。」說著，走到案前寫了。

李紈道：「我們要看詩了。若看完了還不交卷，是必罰的。」寶玉道：「稻香老農雖不善作，卻善看，又最公道，你的評閱，我們是都服的。」眾人點頭。於是先看探春的稿，上寫道：

斜陽寒草帶重門，苔翠盈鋪雨後盆。玉是精神難比潔，雪為肌骨易銷魂。
芳心一點嬌無力，倩影三更月有痕。莫道縞仙能羽化，多情伴我詠黃昏。

大家看了，稱賞一回，又看寶釵的道：

珍重芳姿晝掩門，自攜手甕灌苔盆。胭脂洗出秋階影，冰雪招來露砌魂。
淡極始知花更豔，愁多焉得玉無痕？欲償白帝宜清潔，不語婷婷日又昏。

李紈笑道：「到底是蘅蕪君！」說著，又看寶玉的道：

秋容淺淡映重門，七節攢成雪滿盆。出浴太真冰作影，捧心西子玉為魂。
曉風不散愁千點，宿雨還添淚一痕。獨倚畫欄如有意，清砧怨笛送黃昏。

大家看了，寶玉說：「探春的好。」李紈終要推寶釵：「這詩有身分。」因又催黛玉。黛玉道：「你們都有了？」說著，提筆一揮而就，擲與眾人。李紈等看他寫的道：「半捲湘簾半掩門，碾冰為土玉為盆。」看了這句，寶玉先喝起彩來，說：「從何處想來？」又看下面道：「偷來梨蕊三分白，借得梅花一縷魂。」眾人看了，也都不禁叫好，說：「果然比別人又是一樣心腸！」又看下面道：「月窟仙人縫縞袂，秋閨怨女拭啼痕。嬌羞默默同誰訴？倦倚西風夜已昏。」

眾人看了，都道：「是這首為上。」李紈道：「若論風流別致，自是這首；若論含蓄渾厚，終讓蘅稿。」探春道：「這評的有理，瀟湘妃子當居第二。」李紈道：「怡紅公子是壓尾，你服不服？」寶玉道：「我的那首原不好，這評的最公。」又笑道：「只是蘅、瀟二首還要斟酌。」李紈道：「原是依我評論，不與你們相干，再有多說者必罰。」

寶玉聽說，只得罷了。李紈道：「從此後，我定於每月初二、十六這兩日開社，出題、限韻都要依我。這其間你們有高興的，只管另擇日子補開，那怕一個月每天都開社，我也不管。只是到了初二、十六這兩日，是必往我那裡去。」寶玉道：「到底要起個社名才是。」探春道：「俗了又不好，忒新了刁鑽古怪也不好，可巧才是海棠詩開端，就叫『海棠詩社』罷。雖然俗些，因真有此事，也就不礙了。」說畢，大家又商議了一回，略用些酒果，方各自散去，也有回家的，也有往賈母、王夫人處去的。當下無話。

說文解字

❶ 俗們：我們。❷ 謄錄：謄寫抄錄。監場：監視考場。❸ 附驥：比喻攀附他人而成名，也作「附驥尾」。❹ 拈鬮：從預先做好記號的紙卷或紙團中，隨意拈取一個，以決定事情。也作「拔虎鬚」、「探鬮」、「抓鬮」、「抽籤」。

第四十回　史太君兩宴大觀園，金鴛鴦三宣牙牌令

次日清早起來，可喜這日天氣清朗。李紈清晨先起，看著老婆子丫頭們掃那些落葉，並擦抹桌椅，預備茶酒器皿。只見豐兒帶了劉姥姥、板兒進來，說：「大奶奶倒忙的緊。」李紈笑道：「我說你昨兒去不成，只忙著要去。」劉姥姥笑道：「老太太留下我，叫我也熱鬧一天去。」豐兒拿了幾把大小鑰匙，說道：「我們奶奶說了，外頭的高几兒恐不夠使，不如開了樓，把那收著的拿下來使一天罷。奶奶原該親自來的，因和太太說話呢！請大奶奶開了，帶著人搬罷。」李氏便令素雲接了鑰匙，又令婆子出去把二門上的小廝叫幾個來。李氏站在大觀樓下往上看，令人上去開了綴錦閣，一張一張

往下抬。小廝、老婆子、丫頭一齊動手，抬了二十多張下來。李紈道：「好生著，別慌慌張張，鬼趕來似的，仔細碰了牙子❶。」又回頭向劉姥姥笑道：「姥姥，你也上去瞧瞧。」劉姥姥聽說，巴不得一聲兒，便拉了板兒登梯上去。進裡面，只見烏壓壓地堆著些圍屏、桌椅、大小花燈之類，雖不大認得，只見五彩炫耀，各有奇妙。念了幾聲佛，便下來了。然後鎖上門，一齊才下來。李紈道：「恐怕老太太高興，越發把舡上划子、篙槳、遮陽幔子都搬了下來預備著。」眾人答應，復又開了，色色的搬了下來❷，令小廝傳駕娘們到舡塢裡撐出兩隻船來。

正亂著安排，只見賈母已帶了一群人進來了。李紈忙迎上去，笑道：「老太太高興，倒進來了。我只當還沒梳頭呢！才擷了菊花要送去❸。」一面說，一面碧月早捧過一個大荷葉式的翡翠盤子來，裡面盛著各色的折枝菊花。賈母便揀了一朵大紅的簪於鬢上，因回頭看見了劉姥姥，忙笑道：「過來帶花兒。」一語未完，鳳姐便拉過劉姥姥，笑道：「讓我打扮你。」說著，將一盤子花橫三豎四地插了一頭，賈母和眾人笑得了不得。劉姥姥笑道：「我這頭也不知修了什麼福，今兒這樣體面起來。」眾人笑道：「你還不拔下來摔到他臉上呢！把你打扮的成了個老妖精了。」劉姥姥笑道：「我雖老了，年輕時也風流，愛個花兒粉兒的，今兒老風流才好。」

說笑之間，已來至沁芳亭子上，丫鬟們抱了一個大錦褥子來，鋪在欄杆榻板上。賈母倚柱坐下，命劉姥姥也坐在旁邊，因問他：「這園子好不好？」劉姥姥念佛說道：「我們鄉下人到了年下，都上城來買畫兒貼。時常閒了，大家都說，怎麼得也到畫兒上去逛逛。想著那個畫兒也不過是假的，那裡有這個真地方呢！誰知我今兒進這園一瞧，竟比那畫兒還強十倍。怎麼得有人也照著這個園子畫一張，我帶了家去，給他們見見，死了也得好處。」賈母聽說，便指著惜春笑道：「你瞧我這個小孫女兒，他就會畫。等明兒叫他畫一張如何？」劉姥姥聽了，喜的忙跑過來，拉著惜春說道：「我的姑娘，你這麼大年紀兒，又這麼個好模樣，還有這個能幹，別是神仙托生的罷。」

賈母少歇一回，自然領著劉姥姥都見識見識。先到了瀟湘館，一進門，只見兩邊翠竹夾路，土地下蒼苔布滿❹，中間羊腸一條石子漫的路。劉姥姥讓出路來與賈母眾人走，自己卻走土地。琥珀拉著他說道：「姥姥，你上來走，仔細蒼苔滑了。」劉姥姥道：「不相干的，我們走熟了的，姑娘們只管走罷。可惜你們的那繡鞋，別沾髒了。」他只顧上頭和人說話，不防底下果踩滑了，咕咚一跤跌倒。眾人拍手都哈哈地笑起來，賈母笑罵道：「小蹄子們，還不攙起來，只站著笑。」說話時，劉姥姥已爬了起來，自己也笑了，說道：「才說嘴就打了嘴。」賈母問他：「可扭了腰了不曾？叫丫頭們搥一搥。」劉姥姥道：「那裡說的我這麼嬌嫩了。那一天不跌兩下子，都要搥起來，還了得呢！」紫鵑早打起湘簾，賈母等進來坐下。林黛玉親自用小茶盤捧了一蓋碗茶來奉與賈母，王夫人道：「我們不吃茶，姑娘不用倒了。」林黛玉聽說，便命丫頭把自己窗下常坐的一張椅子挪到下首，請王夫人坐了。劉姥姥因見窗下案上設著筆硯，又見書架上磊著滿滿的書，劉姥姥道：「這必定是那位哥兒的書房了。」賈母笑指黛玉道：「這是我這外孫女兒的屋子。」劉姥姥留神打量了黛玉一番，方笑道：「這那像個小姐的繡房❺，竟比那上等的書房還好。」賈母因問：「寶玉怎麼不見？」眾丫頭們答說：「在池子裡的舡上呢❻！」賈母道：「誰又預備下舡了？」李紈忙回說：「才開樓拿几，我恐怕老太太高興，就預備下了。」賈母聽了，方欲說話時，有人回說：「姨太太來了。」賈母等剛站起來，只見薛姨媽早進來了，一面歸坐，笑道：「今兒老太太高興，這早晚就來了。」賈母笑道：「我才說來遲了的要罰他，不想姨太太就來遲了。」

說笑一會，賈母因見窗上紗的顏色舊了，便和王夫人說道：「這個紗，新糊上好看，過了後來就不翠了。這個院子裡頭又沒有個桃杏樹，這竹子已是綠的，再拿這綠紗糊上反不配。我記得咱們先有四五樣顏色糊窗的紗呢？明兒給他把這窗上的換了。」鳳姐兒忙道：「昨兒我開庫房，看見大板箱裡還有好些匹銀紅蟬翼紗，也有各樣折枝花樣的，也有流雲卍福花樣的，也有百蝶穿花花樣的，顏色又鮮，紗又輕軟，我竟沒見過這樣的。拿了兩匹出來，做兩床綿紗被，想來一定是好的。」賈母聽了笑道：「呸，人人都說你沒有不經過、不見過，連這個紗還不認得呢！明兒還說嘴。」薛姨媽等都笑說：「憑他怎麼經過、見過，如何敢比老太太呢？老太太何不教導了他，我們也聽聽。」鳳姐兒也笑說：「好祖宗，教給我罷。」賈母笑向薛姨媽眾人道：「那個紗，比你們的年紀還大呢！怪不得他認作蟬翼紗，原也有些像，不知道的都認作蟬翼紗，正經名字叫作『軟煙羅』。」鳳姐兒道：「這個名兒也好聽。只是我這麼大了，紗羅也見過幾百樣，從沒聽見過這個名色。」賈母笑道：「你能夠活了多大，見過幾樣沒處放的東西，就說嘴來了。那個軟煙羅只有四樣顏色：一樣雨過天晴，一樣秋香色，一樣松綠的，一樣就是銀紅的。若是做了帳子，糊了窗屜[7]，遠遠地看著，就似煙霧一樣，所以叫作『軟煙羅』，那銀紅的又叫作『霞影紗』。如今上用的府紗也沒有這樣軟厚輕密的了。」薛姨媽笑道：「別說鳳丫頭沒見，連我也沒聽見過。」鳳姐兒一面說，早命人取了一匹來了。賈母說：「可不是這個！先時原不過是糊窗屜，後來我們拿這個做被、做帳子，試試也竟好。明兒就找出幾匹來，拿銀紅的替他糊窗子。」鳳姐答應著。眾人都看了，稱讚不已。劉姥姥也覷著眼看個不了❽，念佛說道：「我們想它做衣裳也不能，拿著糊窗子，豈不可惜？」賈母道：「倒是做衣裳不好看。」鳳姐忙把自己身上穿的一件大紅綿紗襖子襟兒拉了出來，向賈母、薛姨媽道：「看我的這襖兒。」賈母、薛姨媽都說：「這也是上好的了，這是如今的上用內造的，竟比不上這個。」鳳姐兒道：「這個薄片子，還說是上用內造呢！竟連官用的也比不上了。」賈母道：「再找一找，只怕還有青的。若有時都拿出來，送這劉親家兩匹，做一個帳子我掛，下剩的添上裡子，做些夾背心子給丫頭們穿，白收著黴壞了。」鳳姐忙答應了，仍令人送去。賈母起身笑道：「這屋裡窄，再往別處逛去。」劉姥姥念佛道：「人人都說大家子住大房。昨兒見了老太太正房，配上大箱、大櫃、大桌子、大床，果然威武。那櫃子比我們那一間房子還大還高，怪道後院子裡有個梯子，我想並不上房曬東西，預備個梯子做什麼？後來我想起來，定是為開頂櫃收放東西，非離了那梯子，怎麼得上去呢？如今又見了這小屋子，更比大的越發齊整了。滿屋裡的東西都只好看，都不知叫什麼，我越看越捨不得離了這裡。」鳳姐道：「還有好的呢！我都帶你去瞧瞧。」說著一徑離了瀟湘館。

遠遠望見池中一群人在那裡撐舡。賈母道：「他們既預備下船，咱們就坐。」一面說著，便向紫菱洲、蓼溆一帶走來。未至池前，只見幾個婆子手裡都捧著一色捏絲戧金五彩大盒子走來❾。鳳姐忙問王夫人早飯在那裡擺，王夫人道：「問老太太在那裡，就在那裡罷了。」賈母聽說，便回頭說：「你三妹妹那裡就好。你就帶了人擺去，我們從這裡坐了舡去。」鳳姐聽說，便回身同了探春、李紈、鴛鴦、琥珀，帶著端飯的人等，抄著近路到了秋爽齋，就在曉翠堂上調開桌案。鴛鴦笑道：「天天咱們說外頭老爺們吃酒、吃飯都有一個篾片相公⑩，拿他取笑兒。咱們今兒也得了一個女篾片了。」李紈是個厚道人，聽了不解，鳳姐兒卻知說的是劉姥姥了，也笑說道：「咱們今兒就拿他取個笑兒。」二人便如此這般的商議。李紈笑勸道：「你們一點好事也不做，又不是個小孩兒，還這麼淘氣，仔細老太太說。」鴛鴦笑道：「不與你相干，有我呢！」正說著，只見賈母等來了，各自隨便坐下。

先著丫鬟端過兩盤茶來，大家吃畢。鳳姐手裡拿著西洋布手巾，裹著一把烏木三鑲銀箸，敁敠人位⑪，按席擺下。賈母因說：「把那一張小楠木桌子抬過來，讓劉親家近我這邊坐著。」眾人聽說，忙抬了過來。鳳姐一面遞眼色與鴛鴦，鴛鴦便拉了劉姥姥出去，悄悄地囑咐了劉姥姥一席話，又說：「這是我們家的規矩，若錯了，我們就笑話呢！」調停已畢，然後歸坐。薛姨媽是吃過飯來的，不吃，只坐在一邊吃茶。賈母帶著寶玉、湘雲、黛玉、寶釵一桌，王夫人帶著迎春姐妹三個人一桌，劉姥姥傍著賈母一桌。賈母素日吃飯，皆有小丫鬟在旁邊，拿著漱盂、麈尾、巾帕之物。如今鴛鴦是不當這差的了，今日鴛鴦偏接過麈尾來拂著。丫鬟們知道他要撮弄劉姥姥⑫，便躲開讓他。鴛鴦一面侍立，一面悄向劉姥姥說道：「別忘了。」劉姥姥道：「姑娘放心。」那劉姥姥入了坐，拿起箸來，沉甸甸的不伏手⑬。原是鳳姐和鴛鴦商議定了，單拿一雙老年四楞象牙鑲金的筷子與劉姥姥。劉姥姥見了，說道：「這叉爬子比俺那裡鐵掀還沉⑭，那裡強的過他。」說的眾人都笑起來。

只見一個媳婦端了一個盒子站在當地，一個丫鬟上來揭去盒蓋，裡面盛著兩碗菜。李紈端了一碗放在賈母桌上，鳳姐兒偏揀了一碗鴿子蛋放在劉姥姥桌上。賈母這邊說聲：「請。」劉姥姥便站起身來，高聲說道：「老劉，老劉，食量大似牛，吃一個老母豬不抬頭。」自己卻鼓著腮不語。眾人先是發怔，後來一聽，上上下下都哈哈的大笑起來。史湘雲撐不住，一口飯都噴了出來；林黛玉笑岔了氣，伏著桌子噯喲；寶玉早滾到賈母懷裡，賈母笑地摟著寶玉叫「心肝」；王夫人笑地用手指著鳳姐兒，只說不出話來；薛姨媽也撐不住，口裡茶噴了探春一裙子；探春手裡的飯碗都合在迎春身上；惜春離了坐位，拉著他奶母叫揉一揉腸子。地下的無一個不彎腰屈背，也有躲出去蹲著笑去的，也有忍著笑，上來替他姐妹換衣裳的，獨有鳳姐、鴛鴦二人撐著，還只管讓劉姥姥。劉姥姥拿起箸來，只覺不聽使，又說道：「這裡的雞兒也俊，下的這蛋也小巧，怪俊的。我且肏攮一個⑮。」眾人方住了笑，聽見這話又笑起來。賈母笑地眼淚出來，琥珀在後捶著。賈母笑道：「這定是鳳丫頭促狹鬼兒鬧的，快別信他的話了。」那劉姥姥正誇雞蛋小巧，要肏攮一個，鳳姐兒笑道：「一兩銀子一個呢！你快嘗嘗罷，那冷了就不好吃了。」劉姥姥便伸箸子要夾，那裡夾的起來，滿碗裡鬧了一陣好的，好容易撮起一個來，才伸著脖子要吃，偏又滑下來滾在地下，忙放下箸子要親自去撿，早有地下的人撿了出去了。劉姥姥嘆道：「一兩銀子，也沒聽見響聲兒就沒了。」眾人已沒心吃飯，都看著他笑。賈母又說：「這會子又把那個筷子拿了出來，又不請客擺大筵席。都是鳳丫頭支使的，還不換了呢！」地下的人原不曾預備這牙箸⑯，本是鳳姐和鴛鴦拿了來的，聽如此說，忙收了過去，也照樣換上一雙烏木鑲銀的。劉姥姥道：「去了金的，又是銀的，到底不及俺們那個伏手。」鳳姐兒道：「菜裡若有毒，這銀子下去了就試的出來。」劉姥姥道：「這個菜裡若有毒，俺們那菜都成了砒霜了⑰，那怕毒死了也要吃盡了。」賈母見他如此有趣，吃的又香甜，把自己的也端過來與他吃。又命一個老嬤嬤來，將各樣的菜給板兒夾在碗上。

說文解字

❶牙子：精製的家具邊緣所雕刻的花邊。❷色色：一件件、一樣樣。❸擷：摘取。❹蒼苔：深青色的苔蘚。❺繡房：女子的居室。❻舡：船。❼窗屜：裝置於窗上，可支起或放落的木架，上糊以紗或紙。❽覷：瞇著眼注視。❾戧金：先在器物上刻畫出圖案花紋，然後在刻痕中塡上金色。❿篾片：古代豪富人家專事幫閒湊趣的門客，也作「篾客」。⓫战敠：用手估量物體輕重，後用以形容在心中衡量、考慮事態大小。也作「掂掇」、「掂算」。⓬撮弄：玩弄、戲耍。⓭伏手：順手。⓮叉爬子：北平方言，指筷子。⓯肏攮：地方方言，粗話。意爲吃飯，但姿態不雅。⓰牙箸：象牙製的筷子。⓱砒霜：白色粉末，或帶黃色與紅色。性毒，食之能致死，可製成殺蟲劑、滅鼠劑。

言外之意

❖愛情悲劇

在《紅樓夢》中，賈寶玉和林黛玉之間的愛情悲劇占有非常重要的位置，若理解這一愛情悲劇，便能找到理解《紅樓夢》的鑰匙。

首先，這兩人之間的愛情悲劇具有深刻的社會性，並不單單只是兒女情長。在《紅樓夢》之前，已有很多有關才子佳人的愛情小說，但不過是「偷期暗會」、「私贈表記」等。而《紅樓夢》則將愛情作爲表現人物個性的窗口，將它放置在廣闊的社會背景之下，隨著家族的興衰而發展變化。如此一來，寶黛愛情便不再只是一雙痴情兒女的時痴時怨，而是家庭社會的縮影，與整個社會悲劇和家族悲劇息息相關。

其次，寶黛愛情也已超越普通男女的恩恩怨怨，具有明顯的叛逆色彩。賈寶玉是賈氏家族的叛逆人士，厭惡仕途科舉，厭惡功名利祿，但林黛玉又何嘗不是呢？若用傳統的封建禮教看待他，諸如「女子無才便是德」、「三從四德」等等，恐怕林黛玉無一合格，單就那份才情和孤傲就是傳統女子不該有的，更不要說二人追求的是自由的愛情婚姻，講究心靈的契合。古代家族或可能容忍賈璉、賈珍之流的荒淫無恥，卻斷然不能容忍追求自主的婚姻和愛情。

在《紅樓夢》中，賈母就有兩段話頗具對比意味，一是在賈璉和多姑娘有私情，而與鳳姐大鬧一場時，賈母勸導鳳姐說：「什麼要緊的事？小孩子們年輕，饞嘴貓兒似的，那裡保的住呢？從小兒人人都打這麼過。」二是賈母發覺黛玉的心病已是粒米難進時，說：「林丫頭若不是這個病呢，我憑著花多少錢都使得；就是這個病，不但治不好，我也沒心腸了！」兩段話道盡當時封建禮教對人性的扭曲和摧殘。

寶黛之間的愛情，之所以擁有動人心魄的藝術魅力，還在於它的純潔高尚，冰清玉潔，如詩如畫。在浩浩長卷中，從第四回黛玉進府，到最終焚稿歸天，寶黛之間沒有一個「愛」字出口，沒有一次常見的才子佳人「偷期暗會」，所有的情意和以心相許都曲隱在擬詩題對的關切問候之中。那一對小兒女，臉對臉倒在枕上，笑說小耗子的故事，原來蘇州林老爺家的小姐才是最標致美貌的「小耗子」。這一番情景恐怕真是千古難尋，真摯動人，純情無瑕。還有那許多的詩詞章句，例如《葬花吟》、《菊花詩》、《海棠詩》等等，字字句句都蘊含著深情，但卻沒有一點淺白直接的字句。天地人世間，何處會有這般刻骨銘心、至真至純的情愛啊！面對寶黛愛情悲劇，任何海誓山盟、才子佳人都黯然失色。

❖女性主義

《紅樓夢》中的女性主義集中表現在賈寶玉的言行之中，在他的眼裡，男子皆是「混濁之物」，只有女子才是無比的靈秀和可愛，是「水做的骨肉」。

在古代傳統社會中，女性總是處在社會的最底層，那些丫環、女奴任人買賣，隨意處置，或打或罵，或納妾或轉贈，淪爲他人手中的玩物，早已喪失做人的基本尊嚴。而那些養尊處優、榮華富貴的太太小姐們，又何嘗有多少人格和幸福可言呢？在《紅樓夢》中，許多女子的婚姻皆是悲劇，就連「威重令行」的鳳姐，他「美人胎子」一般，也難保賈璉在外胡作非爲，蓄娼納妾。至於行屍走肉一樣的尤氏和邢夫人更是家中的擺設，在賈珍和賈赦的眼中，恐怕比丫頭也強不了幾分。在傳統社會中，女性想要有幾分尊榮，恐怕只有熬到賈母的地位了，但必須有不敗的家業，容忍男性蓄娼納妾，有後繼兒女等等，能有幾人熬過這漫漫歲月呢？大多數女子只能千般委屈、無思無求地苟延殘喘。

在《紅樓夢》中，曹雪芹平等地看待衆多女奴、丫環，展示他們內心的美好和情感，實在是前所未有且難能可貴。即便是那些風塵女子，如秦可卿、尤二姐，作者也同樣寄予同情，認爲他們是因爲男性百般誘惑，因而難以自主命運歸宿。如此冷靜並客觀地看待這一類型女性，在文學史中也是極少見的。

❖語言特色

《紅樓夢》中共撰寫四百多位人物，其中賈寶玉、林黛玉、薛寶釵、王熙鳳等栩栩如生者，也有數十個之多，這些人物完全打破以往的傳統創作法則，「惡則無往不惡，美則無一不美」，他們不再是簡單的好人或壞人，而是多側面、多棱角、複雜變化的藝術角色，每個人的內心皆有個豐富多彩的現實世界。

「美人方有一陋」是曹雪芹對古典小說的一大貢獻，換句話說就是缺陷之美。《紅樓夢》中，衆多才貌蓋世的女子，竟無一人是沒有缺點的。例如林黛玉體弱多病、薛寶釵略顯肥胖、史湘雲說話時發音不清、鴛鴦臉上有不少的雀斑……等等。這些有缺點的女孩比起那些動則閉月羞花、沉魚落雁的女子，不知要動人多少倍。美是一種遺憾的藝術，唯有遺憾才視之爲眞，如貴妃之胖、飛燕之瘦、西子之病，如若十全十美，反倒不覺其美了。

《紅樓夢》描寫人物的另一特點便是不屑於精雕細刻人物的外貌，反而盡力描繪角色的心靈，揭示其靈魂的複雜性。書中有許多人物的外貌幾乎不曾被提及，甚至連姓名也沒有，賈母外貌如何？平兒姓名爲何？俱都是個謎，然而一接觸到人物的內心，便動情傳神，活靈活現。

另外，在對比中描寫人物也是《紅樓夢》的一大特色，這使得人性富有立體感和複雜性。例如黛玉與妙玉同樣是孤傲，但黛玉的傲中有痴情，傲得令人心熱；妙玉的傲中有矯情，傲得令人心冷。湘雲和尤三姐也同樣是豪爽，但湘雲的豪中有秀氣；尤三姐的豪中卻帶有俠骨。平兒和襲人同樣是柔順，但平兒的柔中有正義；襲人的柔中卻有媚骨。

❖賈語村言

清代乾隆年間是文字獄盛行的時期，加之曹雪芹家族被抄敗落的背景，作者不得不爲自己的作品塗上一層保護色彩。他藉一個名爲賈雨村的落魄秀才道出開篇要旨，假托神話，遠引女禍，且特別聲明「大旨不過談情」，與朝政無關。

書中的兩個人物，賈雨村、甄士隱均用諧語，實爲「假語村言」和「眞事隱去」，且又用「假作眞時眞亦假」，營造出撲朔迷離的意境。文中又使用許多隱語、暗示、判詞，將作者的創作意向及人物的命運發展均隱晦其中。同時又包含著佛家思想，使《紅樓夢》蒙上一層宿命和神祕色彩。

高手過招（＊為多選題）

＊1.（　）依據下文，下列敘述何者正確？

《紅樓夢》作者透過神話與寓言的層層架構，創造了一個開天闢地的頑痴情種賈寶玉，以這個踽踽於洪荒的第一畸零人，來傳達他對生命的孤奇領悟。凡讀《紅樓夢》而真能為解人者，必能體味作者徘徊掙扎於傳統文化激流中之無奈與痛楚。作者創造了一個獨步古今的賈寶玉，其靈奇乖僻，完全處於傳統法度之外；其耽情溺色，更使天下視之若魔。這個賈寶玉是被幽禁於傳統文化心靈深處的禁忌與壓抑之大解放，故人亦以「混世魔王」稱之。《紅樓夢》以情為心的全盤架構，正契應湯顯祖「因情成夢，因夢成戲」、「世有有情之天下，有有法之天下」之說。在有法之天下中，有情之天下只能成其為夢，以寄諸於筆墨之間。賈寶玉痴魔怪僻的造型，固然是一種「情」的誇張強調、壓抑與反抗的姿態，然則另一面向，卻也依舊是一個掩飾的面具，一種畸零的姿態。故以之為魔為怪，為病為疴，正顯示正統禮法之約束力量依然存在。（張淑香〈頑石與美玉〉）

Ⓐ「混世魔王」象徵賈寶玉雖不容於世，卻不願受拘束的反抗力量。
Ⓑ《紅樓夢》以情為心，藉由「夢」暗示情不被法所容的現實困境。
Ⓒ《紅樓夢》作者創造賈寶玉的畸零姿態，隱含對人生的一種幽獨懷抱。
Ⓓ魔怪病疴點出賈寶玉與眾不同的特質，用以暗喻耽情溺色實為一種病。
Ⓔ以神話為故事架構，是為了規避《紅樓夢》作者不接受傳統禮法的事實。

2.（　）依據下文，下列敘述何者正確？

白先勇曾提出《紅樓夢》架構非凡，前五回雖然是序幕、是預言神話，但已將全書人物的命運基本都已道明，把象徵性神話與人物的命運連結在一起，架構就非常宏高，並用人物性格、衝突來描寫中國哲學思想。曹雪芹還給每個人物都設置一個專門的場面，讓人物躍然紙上，如薛寶釵所戴的金鎖，可以算是枷鎖。「他嫁給寶玉時，寶玉的心已經走了，玉也沒了，寶釵其實是嫁給賈府裡那個媳婦的位子，而不是寶玉。」白先勇又指出，《紅樓夢》的主題是「情」，情是源動力，「情根一點是無生債」，賈寶玉的玉石就是情根，情根到了人間，要補情天。

Ⓐ只要讀了《紅樓夢》前五回，就能知道故事的全貌。
Ⓑ《紅樓夢》中只有賈寶玉、林黛玉、薛寶釵三人有專門章節描寫。
Ⓒ《紅樓夢》雖是以「情」為主題的小說，其中也蘊涵了中國哲學思想。
Ⓓ薛寶釵最後雖然嫁給了賈寶玉，但賈寶玉本人卻已經離開了。

*3.（　）有關曹雪芹與《紅樓夢》的敘述，下列何者正確？

Ⓐ《紅樓夢》一書共一百二十回，後四十回是由高鶚所補成。

Ⓑ《紅樓夢》的異名頗多，除稱《石頭記》、《情僧錄》、《金陵十二釵》、《金玉緣》之外，因書中還透露出「鏡花水月，繁華如夢」之慨，故又名《鏡花緣》。

Ⓒ此書的結構採雙線進行，一線是寶、黛之間的悲劇，一線是榮、寧二府由盛至衰的過程。

Ⓓ此書「字字看來皆是血，十年辛苦不尋常」，反映出其中帶有作者濃厚的自傳色彩。

Ⓔ《紅樓夢》是「青埂峰下一塊石頭，因無才補天，被一僧一道攜入紅塵，歷盡離合悲歡、炎涼世態的一段故事」，故《紅樓夢》本名《情僧錄》。

4.（　）**《紅樓夢》足以稱讚之處極多，其中描寫人物刻畫入微，常見安排角色的用心，例如劉姥姥一角就相當鮮活。以下關於「劉姥姥進大觀園」的敘述，何者正確？**

Ⓐ藉劉姥姥的遊園，使賈府勾心鬥角的人際關係呈現在讀者面前。

Ⓑ劉姥姥最重要的人格特質是大驚小怪，見不得世面。

Ⓒ劉姥姥形容大觀園的景色比「年下到城裡所買的畫兒」還強十倍。

Ⓓ作者藉劉姥姥的感嘆，議論貧富懸殊兩種世界的社會現象。

5.（　）劉姥姥深諳世故，明知在人屋簷下，不能多所計較，不如豁達當起小丑，自我嘲弄一番。下列哪個選項最能展現此種特質？

Ⓐ 劉姥姥聽說，巴不得一聲兒，便拉了板兒登梯上去。進裡面，只見烏壓壓地堆著些圍屏、桌椅、大小花燈之類，雖不大認得，只見五彩炫耀，各有奇妙。念了幾聲佛，便下來了。

Ⓑ 劉姥姥聽了，喜的忙跑過來，拉著惜春說道：「我的姑娘，你這麼大年紀兒，又這麼個好模樣兒，還有這個能幹，別是個神仙托生的罷。」

Ⓒ 一進門，只見兩邊翠竹夾路，土地下蒼苔布滿，中間羊腸一條石子漫的路。劉姥姥讓出路來與賈母眾人走，自己卻走土地。

Ⓓ（王熙鳳）將一盤子花橫三豎四地插了（劉姥姥）一頭，賈母和眾人笑得了不得。劉姥姥笑道：「我這頭也不知修了什麼福，今兒這樣體面起來。」眾人笑道：「你還不拔下來摔到他臉上呢！把你打扮的成了個老妖精了。」劉姥姥笑道：「我雖老了，年輕時也風流，愛個花兒粉兒的，今兒老風流才好。」

＊6.（　）下列關於「劉姥姥進大觀園」的結構與寫作手法，何者正確？

Ⓐ 從劉姥姥的角度描寫大觀園中的景物，藉他在園中的見聞對比賈府的豪奢，凸顯貧富差距。

Ⓑ 描述大觀園中人物的居所時，亦反映其人格特質，如黛玉的瀟湘館就顯示他的脾氣和善。

Ⓒ 藉由對話姿態呈現人物性格身分，如劉姥姥的自我解嘲、調侃等，處處呈現其豁達和世故。

Ⓓ 劉姥姥用餐鬧劇導致眾人大笑一段，先寫眾人的齊笑，隨後分別敘寫各人的「笑態」，使不同的人物在同時一起展現性格的剪影。

Ⓔ 藉劉姥姥的純樸自然語言顯其「可愛」之處，更襯托賈府中想以他取樂的人物之「可憎」。

7.（ ）曹雪芹善用語言及對話，生動地刻畫劉姥姥此一農村窮寡婦的形象。下列關於劉姥姥語言的闡釋，何者正確？

Ⓐ「滿屋裡的東西都只好看，都不知叫什麼，我越看越捨不得離了這裡。」——流露村婦徒慕虛榮的心態。

Ⓑ「那裡說的我這麼嬌嫩了。那一天不跌兩下子，都要捶起來，還了得呢！」——表示劉姥姥自身已年老體衰。

Ⓒ「我雖老了，年輕時也風流，愛個花兒粉兒的，今兒老風流才好。」——表現劉姥姥善於應變、機巧靈活。

Ⓓ「老劉，老劉，食量大似牛，吃個老母豬不抬頭。」——表現其粗俗與貪婪。

【解答】 1. ABC　2. C　3. AC　4. C　5. D　6. CD　7. C

儒林外史

吳敬梓

"人生南北多歧路，將相神仙，也要凡人做。
百代興亡朝復暮，江風吹倒前朝樹。
功名富貴無憑據，費盡心情，總把流光誤。
濁酒三杯沉醉去，水流花謝知何處。"

作品通覽

探討一部小說，尤其是像《儒林外史》這樣寫實的作品，便很難脫離時代背景或作者一生的際遇。就算是唯美浪漫如詩如詞，亦會受到當時社會風俗習慣的影響，而有「唐詩富麗，宋詩清空」的說法，更何況小說是最貼近當時社會、潮流的一種文學作品，其中所反映的人生也就更加眞實而深刻。以下就分別從作者、時代背景來概略分析《儒林外史》。

❖作者簡介

《儒林外史》的作者為吳敬梓，字敏軒，一字文木，號粒民，安徽全椒人，清代康熙四十年生。以下，我們便從吳敬梓好友程晉芳所作的《吳敬梓傳》中，概略窺探吳敬梓的一生。

吳敬梓幼年時期就非常聰明，讀書過目不忘。他的家境本來不錯，承襲祖業有兩萬多兩的黃金，但是他不擅謀生，性格豪爽，看到有困難的人就盡力幫助他們，而且又都和一些文人雅士往來，成天吟詩、喝酒、唱和，沒有幾年光景，家產就被他敗光了。

後來，安徽省的巡撫趙國麟聽聞吳敬梓的名聲，便以「博學鴻儒」舉薦他當官。但是，吳敬梓沒有前去應考，到了晚年，生活越發困頓，每天看著數十冊藏書自娛，無可奈何之下就以書換米。嚴冬之時，吳敬梓便會邀約他的朋友汪京門等五、六人，趁著月色，走出南門，繞著城門行走數十里，歌吟嘯呼相與應和，等到天一亮，到了水西門，便各自大笑散去，他們稱為「暖足」。

有一次，吳敬梓的族長與族人們談話，提到最近城中的米價飛漲，不知道吳敬梓有沒有錢買米，便命族人拿著三斗米和兩千錢過去看望他。結果，族人抵達時，發現吳敬梓已經兩天沒有吃東西了，但還是拿著錢去喝酒吟詩。

由程晉芳的敘述，我們便可以得知，《儒林外史》中的許多人物都暗含作者的自況，像是杜少卿便是其中之一。書中對杜少卿的評價有褒有貶，他樂善好施，不管是應該同情的，母親去世卻身無分文，沒錢下葬的楊裁縫；或是不需要同情的，借錢替自己兒子冒籍考試的俠客張鐵臂，他都一概豪爽借出。杜少卿不懂得選擇結交之人，且不擅謀生賺錢，對於錢財一向不會錙珠必較，這樣的個性終於讓他走上破產移家的潦倒之路。

但是，吳敬梓寫出這號人物替自己發言，並非全是自怨自怪之意，應該還有滿肚子不合時宜的想法和牢騷。作者憤世嫉俗的個性來自於身旁的輕視和敵意，激起他對這個現實社會強烈的反彈和憤慨。

❖時代背景

《儒林外史》的時代背景假托明朝，但實際上寫得卻都是清朝的事。清朝以一個文化歷史較短淺的異族統治者身分入主中原，為了要統治文化精深的中原華夏民族，便必須在政治、經濟、文化上，採取高壓專制政策。清朝對於知識分子一向是採用高壓懷柔，高壓就是大興文字獄，以壓制思想的反動，一句「清風不識字，何必亂翻書」，都可以被認為是取笑清廷毫無文化，而招殺身之禍，其他的殺人焚書更是常有之事。

在當時，就算是細微的小事也容易獲罪，所以士人只好噤若寒蟬，不敢妄自開口、著作。同時，清廷又大規模銷毀、刪改許多不利清朝的史實，大力提倡程朱理學、八股取士，鼓吹忠君愛國，宣揚禮教，實行愚民政策。

清代的懷柔政策則是沿襲明代的八股取士，並且擴充錄用名額，此外還有捐納制度，只要捐錢就可以當官。還特別設立「博學鴻詞」一科，並延覽眾多學者編撰類書、叢書等，搜集許多資料、典故、出處，再編撰成書籍。因為這些書目不涉及思想，又可消耗士人精力，還讓士人都有出路，所以清廷便大肆提倡。

清初的考據學興盛也是因此而來，因為考據學十分安全，在故紙舊事之中鑽牛角尖，便不會惹出砍頭的禍事，所以士人們也紛紛投入。吳敬梓便是在這一社會背景之下，寫出《儒林外史》一書。

第一回 說楔子敷陳大義，借名流隱括全文

元朝末年，也曾出了一個嶔崎磊落的人。這人姓王名冕，在諸暨縣鄉村裡住。七歲上死了父親，他母親做點針黹供給他到村學堂裡去讀書❶。看看三個年頭，王冕已是十歲了，母親喚他到面前來說道：「兒啊！不是我有心要耽誤你，只因你父親亡後，我一個寡婦人家，只有出去的，沒有進來的。年歲不好，柴米又貴，這幾件舊衣服和些舊傢夥，當的當了，賣的賣了，只靠著我替人家做些針黹生活尋來的錢，如何供得你讀書？如今沒奈何，把你雇在間壁人家放牛❷，每月可得幾錢銀子，你又有現成飯吃，只在明日就要去了。」王冕道：「娘說的是。我在學堂坐著，心裡也悶，不如往他家放牛，倒快活些。假如要讀書，依舊可以帶幾本去讀。」

當夜商議定了，第二日，母親同他到間壁秦老家。秦老留著他母子兩個吃了早飯，牽出一條水牛來交與王冕，指著門外道：「就在我這大門過去兩箭之地便是七泖湖❸，湖邊一帶綠草，各家的牛都在那裡打睡❹。又有幾十棵合抱的垂楊樹，十分陰涼。牛要渴了，就在湖邊上飲水。小哥！你只在這一帶玩耍，不可遠去。我老漢每日兩餐小菜飯是不少的，每日早上還折兩個錢與你買點心吃。只是百事勤謹些，休嫌怠慢。」他母親謝了擾❺，要回家去。王冕送出門來，母親替他理理衣服，口裡說道：「你在此須要小心，休惹人說不是。早出晚歸，免我懸念。」王冕應諾，母親含著兩眼淚去了。

王冕自此只在秦家放牛，每到黃昏，回家跟著母親歇宿。或遇秦家煮些醃魚、臘肉給他吃，他便

拿塊荷葉包了，回家孝敬母親。每日點心錢也不用掉，聚到一兩個月，便偷個空走到村學堂裡，見那闖學堂的書客❻，就買幾本舊書，逐日把牛栓了，坐在柳樹蔭下看。

彈指又過了三、四年，王冕看書，心下也著實明白了。那日正是黃梅時候❼，天氣煩躁，王冕放牛倦了，在綠草地上坐著。須臾，濃雲密布，一陣大雨過了，那黑雲邊上鑲著白雲，漸漸散去，透出一派日光來，照耀得滿湖通紅。湖邊山上，青一塊，紫一塊，綠一塊，樹枝上都像水洗過一番的，尤其綠得可愛。湖裡有十來枝荷花，苞子上清水滴滴，荷葉上水珠滾來滾去。王冕看了一回，心裡想道：「古人說：『人在圖畫中。』實在不錯。可惜我這裡沒有一個畫工，把這荷花畫它幾枝，也覺有趣。」又心裡想道：「天下那有個學不會的事？我何不自畫它幾枝？」

正存想間，只見遠遠的一個夯漢❽，挑了一擔食盒來，手裡提著一瓶酒，食盒上掛著一塊氈條❾，來到柳樹下，將氈鋪了，食盒打開。那邊走過三個人來，頭帶方巾，一個穿寶藍夾紗直裰❿，兩人穿元色直裰⓫，都有四五十歲光景，手搖白紙扇，緩步而來。那穿寶藍直裰的是個胖子，來到樹下，尊那穿玄色的一個鬍子坐在上面，那一個瘦子坐在對席，他想是主人了，坐在下面把酒來斟。吃了一回，那胖子開口道：「危老先生回來了，新買了住宅，比京裡鐘樓街的房子還大些，值得二千兩銀子。因老先生要買，房主人讓了幾十兩銀賣了，圖個名望體面。前月初十搬家，太尊、縣父母都親自到門來賀，留著吃酒到二三更天。街上的人，那一個不敬。」那瘦子道：「縣尊是壬午舉人⓬，乃危老先生門生，這是該來賀的。」那胖子道：「敝親家也是危老先生門生，而今在河南做知縣。前日小婿來家，帶二斤乾鹿肉來見惠⓭，這一盤就是了。這一回小婿再去，託敝親家寫一封字來，去晉謁晉謁危老先生⑭。他若肯下鄉回拜，也免得這些鄉戶人家，放了驢和豬在你我田裡吃糧食。」那瘦子道：「危老先生要算一個學者了。」那鬍子說道：「聽見前日出京時，皇上親自送出城外，攜著手走了十幾步，危老先生再三打躬辭了，方才上轎回去。看這光景，莫不是就要做官？」三人你一句，我一句，說個不了。

王冕見天色晚了，牽了牛回去。自此聚的錢不買書了，託人向城裡買些胭脂、鉛粉之類，學畫荷花。初時畫得不好，畫到三個月之後，那荷花精神、顏色，無一不像，只多著一張紙，就像是湖裡長的，又像才從湖裡摘下來貼在紙上的。鄉間人見畫得好，也有拿錢來買的。王冕得了錢，買些好東好西去孝敬母親。一傳兩，兩傳三，諸暨一縣，都曉得他是一個畫沒骨花卉的名筆⑮，爭著來買。到了十七、八歲，也就不在秦家了，每日畫幾筆畫，讀古人的詩文，漸漸不愁衣食，母親心裡也歡喜。

這王冕天性聰明，年紀不滿二十歲，就把那天文、地理、經史上的大學問，無一不貫通。但他性情不同，既不求官爵，又不交納朋友，終日閉戶讀書。又在楚辭圖上看見畫的屈原衣冠，他便自造一頂極高的帽子，一件極闊的衣服，遇著花明柳媚的時節，把一乘牛車載了母親，他便戴了高帽，穿了闊衣，執著鞭子，口裡唱著歌曲，在鄉村鎮上以及湖邊到處頑耍，惹得鄉下孩子們三五成群跟著他笑，他也不放在意下。只有隔壁秦老，雖然務農，卻是個有意思的人，因自小看見他長大，如此不俗，所以敬他、愛他，時時和他親熱，邀在草堂裡坐著說話兒。

說文解字

❶針黹：縫紉、刺繡等工作，也作「針指」。❷間壁：隔壁。❸兩箭之地：距離約箭力可及的兩倍之地，比喻不遠的地方。❹打睡：睡覺。❺謝了擾：打擾人家，致辭道謝。❻闖：歷練、奔走謀生。書客：帶著書籍文具到學堂兜售的小販。❼黃梅時候：農曆四、五月間，梅子正當成熟的時候。此時正值春末夏初，雨水最多，常陰雨連綿多日不晴。❽夯漢：做粗活的男子。❾氈條：鋪墊的氈子。❿直裰：本指古代的家居常服，後多指僧、道或士子所穿的衣服。也作「直襬」、「直身」。⓫元色：黑色。⓬縣尊：古代稱知縣爲「縣尊」。舉人：明、清時，稱鄉試中試的人爲「舉人」。⓭見惠：稱他人贈物與己的謙詞。⓮晉謁：求見、拜見地位或輩分較高的人。⓯沒骨花卉：一種國畫畫法。直接用水彩畫出花卉的本色，不在枝葉花朵的外圍打輪廓。

第三回 周學道校士拔真才，胡屠戶行兇鬧捷報

范進進學回家，母親、妻子俱各歡喜。正待燒鍋做飯，只見他丈人胡屠戶，手裡拿著一副大腸和一瓶酒，走了進來。范進向他作揖，坐下，胡屠戶道：「我自倒運，把個女兒嫁與你這現世寶、窮鬼，歷年以來，不知累了我多少。如今不知因我積了什麼德，帶挈你中了個相公❶，我所以帶個酒來賀你。」范進唯唯連聲，叫渾家把腸子煮了❷，盪起酒來，在茅草棚下坐著，母親自和媳婦在廚下造飯❸。胡屠戶又吩咐女婿道：「你如今既中了相公，凡事要立起個體統來。比如我這行事裡都是些正經有臉面的人，又是你的長親❹，你怎敢在我們跟前裝大？若是家門口這些做田的、扒糞的，不過是平頭百姓，你若同他拱手作揖，平起平坐，這就是壞了學校規矩，連我臉上都無光了。你是個爛忠厚沒用的人，所以這些話我不得不教導你，免得惹人笑話。」范進道：「岳父見教的是❺。」胡屠戶又

道：「親家母也來這裡坐著吃飯。老人家每日小菜飯，想也難過。我女孩兒也吃些，自從進了你家門，這十幾年，不知豬油可曾吃過兩三回哩？可憐！可憐！」說罷，婆媳兩個都來坐著吃了飯。吃到日西時分，胡屠戶吃得醺醺的。這裡母子兩個，千恩萬謝。屠戶橫披了衣服，腆著肚子去了。

次日，范進少不得拜拜鄉鄰。魏好古又約了一班同案的朋友，彼此來往，因是鄉試年，做了幾個文會。不覺到了六月盡間，這些同案的人約范進去鄉試，范進因沒有盤費❻，走去同丈人商議，被胡屠戶一口啐在臉上，罵了一個狗血噴頭，道：「不要失了你的時了！你自己只覺得中了一個相公，就『癩蝦蟆想吃起天鵝肉』來！我聽見人說，就是中相公時，也不是你的文章，還是宗師看見你老，不過意，捨與你的。如今痴心就想中起老爺來！這些中老爺的都是天上的『文曲星』！你不看見城裡張府上那些老爺，都有萬貫家私❼，一個個方面大耳。像你這尖嘴猴腮，也該撒泡尿自己照照！不三不四，就想天鵝屁吃！趁早收了這心，明年在我們行事裡替你尋一個館❽，每年尋幾兩銀子，養活你那老不死的老娘和你老婆是正經！你問我借盤纏，我一天殺一個豬還賺不得錢把銀子，都把與你去丟在水裡，叫我一家老小嗑西北風！」一頓夾七夾八，罵得范進摸門不著。辭了丈人回來，自心裡想：「宗師說我火候已到，自古無場外的舉人，如不進去考他一考，如何甘心？」因向幾個同案商議，瞞著丈人，到城裡鄉試。出了場，即便回家，家裡已是餓了兩三天，被胡屠戶知道，又罵了一頓。

到出榜那日，家裡沒有早飯米，母親吩咐范進道：「我有一隻生蛋的母雞，你快拿集上去賣了，買幾升米來煮餐粥吃，我已是餓得兩眼都看不見了！」范進慌忙抱了雞，走出門去。才去不到兩個時候，只聽得一片聲的鑼響，三四馬闖將來。那三個人下了馬，把馬栓在茅草棚上，一片聲叫道：「快請范老爺出來，恭喜高中了。」母親不知是甚事，嚇得躲在屋裡。聽見中了，方敢伸出頭來說道：「諸位請坐，小兒方才出去了。」那些報錄人道❾：「原來是老太太。」大家簇擁著要喜錢。正在吵鬧，又是幾匹馬，二報、三報到了，擠了一屋的人，茅草棚地下都坐滿了，鄰居都來了，擠著看。老太太沒奈何，只得央及一個鄰居去尋他兒子。

那鄰居飛奔到集上，一地裡尋不見，直尋到集東頭，見范進抱著雞，手裡插個草標，一步一踱的東張西望，在那裡尋人買。鄰居道：「范相公，快些回去。你恭喜中了舉人，報喜人擠了一屋裡。」范進道是哄他，只裝聽不見，低著頭，往前走。鄰居見他不理，走上來，就要奪他手裡的雞。范進道：「你奪我的雞怎的？你又不買。」鄰居道：「你中了舉了，叫你家去打發報子哩！」范進道：「高鄰❿，你曉得我今日沒有米，要賣這雞去救命，為什麼拿這話來混我？我又不同你頑，你自回去罷，莫誤了我賣雞。」鄰居見他不信，劈手把雞奪了，摜在地下⓫，一把拉了回來。報錄人見了道：「好了，新貴人回來了！」正要擁著他說話。范進三兩步走進屋裡來，見中間報帖已經升掛起來，上寫道：「捷報貴府老爺范諱進高中廣東鄉試第七名亞元。京報連登黃甲。」

范進不看便罷，看了一遍，又念一遍，自己把兩手拍了一下，笑了一聲道：「噫！好了！我中了！」說著，往後一跤跌倒，牙關咬緊，不醒人事。老太太慌了，慌將幾口開水灌了過來，他爬將起來，又拍著手大笑道：「噫！好！我中了！」笑著，不由分說，就往門外飛跑，把報錄人和鄰居都嚇了一跳。走出大門不多路，一腳踹在塘裡，掙起來，頭髮都跌散了，兩手黃泥，淋淋漓漓一身的水，眾人拉他不住，拍著笑著，一直走到集上去了。眾人大眼望小眼，一齊道：「原來新貴人歡喜瘋了。」

老太太哭道：「怎生這樣苦命的事！中了一個什麼舉人，就得了這個拙病！這一瘋了，幾時才得好？」娘子胡氏道：「早上好好出去，怎的就得了這樣的病！卻是如何是好？」眾鄰居勸道：「老太太不要心慌。我們而今且派兩個人跟定了范老爺，這裡眾人家裡拿些雞、蛋、酒、米，且管待了報子上的老爹們⑫，再為商酌。」

當下眾鄰居有拿雞蛋來的，有拿白酒來的，也有背了斗米來的，也有捉兩隻雞來的。娘子哭哭啼啼，在廚下收拾齊了，拿在草棚下。鄰居又搬些桌凳，請報錄的坐著吃酒，商議：「他這瘋了，如何是好？」報錄的內中有一個人道：「在下倒有一個主意，不知可以行得行不得？」眾人問：「如何主意？」那人道：「范老爺平日可有最怕的人？他只因歡喜狠了，痰湧上來，迷了心竅。如今只消他怕的這個人來打他一個嘴巴，說：『這報錄的話都是哄你，你並不曾中。』他吃這一嚇，把痰吐了出來，就明白了。」眾人都拍手道：「這個主意好得緊，妙得緊！范老爺怕的莫過於肉案子上的胡老爹。好了！快尋胡老爹來。他想是還不知道，在集上賣肉哩！」又一個人道：「在集上賣肉，他倒好知道了。他從五更鼓就往東頭集上迎豬，還不曾回來，快些迎著去尋他。」

一個人飛奔去迎，走到半路，遇著胡屠戶來，後面跟著一個燒湯的二漢⑬，提著七八斤肉、四五千錢，正來賀喜。進門見了老太太，老太太哭著告訴了一番。胡屠戶詫異道：「難道這等沒福！」外邊人一片聲請胡老爹說話。胡屠戶把肉和錢交與女兒，走了出來。眾人如此這般，同他商議，胡屠戶作難道⑭：「雖然是我女婿，如今卻做了老爺，就是天上的星宿。天上的星宿是打不得的！我聽得齋公們說，打了天上的星宿，閻王就要拿去打一百鐵棍，發在十八層地獄，永不得翻身。我卻是不敢做這樣的事！」鄰居內一個尖酸人說道：「罷麼！胡老爹！你每日殺豬的營生，白刀子進去，紅刀子出來，閻王也不知叫判官在簿子上記了你幾千條鐵棍。就是添上這一百棍，也打什麼要緊？只恐把鐵棍子打完了，也算不到這筆帳上來。或者你救好了女婿的病，閻王敘功，從地獄裡把你提上第十七層來，也不可知。」報錄的人道：「不要只管講笑話。胡老爹，這個事須是這般，你沒奈何，權變一權變。」屠戶被眾人局不過⑮，只得連斟兩碗酒喝了，壯一壯膽，把方才這些小心收起，將平日的兇惡樣子拿出來，捲一捲那油晃晃的衣袖，走上集去，眾鄰居五六個都跟著走。老太太趕出來叫道：「親家，你這可嚇他一嚇，卻不要把他打傷了！」眾鄰居道：「這自然，何消吩咐！」說著，一直去了。

來到集上，見范進正在一個廟門口站著，散著頭髮，滿臉污泥，鞋都跑掉了一隻，兀自拍著掌，口裡叫道：「中了！中了！」胡屠戶凶神走到跟前，說道：「該死的畜生！你中了什麼？」一個嘴巴打將去。眾人和鄰居見這模樣，忍不住的笑。不想，胡屠戶雖然大著膽子打了一下，心裡到底還是怕的，那手早顫起來，不敢打到第二下。范進因這一個嘴巴，卻也打暈了，昏倒於地。眾鄰居一齊上前，替他抹胸口，捶背心，舞了半日，漸漸喘息過來，眼睛明亮，不瘋了。眾人扶起，借廟門口一個外科郎中「跳駝子」板凳上坐著。胡屠戶站在一邊，不覺那隻手隱隱地疼將起來，自己看時，把個巴掌仰著，再也彎不過來。自己心裡懊惱道：「果然天上『文曲星』是打不得的，而今菩薩計較起來了。」想一想，更疼得狠了，連忙問郎中討了個膏藥貼著。

范進看了眾人，說道：「我怎麼坐在這裡？」又道：「我這半日，昏昏沉沉，如在夢裡一般。」眾鄰居道：「老爺，恭喜高中了！適才歡喜的有些引動了痰，方才吐出幾口痰來，好了。快請回家去打發報錄人。」范進說道：「是了，我也記得是中的第七名。」范進一面自綰了頭髮⑯，一面問郎中借了一盆水洗洗臉。一個鄰居早把那一隻鞋尋了來，替他穿上。見丈人在跟前，恐怕又要來罵。胡屠戶上前道：「賢婿老爺⑰，方才不是我敢大膽，是你老太太的主意，央我來勸你的。」鄰居內一個人道：「胡老爹方才這個嘴巴打得親切，少頃范老爺洗臉，還要洗下半盆豬油來！」又一個道：「老爹，你這手明日殺不得豬了。」胡屠戶道：「我那裡還殺豬，有我這賢婿，還怕後半世靠不著他怎的？我每常說，我的這個賢婿，才學又高，品貌又好，就是城裡頭那張府、周府這些老爺，也沒有我女婿這樣一個體面的相貌！你們不知道，得罪你們說，我小老這一雙眼睛，卻是認得人的！想著先年，我小女在家裡長到三十多歲，多少有錢的富戶要和我結親，我自己覺得女兒像有些福氣的，畢竟要嫁與個老爺，今日果然不錯！」說罷，哈哈大笑。眾人都笑起來，看著范進洗了臉，郎中又拿茶來吃了，一同回家。

范舉人先走，屠戶和鄰居跟在後面。屠戶見女婿衣裳後襟滾皺了許多，一路低著頭替他扯了幾十回。到了家門，屠戶高聲叫道：「老爺回府了！」老太太迎著出來，見兒子不瘋，喜從天降。眾人問報錄的，已是家裡把屠戶送來的幾千錢打發他們去了。范進拜了母親，復拜謝丈人。胡屠戶再三不安道：「些須幾個錢，不彀你賞人⑱！」范進又謝了鄰居。正待坐下，早看見一個體面的管家⑲，手裡拿著一個大紅全帖，飛跑了進來：「張老爺來拜新中的范老爺。」說畢，轎子已是到了門口。胡屠戶忙躲進女兒房裡，不敢出來，鄰居各自散了。

說文解字

❶帶挈：攜帶、帶領。❷渾家：妻子。❸造飯：做飯。❹長親：有親屬關係的長輩。❺見教：受人指教。❻盤費：旅費，也作「盤纏」。❼家私：家財、家產。❽尋一個館：找一個教學童識字讀書的地方。館，書塾。❾報錄人：古代科舉中榜後，分送報條的人，也作「報喜人」、「報子」。❿高鄰：對鄰居的尊稱。⓫摜：摔、扔。⓬管待：招待、款待。⓭二漢：古代指男傭工。⓮作難：感覺爲難、受窘。⓯局：急逼。⓰綰：盤結。⓱賢婿：稱呼自己女婿的客套語。⓲不彀：不數、不足。⓳管家：管理家事的人，泛指僕人。

第四回 薦亡齋和尚喫官司，打秋風鄉紳遭橫事

話說老太太見這些傢夥什物都是自己的❶，不覺歡喜，痰迷心竅，昏絕於地。家人、媳婦和丫鬟、娘子都慌了，快請老爺進來。范舉人三步作一步走來看時，連叫母親不應，忙將老太太抬放床上，請了醫生來。醫生說：「老太太這病是中了臟，不可治了。」連請了幾個醫生，都是如此說，范舉人越發慌了。夫妻兩個守著哭泣，一面製備後事。挨到黃昏時分，老太太奄奄一息，歸天去了，闔家忙了一夜。

次日，請將陰陽徐先生來寫了七單❷，老太太是犯三七❸，到期該請僧人追薦❹。大門上掛了白布球，新貼的廳聯都用白紙糊了。合城鄉紳都來弔唁，請了同案的魏好古❺，穿著衣巾在前廳陪客。胡老爹上不得台盤❻，只好在廚房裡或女兒房裡，幫著量白布、秤肉、亂竄。

到得二七過了，范舉人念舊，拿了幾兩銀子，交與胡屠戶，託他仍舊到集上庵裡請平日相與的和

尚做攬頭⑦，請大寺八眾僧人來念經，拜《梁皇懺》，放焰口⑧，追薦老太太升天。屠戶拿著銀子，一直走到集上庵裡滕和尚家，恰好大寺裡僧官慧敏也在那裡坐著⑨。僧官因有田在左近⑩，所以常在這庵裡起坐⑪。滕和尚請屠戶坐下，言及：「前日新中的范老爺得病在小庵裡，那日貧僧不在家，不曾候得。多虧門口賣藥的陳先生燒了些茶水，替我做個主人。」胡屠戶道：「正是，我也多謝他的膏藥。今日不在這裡？」滕和尚道：「今日不曾來。」又問道：「范老爺那病隨即就好了，卻不想又有老太太這一變。胡老爹這幾十天想總是在那裡忙，不見來集上做生意。」胡屠戶道：「可不是麼？自從親家母不幸去世，合城鄉紳那一個不到他家來？就是我主顧張老爺、周老爺在那裡司賓⑫，大長日子，坐著無聊，只拉著我說閒話，陪著吃酒吃飯。見了客來，又要打躬作揖，累個不了。我是個閒散慣了的人，不耐煩做這些事！欲待躲著些，難道是怕小婿怪，惹紳衿老爺們看喬了⑬，說道：『要至親做什麼呢？』」說罷，又如此這般把請僧人做齋的話說了。和尚聽了，屁滾尿流，慌忙燒茶、下麵，就在胡老爹面前轉託僧官去約僧眾，並備香、燭、紙馬、寫法等事，胡屠戶吃過麵去。

僧官接了銀子，才待進城，走不到一里多路，只聽得後邊一個人叫道：「慧老爺，為什麼這些時不到莊上來走走？」僧官忙回過頭來看時，是佃戶何美之⑭。何美之道：「你老人家這些時這等財忙，因甚事總不來走走？」僧官道：「不是，我也要來，只因城裡張大房裡想我屋後那一塊田，又不肯出價錢，我幾次回斷了他。若到莊上來，他家那佃戶又走過來嘴嘴舌舌，纏個不清。我在寺裡，他有人來尋我，只回他出門去了。」何美之道：「這也不妨，想不想由他，肯不肯由你。今日無事，且到莊上去坐坐。況且老爺前日煮過的那半隻火腿，吊在灶上，已經走油了⑮；做的酒，也熟了；不如消繳了它罷⑯。今日就在莊上歇了去，怕怎的？」和尚被他說的口裡流涎，那腳由不得自己，跟著他走到莊上。何美之叫渾家煮了一隻母雞，把火腿切了，酒舀出來盪著。和尚走熱了，坐在天井內，把衣服脫了一件，敞著懷，腆著個肚子，走出黑津津一頭一臉的肥油⑰。

須臾，整理停當，何美之捧出盤子，渾家拎著酒，放在桌子上擺下。和尚上坐，渾家下陪，何美之打橫，把酒來斟。吃著，說起三五日內要往范府替老太太做齋。何美之渾家說道：「范家老奶奶，我們自小看見他的，是個和氣不過的老人家。只有他媳婦兒，是莊南頭胡屠戶的女兒，一雙紅鑲邊的眼睛，一窩子黃頭髮。那日在這裡住，鞋也沒有一雙，夏天靸著個蒲窩子⑱，歪腿爛腳的。而今弄兩件『屍皮子』穿起來，聽見說做了夫人，好不體面。你說那裡看人去！」正吃得興頭，聽得外面敲門甚兇，何美之道：「是誰？」和尚道：「美之，你去看一看。」何美之才開了門，七八個人一齊擁了進來。看見女人、和尚一桌子坐著，齊說道：「好快活，和尚、婦人大青天白日調情！好僧官老爺！知法犯法！」何美之喝道：「休胡說！這是我田主人！」眾人一頓罵道：「田主人？連你婆子都有主兒了！」不由分說，拿條草繩，把和尚精赤條條⑲，同婦人一繩綑了，將個槓子，穿心抬著，連何美之也帶了，來到南海縣前一個關帝廟前戲台底下，和尚同婦人拴作一處，候知縣出堂報狀⑳。眾人押著何美之出去，和尚悄悄叫他報與范府。

范舉人因母親做佛事，和尚被人拴了，忍耐不得，隨即拿帖子向知縣說了。知縣差班頭將和尚解放㉑，女人著交美之領了家去，一班光棍帶著，明日早堂發落。眾人慌了，求張鄉紳帖子在知縣處說情，知縣准了，早堂帶進，罵了幾句，扯一個淡，趕了出去，和尚同眾人倒在衙門口用了幾十兩銀子。僧官先去范府謝了，次日方帶領僧眾來鋪結壇場，掛佛像，兩邊十殿閻君。吃了開經麵，打動鐃鈸㉒、叮噹，念了一卷經，擺上早齋來。八眾僧人，連司賓的魏相公，共九位，坐了兩席。才吃著，長班報㉓：「有客到！」魏相公丟了碗出去迎接進來，便是張、周兩位鄉紳，烏紗帽，淺色員領㉔，粉底皂靴，魏相公陪著一直拱到靈前去了。內中一個和尚向僧官道：「方才進去的，就是張大房裡靜齋老爺。他和你是田鄰，你也該過去問訊一聲才是。」僧官道：「也罷了！張家是什麼有意思的人！想起我前日這一番是非，那裡是什麼光棍？就是他的佃戶。商議定了，做鬼做神，來弄送我，不過要簸掉我幾兩銀子㉕，好把屋後的那一塊田賣與他！使心用心，反害了自身！落後縣裡老爺要打他莊戶，一般也慌了，腆著臉，拿帖子去說，惹的縣主不喜歡！」又道：「他沒脊骨的事多哩㉖！就像周三房裡，做過巢縣家的大姑娘，是他的外甥女兒。三房裡曾託我說媒，我替他講西鄉裡封大戶家，好不有錢。張家硬主張著許與方才這窮不了的小魏相公，因他進個學，又說他會作個什麼詩詞。前日替這裡作了一個薦亡的疏，我拿了給人看，說是倒別了三個字。像這都是作孽！眼見得二姑娘也要許人家了，又不知撮弄與個什麼人㉗！」說著，聽見靴底響，眾和尚擠擠眼，僧官就不言語了。兩位鄉紳出來，同和尚拱一拱手，魏相公送了出去。眾和尚吃完了齋，洗了臉和手，吹打拜懺㉘，行香放燈㉙，施食散花㉚，跑五方㉛，整整鬧了三晝夜，方才散了。

說文解字

❶什物：各種常用的器具，也作「什器」。❷陰陽：陰陽生，元代設陰陽學，教授星命、占卜、相宅、相墓諸數術，

學習這種課業的人稱爲「陰陽生」。明代以來廢其學，陰陽生就成爲喪葬星士的專稱。也作「陰陽」、「陰陽人」。七單：陰陽先生推算死者生歿時辰與沖煞時辰的單子。七，指喪事「作七」之七。❸三七：人死至七日稱「頭七」，然後逢七日有「二七」、「三七」，以至「七七」或「十七」，民間認爲每七日死者要過一閻羅，故請僧道誦經超度。❹追薦：爲死者祈求冥福，也作「追福」。❺同案：科舉時代同年考中，姓名同列一榜者。❻上不得台盤：上不得檯面，比喻因寒酸醜陋見不得人。❼攬頭：包攬工作的人。❽放焰口：佛教儀式，爲施食餓鬼之法事。該法會以餓鬼道眾生爲主要施食對象，施放焰口，則餓鬼皆得超度，亦爲對死者追薦的佛事之一。❾僧官：掌管僧人、寺廟的官吏。❿左近：附近、鄰近。⓫起坐：休息。⓬司賓：負責接待賓客。⓭看喬：輕視、誤解。⓮佃户：租借他人土地耕種，按期納租的農家。⓯走油：煙燻食品因存放日久，而流失油汁。⓰消繳：消受、吃掉，有詼諧之意。⓱黑津津：黑而光潤的樣子。⓲靸：穿。蒲窩子：用蒲草夾雞毛編織而成的鞋子。⓳精赤條條：裸露、一絲不掛的樣子。⓴出堂：升堂辦案。報狀：報告事情的原委。㉑班頭：指衙門差役的頭目，亦泛稱差役。㉒鐃鈸：樂器名，銅製呈圓盤狀的合擊樂器。小的稱「鐃」，聲音較響亮；大的稱「鈸」，聲音較渾厚。㉓長班：隨身伺候官吏的僕人，也作「長隨」。㉔員領：古代官吏的禮服。㉕簸：蹭蹋、花費。㉖沒脊骨：不正經、沒規矩，也作「沒脊梁」。㉗撮弄：胡亂撮合。㉘拜懺：指僧尼爲信徒拜佛誦經，以懺悔罪業或超度亡靈。㉙行香：禮佛的儀式。始於南北朝，燃香薰手，或以香末散行；唐以後則爲持香爐繞行道場或街市；明清時則指官吏上任或遇朔望時，入廟焚香叩拜的儀式。㉚施食：佛教謂施食給餓鬼，也作「放焰口」、「焰口」。㉛跑五方：民間風俗。在人臉上塗油彩，扮作鬼卒，手拿著鋼叉，往各處奔跑，有驅除野鬼之意。

第十七回　匡秀才重遊舊地，趙醫生高踞詩壇

匡超人背著行李，走了幾天旱路❶，到溫州搭船。那日沒有便船，只得到飯店權宿❷。走進飯店，見裡面點著燈，先有一個客人坐在一張桌子上，面前擺了一本書，在那裡靜靜地看。匡超人看那

人時，黃瘦面皮，稀稀的幾根鬍子。那人看書出神，又是個近視眼，不曾見有人進來。匡超人走到跟前，請教了一聲「老客❸」，拱一拱手，那人才立起身來為禮。青絹直身❹，瓦楞帽子❺，像個生意人模樣，兩人敘禮坐下。匡超人問道：「客人貴鄉尊姓？」那人道：「在下姓景，寒舍就在這五十里外。因有個小店在省城，如今往店裡去，因無便船，權在此住一夜。」看見匡超人戴著方巾❻，知道他是秀才，便道：「先生貴處那裡？尊姓台甫❼？」匡超人道：「小弟賤姓匡，字超人，敝處樂清。也是要往省城，沒有便船。」那景客人道：「如此甚好，我們明日一同上船。」各自睡下。

次日早去上船，兩人同包了一個頭艙。上船放下行李，那景客人就拿出一本書來看。匡超人初時不好問他，偷眼望那書上圈的花花碌碌，是些什麼詩詞之類。到上午同吃了飯，又拿出書來看看，一會又閒坐著吃茶。匡超人問道：「昨晚請教老客，說有店在省城，卻開的是什麼寶店？」景客人道：「是頭巾店。」匡超人道：「老客既開寶店，卻看這書做什麼？」景客人笑道：「你道這書單是戴頭巾做秀才的會看麼？我杭城多少名士都是不講八股的。不瞞匡先生你說，小弟賤號叫作景蘭江，各處詩選上都刻過我的詩，今已二十餘年，這些發過的老先生，但到杭城，就要同我們唱和。」因在艙內開了一個箱子，取出幾十個斗方子來遞與匡超人，道：「這就是拙刻，正要請教。」匡超人自覺失言，心裡慚愧。接過詩來，雖然不懂，假作看完了，瞎讚一回。景蘭江又問：「恭喜入泮是那一位學台❽？」匡超人道：「就是現在新任宗師。」景蘭江道：「新學台是湖州魯老先生同年，魯老先生就是小弟的詩友。小弟當時聯句的詩會，楊執中先生、權勿用先生、嘉興蘧太守公孫駪夫，還有婁中堂兩位公子——三先生、四先生，都是弟們文字至交。可惜有位牛布衣先生只是神交，不曾會面。」匡超人見他說這些人，便問道：「杭城文瀚樓選書的馬二先生，諱叫作靜的，先生想也相與？」景蘭江道：「那是做時文的朋友，雖也認得，不算相與。不瞞先生說，我們杭城名壇中，倒也沒有他們這一派，卻是有幾個同調的人。將來到省，可以同先生相會。」匡超人聽罷，不勝駭然。同他一路來到斷河頭，船近了岸，正要搬行李。景蘭江站在船頭上，只見一乘轎子歇在岸邊，轎裡走出一個人來，頭戴方巾，身穿寶藍直裰，手裡搖著一把白紙詩扇，扇柄上拴著一個方象牙圖書，後面跟著一個人，背了一個藥箱。那先生下了轎，正要進那人家去。景蘭江喊道：「趙雪兄，久違了！那裡去？」那趙先生回過頭來，叫一聲：「哎呀！原來是老弟！幾時來的？」景蘭江道：「才到這裡，行李還不曾上岸。」因回頭望著艙裡道：「匡先生，請出來。這是我最相好的趙雪齋先生，請過來會會。」匡超人出來，同他上了岸。

景蘭江吩咐船家把行李且搬到茶室裡來，當下三人同作了揖，同進茶室。趙先生問道：「此位長兄尊姓？」景蘭江道：「這位是樂清匡先生，同我一船來的。」彼此謙遜了一回坐下，泡了三碗茶來。趙先生道：「老弟，你為什麼就去了這些時？叫我終日盼望。」景蘭江道：「正是為些俗事纏著，這些時可有詩會麼？」趙先生道：「怎麼沒有。前月中翰顧老先生來天竺進香，邀我們同到天竺做了一天的詩。通政范大人告假省墓，船隻在這裡住了一日，還約我們到船上拈題分韻[9]，著實擾了他一天。禦史荀老先生來打撫台的秋風[10]，丟著秋風不打，日日邀我們到下處作詩。這些人都問你。現今胡三公子替湖州魯老先生徵輓詩，送了十幾個斗方在我那裡[11]。我打發不清，你來得正好，分兩張去做。」說著，吃了茶，問：「這位匡先生想也在庠[12]，是那位學台手裡恭喜的？」景蘭江道：「就是現任學台。」趙先生微笑道：「是大小兒同案。」吃完了茶，趙先生先別，看病去了。景蘭江問道：「匡先生，你而今行李發到那裡去？」匡超人道：「如今且攏文瀚樓。」景蘭江道：「也罷，你攏那裡去，我且到店裡。我的店在豆腐橋大街上金剛寺前，先生閒著，到我店裡來談。」說罷，叫人挑了行李，去了。

匡超人背著行李，走到文瀚樓問馬二先生，已是回處州去了。文瀚樓主人認得他，留在樓上住。次日，拿了書子到司前去找潘三爺，進了門，家人回道：「三爺不在家，前幾日奉差到台州學道衙門辦公事去了。」匡超人道：「幾時回家？」家人道：「才去，怕不也還要三四十天功夫。」匡超人只得回來，尋到豆腐橋大街景家方巾店裡，景蘭江不在店內。問左右店鄰，店鄰說道：「景大先生麼？這樣好天氣，他先生正好到六橋探春光，尋花問柳，作西湖上的詩。絕好的詩題，他怎肯在店裡坐著？」匡超人見問不著，只得轉身又走。走過兩條街，遠遠望見景先生同著兩個戴方巾的走，匡超人相見作揖。景蘭江指著那一個麻子道：「這位是支劍峰先生。」指著那一個鬍子道：「這位是浦墨卿先生，都是我們詩會中領袖。」那二人問：「此位先生？」景蘭江道：「這是樂清匡超人先生。」匡超人道：「小弟方才在寶店奉拜先生，恰值公出。此時往那裡去？」景先生道：「無事閒遊。」又道：「良朋相遇，豈可分途，何不到旗亭小飲三杯⑬？」那兩位道：「最好。」當下拉了匡超人同進一個酒店，揀一副坐頭坐下⑭。酒保來問要什麼菜，景蘭江叫了一賣一錢二分銀子的雜膾，兩碟小吃。那小吃，一樣是炒肉皮，一樣就是黃豆芽。拿上酒來，支劍峰問道：「今日何以不去訪雪兄？」浦墨卿道：「他家今日讌一位出奇的客⑮。」支劍峰道：「客罷了，有什麼出奇？」浦墨卿道：「出奇的緊哩！你滿飲一杯，我把這段公案告訴你⑯。」

當下支劍峰斟上酒，二位也陪著吃了。浦墨卿道：「這位客姓黃，是戊辰的進士，而今選了我這寧波府鄞縣知縣。他先年在京裡同楊執中先生相與，楊執中卻和趙爺相好，因他來浙，就寫一封書子來會趙爺。趙爺那日不在家，不曾會。」景蘭江道：「趙爺官府來拜的也多，會不著他也是常事。」浦墨卿道：「那日真正不在家。次日，趙爺去回拜，會著，彼此敘說起來。你道奇也不奇？」眾人道：「有什麼奇處？」浦墨卿道：「那黃公竟與趙爺生的同年、同月、同日、同時！」眾人一齊道：「這果然奇了！」浦墨卿道：「還有奇處。趙爺今年五十九歲，兩個兒子，四個孫子，老兩個夫妻齊眉，只卻是個布衣；黃公中了一個進士，做任知縣，卻是三十歲上就斷了弦，夫人沒了，而今兒花女花也無。」支劍峰道：「這果然奇！同一個年、月、日、時，一個是這般境界，一個是那般境界，判然不合。可見『五星』、『子平』都是不相干的。」說著，又吃了許多的酒。浦墨卿道：「三位先生，小弟有個疑難在此，諸公大家參一參。比如黃公同趙爺一般的年、月、日、時生的，一個中了進士，卻是孤身一人；一個卻是子孫滿堂，不中進士。這兩個人，還是那一個好？我們還是願做那一個？」三位不曾言語。浦墨卿道：「這話讓匡先生先說，匡先生，你且說一說。」匡超人道：「二者不可得兼。依小弟愚見，還是做趙先生的好。」眾人一齊拍手道：「有理！有理！」浦墨卿道：「讀書畢竟中進士是個了局。趙爺各樣好了，到底差一個進士。不但我們說，就是他自己心裡也不快活的是差著一個進士。而今又想中進士，又想像趙爺的全福，天也不肯！雖然世間也有這樣人，但我們如今既設疑難，若只管說要合作兩個人，就沒的難了。如今依我的主意，只中進士，不要全福；只做黃公，不做趙爺！可是麼？」支劍峰道：「不是這樣說。趙爺雖差著一個進士，而今他大公郎已經高進了，將來名登兩榜，少不得封誥乃尊。難道兒子的進士，當不得自己的進士不成？」浦墨卿笑道：「這又不然。先年有一位老先生，兒子已做了大位，他還要科舉，後來點名，監臨不肯收他⑰。他把卷子摜在地下，恨道：『為這個小畜生，累我戴個假紗帽！』這樣看來，兒子的到底當不得自己的！」景蘭江道：「你們都說的是隔壁帳⑱，都斟起酒來滿滿地吃三杯，聽我說。」支劍峰道：「說得不是怎樣？」景蘭江道：「說得不是，倒罰三杯。」眾人道：「這沒的說。」當下斟上酒吃著。景蘭江道：「眾位先生所講中進士，是為名？是為利？」眾人道：「是為名。」景蘭江道：「可知道趙爺雖不曾中進士，外邊詩選上刻著他的詩幾十處，行遍天下，那個不曉得有個趙雪齋先生？只怕比進士享名多著哩！」說罷，哈哈大笑。眾人都一齊道：「這果然說得快暢！」一齊乾了酒。

說文解字

❶旱路：陸地上通行的道路，也作「旱道」。❷權：暫且。❸老客：對人的敬稱，猶今對人稱「先生」。❹直身：本指古代的家居常服，後多指僧、道或士子所穿的服裝。也作「直襬」、「直裰」。❺瓦楞帽子：形如瓦楞的帽子。古代爲庶民所戴，以別於士大夫的方巾。❻方巾：明代文人所戴的頭巾。❼台甫：古代初次見面的禮節，即請問對方姓氏、表字。古人除姓名外多有字、號，與人交往直呼其名爲失禮，故初交時多問字號而忌問名。❽入泮：古代學宮之內有泮水，故稱學宮爲「泮宮」，童生初入學則稱爲「入泮」。學台：古代官職，負責教育行政與掌管各級學校，還有學生授業科舉之事，又稱「學政使」。❾拈題分韻：古人集會作詩、吟詠事物時，用抽籤來分派題目和韻腳的方法。❿打秋風：向富有人家抽取小利，或藉故向人求取財物。也作「打秋豐」、「打抽風」、「打抽豐」。⓫斗方：用以書寫吉祥文字，貼在門上的方形紙。⓬在庠：明清時代，凡經本省各級考試，取入府、州、縣學的秀才，稱爲「在庠」。庠，古代的地

方學校。⑬旗亭：酒樓。因其樓外懸旗，故稱之。⑭坐頭：坐位。⑮讌：宴飲。⑯公案：人事爭執的案件。⑰監臨：科舉制度中，鄉試的監考官。⑱隔壁帳：隔壁家的帳單，比喻不相干的事。

第五十五回　添四客述往思來，彈一曲高山流水

話說萬曆二十三年，那南京的名士，都已漸漸消磨盡了。此時虞博士那一輩人，也有老了的，也有死了的，也有四散去了的，也有閉門不問世事的。花壇酒社，都沒有那些才俊之人；禮樂文章，也不見那些賢人講究。論出處，不過得手的就是才能，失意的就是愚拙；論豪俠，不過有餘的就會奢華，不足的就見蕭索。憑你有李、杜的文章，顏、曾的品行，卻是也沒有一個人來問你。所以那些大戶人家，冠婚喪祭，鄉紳堂里，坐著幾個席頭❶，無非講的是些升遷調降的官場；就是那貧賤儒生，又不過做的是些揣合逢迎的考校。那知市井中間，倒出了幾個奇人。

一個是會寫字的。這人姓季，名遐年，自小兒無家無業，總在這些寺院裡安身。見和尚傳板上堂吃齋❷，他便也捧著一個鉢，站在那裡，隨堂吃飯，和尚也不厭他。他的字寫得最好，卻又不肯學古人的法帖，只是自己創出來的格調，由著筆性寫了去。但凡人要請他寫字時，他三日前，就要齋戒一日，第二日磨一天的墨，卻又不許別人替磨，就是寫個十四字的對聯，也要用墨半碗。用的筆，都是那人家用壞了不要的，他才用。到寫字的時候，要三四個人替他拂著紙，他才寫。一些拂得不好，他就要罵、要打，卻是要等他情願，他才高興。他若不情願時，任你王侯將相，大捧的銀子送他，他正眼兒也不看。他又不修邊幅，穿著一件稀爛的直裰，靸著一雙破不過的蒲鞋。每日寫了字，得了人家

的筆資，自家吃了飯，剩下的錢就不要了，隨便不相識的窮人，就送了他。

那日大雪裡，走到一個朋友家，他那一雙稀爛的蒲鞋，踹了他一書房的落泥。主人曉得他的性子不好，心裡嫌他，不好說出，只得問道：「季先生的尊履壞了，可好買雙換換？」季遐年道：「我沒有錢。」那主人道：「你肯寫一幅字送我，我買鞋送你了。」季遐年道：「我難道沒有鞋，要你的！」主人厭他醃臢❸，自己走了進去，拿出一雙鞋來，道：「你先生且請略換換，恐怕腳底下冷。」季遐年惱了，並不作別，就走出大門，嚷道：「你家什麼要緊的地方！我這雙鞋就不可以坐在你家！我坐在你家，還要算抬舉你！我都希罕你的鞋穿！」一直走回天界寺，氣哺哺的又隨堂吃了一頓飯❹。吃完，看見和尚房裡擺著一匣子上好的香墨，季遐年問道：「你這墨可要寫字？」和尚道：「這昨日施御史的令孫老爺送我的，我還要留著轉送別位施主老爺，不要寫字。」季遐年道：「寫一幅好哩！」不由分說，走到自己房裡，拿出一個大墨盪子來❺，揀出一定墨，舀些水，坐在禪床上替他磨將起來。和尚分明曉得他的性子，故意地激他寫。他在那裡磨墨，正磨得興頭，侍者進來向老和尚說道：「下浮橋的施老爺來了。」和尚迎了出去。那施御史的孫子已走進禪堂來，看見季遐年，彼此也不為禮，自同和尚到那邊敘寒溫❻。季遐年磨完了墨，拿出一張紙來，鋪在桌上，叫四個小和尚替他按著。他取了一管敗筆❼，蘸飽了墨，把紙相了一會❽，一氣就寫了一行。那右手後邊小和尚動了一下，他就一鑿，把小和尚鑿矮了半截，鑿得殺喳地叫❾。老和尚聽見，慌忙來看，他還在那裡急的嚷成一片。老和尚勸他不要惱，替小和尚按著紙，讓他寫完了。施御史的孫子也來看了一會，向和尚作別去了。

次日，施家一個小廝走到天界寺來，看見季遐年，問道：「有個寫字的、姓季的可在這裡？」季遐年道：「問他怎的？」小廝道：「我家老爺叫他明日去寫字。」季遐年聽了，也不回他，說道：「罷了。他今日不在家，我明日叫他來就是了。」次日，走到下浮橋施家門口，要進去。門上人攔住道：「你是什麼人，混往裡邊跑！」季遐年道：「我是來寫字的。」那小廝從門房裡走出來，看見道：「原來就是你！你也會寫字？」帶他走到敞廳上⑩，小廝進去回了。施禦史的孫子剛走出屏風，季遐年迎著臉大罵道：「你是何等之人，敢來叫我寫字！我又不貪你的錢，又不慕你的勢，又不借你的光，你敢叫我寫起字來！」一頓大嚷大叫，把施鄉紳罵的閉口無言，低著頭進去了。那季遐年又罵了一會，依舊回到天界寺裡去了。

又一個是賣火紙筒子的⑪。這人姓王，名太。他祖代是三牌樓賣菜的⑫，到他父親手裡，窮了，把菜園都賣掉了。他自小兒最喜下圍棋，後來父親死了，他無以為生，每日到虎踞關一帶賣火紙筒過活。那一日，妙意庵做會，那庵臨著烏龍潭，正是初夏的天氣，一潭簇新的荷葉，亭亭浮在水上，這庵裡曲曲折折，也有許多亭榭，那些遊人都進來頑耍。王太走將進來，各處轉了一會，走到柳陰樹下一個石台，兩邊四條石凳，三四個大老官簇擁著兩個人在那裡下棋⑬。一個穿寶藍的道：「我們這位馬先生前日在揚州鹽台那裡下的是一百一十兩的彩，他前後共贏了二千多銀子。」一個穿玉色的少年道：「我們這馬先生是天下的大國手，只有這卞先生受兩子還可以敵得來。只是我們要學到卞先生的地步，也就著實費力了！」王太就挨著身子上前去偷看。小廝們看見他穿得襤褸，推推搡搡⑭，不許他上前。底下坐的主人道：「你這樣一個人，也曉得看棋？」王太道：「我也略曉得些。」撐著看了一會，嘻嘻地笑。那姓馬的道：「你這人會笑，難道下得過我們？」王太道：「也勉強將就。」主人道：「你是何等之人，好同馬先生下棋！」姓卞的道：「他既大膽，就叫他出個醜何妨！才曉得我們老爺們下棋，不是他插得嘴的！」王太也不推辭，擺起子來，就請那姓馬的動著，旁邊人都覺得好笑。那姓馬的同他下了幾著，覺得他出手不同。下了半盤，站起身來道：「我這棋輸了半子了！」那些人都不曉得。姓卞的道：「論這局面，卻是馬先生略負了些。」眾人大驚，就要拉著王太吃酒。王太大笑道：「天下那裡還有個快活似殺矢棋的事⑮！我殺過矢棋，心裡快活極了，那裡還吃得下酒！」說畢，哈哈大笑，頭也不回，就去了。

一個是開茶館的。這人姓蓋，名寬，本來是個開當鋪的人。他二十多歲的時候，家裡有錢，開著當鋪，又有田地，又有洲場⑯。那親戚本家都是些有錢的，他嫌這些人俗氣，每日坐在書房裡作詩看書，又喜歡畫幾筆畫。後來畫的畫好，也就有許多作詩畫的來同他往來。雖然詩也做的不如他好，畫也畫的不如他好，他卻愛才如命，遇著這些人來，留著吃酒吃飯，說也有，笑也有。這些人家裡有冠、婚、喪、祭的緊急事，沒有銀子，來向他說，他從不推辭，幾百、幾十拿與人用。那些當鋪裡的小官看見主人這般舉動，都說他有些獃氣，在當鋪裡盡著作弊，本錢漸漸消折了。田地又接連幾年都被水淹，要賠種賠糧，就有那些混帳人來勸他變賣。買田的人嫌田地收成薄，分明值一千的只好出五六百兩，他沒奈何，只得賣了。賣來的銀子，又不會生發⑰，只得放在家裡秤著用，能用得幾時？又沒有了，只靠著洲場利錢還人。不想夥計沒良心，在柴院子裡放火，命運不好，接連失了幾回火，把院子裡的幾萬柴盡行燒了⑱。那柴燒得一塊一塊的，結成就和太湖石一般⑲，光怪陸離。那些夥計把這東西搬來給他看，他看見好頑，就留在家裡。家裡人說：「這是倒運的東西，留不得！」他也不肯信，留在書房裡頑。夥計見沒有洲場，也辭出去了。

又過了半年，日食艱難[20]，把大房子賣了，搬在一所小房子住。又過了半年，妻子死了，開喪出殯，把小房子又賣了。可憐這蓋寬帶著一個兒子，一個女兒，在一個僻靜巷內，尋了兩間房子開茶館。把那房子裡面一間與兒子、女兒住，外一間擺了幾張茶桌子，後簷支了一個茶爐子，右邊安了一副櫃台，後面放了兩口水缸，滿貯了雨水。他老人家清早起來，自己生了火，搧著了，把水倒在爐子裡放著，依舊坐在櫃台裡看詩畫畫。櫃台上放著一個瓶，插著些時新花朵，瓶旁邊放著許多古書，他家各樣的東西都變賣盡了，只有這幾本心愛的古書是不肯賣的。人來坐著吃茶，他丟了書就來拿茶壺、茶杯。茶館的利錢有限，一壺茶只賺得一個錢，每日只賣得五六十壺茶，只賺得五六十個錢，除去柴米，還做得什麼事！

那日正坐在櫃台裡，一個鄰居老爹過來同他談閒話。那老爹見他十月裡還穿著夏布衣裳，問道：「你老人家而今也算十分艱難了，從前有多少人受過你老人家的惠，而今都不到你這裡來走走。你老人家這些親戚本家，事體總還是好的，你何不去向他們商議商議，借個大大的本錢，做些大生意過日子？」蓋寬道：「老爹，『世情看冷暖，人面逐高低』。當初我有錢的時候，身上穿得也體面，跟的小廝也齊整，和這些親戚本家在一塊，還搭配得上。而今我這般光景，走到他們家去，他就不嫌我，我自己也覺得可厭。至於老爹說有受過我的惠的，那都是窮人，那裡還有得還出來！他而今又到有錢的地方去了，那裡還肯到我這裡來！我若去尋他，空惹他們的氣，有何趣味！」鄰居見他說得苦惱，因說道：「老爹，你這個茶館裡冷清清的，料想今日也沒甚人來了，趁著好天氣，和你到南門外頑頑去。」蓋寬道：「頑頑最好，只是沒有東道㉑，怎處？」鄰居道：「我帶個幾分銀子的小東，吃個素飯罷。」蓋寬道：「又擾你老人家。」

說著，叫了他的小兒子出來看著店，他便同那老爹一路步出南門來。教門店裡，兩個人吃了五分銀子的素飯。那老爹會了帳，打發小菜錢，一經踱進報恩寺裡。大殿南廊、三藏禪林、大鍋，都看了一回。又到門口買了一包糖，到寶塔背後一個茶館裡吃茶。鄰居老爹道：「而今時世不同，報恩寺的遊人也少了，連這糖也不如二十年前買的多。」蓋寬道：「你老人家七十多歲年紀，不知見過多少事，而今不比當年了。像我也會畫兩筆畫，要當時虞博士那一班名士在，那裡愁沒碗飯吃！不想而今就艱難到這步田地！」那鄰居道：「你不說我也忘了。這雨花台左近有個泰伯祠，是當年句容一個遲先生蓋造的。那年請了虞老爺來上祭，好不熱鬧！我才二十多歲，擠了來看，把帽子都被人擠掉了。而今可憐那祠也沒人照顧，房子都倒掉了。我們吃完了茶，同你到那裡看看。」說著，又吃了一賣牛首豆腐乾㉒，交了茶錢，走出來，從岡子上踱到雨花台左首，望見泰伯祠的大殿，屋山頭倒了半邊。來到門前，五六個小孩子在那裡踢球，兩扇大門倒了一扇，睡在地下。兩人走進去，三四個鄉間的老婦人在那丹墀裡挑薺菜，大殿上槅子都沒了。又到後邊五間樓，直桶桶的，樓板都沒有一片。兩個人前後走了一交，蓋寬嘆息道：「這樣名勝的所在，而今破敗至此，就沒有一個人來修理！多少有錢的，拿著整千的銀子去起蓋僧房道院，那一個肯來修理聖賢的祠宇！」鄰居老爹道：「當年遲先生買了多少的傢夥，都是古老樣範的，收在這樓底下幾張大櫃裡，而今連櫃也不見了！」蓋寬道：「這些古事，提起來令人傷感，我們不如回去罷！」兩人慢慢走了出來。鄰居老爹道：「我們順便上雨花台絕頂㉓。」望著隔江的山色，嵐翠鮮明，那江中來往的船隻，帆檣歷歷可數㉔，那一輪紅日，沉沉地傍著山頭下去了。兩個人緩緩地下了山，進城回去。蓋寬依舊賣了半年的茶，次年三月間，有個人家出了八兩銀子束修㉕，請他到家裡教館去了。

說文解字

❶席頭：指筵席上，坐在首位的貴客。❷傳板：敲擊懸掛在堂前或門上的板子，藉以發出信號，傳報緊急事務。❸醃臢：不乾淨，也作「骯髒」。❹氣喘喘：謂生氣而呼吸急促。❺墨盪子：磨墨用的瓦盆。❻敘寒溫：見面時彼此問候生活起居，或泛談氣候寒暖等應酬話。❼敗筆：用壞了的禿筆。❽相：審視、察看。❾殺喳：形容因痛而失聲高叫。❿敞廳：兩面相通而寬敞的廳堂。⓫火紙筒子：用火紙捲製成的細管狀物，可供吸煙點火之用。也作「火煤子」。⓬三牌樓：今南京鼓樓區的一處街道。原名樓子巷，因明代時一戶三子分別中狀元、榜眼、探花，建三座牌樓而名。明清時期，此地商貿繁榮。⓭大老官：喜歡別人恭維的人。⓮推推搡搡：連續不斷地推。⓯殺矢棋：嘲諷棋藝低劣的人所下的棋，也作「屎棋」。⓰洲場：指有所出產的水中陸地。⓱生發：孳生、興起。⓲盡行：全部、全都。⓳太湖石：江蘇太湖所產的石頭。因多孔竅及皺紋，所以可以造假山，裝飾亭園。⓴日食：每日的飲食，引申爲生活。㉑東道：本爲設宴待客之意，後指請客的主人。㉒一賣：飯館或客棧稱一份菜餚爲「一賣」。㉓絕頂：山的最高峰。㉔帆檣：船上掛帆的桿子，借指船隻。㉕束修：古人以十條肉脯扎成一束，作爲拜見老師最基本的禮物。也作「束脩」。

言外之意

❖人物特色：固陋

在吳敬梓生活的年代，因爲八股文盛行，導致士人思想被鉗制，而那些不願意被束縛的士人，就只能潦倒一生。在不得已之下，許多人爲了生活，心中所見、腦中所想只有八股、只有科舉，《儒林外史》中便有很多地方描寫這類型的人物。例如周進，他在當學道（掌管教育行政及學校生員考課升降等事務的官員）時，童生魏好古求他面試一些詩詞，周進馬上變了臉，說這些詩歌都是雜學，不切實際。周進此種窮酸、狹小的反應和表現，正是反映了當時的社會風氣。

還有另外一個例子就是周進的得意門生——范進，范進就連大名鼎鼎的宋朝大學士蘇東坡都不認識，竟然還可以擔任主考考試的官員，可見得不但官員的品質有問題，考試的制度更是一大問題。在八股制度之下所考出的這麼一位「人才」，七老八十且眼中只有八股，其他半點不知，有何意義呢？

再來是魯編修，魯編修自己是一個八股腦袋，連自己的女兒也是個八股才女，完全沒有一般女子的天眞浪漫，空長了一副嬌艷婀娜的好相貌，浪費自己的天資。魯小姐才新婚燕爾，就出題考自己的丈夫，丟了一題「身修而後家齊」，甚至爲了蘧公孫不擅八股而致夫妻感情不和，就連對自己四歲的小兒子也近乎殘酷地逼他讀四書五經，甚至書沒背熟就不讓他睡，連丈夫亦不太理會，全都交給侍女彩蘋和雙紅服侍。這一切只因爲魯編修平日教導女兒：「八股文章若做的好，隨你做什麼東西，要詩就詩，要賦就賦；若是八股文章欠講究，任你做出什麼來，都是野狐禪、邪魔外道！」

再來是馬二先生。他和魯編修、周進、范進一樣，聽到他人提及李清照、朱淑貞等才女，就「覺得好笑」，覺得他們不務「正業」；沒有講到科舉的事，就覺得志不同道不合而不屑過去攀談。馬二先生是當時一位出名的選文大家，選文家就相當於現在的補習班老師，專門選取和考試有關的文章編輯成冊，一如考前猜題一般，都是爲了通過八股考試而準備。但他的見識和程度也僅止於此，是一個不折不扣的書呆，這也顯現當時考試制度的問題。

而在馬二先生對蘧公孫說教時，竟然曲解孔子的「言寡尤，行寡悔，祿在其中矣」。在他的思想中，祿就代表官位，而官位就等同科舉。其實，孔子的本意是勸人只要言語謹慎，別做出讓自己後悔的事，就能當一個好官，不必汲汲營營、刻意求、刻意問爲官之道。沒想到馬二先生卻臉不紅氣不喘地說，因爲當時考的是「言寡尤，行寡悔」，天子重視這個，所以官位一定在其之中。一句先賢孔子的建言，竟然變成支持八股的有力證據，顯現當時衆多士人鑽牛角尖於八股文之中的可悲之處。

❖人物特色：虛僞

《儒林外史》描述的是一個「萬般皆下品，唯有當官高」的社會，所以一般讀書人便企圖用科考正途，以取得榮華富貴，但如果考不上怎麼辦呢？有兩種選擇，一種就是持續努力不懈，直到上榜爲止；一種就是爲了讓朝廷徵召自己當官，一舉一動皆刻意表現得非常清高，假裝自己不在乎功名利祿，就是所謂「身在江湖，心懷魏闕」。那市井小民又是爲了什麼而虛僞造作呢？因爲當時社會十分尊重讀書人，只要「之乎者也」幾句就可以受到尊重，於是，無論是官府登記在案的強盜、開頭巾店的商人、鹽商人家，通通都假充幾句斯文，扭捏一番，就是爲了贏得他人的尊重。

例如書中的范進。他母親聽到他中舉之後，興奮地駕鶴西歸。范進在服喪期間，爲了表現自己的孝思，拒絕使用華麗的象牙筷子，但卻吃葷，甚至吃了「一個大蝦圓子」。在古代，服喪期間應吃粗糙的食物，因爲在失去親人時，不應享受美好的食物。但范進卻只做一半，這不就是虛僞嗎？

再來是「清官」湯知縣。他十分嚴格，且拒絕收賄，甚至把送牛肉來行賄的人直接打死，可見他求清官之名以致不顧人命。行賄是不對的，但是罪不致死。湯知縣爲了要讓上司看見他的「清如水，明如鏡」，爲了讓自己的爲官之路平坦順利，所以小題大作地鬧出人命。

最後，甚至連青樓女子都開始附庸風雅。在古代，青樓女子因爲常與文人相識，生活在藝術氣息濃厚的環境，所以確實有許多才女，例如南齊的蘇小小、唐代的薛濤、明清的柳如是等等，他們擺脫森嚴門規，自由綻放自己的心靈，所以比一般女子更有魅力。

但是，在《儒林外史》中，來賓樓的聘娘就並非如此了。他是秦淮河畔的高等妓女，因爲長得十分漂亮，所以最喜歡和達官貴人結交，自視甚高。他和一般上等妓女一樣，有人教他琴棋書畫，幫他燒香擦爐。聘娘的房間相當雅緻，窗子前的梨花桌上放著鏡台，牆上懸著一幅陳眉公的畫，壁桌上供著一尊玉觀音，兩邊放著八張水磨楠木椅子，如此陳設再配上那噴鼻的香味，以及聘娘的纖纖素手，那情調眞是醉人呀！但是，如此清靈出塵的女子的所作所爲竟是如此不堪，當客人陳木南家財萬貫，而且快要成爲朝中官員時，聘娘就撒嬌說是愛他的人，不是愛他的官；當陳木南床頭金盡，爲了不捨得離開他而連官都丟了之後，聘娘命小侍女送上的茶都是冷的。

可知聘娘的琴棋書畫並沒有陶冶他的心靈，這些東西只不過是招攬客人的策略，抬高身分的手段。由此可見當時社會虛僞的風氣，上至高官下至名士小民都已染上此惡習。

❖人物特色：吹牛

在《儒林外史》中，虛榮的人很多。而因爲虛榮心強，所以不吹牛，好像就顯現不出自己的偉大，這也是爲了掩飾自己的無知或低微的身分。在王冕畫荷的段落中，作者寫出三個鄉下人聊天的情形。三人分別表示自己對危素（危老先生）這位高官的瞭解和關心，在談天過程中不斷提及危素，有的吹牛他和皇帝一起牽手散步，有的和危素攀親帶故，連一盤鹿肉也和危素有關，還要藉這位高官的聲勢恐嚇鄉人。吳敬梓在這裡刻畫鄉人的醜態，藉著鄉人的攀附權貴對比清高自重的王冕。

除了吹噓自己之外，《儒林外史》中也有許多藉由貶低他人，以抬高自己的角色。例如，梅玖挖苦周進，用秀才的身分欺壓一個未曾做過秀才的童生，以提高自己的地位。而周學道大罵魏好古不務正業，只會學習一些詩詞章句，就是爲了提高自己的八股師承，也就是所謂的「文人相輕」，藉由攻擊別人以鞏固自己的團體。而馬二先生被保舉爲官，馬上遭到施禦史不屑的評語，爲什麼他要不屑呢？因爲他是經由科考的正途出身，爲了鞏固自己的地位，對於不經科考出身的士人都要加以打擊。

除了抬高自己的身價之外，當時也流行抬高自己學生的身價。因爲學生越是優秀，就代表這個老師教得越好，匡超人只是考取了一個小小的教習就大吹其牛，吹噓自己的學生都是世襲三品以上的大人，都是都府提鎭的高官，而這些高官都在自己面前磕頭。蘧公孫甚至說那全天下只有一本的詩集是自己補輯的，牛浦郎就更乾脆了，直接冒名牛布衣出名。可見當時社會風氣虛華無度，衆人只重名而不重實。

❖文學價值

文學巨擘魯迅最尊崇的小說就是《儒林外史》，其他古典小說都沒有像《儒林外史》一般得到魯迅的盛讚。魯迅認爲《儒林外史》問世之後，「於是說部中乃始有足稱諷刺之書」，而魯迅也認爲在《儒林外史》之後，諷刺小說就已成爲絕響。可見，在魯迅的心中，吳敬梓的《儒林外史》是一部前不見古人，後不見來者的古典諷刺巨著。

西元一九五三年，魯迅曾經幫一位作家葉紫的著作《豐收》寫序，文內針對看輕《儒林外史》的人發出感慨，說：「偉大也要有人懂。」此書之所以能讓文學大師魯迅如此折服，一定有許多原因。首先，魯迅認爲諷刺的生命必須是眞實，非寫實就不能稱爲諷刺。而吳敬梓的《儒林外史》正是由無情且深刻的寫實堆砌而成，從未看過古典小說的作者具有如吳敬梓一般，撕開假面、直面人生、面對現實的無比勇氣；從未看過古典小說的世態描繪如《儒林外史》一般，接近眞實生活，有如洞悉人情世態的教科書。在《儒林外史》臥閒草堂評本的評語中就寫著：「愼毋讀《儒林外史》，讀竟乃覺日用酬酢之間，無往而非《儒林外史》。」當時的人們就是天天生活在一個醜惡，但誰也不覺得其醜惡的日用酬酢之間，由此書的諷刺、由此書的世態描繪，意識到自己身邊的社會現實確實存在，這難道不是對《儒林外史》的最高讚揚嗎？

《儒林外史》中所刻畫的人生百態、衆生相貌，就算到了今日，書中人物的影子依然清晰可見於我們的生活周遭。想想看我們四周是否有誠懇老實，但不知變通的書呆子，如馬二先生一樣？是否有講話虛華不實，凡是提到一些名人就馬上攀親帶故，結果他人根本和他不熟？《儒林外史》這部經典不是讓後人束之高閣的，而是可以讓讀者映照在現實生活中。儘管已歷經數百年，書中描寫的狀況或許已然改變，但是描繪的人性卻是永恆不變的。虛榮、勢利也不是那個時代的專利，醉心名利、故作清高又豈是那個年代的產物呢？由古可以鑑今，令人不禁掩卷長嘆。

高手過招

1.（　）關於《儒林外史》一書，下列敘述何者正確？

Ⓐ主要描寫明朝成化到嘉靖末年，八十年間的四代儒林人士，其用意在抨擊當時的社會現實。
Ⓑ第一回回目「說楔子敷陳大義，借名流隱括全文」，其中的「名流」指的是元末明初的詩人、畫家王冕。
Ⓒ小說中，周進和范進同為陷入科舉泥淖的腐儒，兩人的故事高潮都是發瘋。周進是一朝得中，喜極而瘋；范進是久試不第，苦極而瘋。
Ⓓ其書以功名富貴為一篇之骨。有心豔功名富貴而媚人下人者；有倚仗功名富貴而驕人傲人者；有假托無意功名富貴，自以為高，被人看破恥笑者。
Ⓔ明清以來，小說不再追求傳奇性，而逐漸深入人性的真實面。故清人說：「慎毋讀《儒林外史》，讀竟乃覺日用酬酢之間，無往而非《儒林外史》。」

2.（　）關於《儒林外史》一書，下列敘述何者正確？

Ⓐ《儒林外史》是清代文言小說的代表作之一。

Ⓑ《儒林外史》是小說四大奇書之一。

Ⓒ王冕是典型的追求功名之人，所以作者將他放在首位。

Ⓓ書中大部分人物都是作者諷刺的對象，只有少部分是值得尊敬的。

3.（　）關於吳敬梓及《儒林外史》一書，下列敘述何者正確？

Ⓐ《儒林外史》為中國古代最具影響力的神怪章回小說。

Ⓑ吳敬梓，號煮石山農，以淋漓酣暢的文筆，細膩地刻畫出科舉時代讀書人熱中功名、卑鄙齷齪的種種醜態。

Ⓒ吳敬梓隱藏自己的喜怒，對書中敘寫的人物不公開褒貶，讓人物的言行自然而然地表現該人物的特質。

Ⓓ在《儒林外史》中，只有少數幾個人物是作者諷刺的對象，大部分是令人覺得可敬可愛的。

4.（　）下列有關王冕一文，何者錯誤？

Ⓐ「只因你父親亡後，我一個寡婦人家……年歲不好，柴米又貴……如何供得你讀書？」——王冕

的母親表示他年紀大了，因此心有餘而力不足，沒有力氣供養他念書。

Ⓑ「元朝末年，也曾出了一個嶔崎磊落的人。這人姓王名冕，在諸暨縣鄉村裡住。」——開頭便用「嶔崎磊落」四字作為全文綱領，概括王冕的人格形象。

Ⓒ「天下那有個學不會的事？我何不自畫它幾枝？」——此句話充滿自信的口氣，意同於「天下無難事，只怕有心人」。

Ⓓ「娘說的是。我在學堂坐著，心裡也悶，不如往他家放牛，到快活些。」——王冕事實上喜歡讀書，但因為怕母親難過，所以才如此說，展現了他的體貼。

5.（　）**在王冕一文中，哪個事件將「母愛」描寫得最為深刻？**

Ⓐ母親做點針黹供王冕到村裡學堂讀書。

Ⓑ母親向王冕說明家中貧困的情形。

Ⓒ王冕捨不得吃醃魚、臘肉，帶回家孝敬母親。

Ⓓ母親離開秦家時，替王冕整理衣服並叮嚀他。

6.（　）**有關王冕一文的賞析，何者最為恰當？**

Ⓐ採第三人稱、旁觀者立場，運用對話的方式，以順敘法細膩傳神地鋪寫人物形象。

Ⓑ從體諒親心，願意輟學放牛、盡職放牛、送食養親等方面，刻畫王冕的好學性格。

Ⓒ 從有心自修，邊放牛邊看書、存錢買書、自修有成的歷程，描寫王冕的孝親行為。

Ⓓ 從勇於習畫，嘗試不同的興趣，進而改善了生活，顯現王冕熱中功名的淡泊個性。

7.（　）下文所述為范進岳丈胡屠戶教訓女婿之語，下列選項何者不正確？

你如今既中了相公，凡事要立起個體統來。比如我這行事裡都是些正經有臉面的人，又是你的長親，你怎敢在我們跟前裝大？若是家門口這些做田的、扒糞的，不過是平頭百姓，你若同他拱手作揖，平起平坐，這就是壞了學校規矩，連我臉上都無光了。你是個爛忠厚沒用的人，所以這些話我不得不教導你，免得惹人笑話。

Ⓐ 表達胡屠戶的勢利與范進的軟弱性格。

Ⓑ 作者意欲闡述世態炎涼，人情冷暖的現實。

Ⓒ 教導范進立身處世之道，以免為市井小民所欺。

Ⓓ 暗諷科舉制度下，讀書人倘未考取功名，社會地位甚為低微。

8.（　）吳敬梓藉著人物的言語或行為，描述人物的性格或心理，下列關於人物言行的詮釋何者正確？

Ⓐ 胡屠戶道：「像你這尖嘴猴腮，也該撒泡尿自己照照！不三不四，就想天鵝屁吃！」——胡屠戶為人幽默，富有想像力。

Ⓑ 那鄰居飛奔到集上……見范進抱著雞，手裡插個草標，一步一踱的東張西望，在那裡尋人買

——范進賣雞，有模有樣，非常老練。

Ⓒ范進不看便罷，看了一遍，又念一遍，自己把兩手拍了一下，笑了一聲道：「噫！好了！我中了！」——范進不相信自己竟能考上，無法承受這般歡喜。

Ⓓ屠戶見女婿衣裳後襟滾皺了許多，一路低著頭替他扯了幾十回——胡屠戶真心疼愛女婿，對他極為體貼。

9.（　）國文老師查找資料，抽出以下四本書：《史記》、《世說新語》、《儒林外史》、《稼軒長短句》。若要依照成書年代先後放回書架，下列排序何者正確？

Ⓐ《史記》→《儒林外史》→《世說新語》→《稼軒長短句》

Ⓑ《史記》→《世說新語》→《稼軒長短句》→《儒林外史》

Ⓒ《世說新語》→《史記》→《儒林外史》→《稼軒長短句》

Ⓓ《世說新語》→《稼軒長短句》→《史記》→《儒林外史》

【解答】 1.E　2.D　3.C　4.A　5.D　6.A　7.C　8.C　9.B

鏡花緣

李汝珍

”女有四行：一曰婦德，二曰婦言，三曰婦容，四曰婦功。“

作品通覽

❖作者簡介

《鏡花緣》是清代一部優秀且獨具特色的長篇小說。作者李汝珍，字松石，約生於西元一七六三年，死於西元一八三〇年左右。家世不詳，只知他弟兄三人，長兄李汝璜，字佛雲，三弟李汝琮，字宗玉，李汝珍排行第二。李氏兄弟先後入仕，但所任均低階官職，可見並非出自名門大族。李汝珍早年喪妻，二十歲左右隨其兄弟李汝璜來到海州，在當地續娶安家。之後雖曾到河南擔任縣丞之類的小官，但時間不長，一生大部分時間都生活在海州。他博學多識，但是對章句帖括之學不感興趣，反而花費大量時間研究音韻、博弈之類，著有《李氏音鑑》、《受子譜》、《字母五聲圖》等著作。《鏡花緣》的醞釀、創作都是在海州完成，從開始構思到最後完稿，歷時約二十年，其間三易其稿，創作態度極為嚴謹。全書原計畫寫二百回，但最後僅完成一百回。書成後在親朋好友中流傳，約在嘉慶二十三年正式付印出版。

❖全書內容

《鏡花緣》全書大致可分為兩個部分。

第一回至第五十回為第一部分，主要描寫唐敖等人遊歷海外諸國，及唐小山出海尋父的故事。

武則天篡奪唐朝政權後，自立為帝，改國號為周。唐室舊臣徐敬業起兵反對，但卻迅速敗亡，部屬及弟兄子女流散四方。一年殘冬，武則天飲酒賞雪，乘醉下詔，命百花開放。適逢百花仙子到麻姑洞府弈棋未歸，眾花仙無從請示，只得開花。玉帝因百花仙子並未奏聞，聽任部下呈豔於非時之候，獻媚於世主之前，乃將百花仙子及九十九位花仙一併謫降凡塵。百花仙子降為嶺南河源縣秀才唐敖之女，取名小山。

小山十二歲時，其父唐敖進京赴試，中了探花，不料被人告發曾與徐敬業等人結拜為異姓兄弟，被降為秀才。唐敖經此打擊，看破紅塵，便隨經商之妻舅（妻子的兄弟）林之洋到海外漫遊。一路上，經過君子國、大人國、勞民國、智佳國、黑齒國、白民國、淑士國、兩面國、歧舌國、女兒國等二十餘國，見識了許多奇風異俗、奇人異事、奇花異草和奇鳥異獸。後因船遇風暴，來到小蓬萊，唐敖獨自上山不歸，留詩謝絕世人。小山得知父親失蹤後，執意出海尋訪。此時，武則天已經下詔開科考試才女。小山與陰若花、林婉如等人隨林之洋出海，遍歷艱險，終於到達小蓬萊。小山與若花上山尋人，從一位樵夫手中得到唐敖的親筆信，命小山改名「閨臣」，考中才女，再行相聚。二人繼續尋找，遂在泣紅亭中見一石碑，上鐫有一百名花仙名號及其降生人世後的姓名，其中有「司百花仙子第十一名才女『夢中夢』唐閨臣」、「司牡丹花仙子第十二名才女『女中魁』陰若花」。閨臣將碑文全部抄下，上船歸國。

第五十一回至第一百回爲第二部分，主要描寫衆才女的相聚及離散。

唐閨臣回國後，與陰若花、枝蘭音、林婉如等人參加女科考試，武則天共尋取一等才女五十名，二等才女四十名，三等才女十名，共計一百名。閨臣本取爲殿元，但因武則天嫌其姓名不好，乃將前十名與十一至二十名對調，於是一百人的名次恰如泣紅亭中的碑文所記。衆才女連日歡宴，表演了「書畫琴棋，醫卜星相，音韻算法，無一不備；還有各樣燈謎，諸般酒令，以及雙陸、馬弔、射鵠、蹴球、鬥草、投壺，各種百戲之類」。宴罷散去，若花回到女兒國繼承王位，蘭音等人則封護衛大臣，閨臣則去小蓬萊尋父，入山不返。

之後，徐敬業等人之子與劍南節度使文芸聯合起兵反武則天，才女中的章蘭英等數十人，因夫妻、姻親關係投入軍中，在攻打武家軍設置的酉水（酒）關、巴刀（色）關、才貝（財）關、無火（氣）關時，燕紫瓊、田舜英、由秀英等才女先後殉難，最後終於打破四關，攻至長安城下。此時，武則天已年老臥病，朝內張柬之等大臣乘機誅殺佞臣張易之、張昌宗，迫使武則天歸政。唐中宗重定，仍尊武則天爲「則天大聖皇帝」。武后病癒後，再度下詔宣布來年仍開女試，並命前科衆才女赴紅文宴。

❖其來有自

從全書的內容來看，李汝珍當爲一位博學多才之士。在第一部分中，所寫的海外各國以及各地奇風異俗、奇人異事、奇花異草、奇鳥異獸，還有天上的各路神仙，大多依據古書記載，全都有其來歷。第二部分所寫的各種遊戲，其中有很多在當時都已經失傳，或是一般人只知其然，而不知其所以然的東西。

雖然李汝珍在兩個部分中，同樣在表現自己的學識，而且由於作者的介紹，能使讀者增加許多知識。但若將兩個部分加以比較，其中還是有所區別的。第一部分雖是根據古書記載，但主要還是依據李汝珍自己的想像，針對當時社會上的許多不合理現象，提出他認爲合理且有效的改革主張和批評，表達自己的社會理想。第二部分則是重在介紹古代遊藝的特色，運用文字和音韻的遊戲，讚揚才女們的學識和才華，也不乏對不合理社會的諷刺和對合理事物的肯定。

以下節錄精彩章回

第九回 服肉芝延年益壽，食朱草入聖超凡

話說唐敖聞多九公之言，不覺嘆道：「小弟向來以為銜石填海❶，失之過痴，必是後人附會。今日目睹，才知當日妄議，可謂『少所見多所怪』了。據小弟看來，此鳥秉性雖痴，但如此難為之事，並不畏難，其志可嘉。每見世人明明放著易為之事，他卻畏難偷安，一味磋跎，及至老大，一無所能，追悔無及。如果都像精衛這樣立志，何思無成！請問九公，小弟聞得此鳥生在發鳩山，為何此處也有呢？」多九公笑道：「此鳥雖有銜石填海之異，無非是個禽鳥，近海之地，何處不可生，何必定在發鳩一山。況老夫只聞鴝鵒不逾濟❷，至精衛不逾發鳩，這卻未曾聽過。」

林之洋道：「九公，你看前面一帶樹林，那些樹木又高又大，不知甚樹？俺們前去看看，如有鮮果，摘取幾個，豈不是好？」登時都至崇林。迎面有株大樹，長有五丈，大有五圍，上面並無枝節，

唯有無數稻鬚，如禾穗一般，每穗一個，約長丈餘。唐敖道：「古有『木禾』之說，今看此樹形狀，莫非木禾麼？」多九公點頭道：「可惜此時稻還未熟。若帶幾粒大米回去，因是罕見之物。」唐敖道：「往年所結之稻，大約都被野獸吃去，竟無一顆在地。」林之洋道：「這些野獸就算嘴饞好吃，也不能吃得顆粒無存。俺們且在草內搜尋，務要找出，長長見識。」說罷，各處尋覓。不多時，拿著一顆大米道：「俺找著了。」二人進前觀看，只見那米有三寸寬，五寸長。唐敖道：「這米若煮成飯，豈不有一尺長麼？」多九公道：「此米何足為奇！老夫向在海外，曾吃一個大米，足足飽了一年。」林之洋道：「這等說，那米定有兩丈長了？當日怎樣煮它？這話俺不信。」多九公道：「那米寬五寸，長一尺。煮出飯來，雖無兩丈，吃過後滿口清香，精神陡長，一年總不思食。此話不但林兄不信，就是當時老夫自己也覺疑惑。後來因聞當年宣帝時背陰國來獻方物❸，內有『清腸稻』，每食一粒，終年不飢，才知當日所食大約就是清腸稻了。」林之洋道：「怪不得今人射鵠❹，每每所發的箭離那鵠子還有一二尺遠，他卻大為可惜，只說『差得一米』，俺聽了著實疑惑，以為世上那有那樣大米。今聽九公這話，才知他說『差得一米』，卻是煮熟的清腸稻！」唐敖笑道：「『煮熟』二字，未免過刻。舅兄此話被好射歪箭的聽見，只怕把嘴還要打歪哩！」

忽見遠遠有一小人，騎著一匹小馬，約長七八寸，在那裡走跳。多九公一眼瞥見，早已如飛奔去。林之洋只顧找米，未曾理會。唐敖一見，那敢怠慢，慌忙追趕，那個小人也朝前奔走。多九公腿腳雖便，究竟筋力不及，兼之山路崎嶇，剛離小人不遠，不防路上有一石塊，一腳絆倒，及至起來，腿上轉筋❺，寸步難移。唐敖得空，飛忙越過，趕有半里之遙，這才趕上，隨即捉住，吃入腹內。多九公手扶林之洋，氣喘吁吁走來，望著唐敖嘆道：「一飲一啄，莫非前定，何況此等大事？這是唐兄仙緣湊巧，所以毫不費事，竟被得著了。」林之洋道：「俺聞九公說有個小人、小馬被妹夫趕來，俺們遠遠見你放在嘴邊，難道連人帶馬都吃了？俺甚不明，倒要請問，有甚仙緣？」唐敖道：「這個小人、小馬名叫『肉芝』，當日小弟原不曉得，今年從都中回來，無志功名，時常看看古人養氣服食等法，內有一條言：『行山中如見小人乘著車馬，長五七寸的，名叫「肉芝」。有人吃了，延年益壽，並可得道成仙。』此話雖不知真假，諒不致有害，因此把他捉住，有偏二兄吃了。」

林之洋笑道：「果真這樣，妹夫竟是活神仙了。你今吃了肉芝，自然不飢，只顧遊玩，俺倒餓了。剛才那個小人、小馬，妹夫吃時，可還剩條腿兒，給俺解解饞麼？」多九公道：「林兄如餓，恰好此地有個充飢之物。」隨向碧草叢中摘了幾枝青草道：「林兄把它吃了，不但不飢，並且頭目還覺清爽。」林之洋接過，只見這草宛如韭菜，內有嫩莖，開著幾朵青花，即放口內，不覺點頭道：「這草一股清香，倒也好吃。請問九公，它叫什麼名號？以後俺若遊山餓時，好把它來充飢。」唐敖道：「小弟聞得海外鵲山有草，青花如韭，名『祝餘』，可以療飢，大約就是此物了？」多九公連連點頭，於是又朝前走。林之洋道：「好奇怪！果真飽了！這草有這好處，俺要多找兩擔，放在船上，如遇缺糧，把它充飢，比當年妹夫所傳辟穀方子❻，豈不省事？」多九公道：「此草海外甚少，何能找得許多。況一經離土其葉即枯，若要充飢，必須嫩莖，枯即無用了。」

只見唐敖忽在路旁折了一枝青草，其葉如松，青翠異常。葉上生著一子，大如芥子。把子取下，手執青草道：「舅兄才吃祝餘，小弟只好以此奉陪了。」說罷，吃入腹內。又把那個芥子放在掌中，吹氣一口，登時從那子中生出一枝青草，也如松葉，約長一尺；再吹一口，又長一尺；一連吹氣三口，共有三尺之長。放在口邊，隨又吃了。林之洋笑道：「妹夫要這樣嘴嚼，只怕這裡青草都被你吃盡哩！這芥子忽變青草，這是甚故？」多九公道：「此是『躡空草』，又名掌中芥。取子放在掌中，一吹長一尺，再吹又長一尺，至三尺止。人若吃了，能立空中，所以叫作『躡空草』。」林之洋道：「有這好處，俺也吃它幾枝。久後回家，倘房上有賊，俺躡空捉他，豈不省事？」於是各處尋了多時，並無蹤影。多九公道：「林兄不必找了。此草不吹不生，這空山內有誰吹氣栽它？剛才唐兄所吃的，大約此子因鳥雀啄食，受了呼吸之氣，因此落地而生，並非常見之物，你卻從何尋找？老夫在海外多年，今日也是初次才見，若非唐兄吹它，老夫還不知就是躡空草哩！」林之洋道：「吃了這草，就能站在空中，俺想這話到底古怪。要求妹夫試試，果能平空站住，俺才信哩！」唐敖道：「此草才吃未久，如何就有效驗。也罷，小弟權且試試。」隨即將身一縱，就如飛舞一般，攛將上去，離地約有五六丈。果然兩腳登空，猶如腳踏實地，將身立住，動也不動。

說文解字

❶銜石填海：中國神話傳說之一。相傳，精衛本是炎帝神農氏的小女兒，名喚女娃。一日，女娃到東海遊玩，溺於水中。死後化爲「白喙赤足，首有花紋」的神鳥，每天從山上銜來石頭和草木，投入東海，試圖填平溺死自己的海水，並且發出「精衛、精衛」的悲鳴。❷鴝鵒：動物名，可仿人聲或其他鳥類的鳴聲。也作「八八兒」、「八哥」。❸方物：各地區的特產。❹鵠：動物名，俗稱爲「天鵝」。體形似雁而較大，能在水中迅速滑行，姿態優雅。❺轉筋：中醫用語，指局部筋肉痙攣的抽筋現象。❻辟穀：一種道術，指不吃五穀以求成仙。

第十一回　觀雅化閒遊君子邦，慕仁風誤入良臣府

話說唐、多二人把匾看了，隨即進城。只見人煙輳集❶，作買作賣，接連不斷，衣冠言談，都與天朝一樣。唐敖見言語可通，因向一位老翁問其何以「好讓不爭」之故。誰知老翁聽了，一毫不懂；又問國以「君子」為名是何緣故，老翁也回不知。一連問了幾個，都是如此。

多九公道：「據老夫看來，他這國名以及『好讓不爭』四字，大約都是鄰邦替它取的，所以他們都回不知。剛才我們一路看來，那些『耕者讓畔，行者讓路』光景，已是不爭之意。而且士庶人等，無論富貴貧賤，舉止言談，莫不恭而有禮，也不愧『君子』二字。」唐敖道：「話雖如此，仍須慢慢觀玩，方能得其詳細。」

說話間，來到鬧市。只見有一隸卒在那裡買物❷，手中拿著貨物道：「老兄如此高貨，卻討恁般賤價，教小弟買去，如何能安心！務求將價加增，方好遵教。若再過謙，那是有意不肯賞光交易了。」唐敖聽了，因暗暗說道：「九公，凡買物，只有賣者討價，買者還價。今賣者雖討過價，那買者並不還價，卻要添價。此等言談，倒也罕聞。據此看來那『好讓不爭』四字，竟有幾分意思了。」只聽賣貨人答道：「既承照顧，敢不仰體！但適才妄討大價，已覺厚顏，不意老兄反說貨高價賤，豈不更教小弟慚愧？況敝貨並非『言無二價』，其中頗有虛頭。俗云：『漫天要價，就地還錢。』今老兄不但不減，反要加增，如此克己，只好請到別家交易，小弟實難遵命。」唐敖道：「『漫天要價，就地還錢』，原是買物之人向來俗談；至『並非言無二價，其中頗有虛頭』，亦是買者之話。不意今皆

出於賣者之口，倒也有趣。」

只聽隸卒又說道：「老兄以高貨討賤價，反說小弟克己，豈不失了『忠恕之道』？凡事總要彼此無欺，方為公允。試問那個腹中無算盤，小弟又安能受人之愚哩！」談之許久，賣貨人執意不增，隸卒賭氣，照數付價，拿了一半貨物。剛要舉步，賣貨人那裡肯依，只說「價多貨少」，攔住不放。路旁走過兩個老翁，作好作歹，從公評定，令隸卒照價拿了八折貨物，這才交易而去。唐、多二人不覺暗暗點頭。

唐敖道：「如此看來，這幾個交易光景，豈非『好讓不爭』一幅行樂圖麼？我們還打聽什麼！且到前面再去暢遊。如此美地，領略領略風景，廣廣識見，也是好的。」只見路旁走過兩個老者，都是鶴髮童顏❸，滿面春風，舉止大雅。唐敖看罷，知非下等之人，忙侍立一旁。四人登時拱手見禮，問了名姓。原來這兩個老者都姓吳，乃同胞弟兄，一名吳之和，一名吳之祥。唐敖道：「不意二位老丈都是秦伯之後，失敬，失敬！」吳之和道：「請教二位貴鄉何處？來此有何貴幹？」多九公將鄉貫❹、來意說了。吳之祥躬身道：「原來是貴邦天朝！小子向聞天朝乃聖人之國，二位大賢榮列膠庠❺，為天朝清貴，今得幸遇，尤其難得。弟不知駕到，有失迎迓❻，尚求海涵！」唐、多二人連道：「豈敢！」吳之和道：「二位大賢由天朝至此，小子誼屬地主，意欲略展杯茗之敬，少敘片時，不知可肯枉駕？如蒙賞光，寒舍就在咫尺，敢勞玉趾一行❼。」二人聽了，甚覺欣然，於是隨著吳氏弟兄一路行來。

不多時，到了門前。只見兩扇柴扉，周圍籬牆，上面盤著許多青藤薜荔❽，門前一道池塘，塘內俱是菱蓮。進了柴扉，讓至一間敞廳，四人重復行禮讓坐。廳中懸著國王賜的小額，寫著「渭川別墅」。再向廳外一看，四面都是翠竹，把這敞廳團團圍住，甚覺清雅，小童獻茶。

唐敖問起吳氏昆仲事業❾，原來都是閒散進士。多九公忖道❿：「他兩個既非公卿大宦，為何國王卻替他題額？看來此人也就不凡了。」唐敖道：「小弟才同敝友瞻仰貴處風景，果然名不虛傳，真不愧『君子』二字！」吳之和躬身道：「敝鄉僻處海隅，略有知識，莫非天朝文章教化所致，得能不致隕越⓫，已屬草野之幸，何敢遽當『君子』二字。至於天朝乃聖人之邦，自古聖聖相傳，禮樂教化，久為八荒景仰⓬，無須小子再為稱頌。但貴處向有數事，愚弟兄草野固陋⓭，似多未解。今日難得二位大賢到此，意欲請示，不知可肯賜教？」唐敖道：「老丈所問，還是國家之事？還是我們世俗之事？」吳之和道：「如今天朝聖人在位，政治純美，中外久被其澤，所謂『巍巍蕩蕩，唯天為大，唯天朝則之』。國家之事，小子僻處海濱，毫無知識，不唯不敢言，亦無可言。今日所問，卻是世俗之事。」唐敖道：「既如此，請道其詳。倘有所知，無不盡言。」吳之和聽罷，隨即說出一番話來。

說文解字

❶人煙輳集：形容人口眾多，相當繁華。輳，聚集。❷隸卒：差役。❸鶴髮童顏：如鶴毛般的白髮，孩童般紅潤的臉色。形容老人氣色好、有精神，也作「童顏鶴髮」。❹鄉貫：籍貫、本籍。❺膠庠：泛指學校。膠，大學。庠，小學。❻迎迓：迎接。❼玉趾：尊稱他人的腳步。❽薜荔：植物名。果實浸出的黏液可製造涼粉、飲料或入藥，也作「木蓮」。❾昆仲：兄弟。❿忖：思量、揣度。⓫隕越：比喻失職。⓬八荒：天下。⓭草野：形容鄙陋、粗俗。

第二十三回　說酸話酒保咬文，講迂談腐儒嚼字

二人信步又到鬧市❶，觀玩許久。只見林之洋提著空包袱，笑嘻嘻趕來。唐敖道：「原來舅兄把貨物都賣了❷。」林之洋道：「俺雖賣了，就只賠了許多本錢。」多九公道：「這卻為何？」林之洋道：「俺進了書館，裡面是些生意，看了貨物，都要爭買。誰知這些窮酸，一錢如命，總要貪圖便宜，不肯十分出價。及至俺不賣要走，他又戀戀不捨，不放俺出來。扳談多時❸，許多貨物共總湊起來，不過增價一文。俺因那些窮酸又不添價，又不放走，他那戀戀不捨神情，令人看著可憐。俺本心慈面軟，又想起君子國交易光景，俺要學他樣子，只好吃些虧賣了。」多九公道：「林兄賣貨既不得利，為何滿面笑容？這笑必定有因。」

林之洋道：「俺生平從不談文，今日才談一句，就被眾人稱讚，一路想來，著實快活，不覺好笑。剛才那些生童同俺講價❹，因俺不戴儒巾，問俺向來可曾讀書。俺想妹夫常說，凡事總要謙恭，但俺腹中本無一物，若再謙恭，他們更看不起了。因此俺就說道：『俺是天朝人，幼年時節，經史子集，諸子百家，那樣不曾讀過！就是俺們本朝唐詩，也不知讀過多少！』俺只顧說大話，他們因俺讀過詩，就要教俺作詩，考俺的學問。俺聽這活，倒嚇一身冷汗。俺想俺林之洋又不是秀才，生平又未做甚歹事，為甚要受考的魔難❺？就是做甚歹事，也罪不至此。俺思忖多時，只得推辭俺要趲路❻，不能耽擱，再三支吾。偏偏這些刻簿鬼執意不肯，務要聽聽口氣，才肯放走。俺被他們逼勒不過，忽然想起素日聽得人說，搜索枯腸❼，就可作詩，俺因極力搜索。奈腹中只有盛飯的枯腸，並無盛詩的

枯腸，所以搜它不出。後來俺見有兩個小學生在那裡對對子[8]，先生出的是『雲中雁』，一個對『水上鷗』，一個對『水底魚』。俺趁勢說道：『今日偏偏「詩思」不在家，不知甚時才來。好在「詩思」雖不在家，「對思」卻在家，你們要聽口氣，俺對這個「雲中雁」罷。』他們都道：『如此甚好，不知對個什麼？』俺道：『鳥槍打。』他們聽了，都發愣不懂，求俺下個注解。俺道：『難為你們還是生童，連這意思也不懂？你們只知「雲中雁」拿那「水上鷗」、「水底魚」來對，請教：這些字面與那「雲中雁」有甚瓜葛？俺對的這個「鳥槍打」，卻從雲中雁生出的。』他們又問：『這三字為何從「雲中雁」生發的？倒要請教。』俺道：『一抬頭看見雲中雁，隨即就用鳥槍打，如何不從雲中雁生出的？』他們聽了，這才明白，都道：『果然用意甚奇，無怪他說諸子百家都讀過，據這意思，只怕還從《莊子》的「見彈而求鴞炙」，套出來的。』俺聽這話，猛然想起九公常同妹夫談論《莊子》、《老子》，約略必是一部大書，俺就說道：『不想俺的用意在這書上，竟被你們猜出，可見你們學問也是不凡的。幸虧俺用《莊子》，若用《老子》、《少子》，只怕也瞞不過了。』誰知他們聽了，又都問道：『向來只有《老子》，並未聽見有甚《少子》。不知這部《少子》何時出的？內中載著什麼？』俺被他們這樣一問，倒問住了。俺只當既有《老子》，一定該有《少子》。平時因聽你們談講《前漢書》、《後漢書》，又是什麼《文子》、《武子》，所以俺談《老子》，隨口帶出一部《少子》，以為多說一書，更覺好聽。那知剛把對子敷衍交卷，卻又鬧出岔頭。後來他們再三追問，定要把這《少子》說明，才肯放走。俺想來一想，登時得一脫身主意，因向他們道：『這部《少子》，乃聖朝太平之世出的，是俺天朝讀書人作的，這人就是老子後裔。老子做的是《道德經》，講的都是元虛奧妙；他這《少子》雖以遊戲為事，卻暗寓勸善之意，不外「風人之旨」，上面載著諸子百家、人物花鳥、書畫琴棋、醫卜星相⑨、音韻演算法，無一不備；還有各樣燈謎，諸般酒令，以及雙陸⑩、馬弔⑪、射鵠、蹴球⑫、鬥草⑬、投壺⑭，各種百戲之類，件件都可解得睡魔⑮，也可令人噴飯。這書俺們帶著許多，如不嫌汙目，俺就回去取來。』他們聽了，個個歡喜，都要觀看，將物價付俺，催俺上船取書，俺才逃了回來。」

唐敖笑道：「舅兄這個『鳥槍打』，幸而遇見這些生童；若教別人聽見，只怕嘴要打腫哩！」林之洋道：「俺嘴雖未腫，談了許多文，嘴裡著實發渴。剛才俺同生童討茶吃，他們那裡雖然有茶，並無茶葉，內中只有樹葉兩片。倒了多時，只得淺淺半杯，俺喝了一口，至今還覺發渴。這卻怎好？」多九公道：「老夫口裡也覺發乾，恰喜面前有個酒樓，我們何不前去沽飲三杯，就便問問風俗？」林之洋一聞此言，口中不覺垂涎道：「九公真是好人，說出話來莫不對人心路！」

三人進了酒樓，就在樓下揀個桌兒坐了。旁邊走過一個酒保，也是儒巾素服，面上戴著眼鏡，手中拿著摺扇，斯斯文文，走來向著三人打躬陪笑道：「三位先生光顧者，莫非飲酒乎？抑用菜乎？敢請明以教我。」林之洋道：「你是酒保，你臉上戴著眼鏡，已覺不配；你還滿嘴通文，這是甚意？剛才俺同那些生童講話，倒不見他有甚通文，誰知酒保倒通起文來，真是『整瓶不搖半瓶搖⑯』！你可曉得俺最猴急，耐不慣同你通文，有酒有菜，只管快快拿來！」酒保陪笑道：「請教先生，酒要一壺乎，兩壺乎？菜要一碟乎，兩碟乎？」林之洋把手朝桌上一拍道：「什麼『乎』不『乎』的！你只管取來就是了！你再『之乎者也』的，俺先給你一拳！」嚇得酒保連忙說道：「小子不敢⑰！小子改過！」隨即走去取了一壺酒，兩碟下酒之物，一碟青梅，一碟齏菜，三個酒杯，每人面前恭恭敬敬斟了一杯，退了下去。

林之洋素日以酒為命，見了酒，心花都開，望著二人說聲：「請了！」舉起杯來，一飲而盡。那酒方才下嚥，不覺緊皺雙眉，口水直流，捧著下巴喊道：「酒保，錯了！把醋拿來了！」只見旁邊座兒有個駝背老者，身穿儒服，面戴眼鏡，手中拿著剔牙杖[18]，坐在那裡，斯斯文文，自斟自飲。一面搖著身子，一面口中吟哦[19]，所吟無非『之乎者也』之類。正吟得高興，忽聽林之洋說酒保錯拿醋來，慌忙住了吟哦，連連搖手道：「吾兄既已飲矣，豈可言乎，你若言者，累及我也，我甚怕哉，故爾懇焉。兄耶，兄耶，切莫語之！」唐、多二人聽見這幾個虛字，不覺渾身發麻，暗暗笑個不了。林之洋道：「又是一個通文的！俺埋怨酒保拿醋算酒，與你何干？為甚累你？倒要請教。」老者聽罷，隨將右手食指、中指，放在鼻孔上擦了兩擦，道：「先生聽者，

今以酒醋論之。酒價賤之，醋價貴之。因何賤之？為甚貴之？
其所分之，在其味之。酒味淡之，故而賤之。醋味厚之，所以貴之。人皆買之，誰不知之。
他今錯之，必無心之。先生得之，樂何如之。第既飲之，不該言之。不獨言之，而謂誤之。
他若聞之，豈無語之。苟如語之，價必增之。先生增之，乃自討之。你自增之，誰來管之。
但你飲之，即我飲之。飲既類之，增應同之。向你討之，必我討之。你既增之，我安免之。
苟亦增之，豈非累之。既要累之，你替與之。你不與之，他安肯之。既不肯之，必尋我之。

我縱辯之，他豈聽之。他不聽之，勢必鬧之。倘鬧急之，我唯跑之。跑之，跑之，看你怎麼了之！」

唐、多二人聽了，唯有發笑。林之洋道：「你這幾個『之』字，盡是一派酸文，句句犯俺名字，把俺名字也弄酸了。隨你講去，俺也不懂。但俺口中這股酸氣，如何是好！」

桌上望了一望，只有兩碟青梅、齏菜，看罷，口內更覺發酸。因大聲叫道：「酒保！快把下酒多拿兩樣來！」酒保答應，又取四個碟子放在桌上，一碟鹽豆，一碟青豆，一碟豆芽，一碟豆瓣。林之洋道：「這幾樣俺吃不慣，再添幾樣來。」酒保答應，又添四樣，一碟豆腐乾，一碟豆腐皮，一碟醬豆腐，一碟糟豆腐⑳。林之洋道：「俺們並不吃素，為甚只管拿這素菜？還有什麼，快去取來！」酒保陪笑道：「此數餚也，以先生視之，固不堪入目矣。然以敝地論之，雖王公之尊，其所享者亦不過如斯數樣耳。先生鄙之，無乃過乎？止此而已，豈有它哉！」多九公道：「下酒菜業已夠了㉑，可有什麼好酒？」酒保道：「是酒也，非一類也，而有三等之分焉：上等者，其味醲㉒；次等者，其味淡；下等者，又其淡也。先生問之，得無喜其淡者乎？」唐敖道：「我們量窄，吃不慣醲的，你把淡的換一壺來。」酒保登時把酒換了。三人嘗了一嘗，雖覺微酸，還可吃得。林之洋道：「怪不得有人評論酒味，都說酸為上，苦次之，原來這話出在淑士國的。」

說文解字

❶信步：漫無目標的任意行走。❷舅兄：妻子之兄弟。❸扳談：閒談、交談，也作「扳話」。❹生童：指生員和童生。❺魔難：折磨、災難，也作「磨難」。❻趲路：趕路。❼搜索枯腸：比喻竭力思索。❽對子：對偶的詞句。❾醫卜

星相：醫士、卜者、星命、相術，在古代都是江湖術士之流。❿雙陸：一種古代的賭博遊戲。類似下棋，盤上兩邊各置十二格，雙方各持十五枚黑或白色棒槌狀的馬子立於己邊，比賽時按擲骰子的點數行走，先走到對方區域者獲勝。也作「雙六」。⓫馬弔：一種賭具，現在的紙牌類、麻雀牌即由此演化。也作「馬吊」。⓬蹴球：一種古代的踢球遊戲，類似現今的踢足球。起源於黃帝時代，流行於漢唐，宋代發展至巔峰，明清逐漸衰微。也作「踢鞠」、「踢毬」、「踢圓」、「蹴踘」、「蹴圓」。⓭鬥草：一種古代的遊戲。有三種遊戲規則，一是以草鉤連拉扯，比賽誰的草強韌；二是先各自採集不同的花草，限時集合後，雙方鬥花草的種類，以獨得的花草多者爲贏；三是不僅鬥花草種類，還鬥名目對仗，講究平仄相當。⓮投壺：古代宴會時的娛樂活動，賓主依次投矢於壺中，以投中次數決定勝負，勝者斟酒給敗者喝。⓯睡魔：比喻強烈的睡意。⓰整瓶不搖半瓶搖：比喻飽學的人虛心不自滿，知識淺薄的人反而自以爲了不起。⓱小子：自稱的謙詞。⓲剔牙杖：牙籤。⓳吟哦：吟詠。⓴糟豆腐：以糟醃漬的豆腐，也作「腐乳」。㉑業已：既已、已經。㉒醲：酒味醇厚。

第三十二回　訪籌算暢遊智佳國，觀豔妝閒步女兒鄉

行了幾日，到了女兒國，船隻泊岸，多九公來約唐敖上去遊玩。唐敖因聞得太宗命唐三藏西天取經，路過女兒國，幾乎被國王留住，不得出來，所以不敢登岸。多九公笑道：「唐兄慮的固是，但這女兒國非那女兒國可比。若是唐三藏所過女兒國，不獨唐兄不應上去，就是林兄明知貨物得利，也不敢冒昧上去。此地女兒國卻另有不同，歷來本有男子，也是男女配合，與我們一樣。其所異於人的，男子反穿衣裙，作為婦人，以治內事；女子反穿靴帽，作為男人，以治外事。男女雖亦配偶，內外之分，卻與別處不同。」唐敖道：「男為婦人，以治內事，面上可脂粉？兩足可須纏裹？」林之洋道：

「聞得他們最喜纏足，無論大家小戶，都以小腳為貴，若講脂粉，更是不能缺的。幸虧俺生天朝，若生這裡，也教俺裹腳，那才坑死人哩！」因從懷中取出一張貨單道：「妹夫，你看，上面貨物就是這裡賣的。」唐敖接過，只見上面所開脂粉、梳篦等類❶，盡是婦女所用之物。看罷，將單遞還道：「當日我們嶺南起身，查點貨物，小弟見這物件帶得過多，甚覺不解，今日才知卻是為此。單內既將貨物開明，為何不將價錢寫上？」林之洋道：「海外賣貨，怎肯預先開價，須看他缺了那樣，俺就那樣貴。臨時見景生情，卻是俺們飄洋討巧處。」唐敖道：「此處雖有女兒國之名，並非純是婦人，為何要買這些物件？」多九公道：「此地向來風俗，自國王以至庶民，諸事儉樸，就只有個毛病，最喜打扮婦人。無論貧富，一經講到婦人穿戴，莫不興致勃勃，那怕手頭拮据，也要設法購求。林兄素知此處風氣，特帶這些貨物來賣。這個貨單拿到大戶人家，不過三兩日就可批完，臨期兑銀發貨。雖不能如長人國、小人國大獲其利，看來也不止兩三倍利息。」唐敖道：「小弟當日見古人書上有『女治外事，男治內事』一說，以為必無其事，那知今日竟得親到其地。這樣異鄉，定要上去領略領略風景。舅兄今日滿面紅光，必有非常喜事，大約貨物定是十分得彩，我們又要暢飲喜酒了。」林之洋道：「今日有兩隻喜鵲❷，只管朝俺亂噪；又有一對喜蛛，巧巧落俺腳上，只怕又像燕窩那樣財氣，也不可知。」拿了貨單，滿面笑容去了。

唐敖同多九公登岸進城，細看那些人，無老無少，並無鬍鬚；雖是男裝，卻是女音；兼之身段瘦小，裊裊婷婷❸。唐敖道：「九公，你看，他們原是好好婦人，卻要裝作男人，可謂矯揉造作了。」多九公笑道：「唐兄，你是這等說，只怕他們看見我們，也說我們放著好好婦人不做，卻矯揉造作，充作男人哩！」唐敖點頭道：「九公此話不錯，俗話說的『習慣成自然』。我們看他雖覺異樣，無如他們自古如此；他們看見我們，自然也以我們為非。此地男子如此，不知婦人又是怎樣？」多九公暗向旁邊指道：「唐兄，你看那個中年老嫗，拿著針線做鞋，豈非婦人麼？」唐敖看時，那邊有個小戶人家，門內坐著一個中年婦人，一頭青絲黑髮，油搽得雪亮，真可滑倒蒼蠅；頭上梳一盤龍鬏兒❹，鬢旁許多珠翠，真是耀花人眼睛；耳墜八寶金環；身穿玫瑰紫的長衫，下穿蔥綠裙兒；裙下露著小小金蓮，穿一雙大紅繡鞋，剛剛只得三寸；伸著一雙玉手，十指尖尖，在那裡繡花；一雙盈盈秀目，兩道高高蛾眉，面上許多脂粉；再朝嘴上一看，原來一部鬍鬚，是個絡腮鬍子！

看罷，忍不住撲嗤笑了一聲。那婦人停了針線，望著唐敖喊道：「你這婦人，敢是笑我麼？」這個聲音，老聲老氣，倒像破鑼一般，把唐敖嚇得拉著多九公朝前飛跑。那婦人還在那裡大聲說道：「你面上有鬚，明明是個婦人，你卻穿衣戴帽，混充男人！你也不管男女混雜！你明雖偷看婦女，你其實要偷看男人。你這臊貨！你去照照鏡子，你把本來面目都忘了！你這蹄子，也不怕羞！你今日幸虧遇見老娘，你若遇見別人，把你當作男人偷看婦女，只怕打個半死哩！」

唐敖聽了，見離婦人已遠，因向九公道：「原來此處語音卻還易懂。聽他所言，果然竟把我們當作婦人，他才罵我『蹄子』。大約自有男子以來，未有如此奇罵，這可算得『千古第一罵』。我那舅兄上去，但願他們把他當作男人才好。」多九公道：「此話怎講？」唐敖道：「舅兄本來生得面如傅粉❺，前在厭火國，又將鬍鬚燒去，更顯少壯，他們要把他當作婦人，豈不耽心麼❻？」多九公道：「此地國人向待鄰邦最是和睦，何況我們又從天朝來的，更要格外尊敬。唐兄只管放心。」唐敖道：

「你看路旁掛著一道榜文，圍著許多人在那裡高聲朗誦，我們何不前去看看？」

走近聽時，原來是為河道壅塞之事。唐敖意欲擠進觀看，多九公道：「此處河道與我們何干，唐兄看它怎麼？莫非要替他挑河，想酬勞麼？」唐敖道：「九公休得取笑。小弟素於河道絲毫不諳，適因此榜，偶然想起桂海地方每每寫字都寫本處俗字，即如『上大下坐』字就是我們所讀『穩』字，『上不下生』字就是『終』字，諸如此類，取意也還有些意思，所以小弟要去看看，不知此處文字怎樣。看在眼內，雖算不得學問，廣廣見識，也是好的。」分開眾人進去，看畢，出來道：「上面文理倒也通順，書法也好，就只有個『上不下長』字，不知怎講。」多九公道：「老夫記得桂海等處都以此字讀作『矮』字，想來必是高矮之意。」唐敖道：「他那榜上講的果是堤岸高『上不下長』之話，大約必是『矮』字無疑。今日又識一字，卻是女兒國長的學問，也不虛此一行了。」

又朝前走，街上也有婦人在內，舉止光景，同別處一樣，裙下都露小小金蓮，行動時腰肢顫顫巍巍。一時走到人煙叢雜處，也是躲躲閃閃，遮遮掩掩，那種嬌羞樣子，令人看著也覺生憐。也有懷抱小兒的，也有領著小兒同行的。內中許多中年婦人，也有鬍鬚多的，也有鬍鬚少的，還有沒鬍的。及至細看，那中年鬍的，因為要充少婦，唯恐有鬍顯老，所以撥得一毛不存。唐敖道：「九公，你看，這些拔鬍婦人，面上鬍孔猶存，倒也好看。但這人中下巴，被他拔得一乾二淨，可謂寸草不留，未免失了本來面目，必須另起一個新奇名字才好。」多九公道：「老夫記得《論語》有句『虎豹之鞹』。他這人中下巴，都拔得光光，莫若就叫『人鞹』罷❼。」唐敖笑道：「『鞹』是『皮去毛者也』，這『人鞹』二字，倒也確切。」多九公道：「老夫才見幾個有鬍婦人，那部鬍鬚都似銀針一般，他卻用藥染黑，面上微微還有墨痕，這人中下巴，被他塗得失了本來面目。唐兄何不也起一個新奇名字呢？」唐敖道：「小弟記得衛夫人講究書法，曾有『墨豬❽』之說。他們既是用墨塗的，莫若就叫『墨豬』罷。」多九公笑道：「唐兄這個名字不獨別致，並且很得『墨』字、『豬』字之神。」二人說笑，又到各處遊了多時。

說文解字

❶梳篦：梳子與篦子，也作「梳枇」。篦，用竹片、牛骨或金屬等製成的細齒梳子，用以除去髮垢，或插在頭上當髮飾。❷喜鵲：動物名。傳說聽見喜鵲鳴叫，表示將有喜事降臨，故命名之。❸裊裊婷婷：女子體態纖秀柔美的樣子，也作「嫋嫋娉娉」、「嫋嫋婷婷」、「孃孃婷婷」。❹鬏兒：頭髮盤成的髻。❺面如傅粉：形容人長得眉目清秀，也作「面如敷粉」。❻耽心：掛心、顧慮，也作「擔心」。❼鞾：皮革。❽墨豬：比喻書法字體，筆畫豐肥、臃腫而乏筋骨。因字如墨團，故命名之。

第三十三回　粉面郎纏足受困，長鬚女玩股垂情

話說林之洋來到國舅府❶，把貨單求管門的呈進。裡面傳出話道：「連年國主採選嬪妃，正須此貨。今將貨單替你轉呈，即隨來差同去，以便聽候批貨。」不多時，走出一個內使❷，拿了貨單，一同穿過幾層金門，走了許多玉路，處處有人把守，好不威嚴。來到內殿門首，內使立住道：「大嫂在此等候。我把貨單呈進，看是如何，再來回你。」走了進去，不多時出來道：「大嫂單內貨物並未開價，這卻怎好？」林之洋道：「各物價錢，俺都記得，如要那幾樣，等候批完，俺再一總開價。」內

使聽了進去，又走出道：「請問大嫂，胭脂每擔若干銀❸？香粉每擔若干銀？頭油每擔若干銀❹？頭繩每擔若干銀❺？」林之洋把價說了。內使走去，又出來道：「請問大嫂，翠花每盒若干銀？絨花每盒若干銀？香珠每盒若干銀？梳篦每盒若干銀？」林之洋又把價說了。

內使入去，又走出道：「大嫂單內各物，我們國主大約多寡不等，都要買些。就只價錢問來問去，恐有訛錯，必須面講，才好交易。國主因大嫂是天朝婦人，天朝是我們上邦，所以命你進內。大嫂須要小心！」林之洋道：「這個不消吩咐。」跟著內使走進內殿。見了國王，深深打了一躬，站在一旁。看那國王，雖有三旬以外，生得面白唇紅，極其美貌，旁邊圍著許多宮娥❻。國王十指尖尖，拿著貨單，又把各樣價錢，輕啟朱唇問了一遍。一面問話，一面只管細細上下打量。林之洋忖道：「這個國王為甚只管將俺細看，莫非不曾見過天朝人麼？」不多時，宮娥來請用膳。國王吩咐內使將貨單存下，先去回覆國舅，又命宮娥款待天朝婦人酒飯，轉身回宮。

遲了片時，有幾個宮娥把林之洋帶至一座樓上，擺了許多餚饌。剛把酒飯吃完，只聽下面鬧鬧吵吵，有許多宮娥跑上樓來，都口呼「娘娘」，嗑頭叩喜。隨後又有許多宮娥捧著鳳冠霞帔❼、玉帶蟒衫，並裙褲簪環首飾之類，不由分說，七手八腳，把林之洋內外衣服脫得乾乾淨淨。這些宮娥都是力大無窮，就如鷹拿燕雀一般，那裡由他作主。剛把衣履脫淨，早有宮娥預備香湯，替他洗浴。換了襖褲，穿了衫裙，把那一雙「大金蓮」暫且穿了綾襪；頭上梳了鬏兒，搽了許多頭油，戴上鳳釵；搽了一臉香粉，又把嘴唇染得通紅；手上戴了戒指，腕上戴了金鐲；把床帳安了，請林之洋上坐。此時林之洋倒像做夢一般，又像酒醉光景，只是發愣。細問宮娥，才知國王將他封為王妃，等選了吉日，就要進宮。

正在著慌，又有幾個中年宮娥走來，都是身高體壯，滿嘴鬍鬚。內中一個白鬚宮娥，手拿針線，走到床前跪下道：「稟娘娘，奉命穿耳。」早有四個宮娥上來，緊緊扶住。那白鬚宮娥上前，先把右耳用指將那穿針之處碾了幾碾，登時一針穿過。林之洋大叫一聲：「疼殺俺了！」往後一仰，幸虧宮娥扶住。又把左耳用手碾了幾碾，也是一針直過，林之洋只疼得喊叫連聲。兩耳穿過，用些鉛粉塗上，揉了幾揉，戴了一副八寶金環，白鬚宮娥把事辦畢退去。接著有個黑鬚宮人，手拿一匹白綾，也向床前跪下道：「稟娘娘，奉命纏足。」又上來兩個宮娥，都跪在地下，扶住「金蓮」，把綾襪脫去。那黑鬚宮娥取了一個矮凳，坐在下面，將白綾從中撕開，先把林之洋右足放在自己膝蓋上，用些白礬灑在腳縫內❽，將五個腳指緊緊靠在一處，又將腳面用力曲作彎弓一般，即用白綾纏裹。才纏了兩層，就有宮娥拏著針線上來密密縫口❾，一面狠纏，一面密縫。林之洋身旁既有四個宮娥緊緊靠定，又被兩個宮娥把腳扶住，絲毫不能轉動。及至纏完，只覺腳上如炭火燒的一般，陣陣疼痛，不覺一陣心酸，放聲大哭道：「坑死俺了！」兩足纏過，眾宮娥草草做了一雙軟底大紅鞋替他穿上。

林之洋哭了多時，左思右想，無計可施，只得央及眾人道：「奉求諸位老兄替俺在國王面前方便一聲，俺本有婦之夫，怎作王妃？俺的兩隻大腳，就如遊學秀才，多年未曾歲考❿，業已放蕩慣了，何能把他拘束？只求早早放俺出去，就是俺的妻子也要感激的。」眾宮娥道：「剛才國主業已吩咐，將足纏好，就請娘娘進宮，此時誰敢亂言！」不多時，宮娥掌燈送上晚餐⓫，真是肉山酒海，足足擺了一桌。林之洋那裡吃得下，都給眾人吃了。

一時忽要小解，因向宮娥道：「此時俺要撒尿，煩老兄領俺下樓走走。」宮娥答應，早把淨桶掇來。林之洋看了，無可奈何，意欲扎掙起來，無如兩足纏得緊緊，那裡走得動。只得扶著宮娥下床，坐上淨桶。小解後，把手淨了，宮娥掇了一盆熱水道：「請娘娘用水。」林之洋道：「俺才洗手，為甚又要用水？」宮娥道：「不是淨手，是下面用水。」林之洋道：「怎叫下面用水？俺倒不知。」宮娥道：「娘娘才從何處小解，此時就從何處用水。既怕動手，待奴婢替洗罷。」登時上來兩個胖大宮娥，一個替他解褪裡衣，一個用大紅綾帕蘸水，在他下身揩磨。林之洋喊道：「這個玩的不好！諸位莫亂動手！俺是男人，弄的俺下面發癢。不好，不好！越揩越癢！」那個宮娥聽了，自言自語道：「你說越揩越癢，俺還越癢越揩哩！」把水用過，坐在床上，只覺兩足痛不可當，支撐不住，只得倒在床上和衣而臥。

那中年宮娥上前稟道：「娘娘既覺身倦，就請盥漱安寢罷。」眾宮娥也有執著燭台的；也有執著漱盂的；也有捧著面盆的；也有捧著梳妝的；也有托著油盒的；也有托著粉盒的；也有提著手巾的；也有提著綾帕的，亂亂紛紛，圍在床前，只得依著眾人略略應酬。淨面後，有個宮娥又來搽粉，林之洋執意不肯。白鬚宮娥道：「這臨睡搽粉規矩最有好處，因粉能白潤皮膚，內多冰麝。王妃面上雖白，還欠香氣，所以這粉也是不可少的。久久搽上，不但面加白玉，還從白色中透出一般肉香，真是越白越香，越香越白；令人越聞越愛，越愛越聞，最是討人歡喜的。久後才知其中好處哩！」宮娥說之至再，那裡肯聽。眾人道：「娘娘如此任性，我們明日只好據實啟奏，請保母過來⑫，再作道理。」登時四面安歇。

到了夜間，林之洋被兩足不時疼醒，即將白綾左撕右解，費盡無窮之力，才扯了下來，把十個腳指個個舒開。這一暢快，非同小可，就如秀才免了歲考一般，好不鬆動，心中一爽，竟自沉沉睡去。次日起來，盥漱已罷，那黑鬚宮娥正要上前纏足，只見兩足已脫精光，連忙啟奏。國王教保母過來重責二十，並命在彼嚴行約束。保母領命，帶了四個手下，捧著竹板，來到樓上，跪下道：「王妃不遵約束，奉令打肉。」林之洋看了，原來是個長鬚婦人，手捧一塊竹板，約有三寸寬、八尺長，不覺吃了一嚇道：「怎麼叫作『打肉』？」只見保母手下四個微鬚婦人，一個個膀闊腰粗，走上前來，不由分說，輕輕拖翻，褪下裡衣。保母手舉竹板，一起一落，竟向屁股、大腿，一路打去。林之洋喊叫連聲，痛不可忍。剛打五板，業已肉綻皮開，血濺茵褥⑬。保母將手停住，向纏足宮娥道：「王妃下體甚嫩，才打五板，已是血流漂杵⑭。若打到二十，恐他貴體受傷，一時難愈，有誤吉期。拜煩姐姐先去替我轉奏，看國主鈞諭如何，再作道理。」纏足宮人答應去了。

保母手執竹板，自言自語道：「同是一樣皮膚，他這下體為何生得這樣又白又嫩？好不令人可愛！據我看來，這副尊臀，真可算得貌比潘安，顏如宋玉了！」因又說道：「貌比潘安，顏如宋玉，是說人的容貌之美，怎麼我將下身比他？未免不倫。」只見纏足宮人走來道：「奉國主鈞諭，問王妃此後可遵約束？如痛改前非，即免責放起。」林之洋怕打，只得說道：「都改過了。」眾人於是歇手。宮娥拿了綾帕，把下體血跡擦了。國王命人賜了一包棒瘡藥⑮，又送了一盞定痛人參湯。隨即敷藥，吃了人參湯，倒在床上歇息片時，果然立時止痛。纏足宮娥把足從新纏好⑯，教他下床來往走動。宮娥攙著走了幾步，棒瘡雖好，兩足甚痛，只想坐下歇息，無奈纏足宮娥唯恐誤了限期，毫不放鬆，剛要坐下，就要啟奏。只得勉強支持，走來走去，真如掙命一般。到了夜間，不時疼醒，每每整夜不能合眼。無論日夜，俱有宮娥輪流坐守，從無片刻離人，竟是絲毫不能放鬆。林之洋到了這個地位，只覺得湖海豪情，變作柔腸寸斷了。

說文解字

❶國舅：古時皇帝后妃的兄弟。❷內使：傳達皇帝詔令的內監。❸擔：量詞，計算成挑物品的單位。❹頭油：擦抹頭髮的油質化妝品。❺頭繩：用毛絨及棉絨等搓製而成的繩子，質地鬆軟，婦女多用以束髮。❻宮娥：宮女，也作「宮娃」。❼鳳冠霞帔：古時后妃的冠飾，明清時亦作爲嫁服。❽白礬：一種無機化合物，可用於止血及收斂劑。❾拏：執持。❿歲考：科舉學制，凡生員一年一次由提學官和學政主持的考試，以評定優劣、賞罰。⓫掌燈：點燈。⓬保母：古代宮廷中，撫育王室子弟的女師。⓭茵褥：床墊，也作「茵蓐」。⓮血流漂杵：原形容殺戮的慘酷，流得血足以浮起木杵，此處指血流成河。杵，木棒。⓯棒瘡：被棒擊打後引起的破傷潰爛，也作「杖瘡」。⓰從新：重新。

言外之意

❖荒謬現實

在空間跨度遙遠而又五光十色的《鏡花緣》中，李汝珍運用奇特的想像力、異乎尋常的虛構誇張，將自己對許多社會現象的深刻感受，融於虛擬異國風情的描繪之中，使這些現象以獨樹一格的表現形式，強烈展現荒謬的現實。例如，《鏡花緣》中描寫的兩面國，當地人民對待他人的態度完全取決於對方的衣著打扮。所以，當身穿綢衫的唐敖與其交談時，他們「和顏悅色，滿面謙恭」，使人感到「可愛可親，與別處迥不相同」。

但當身著布衫的林之洋上前問話時，他們卻「陡然變了樣子，臉上冷冷的，笑容也收了，謙恭也免了」，答話「無情無緒，半吞半吐」。當唐林二人互換衣服，再去相見時，他們又轉而對林之洋熱情，對唐敖冷淡。原來，兩面國的人生有兩面，不過背面被頭巾包著，所以只能看見其正面。當兩面人正滿面謙恭、和顏悅色地與林之洋交談時，唐敖從背後揭開其頭巾，馬上暴露出「一張惡臉，鼠眼鷹鼻，滿臉橫肉」，「把掃帚眉一皺，血盆口一張，伸出一條長舌，噴出一股毒氣，霎時陰風慘慘，黑霧漫漫」。其實，在現實社會中，我們也常常遇到此種面帶微笑卻心懷惡意的人，李汝珍便是透過幻想形式，反映這一社會現實。那張「和顏悅色，滿面謙恭」的臉就是人們可以看見的表面，那張兇神惡煞的臉則是這些人兇殘醜惡的內心。

再如，作者寫無腸國的「富家」收存糞便，「以備僕婢下頓之用」，以痛斥苛刻剝削，爲富不仁。寫毛民國以諷刺吝嗇，寫靖人國以抨擊狡詐，寫翼民國以斥責阿諛逢迎，寫犬封國以嘲諷只知吃喝，一無所能的「酒囊」、「飯袋」等等，透過極度誇張與寓意結合的手法，對時弊痛下針砭。《鏡花緣》中對這些國家的描寫，荒誕、滑稽、離奇、怪異，裡面的人和事當然是不可能出現的，但我們讀後卻並不感到它虛假，反而覺得眞實可信。想必是因爲李汝珍對世間的世故頗有感觸，因而在小說中以幻想的形式、虛構的形象，反映現實生活中的本質。

❖酸腐學風

而對於當時清代科舉所造成的酸腐空疏學風，李汝珍更是感到痛心和可笑，諷刺、鞭撻也毫不留情。例如，在白民國「詩人滿架，筆墨如林」的學館裡，有一位自誇學問高深的塾師，卻將「幼吾幼，以及人之幼」，讀成「切吾切，以反人之切」，將「庠者，養也；校者，教也；序者，射也」，讀成「羊者，良也；交者，孝也；予者，身也」，眞是聞所未聞的不通，見所未見的誤人子弟。至於淑士國那「儒巾素服」、滿口「之乎者也」的儒者，爲了說明醋比酒貴這麼一個簡單的問題，一連用上數十個「之」字，從他們身上所散發出的酸腐氣味，足以令人啼笑皆非。與此相反，李汝珍對黑齒國飽學多識的才女及其老師則頌揚備至，還借唐敖之口說：「世人只知『紗帽底下好題詩』，那裡曉得草野中每每埋沒許多鴻儒。」

❖男女平等

《鏡花緣》在批判種種不合理的社會現象時，也提出以提高女權爲主的理想。李汝珍曾借泣紅亭主人所作碑記，說明自己的創作意圖之一是「哀群芳之不傳，因筆志之」。而作者也採取獨特的視角和方式以傳「群芳」，使其不朽。

首先，此書突破了古代寫女子，必不離戀愛、婚姻爲中心的模式。作者將女子看作是一種有獨立價值，不以男子爲依附的角色。在作品中，女子的聰明才智被充分發掘，小說塑造出的一百位才女形象，個個聰慧絕倫，才識超群，有時甚至超越男子。例如，在黑齒國的兩個才女與博雅多聞的多九公談論學問時，從音韻訓詁到《論語》、《周易》，無所不曉，直把多九公問得「汗如雨下，無言可答」。

其次，透過對開女學、開女科等作爲的肯定描寫，表現女子應享有與男性相等權利的思想主張。

最後，透過對女子當權的女兒國，以逆向思維，大膽顚倒男尊女卑的傳統觀念。在女兒國中，「男子反穿衣裙，作爲婦人，以治內事；女子反穿靴帽，作爲男人，以治外事」。特別是對於林之洋被封爲王妃的一段描寫，使他作為男權的象徵，將婦女們世世代代所受的穿耳、纏足等肉體痛苦和精神折磨，剎那間全加諸於他的身上。從林之洋的痛苦體驗中，突出強加給婦女身上的各種殘酷、荒謬的束縛。由此，表現出李汝珍對在傳統社會中，受壓迫、摧殘婦女的極大同情，使全書體現出尊重女權，祈許男女平等的思想。

❖藝術手法

在藝術手法上，《鏡花緣》在清代衆多小說中可謂獨樹一幟，具有自己的風格和特點。

其一，作者以古籍中相關神話的記載為依據，展開豐富的想像，進行再創造。或取其特徵渲染誇張，或改頭換面、移花接木，賦予古代神話傳說新的故事內容和社會意義。如以《山海經》中《海外西經》和《大荒西經》中所記的女子國為引，虛構了長篇的女兒國故事；據《海外西經》的白民國記載演化成白民國故事；據《海外東經》所載「其人好讓不爭」演敘成君子國故事；據《海外東經》和《博物志》相關描寫演化成大人國故事等等。李汝珍對諸如此類神話傳說的運用，既不囿於所載故事的梗概，更不受其原始意義的束縛，大都是以其為媒介，展現作者的奇思異想，藉以抒發自己的憤鬱和社會理想，從而建構自成一家的風格。

其二，《鏡花緣》是一部將嚴肅的主題寓於趣味性與知識性相結合之架構的作品。魯迅將其歸入「以小說見才學者」之列，書中所包含的知識包羅萬象。在前五十回中，李汝珍描寫海外風情，各種軼聞趣事，令人應接不暇。往往由此及彼，或引申，或展開，或歸納，將各類知識熔為一爐。但在後五十回中，吊書袋子的氛圍則越加濃厚，作者常常透過才女之口，論學說藝，引經據典，相互引發，各顯才智，尤其對古代各種遊藝活動的介紹更是長篇巨幅，勢如潑墨。反而因此忽視了情節展開和人物形象的塑造，也成為後人所認為的缺點之一。

在古典小說中，《鏡花緣》無論在故事內容或藝術手法上，都十分獨特，很難歸入任何一類，所以也被稱爲「雜家小說」，此處因全書講述許多奇人異事，所以姑且將它歸爲神魔小說。其形雜質清，寓莊於諧，想像奇特，輕鬆幽默，爲雅俗所共賞，影響已越出國界，被譯成英、法、德、俄、日等多種文字。

高手過招（*為多選題）

1.（　）閱讀下文，推斷最適合填入＿＿＿內的選項為何？

次日，林之洋同唐（敖）、多（九公）二人偶然說起：「那日同（女兒國）國王成親，虧俺給他一概弗得知，任他花容月貌，俺只認作害命鋼刀；若不捺了火性，那得有命回來？」唐敖道：「據這光景，舅兄竟是＿＿＿了。」（李汝珍《鏡花緣》第三十八回）

Ⓐ柳下惠坐懷不亂。
Ⓑ姜太公離水釣魚。
Ⓒ藺相如完璧歸趙。
Ⓓ諸葛亮唱空城記。

*2.（　）請閱讀下列文字，關於下文列舉的六部古典文學作品之說明，何者正確？

「文學無國界，幻想無古今。」當前世界各地知名的電影或暢銷書籍，與中國的文化產物皆可找到同質關係。例如《魔戒》一書，介紹各方奇想的人種與國度，與李汝珍《鏡花緣》的取材頗為相似。《哈利波特》一套書籍，將西方各種神怪傳說彙整而出，與（甲）記神祇異物的特色，何其相近！史恩康納萊主演的《天降奇兵》，將「吸血鬼」、「隱形人」、「科學怪人」等科幻故事主角重新組合的手法，神似以歷史人物與神話人物摻合的《封神演義》。甚至《茶花女》與曾樸著名諷刺小說（乙）相較，不但都以特種營業場所為背景，兩本書的主人翁可悲可憫的遭遇，同樣令人深感悽愴。而《古墓奇兵》中女主角神勇的身影，在《紅線記》、《聶隱娘》的女主角身上，皆有似曾相識的感覺。

Ⓐ（甲）可填入《山海經》。
Ⓑ（乙）可填入《老殘遊記》。
Ⓒ 上述六部作品都可列入魔幻小說。
Ⓓ《紅線記》、《聶隱娘》皆為文言短篇的傳奇小說。
Ⓔ《封神演義》為六部作品中，最晚成書的一部。

3.（　）閱讀下文，並判斷＿＿＿處依序應填入哪兩部典籍？

我幼年時候最喜歡的是《鏡花緣》。林之洋的冒險，大家都是賞識的，但是我所愛的是多九公，因為他能識得一切的奇事和異物。對於神異故事之原始的要求，長在我們的血脈裡，所以

＿＿＿、《十洲記》、＿＿＿之類千餘年前的著作，在現代人的心裡仍有一種新鮮的引力。（周作人〈論鏡花緣〉）

Ⓐ《夷堅志》、《水滸傳》
Ⓑ《搜神記》、《西廂記》
Ⓒ《封神榜》、《紅樓夢》
Ⓓ《山海經》、《博物志》

4.（　）下列引號中的詞語，何者前後語意不同？

Ⓐ若悠悠地似做不做，如「捕風捉影」，有甚長進！（《朱子語類》第八卷）／世上傳留法術都只「捕風捉影」，有假無真。（《三遂平妖傳》第十一回）

Ⓑ雖不免大家賴一回，終不免「水落石出」。（《紅樓夢》第七十三回）／列公，慢慢聽下去，少不得有個「水落石出」。（《兒女英雄傳》第二十三回）

Ⓒ這樣好天氣，他先生正好到六橋探春光，「尋花問柳」，作西湖上的詩。（《儒林外史》第十七回）／韓道國與來保兩個，且不置貨，成日「尋花問柳」，飲酒宿娼。（《金瓶梅》第八十一回）

Ⓓ半晌風流有何益？一般滋味不須誇。他時「禍起蕭牆」內，血污遊魂更可嗟。（《水滸傳》第二十五回）／第此時臣國西宮之患雖除，無如族人甚眾，良莠不齊，每每心懷異志，「禍起蕭牆」，若稍不留神，未有不遭其害。（《鏡花緣》第八十五回）

5.（　）李汝珍的《鏡花緣》中，有關唐敖遊海外部分，多取材自何書？

Ⓐ《神異經》
Ⓑ《幽明錄》
Ⓒ《山海經》
Ⓓ《古鏡記》

6.（　）大仁正在看一本古典小說，只知他讀到第六回，回目是「眾宰承宣遊上苑，百花獲譴降紅塵」。從以上線索推測，他正在讀什麼小說？

Ⓐ《鏡花緣》
Ⓑ《紅樓夢》
Ⓒ《孽海花》
Ⓓ《西遊記》

【解答】 1. A　2. AD　3. D　4. C　5. C　6. A

老殘遊記

劉鶚

吾人生今之時，有身世之感情、有家國之感情、有社會之感情、有宗教之感情。其感情愈深者，其哭泣愈痛，此鴻都百鍊生所以有老殘遊記之作也！棋局已殘，吾人將老，欲不哭泣也得乎？吾知海內千芳，人間萬豔，必有與吾同哭同悲者焉！

作品通覽

❖作者簡介

《老殘遊記》的作者爲劉鶚，原名孟鵬，字雲摶，又字鐵雲，後字公約。生於清文宗咸豐七年，卒於遜帝宣統元年，享年五十二歲。江蘇丹徒人，生於六合，為宋代名將劉延慶二十三世孫。其父劉成忠，科甲出身，官至監察禦史，在河南任職多年，幕中人才眾多，家中藏書甚豐。劉父育有子女五人，劉鶚乃么子，長兄劉孟熊對西學很有興趣，對劉鶚影響頗深。劉鶚十七歲時娶妻王氏，又有側室五人，三十五歲時王氏歿，四十四歲娶鄭安香為繼室，膝下有六子一女。

劉鶚在世年間，國家正處於風雨飄搖，且內憂外患接連不斷的時候。自鴉片戰爭以來，清廷歷經太平天國、英法聯軍和中法戰爭等戰事，嚴重暴露列強侵略的野心及清廷的腐敗無能，同時也促使有識之士意識到西洋武器的優越性。自六〇至九〇年代，自強運動風起雲湧，洋務派主張「師夷之長以制夷」，藉充實軍備以圖謀自強。甲午戰爭後，洋務派從主張機器科學改革，轉而為主張制度改革，但是，改革制度的維新運動卻成為光緒帝與慈禧太后之間的權力之爭，最後，百日而終。

光緒二十六年，義和團在山東崛起，本以反清復明為口號，後來山東地區德國勢力太過橫行，於是口號遂由反清轉為反洋。義和團對一切洋貨深惡痛絕，凡是販賣或使用洋貨的，都被他們稱為「二毛子」，抓到就殺。義和團在庚子年間擴大作亂，燒教堂、殺教民、毀鐵路、占領地，慈禧與義和團仇洋反教的心理一氣相通，聽聞義和團的行為後，只派兩個文官溫和勸散，反而助長義和團的氣焰。從此，整個北京自晨及夜，都有教民的房屋被縱火焚毀。

最後，八國聯軍在七月進入北京，大舉屠殺，所到之處，姦殺擄掠，無所不至。慈禧無力抵抗，遂於西元一九〇一年九月簽下空前屈辱的《辛丑條約》。歷史的巨輪轉輾至此，已造成無可避免的「棋局已殘」頹勢，劉鶚寫作《老殘遊記》，正當此時。

面對覆巢危卵的局面，劉鶚對時代表露深切的的關懷。正如他在《老殘遊記》自序中所說：「吾人生今之時，有身世之情感、有家國之情感、有社會之情感、有宗教之情感。其感情愈深者，其哭泣愈痛，此鴻都百鍊生所以有老殘遊記之作也。棋局已殘，吾人將老，欲不哭泣也得乎？吾知海內千芳，人間萬豔，必有與吾同哭同悲者焉！」

由於劉鶚從小生長在仕宦家庭，因此對於政治、社會皆懷有深切的經世濟民之感，加上父兄的影響，又得以閱覽群書，因此思想較當時一般人進步開明。年少時，他胸懷大志，好與才俊之士往來，後又極力鑽研水利、天文、醫療、算數等等實用學問，並且將所學應用在生活之中。光緒十四年，鄭州黃河嚴重決堤，好幾名治河官員都無法補救。劉鶚聞訊，趕往河南投效河督吳大澂，參與治河工程。由於治河有功，聲名大噪，長官欲表揚他的功績，他卻辭讓不受，請歸讀書。

劉鶚也曾擔任知府，他上書朝廷，建議讓外資在山西築路開礦，卻被視爲漢奸，鄉民群起而攻之，他因此棄官從商。其實劉鶚的想法很單純，在當時卻顯得很新穎。他認爲當此蒿目時艱，在國家無力開源，人民不能飽食的情況下，不如借外人之力以活國人。在一封劉鶚給友人的信提到：「晉鐵開則民得養，而國可富也。國無素蓄，不如任歐人開之，我嚴定其制，令三十年而全礦路歸我。如是，則彼之利在一時，而我之利在百世。」如此深謀遠慮的想法，卻不能爲人接受，更惹人攻訐，被目爲漢奸，怎能不令人唏噓！

八國聯軍之後，他以賤價向俄國人購買太倉糧，用以賑濟災民，卻在西元一九〇八年被袁世凱以擅散太倉糧的罪名，流放新疆，隔年病逝於迪化。

❖不以哭泣為哭泣者

《老殘遊記》有初編二十回，二編九回，而外編則是散稿一篇。雖然劉鶚之子劉大紳在《關於老殘遊記》一文中說，劉鶚之所以寫作《老殘遊記》乃是，「一時興到筆墨，初無任何計畫宗旨，亦無組織結構，當時不過日寫數紙，贈諸友人」。後又提到以書稿贈人，乃是爲救友連夢青之急。但是，在劉鶚這部不經意之作中，已然灌注了他一生的思想和理念，以及他對社會國家的憂思與熱情。在《老殘遊記》第一回中，劉鶚便藉由帆船夢境一節，影射中國當時的處境與自身經歷，似乎也預視了自己的一生終將以悲劇收場。

劉鶚曾在初編自敘中提到「哭泣」，他說「哭泣」有兩類，一種是「無力」，一種是「有力」。如小孩丟了東西而哭泣，屬於無力之哭泣，而有力之哭泣又分「以哭泣爲哭泣者」及「不以哭泣爲哭泣者」。劉鶚在書中所表現的哭泣，即是他所謂「不以哭泣爲哭泣者」，當他面對清末殘局，又感嘆年命將逝，豈能不哭泣！《老殘遊記》中，老殘聽聞玉賢的殘酷，思及城中百姓的痛苦，曾掉下淚來；又聽聞翠環遭遇，也忍不住眼中泛淚。劉鶚就是這麼一個充滿熱情、同情弱者又憂國憂民的有識之士，面對龐大腐化的體系，他企圖以一己之力扭轉一二，但結果卻宛若蚍蜉撼樹。這種無力與悲憤全化作文字，一如《離騷》是屈原之哭泣，《史記》爲太史公之哭泣，《老殘遊記》就是劉鶚的哭泣。

以下節錄精彩章回

第一回　土不制水歷年成患，風能鼓浪到處可危

這日，老殘吃過午飯，因多喝了兩杯酒，覺得身子有些睏倦，就跑到自己房裡一張睡榻上躺下，

歇息歇息，才閉了眼睛，看外邊就走進兩個人來，一個叫文章伯，一個叫德慧生。這兩人本是老殘的至友，一齊說道：「這麼長天大日的，老殘，你蹲在家裡做甚？」老殘連忙起身讓坐，說：「我因為這兩天困於酒食，覺得怪膩的。」二人道：「我們現在要往登州府去，訪蓬萊閣的勝景，因此特來約你。車子已替你雇了，你趕緊收拾行李，就此動身罷。」老殘行李本不甚多，不過古書數卷，儀器幾件，收檢也極容易❶，頃刻之間便上了車。無非風餐露宿，不久便到了登州，就在蓬萊閣下覓了兩間客房，大家住下，也就玩賞玩賞海市的虛情，蜃樓的幻相。

次日，老殘向文、德二公說道：「人人都說日出好看，我們今夜何妨不睡，看一看日出何如？」二人說道：「老兄有此清興，弟等一定奉陪。」秋天雖是晝夜停勻時候❷，究竟日出日入，有蒙氣傳光，還覺得夜是短的。三人開了兩瓶酒，取出攜來的餚饌，一面吃酒，一面談心，不知不覺，那東方已漸漸發大光明了。其實離日出尚遠，這就是蒙氣傳光的道理❸。三人又略談片刻，德慧生道：「此刻也差不多是時候了，我們何妨先到閣子上頭去等呢？」文章伯說：「耳邊風聲甚急，上頭窗子太敞，恐怕寒冷，比不得這屋子裡暖和，須多穿兩件衣服上去。」

各人照樣辦了，又都帶了千里鏡❹，攜了毯子，由後面扶梯曲折上去。到了閣子中間，靠窗一張桌子旁邊坐下，朝東觀看，只見海中白浪如山，一望無際。東北青煙數點，最近的是長山島，再遠便是大竹、大黑等島了。那閣子旁邊，風聲呼呼價響❺，彷彿閣子都要搖動似的。天上雲氣一片一片價疊起，只見北邊有一片大雲飛到中間，將原有的雲壓將下去，並將東邊一片雲擠得越過越緊，越緊越不能相讓，情狀甚為譎詭。過了些時，也就變成一片紅光了。

慧生道：「殘兄，看此光景，今兒日出是看不著的了。」老殘道：「天風海水，能移我情，即是看不著日出，此行亦不為辜負。」章伯正在用遠鏡凝視，說道：「你們看！東邊有一絲黑影，隨波出沒，定是一隻輪船由此經過。」於是大家皆拿出遠鏡，對著觀看。看了一刻，說道：「是的，是的。你看，有極細一絲黑線，在那天水交界的地方，那不就是船身嗎？」大家看了一會，那輪船也就過去，看不見了。

慧生還拿遠鏡左右觀視，正在凝神，忽然大叫：「噯呀！噯呀！你瞧，那邊一隻帆船在那洪波巨浪之中，好不危險！」兩人道：「在什麼地方？」慧生道：「你望正東北瞧，那一片雪白浪花，不是長山島嗎？在長山島的這邊，漸漸來得近了。」兩人用遠鏡一看，都道：「噯呀！噯呀！實在危險得極！幸而是向這邊來，不過二三十里就可泊岸了。」

相隔不過一點鐘之久，那船來得業已甚近。三人用遠鏡凝神細看，原來船身長有二十三、四丈，原是隻很大的船。船主坐在舵樓之上，樓下四人專管轉舵的事。前後六枝桅杆，掛著六扇舊帆，又有兩枝新桅，掛著一扇簇新的帆，一扇半新不舊的帆，算來這船便有八枝桅了。船身吃載很重，想那艙裡一定裝的各項貨物。船面上坐的人口，男男女女，不計其數，卻無篷窗等件遮蓋風日❻，同那天津到北京火車的三等客位一樣，面上有北風吹著，身上有浪花濺著，又濕又寒，又飢又怕。看這船上的人都有民不聊生的氣象，那八扇帆下，備有兩人專營繩腳的事，船頭及船幫上有許多的人，彷彿水手的打扮。

這船雖有二十三、四丈長，卻是破壞的地方不少。東邊有一塊，約有三丈長短，已經破壞，浪花直灌進去。那旁，仍在東邊，又有一塊，約長一丈，水波亦漸漸侵入。其餘的地方，無一處沒有傷痕。那八個管帆的卻是認真的在那裡管，只是各人管各人的帆，彷彿在八隻船上似的，彼此不相關照。那水手只管在那坐船的男男女女隊裡亂竄，不知所做何事，用遠鏡仔細看去，方知道他在那裡搜他們男男女女所帶的乾糧，並剝那些人身上穿的衣服。章伯看得親切❼，不禁狂叫道：「這些該死的奴才！你看，這船眼睜睜就要沉覆，他們不知想法敷衍著早點泊岸，反在那裡蹂躪好人，氣死我了！」慧生道：「章哥，不用著急，此船目下相距不過七八里路❽，等它泊岸的時候，我們上去勸勸他們便是。」

正在說話之間，忽見那船上殺了幾個人，拋下海去，捩過舵來❾，又向東邊去了。章伯氣得兩腳直跳，罵道：「好好的一船人，無窮性命，無緣無故斷送在這幾個駕駛的人手裡，豈不冤枉！」沉思了一下，又說道：「好在我們山腳下有的是漁船，何不駕一隻去，將那幾個駕駛的人打死，換上幾個，豈不救了一船人的性命？何等功德！何等痛快！」慧生道：「這個辦法雖然痛快，究竟未免魯莽，恐有未妥。請教殘哥以為何如？」

老殘笑向章伯道：「章哥此計甚妙，只是不知你帶幾營人去？」章伯憤道：「殘哥怎麼也這麼糊塗！此時人家正在性命交關，不過一時救急，自然是我們三個人去。那裡有幾營人來給你帶去！」老殘道：「既然如此，他們船上駕駛的不下頭二百人，我們三個人要去殺他，恐怕只會送死，不會成事罷。高明以為何如❿？」章伯一想，理路卻也不錯⓫，便道：「依你該怎麼樣，難道白白地看他們死嗎？」老殘道：「依我看來，駕駛的人並未曾錯，只因兩個緣故，所以把這船就弄的狼狽不堪了。怎麼兩個緣故呢？一則他們是走「太平洋」的，只會過太平日子，若遇風平浪靜的時候，他駕駛的情狀亦有操縱自如之妙。不意今日遇見這大的風浪，所以都毛了手腳。二則他們未曾預備方針，平常晴天的時候，照著老法子去走，又有日月星辰可看，所以南北東西尚還不大很錯，這就叫作『靠天吃飯』。那知遇了這陰天，日月星辰都被雲氣遮了，所以他們就沒了依傍。心裡不是不想望好處去做，只是不知東南西北，所以越走越錯。為今之計，依章兄法子，駕隻漁艇追將上去，他的船重，我們的船輕，一定追得上的。到了之後，送他一個羅盤，他有了方向，便會走了。再將這有風浪與無風浪時駕駛不同之處告知船主，他們依了我們的話，豈不立刻就登彼岸了嗎？」慧生道：「老殘所說極是，我們就趕緊照樣辦去。不然，這一船人實在可危的極！」

說著，三人就下了閣子，吩咐從人看守行李物件⑫，那三人卻俱是空身，帶了一個最準的向盤⑬，一個紀限儀⑭，並幾件行船要用的物件。下了山，山腳下有個船塢⑮，都是漁船停泊之處，選了一隻輕快漁船，掛起帆來，一直追向前去。

幸喜本日颳的是北風，所以向東向西都是旁風，使帆很便當的⑯。一霎時，離大船已經不遠了，三人仍拿遠鏡不住細看。及至離大船十餘丈時，連船上人說話都聽得見了。

誰知道除那管船的人搜括眾人外，又有一種人在那裡高談闊論地演說，只聽他說道：「你們各人均是出了船錢坐船的，況且這船也就是你們祖遺的公司產業，現在已被這幾個駕駛人弄得破壞不堪，你們全家老幼性命都在船上，難道都在這裡等死不成？就不想個法兒挽回挽回嗎？真真該死奴才！」

眾人被他罵得頓口無言，內中便有數人出來說道：「你這先生所說的都是我們肺腑中欲說說不出的話，今日被先生喚醒，我們實在慚愧，感激的很！只是請教有什麼法子呢？」那人便道：「你們知道現在是非錢不行的世界了，你們大家斂幾個錢來[17]，我們捨出自己的精神，拚著幾個人流血，替你們掙個萬世安穩、自由的基業，你們看好不好呢？」眾人一齊拍掌稱快。

章伯遠遠聽見，對二人說道：「不想那船上竟有這等的英雄豪傑！早知如此，我們可以不必來了。」慧生道：「姑且將我們的帆落幾葉下來，不必追上那船，看他是如何的舉動。倘真有點道理，我們便可回去了。」老殘道：「慧哥所說甚是。依愚見看來，這等人恐怕不是辦事的人，只是用幾句文明的話頭騙幾個錢用用罷了！」

當時三人便將帆葉落小，緩緩地尾大船之後。只見那船上人斂了許多錢，交給演說的人，看他如何動手。誰知那演說的人斂了許多錢去，找了一塊眾人傷害不著的地方，立住了腳，便高聲叫道：「你們這些沒血性的人，涼血種類的畜生，還不趕緊去打那個掌舵的嗎？」又叫道：「你們還不去把這些管船的一個一個殺了嗎？」那知就有那不懂事的少年，依著他去打掌舵的，也有去罵船主的，俱被那旁邊人殺的殺了，拋下海的拋下海了。那個演說的人又在高處大叫，道：「你們為什麼沒有團體？若是全船人一齊動手，還怕打不過他們麼？」那船上人就有老年曉事的人，也高聲叫道：「諸位切不可亂動！倘若這樣做去，勝負未分，船先覆了！萬萬沒有這個辦法！」

慧生聽得此語，向章伯道：「原來這裡的英雄只管自己斂錢，叫別人流血的。」老殘道：「幸而尚有幾個老成持重的人，不然，這船覆得更快了。」說著，三人便將帆葉抽滿，頃刻便與大船相近。篙工用篙子鉤住大船[18]，三人便跳將上去，走至舵樓底下，深深地唱了一個喏，便將自己的向盤及紀限儀等項取出呈上。舵工看見，倒也和氣，便問：「此物怎樣用法？有何益處？」

正在議論，那知那下等水手裡面，忽然起了咆哮，說道：「船主！船主！千萬不可為這人所惑！他們用的是外國向盤，一定是洋鬼子差遣來的漢奸！他們是天主教！他們將這隻大船已經賣與洋鬼子了，所以才有這個向盤。請船主趕緊將這三人綁去殺了，以除後患。倘與他們多說幾句話，再用了他的向盤，就算收了洋鬼子的定錢⑲，他就要來拿我們的船了！」誰知這一陣嘈嚷⑳，滿船的人俱為之震動，就是那演說的英雄豪傑也在那裡喊道：「這是賣船的漢奸！快殺，快殺！」

船主、舵工聽了，俱猶疑不定，內中有一個舵工，是船主的叔叔，說道：「你們來意甚善，只是眾怒難犯，趕快去罷！」三人垂淚，趕忙回了小船。那知大船上人餘怒未息，看三人上了小船，忙用被浪打碎了的斷樁破板打下船去。你想，一隻小小漁船，怎禁得幾百個人用力亂砸。頃刻之間，將那漁船打得粉碎，看著沉下海中去了。

說文解字

❶收檢：收拾整理。❷停勻：勻稱。❸蒙氣：古代指包圍地球外面的大氣。❹千里鏡：觀察天體或遠處物體的儀器，也作「望遠鏡」。❺價響：吳語（分布於江蘇南部及浙江的語言）中的語尾助詞，常附於形容詞之後，用法跟「的」字相當。❻篷窗：船窗。❼親切：仔細、準確。❽目下：現今、現在，也作「目即」、「目今」。❾捩：扭轉。❿高明：對他人的敬詞。⓫理路：道理、理論。⓬從人：侍從、隨從，也作「人從」。⓭向盤：羅盤，因用來定位方向，也稱爲「向盤」。⓮紀限儀：古代用於測量六十度角以內，任意兩天體角距離的天文儀器。⓯船塢：用以停泊、建造或檢修船隻的建築設施。有控制水線高低的設備，可分爲溼船塢、乾船塢、浮船塢、建造用船塢等。⓰便當：方便、便利。⓱斂：聚集、收集。⓲篙工：操篙的船夫。篙，撐船的竹竿或木棍。⓳定錢：定金。⓴嘈嚷：吵鬧。

第二回 歷山山下古帝遺蹤，明湖湖邊美人絕調

一路秋山紅葉，老圃黃花，頗不寂寞。到了濟南府，進得城來，家家泉水，戶戶垂楊，比那江南風景，覺得更為有趣。到了小布政司街，覓了一家客店，名叫高升店，將行李卸下，開發了車價酒錢❶，胡亂吃點晚飯，也就睡了。

次日清晨起來，吃點兒點心，便搖著串鈴滿街踅了一趟❷，虛應一應故事。午後便步行至鵲華橋邊，雇了一隻小船，蕩起雙槳，朝北不遠，便到歷下亭前。下船進去，入了大門，便是一個亭子，油漆已大半剝蝕。亭子上懸了一副對聯，寫的是「歷下此亭古，濟南名士多」，上寫著「杜工部句」，下寫著「道州何紹基書」。亭子旁邊雖有幾間房屋，也沒有什麼意思。復行下船，向西蕩去，不甚遠，又到了鐵公祠畔。你道鐵公是誰？就是明初與燕王為難的那個鐵鉉，後人敬他的忠義，所以至今春秋時節，土人尚不斷地來此進香。

到了鐵公祠前，朝南一望，只見對面千佛山上，梵宇僧樓與那蒼松翠柏，高下相間，紅的火紅，白的雪白，青的靛青，綠的碧綠，更有那一株半株的丹楓夾在裡面，彷彿宋人趙千里的一幅大畫，做了一架數十里長的屏風。正在嘆賞不絕，忽聽一聲漁唱，低頭看去，誰知那明湖業已澄淨的同鏡子一般，那千佛山的倒影映在湖裡，顯得明明白白，那樓台樹木，格外光彩，覺得比上頭的一個千佛山還要好看，還要清楚。這湖的南岸，上去便是街市，卻有一層蘆葦，密密遮住，現在正是開花的時候，一片白花映著帶水氣的斜陽，好似一條粉紅絨毯，做了上下兩個山的墊子，實在奇絕。

老殘心裡想道：「如此佳景，為何沒有什麼遊人？」看了一會兒，回轉身來，看那大門裡面楹柱上有副對聯，寫的是「四面荷花三面柳，一城山色半城湖」，暗暗點頭道：「真正不錯！」進了大門，正面便是鐵公享堂❸，朝東便是一個荷池。繞著曲折的迴廊，到了荷池東面就是個圓門。圓門東邊有三間舊房，有個破匾，上題「古水仙祠」四個字。祠前一副破舊對聯，寫的是「一盞寒泉薦秋菊，三更畫舫穿藕花」。過了水仙祠，仍舊上了船，蕩到歷下亭的後面，兩邊荷葉荷花將船夾住，那荷葉初枯，擦得船嗤嗤價響；那水鳥被人驚起，格格價飛；那已老的蓮蓬，不斷地蹦到船窗裡面來。老殘隨手摘了幾個蓮蓬，一面吃著，一面船已到了鵲華橋畔。

到了鵲華橋，才覺得人煙稠密，也有挑擔子的，也有推小車子的，也有坐二人抬小藍呢轎子的❹。轎子後面，一個跟班的戴個紅纓帽子，膀子底下夾個護書❺，拚命價奔，一面用手中擦汗，一面低著頭跑。街上五六歲的孩子不知避人，被那轎夫無意踢倒一個，他便哇哇地哭起。他的母親趕忙跑來問：「誰碰倒你的？誰碰倒你的？」那個孩子只是哇哇地哭，並不說話。問了半天，才帶哭說了一句道：「抬轎子的！」他母親抬頭看時，轎子早已跑得有二里多遠了。那婦人牽了孩子，嘴裡不住咕咕咕咕地罵著❻，就回去了。

老殘從鵲華橋往南，緩緩向小布政司街走去。一抬頭，見那牆上貼了一張黃紙，有一尺長，七八寸寬的光景，居中寫著「說鼓書」三個大字❼，旁邊一行小字是「二十四日明湖居」。那紙還未十分乾，心知是方才貼的，只不知道這是什麼事情，別處也沒有見過這樣招子❽。一路走著，一路盤算，只聽得耳邊有兩個挑擔子的說道：「明兒白妞說書，我們可以不必做生意，來聽書罷。」又走到街上，聽鋪子裡櫃台上有人說道：「前次白妞說書是你告假的⑨，明兒的書，應該我告假了。」一路行來，街談巷議，大半都是這話，心裡詫異道：「白妞是何許人？說的是何等樣書？為甚一紙招貼，便舉國若狂如此？」信步走來，不知不覺已到高升店口。

進得店去，茶房便來回道：「客人，用什麼夜膳？」老殘一一說過，就順便問道：「你們此地說鼓書是個什麼玩意兒，何以驚動這麼許多的人？」茶房說：「客人，你不知道。這說鼓書本是山東鄉下的土調，用一面鼓、兩片梨花簡，名叫『梨花大鼓』，演說些前人的故事，本也沒甚稀奇。自從王家出了這個白妞、黑妞姐妹兩個，這白妞名字叫作王小玉，此人是天生的怪物！他十二三歲時就學會了這說書的本事，他卻嫌這鄉下的調兒沒什麼出奇，他就常到戲園裡看戲。所有什麼西皮、二簧、梆子腔等唱⑩，一聽就會；什麼余三勝、程長庚、張二奎等人的調子，他一聽也就會唱。仗著他的喉嚨，要多高有多高；他的中氣，要多長有多長。他又把那南方的什麼崑腔、小曲，種種的腔調，他都拿來裝在這大鼓書的調兒裡面。不過二三年工夫，創出這個調兒，竟至無論南北高下的人，聽了他唱書，無不神魂顛倒。現在已有招子，明兒就唱，你不信，去聽一聽就知道了。只是要聽還要早去，他雖是一點鐘開唱，若到十點鐘去，便沒有坐位的。」老殘聽了，也不甚相信。

次日六點鐘起，先到南門內看了舜井⑪，又出南門，到歷山腳下，看看相傳大舜昔日耕田的地方。及至回店，已有九點鐘的光景，趕忙吃了飯，走到明湖居，才不過十點鐘時候。那明湖居本是個大戲園子，戲台前有一百多張桌子，那知進了園門，園子裡面已經坐得滿滿的了。只有中間七八張桌子還無人坐，桌子卻都貼著「撫院定」、「學院定」等類紅紙條兒。老殘看了半天，無處落腳，只好袖子裡送了看坐兒的二百個錢，才弄了一張短板凳，在人縫裡坐下。看那戲台上，只擺了一張半桌，桌子上放了一面板鼓，鼓上放了兩個鐵片兒，心裡知道這就是所謂梨花簡了。旁邊放了一個三弦子，半桌後面放了兩張椅子，並無一個人在台上。偌大的個戲台，空空洞洞，別無他物，看了不覺有些好笑。園子裡面，頂著籃子賣燒餅油條的有一二十個，都是為那不吃飯來的人買了充飢的。

到了十一點鐘，只見門口轎子漸漸擁擠，許多官員都著了便衣，帶著家人，陸續進來。不到十二點鐘，前面幾張空桌俱已滿了，不斷還有人來，看坐兒的也只是搬張短凳，在夾縫中安插。這一群人來了，彼此招呼，有打千兒的⑫，有作揖的，大半打千兒的多，高談闊論，說笑自如。這十幾張桌子外，看來都是做生意的人，又有些像是本地讀書人的樣子，大家都嘁嘁喳喳地在那裡說閒話⑬。因為人太多了，所以說的什麼話都聽不清楚，也不去管他。

到了十二點半鐘，看那台上，從後台簾子裡面出來一個男人，穿了一件藍布長衫，長長的臉兒，一臉疙瘩，彷彿風乾福橘皮似的⑭，甚為醜陋，但覺得那人氣味倒還沉靜。出得台來，並無一語，就往半桌後面左手一張椅子上坐下，慢慢地將三弦子取來，隨便和了和弦，彈了一兩個小調，人也不甚留神去聽。後來彈了一枝大調，也不知道叫什麼牌子，只是到後來全用輪指⑮，那抑揚頓挫，入耳動心，恍若有幾十根弦、幾百個指頭在那裡彈似的。這時，台下叫好的聲音不絕於耳，卻也壓不下那弦子去，這曲彈罷，就歇了手，旁邊有人送上茶來。

停了數分鐘時，簾子裡面出來一個姑娘，約有十六七歲，長長鴨蛋臉兒，梳了一個抓髻，戴了一副銀耳環，穿了一件藍布外褂兒，一條藍布褲子，都是黑布鑲滾的，雖是粗布衣裳，到十分潔淨。來到半桌後面右手椅子上坐下，那彈弦子的便取了弦子，錚錚鏦鏦彈起[16]。這姑娘便立起身來，左手取了梨花簡，夾在指頭縫裡，便丁丁當當地敲，與那弦子聲音相應。右手持了鼓捶子，凝神聽那弦子的節奏，忽羯鼓一聲，歌喉遽發，字字清脆，聲聲宛轉，如新鶯出谷，乳燕歸巢，每句七字，每段數十句，或緩或急，忽高忽低。其中轉腔換調之處，百變不窮，覺一切歌曲腔調俱出其下，以為觀止矣。

旁坐有兩人，其一人低聲問那人道：「此想必是白妞了罷？」其一人道：「不是。這人叫黑妞，是白妞的妹子。他的調門兒都是白妞教的，若比白妞，還不曉得差多遠呢！他的好處，人說得出，白妞的好處，人說不出；他的好處，人學得到，白妞的好處，人學不到。你想，這幾年來，好玩耍的誰不學他們的調兒呢？就是窯子裡的姑娘，也人人都學，只是頂多有一兩句到黑妞的地步。若白妞的好處，從沒有一個人能及他十分裡的一分的。」說著的時候，黑妞早唱完，後面去了。這時滿園子裡的人，談心的談心，說笑的說笑，賣瓜子、落花生、山裡紅[17]、核桃仁的，高聲喊叫著賣，滿園子裡聽來都是人聲。

正在熱鬧哄哄的時節，只見那後台裡又出來了一位姑娘，年紀約十八九歲，裝束與前一個毫無分別，瓜子臉兒，白淨面皮，相貌不過中人以上之姿，只覺得秀而不媚，清而不寒。半低著頭出來，立在半桌後面，把梨花簡丁當了幾聲。煞是奇怪，只是兩片頑鐵[18]，到他手裡，便有了五音十二律以的。又將鼓捶子輕輕地點了兩下，方抬起頭來，向台下一盼。那雙眼睛，如秋水，如寒星，如寶珠，如白水銀裡頭養著兩丸黑水銀，左右一顧一看，連那坐在遠遠牆角子裡的人都覺得王小玉看見我了，那坐得近的更不必說。就這一眼，滿園子裡便鴉雀無聲，比皇帝出來還要靜悄得多呢！連一根針跌在地下都聽得見響。

王小玉便啟朱唇，發皓齒，唱了幾句書兒。聲音初不甚大，只覺入耳有說不出來的妙境，五臟六腑裡，像熨斗熨過，無一處不伏貼，三萬六千個毛孔，像吃了人參果，無一個毛孔不暢快。唱了十數句之後，漸漸地越唱越高，忽然拔了一個尖兒，像一線鋼絲拋入天際，不禁暗暗叫絕。那知他於那極高的地方，尚能迴環轉折。幾轉之後，又高一層，接連有三四疊，節節高起，恍如由傲來峰西面攀登泰山的景象，初看傲來峰削壁千仞，以為上與天通；及至翻到傲來峰頂，才見扇子崖更在傲來峰上；及至翻到扇子崖，又見南天門更在扇子崖上，愈翻愈險，愈險愈奇。

那王小玉唱到極高的三四疊後，陡然一落，又極力騁其千迴百折的精神，如一條飛蛇在黃山三十六峰半中腰裡盤旋穿插。頃刻之間，周匝數遍，從此以後，愈唱愈低，愈低愈細，那聲音漸漸地就聽不見了。滿園子的人都屏氣凝神，不敢少動。約有兩三分鐘之久，彷彿有一點聲音從地底下發出，這一出之後，忽又揚起，像放那東洋煙火，一個彈子上天，隨化作千百道五色火光，縱橫散亂，這一聲飛起，即有無限聲音俱來並發。那彈弦子的亦全用輪指，忽大忽小，同他那聲音相和相合，有如花塢春曉，好鳥亂鳴，耳朵忙不過來，不曉得聽那一聲的為是。正在撩亂之際，忽聽霍然一聲，人弦俱寂。這時，台下叫好之聲，轟然雷動。

停了一會，鬧聲稍定，只聽那台下正座上有一個少年人，不到三十歲光景，是湖南口音，說道：「當年讀書，見古人形容歌聲的好處，有那『餘音繞梁，三日不絕』的話，我總不懂。空中設想，餘音怎樣會得繞梁呢？又怎會三日不絕呢？及至聽了小玉先生說書，才知古人措辭之妙。每次聽他說書之後，總有好幾天耳朵裡無非都是他的書，無論做什麼事，總不入神，反覺得『三日不絕』這『三日』二字下得太少，還是孔子『三月不知肉味』的『三月』二字，形容得透徹些！」旁邊人都說道：「夢湘先生論得透闢極了！『於我心有戚戚焉』。」

說著，那黑妞又上來說了一段，底下便又是白妞上場，這一段，聞旁邊人說，叫作「黑驢段」。聽了去，不過是一個士子見一個美人，騎了一個黑驢走過去的故事。將形容那美人，先形容那黑驢怎樣怎樣好法，待鋪敘到美人的好處，不過數語，這段書也就完了。其音節全是快板，越說越快。白香山詩云：「大珠小珠落玉盤。」可以盡之。其妙處在說得極快的時候，聽的人彷彿都趕不上聽，他卻字字清楚，無一字不送到人耳輪深處⑲。這是他的獨到，然比著前一段卻未免遜一籌了。

說文解字

❶開發：支付。❷踅：來回地走。❸享堂：供奉祖宗、神佛的地方。❹小藍呢轎子：四品以下官員所乘，由二人或三人交替肩抬的藍帷轎子。❺膀子：胳臂上部靠肩的部分，也指整個胳臂。護書：放置文件、書函的長方形木盒。❻咕咕咕咕：嘟囔，低聲說話。❼說鼓書：大鼓書。古代一邊說故事，一邊敲著鼓的民間技藝。❽招子：招牌、廣告、海報。❾告假：請假。❿西皮：以胡琴爲主要伴奏樂器，拍子有原板、慢板、快三眼、導板、搖板等。二簧：相傳起於安徽，傳至江西宜黃演變而成。以胡琴伴奏，曲調流暢平和，節奏穩定，有婉轉端凝的特色。與西皮腔合稱爲「皮黃」，也作「二黃」。梆子腔：起於陝西，盛行於中國北方。音樂風格高亢激越，文詞通俗易懂，因演唱時以梆子加強節奏，故稱之。⓫舜井：名列濟南七十二名泉之一，實則爲一口古井。據傳說，早年有一條蛟龍作惡，舜將其制服並封於此井之中。這也是爲什麼舜井常年有井蓋，並有鐵條封鎖的由來。⓬打千兒：清代男子下對上請安時，所通行的禮節。施禮者左膝前屈，大腿後彎，上體稍向前俯，右手下垂。⓭嘁嘁喳喳：狀聲詞，形容細碎的說話聲。⓮福橘：福建所產的橘子。⓯

輪指：一種琵琶、琴等弦樂器的彈奏指法。琵琶的輪指以大拇指挑弦，其餘四指依次彈弦；琴的輪指則用右手無名指、中指和食指次第彈弦，一般用在同一弦上，形成同音重複。⑯錚錚鏦鏦：形容清脆的聲響。⑰山裡紅：植物名。五、六月開花，果實長圓形，深紅色，可生食，又可糖漬和製成糕餅。⑱頑鐵：堅硬的鐵。⑲耳輪：耳朵。

第四回　宮保求賢愛才若渴，太尊治盜疾惡如仇

話說老殘從撫署出來，即將轎子辭去，步行在街上遊玩了一會兒，又在古玩店裡盤桓些時❶。傍晚回到店裡，店裡掌櫃的連忙跑進屋來說聲「恭喜」，老殘茫然不知道是何事。

掌櫃的道：「我適才聽說院上高大老爺親自來請你老，說是撫台要想見你老，因此一路進衙門的。你老真好造化！上房一個李老爺、一個張老爺，都拿著京城裡的信去見撫台，三次五次的見不著。偶然見著回把，這就要鬧脾氣、罵人，動不動就要拿片子送人到縣裡去打。像你老這樣，撫台央出文案來請老爺進去談談，這面子有多大！那怕不是立刻就有差使的嗎？怎麼樣不給你老道喜呢！」

老殘道：「沒有的事，你聽他們胡說呢！高大老爺是我替他家醫治好了病，我說，撫台衙門裡有個珍珠泉，可能引我們去見識見識，所以昨日高大老爺偶然得空，來約我看泉水的。那裡有撫台來請我的話！」掌櫃的道：「我知道的，你老別騙我。先前高大老爺在這裡說話的時候，我聽他管家說，撫台進去吃飯，走從高大老爺房門口過，還嚷說：『你趕緊吃過飯就去約那個鐵公來哪！去遲，恐怕他出門，今兒就見不著了。』」老殘笑道：「你別信他們胡謅，沒有的事。」掌櫃的道：「你老放心，我不問你借錢。」

只聽外邊大嚷：「掌櫃的在那兒呢？」掌櫃的慌忙跑出去。只見一個人，戴了亮藍頂子，拖著花翎❷，穿了一雙抓地虎靴子、紫呢夾袍、天青哈喇馬褂，一手提著燈籠，一手拿了個雙紅名帖，嘴裡喊：「掌櫃的呢？」掌櫃的說：「在這兒，在這兒！你老啥事？」那人道：「你這兒有位鐵爺嗎？」掌櫃的道：「不錯，不錯，在這東廂房裡住著呢！我引你去。」

兩人走進來，掌櫃指著老殘道：「這就是鐵爺。」那人趕了一步，進前請了一個安，舉起手中帖子，口中說道：「宮保說，請鐵老爺的安。今晚因學台請吃飯，沒有能留鐵老爺在衙門裡吃飯，所以叫廚房裡趕緊辦了一桌酒席，叫立刻送過來。宮保說不中吃，請鐵老爺格外包涵些。」那人回頭道：「把酒席抬上來。」那後邊的兩個人抬著一個三屜的長方抬盒，揭了蓋子，頭屜是碟子小碗，第二屜是燕窩魚翅等類大碗，第三屜是一個燒小豬、一隻鴨子，還有兩碟點心。打開看過，那人就叫：「掌櫃的呢？」這時，掌櫃同茶房等人站在旁邊，久已看呆了，聽叫，忙應道：「啥事？」那人道：「你招呼著送到廚房裡去。」老殘忙道：「宮保這樣費心，是不敢當的。」一面讓那人房裡去坐坐吃茶，那人再三不肯。老殘固讓❸，那人才進房，在下首一個杌子上坐下。讓他上炕，死也不肯。

老殘拿茶壺，替他倒了碗茶。那人連忙立起，請了個安道謝，因說道：「聽官保吩咐，趕緊打掃南書房院子，請鐵老爺明後天進去住呢！將來有什麼差遣，只管到武巡捕房呼喚一聲，就過去伺候。」老殘道：「豈敢，豈敢！」那人便站起來，又請了個安，說：「告辭，要回衙消差，請賞個名片。」老殘一面叫茶房來，給了挑盒子的四百錢；一面寫了個領謝帖子，送那人出去。那人再三固讓，老殘仍送出大門，看那人上馬去了。

老殘從門口回來，掌櫃的笑迷迷地迎著說道❹：「你老還要騙我！這不是撫台大人送了酒席來了嗎？剛才來的，我聽說是武巡捕赫大老爺，他是個參將呢！這二年裡，住在俺店裡的客，撫台也常有送酒席來的，都不過是尋常酒席，差個戈什來就算了❺。像這樣尊重，俺這裡是頭一回呢！」老殘道：「那也不必管他，尋常也好，異常也好，只是這桌菜怎樣銷法呢？」掌櫃的道：「或者分送幾個至好朋友，或者今晚趕寫一個帖子，請幾位體面客，明兒帶到大明湖上去吃。撫台送的，比金子買的還榮耀的多呢！」老殘笑道：「既是比金子買的還要榮耀，可有人要買？我就賣他兩把金子來，抵還你的房飯錢罷。」掌櫃的道：「別忙，你老房飯錢，我很不怕，自有人來替你開發。你老不信，試試我的話，看靈不靈！」老殘道：「管他怎麼呢！只是今晚這桌菜，依我看，倒是轉送了你去請客罷。我很不願意吃它，怪煩的慌。」

二人講了些時，仍是老殘請客，就將這本店的住客都請到上房明間裡去。這上房住的，一個姓李，一個姓張，本是極倨傲的。今日見撫台如此契重，正在想法聯絡聯絡，以為托情謀保舉地步。卻遇老殘借他的外間請本店的人，自然是他二人上坐，喜歡的無可如何。所以這一席間，將個老殘恭維得渾身難受，十分沒法，也只好敷衍幾句。好容易一席酒完，各自散去。

那知這張李二公，又親自到廂房裡來道謝，一替一句，又奉承了半日。姓李的道：「老兄可以捐個同知，今年隨捐一個過班，明年春間大案，又是一個過班，秋天引見，就可得濟東泰武臨道。先署後補，是意中事。」姓張的道：「李兄是天津的首富，如老兄可以照應他得兩個保舉，這捐官之費，李兄可以拿出奉借。等老兄得了優差，再還不遲。」老殘道：「承兩位過愛，兄弟總算有造化的了。

只是目下尚無出山之志，將來如要出山，再為奉懇。」兩人又力勸了一回，各自回房安寢。

老殘心裡想道：「本想再為盤桓兩天，看這光景，恐無謂的糾纏要越逼越緊了。『三十六計，走為上計』。」當夜遂寫了一封書，托高紹殷代謝張宮保的厚誼。天未明即將店帳算清楚，雇了一輛二把手的小車，就出城去了。

出濟南府西門，北行十八里，有個鎮市，名叫雒口。當初黃河未併大清河的時候，凡城裡的七十二泉泉水，皆從此地入河，本是個極繁盛的所在。自從黃河併了，雖仍有貨船來往，究竟不過十分之一二，差得遠了。老殘到了雒口，雇了一隻小船，講明逆流送到曹州府屬董家口下船，先付了兩吊錢，船家買點柴米。卻好本日是東南風，掛起帆來，呼呼地去了，走到太陽將要落山，已到了齊河縣城，拋錨住下。第二日住在平陰，第三日住在壽張，第四日便到了董家口，仍在船上住了一夜，天明開發船錢，將行李搬在董家口一個店裡住下。

這董家口本是曹州府到大名府的一條大道，故很有幾家車店。這家店就叫個董二房老店，掌櫃的姓董，有六十多歲，人都叫他老董，只有一個夥計，名叫王三。老殘住在店內，本該雇車就往曹州府去，因想沿路打聽那玉賢的政績，故緩緩起行，以便察訪。

這日有辰牌時候，店裡住客連那起身極遲的也都走了。店夥打掃房屋，掌櫃的帳已寫完，在門口閒坐。老殘也在門口長凳上坐下，向老董說道：「聽說你們這府裡的大人，辦盜案好的很，究竟是個什麼情形？」那老董嘆口氣道：「玉大人官卻是個清官，辦案也實在盡力，只是手太辣些。初起還辦著幾個強盜，後來強盜摸著他的脾氣，這玉大人倒反做了強盜的兵器了。」

老殘道：「這話怎麼講呢？」老董道：「在我們此地西南角上，有個村莊，叫于家屯。這于家屯也有二百多戶人家。那莊上有個財主，叫于朝棟，生了兩個兒子、一個女兒。二子都娶了媳婦，養了兩個孫子，女兒也出了閣。這家人家過的日子很為安逸，不料禍事臨門，去年秋間，被強盜搶了一次。其實也不過搶去些衣服首飾，所值不過幾百吊錢。這家就報了案，經這玉大人極力的嚴拿，居然也拿住了兩個為從的強盜夥計，追出來的贓物不過幾件布衣服。那強盜頭腦早已不知跑到那裡去了。

「誰知因這一拿，強盜結了冤仇。到了今年春天，那強盜竟在府城裡面搶了一家子。玉大人雷厲風行的，幾天也沒有拿著一個人。過了幾天，又搶了一家子，搶過之後，大明大白地放火。你想，玉大人可能依呢？自然調起馬隊，追下來了。

「那強盜搶過之後，打著火把出城，手裡拿著洋槍，誰敢上前攔阻？出了東門，望北走了十幾里地，火把就滅了。玉大人調了馬隊，走到街上，地保❻、更夫就將這情形詳細稟報❼。當時放馬追出了城，遠遠還看見強盜的火把，追了二三十里，看見前面又有火光，帶著兩三聲槍響。玉大人聽了，怎能不氣呢？仗著膽子本來大，他手下又有二三十匹馬，都帶著洋槍，還怕什麼呢？一直的追去，不是火光，便是槍聲。到了天快明時，眼看離追上不遠了，那時也到了這于家屯了。過了于家屯再往前追，槍也沒有，火也沒有。

「玉大人心裡一想，說道：『不必往前追，這強盜一定在這村莊上了。』當時勒回了馬頭，到了莊上，在大街當中有個關帝廟下了馬，吩咐手下的馬隊，派了八個人，東南西北，一面兩匹馬把住，不許一個人出去，將地保、鄉約等人叫起。這時天已大明了，這玉大人自己帶著馬隊上的人，步行從南頭到北頭，挨家去搜，搜了半天，一些形跡沒有。又從東望西搜去，剛剛搜到這于朝棟家，搜出三枝土槍，又有幾把刀，十幾根竿子。

「玉大人大怒，說強盜一定在他家了，坐在廳上，叫地保來問：『這是什麼人家？』地保回道：『這家姓于。老頭子叫于朝棟，有兩個兒子，大兒子叫于學詩，二兒子叫于學禮，都是捐的監生❽。』玉大人立刻叫把這于家父子三個帶上來。你想，一個鄉下人，見了府裡大人來了，又是盛怒之下，那有不怕的道理呢？上得廳房裡，父子三個跪下，已經是颯颯地抖，那裡還能說話？

「玉大人說道：『你好大膽！你把強盜藏到那裡去了？』那老頭子早已嚇的說不出話來。還是他二兒子，在府城裡讀過兩年書，見過點世面，膽子稍為壯些，跪著伸直了腰，朝上回道：『監生家裡向來是良民，從沒有同強盜往來的，如何敢藏著強盜？』玉大人道：『既沒有勾當強盜，這軍器從那裡來的？』于學禮道：『因去年被盜之後，莊上不斷常有強盜來，所以買了幾根竿子，叫田戶、長工輪班來幾個保家。因強盜都有洋槍，鄉下洋槍沒有買處，也不敢買。所以從他們打鳥兒的回了兩三枝土槍，夜裡放兩聲，驚嚇驚嚇強盜的意思。』

「玉大人喝道：『胡說！那有良民敢置軍火的道理！你家一定是強盜！』回頭叫了一聲：『來！』那手下人便齊聲像打雷一樣答應了一聲：『嗏！』玉大人說：『你們把前後門都派人守了，替我切實地搜！』這些馬兵遂到他家，從上房裡搜起，衣箱櫥櫃全行抖擻一個盡，稍微輕便值錢一點的首飾就掖在腰裡去了，搜了半天，倒也沒有搜出什麼犯法的東西。那知搜到後來，在西北角上，有兩間堆破爛農器的一間屋子裡，搜出了一個包袱，裡頭有七八件衣裳，有三四件還是舊綢子的。馬兵拿到廳上，回說：『在堆東西的裡房搜出這個包袱，不像是自己的衣服，請大人驗看。』

「那玉大人看了，眉毛一皺，眼睛一凝，說道：『這幾件衣服，我記得彷彿是前天城裡失盜那一家子的。姑且帶回衙門去，照失單查對。』就指著衣服向于家父子道：『你說這衣服那裡來的？』于家父子面面相窺，都回不出。還是于學禮說：『這衣服實在不曉得那裡來的。』玉大人就立起身來，吩咐：『留下十二個馬兵，同地保將于家父子帶回城去聽審！』說著就出去。跟從的人拉過馬來，騎上了馬，帶著餘下的人先進城去。

「這裡于家父子同他家裡人抱頭痛哭。這十二個馬兵說：『我們跑了一夜，肚子裡很餓，你們趕緊給我們弄點吃的，趕緊走罷！大人的脾氣誰不知道，越遲去越不得了。』地保也慌張地回去交代一聲，收拾行李，叫于家預備了幾輛車子，大家坐了進去。趕到二更多天，才進了城。

「這裡于學禮的媳婦，是城裡吳舉人的姑娘，想著他丈夫同他公公、大伯子都被捉去的，斷不能鬆散。當時同他大嫂子商議，說：『他們爺兒三個都被拘了去，城裡不能沒個人照料。我想，家裡的事，大嫂子你老照管著。這裡我也趕忙追進城去，找俺爸爸想法子去。你看好不好？』他大嫂子說：『很好，很好，我正想著城裡不能沒人照應。這些管莊子的都是鄉下老兒，就差幾個去，到得城裡也跟傻子一樣，沒有用處的。』說著，吳氏就收拾收拾，選了一掛雙套飛車[9]，趕進城去。到了他父親面前，嚎啕大哭。這時候不過一更多天，比他們父子三個，還早十幾里地呢！

「吳氏一頭哭著，一頭把飛災大禍告訴了他父親。他父親吳舉人一聽，渾身發抖，抖著說道：『犯著這位喪門星，事情可就大大的不妥了，我先去走一趟看罷！』連忙穿了衣服，到府衙門求見。號房上去回過，說：『大人說的，現在要辦盜案，無論什麼人，一應不見。』吳舉人同裡頭刑名師爺素來相好，連忙進去見了師爺，把這種種冤枉說了一遍。師爺說：『這案在別人手裡，斷然無事。但這位東家向來不照律例辦事的。如能交到兄弟書房裡來，包你無事。恐怕不交下來，那就沒法了。』

「吳舉人接連作了幾個揖，重托了出去。趕到東門口，等他親家、女婿進來。不過一盅茶的時候，那馬兵押著車子已到。吳舉人搶到面前，見他三人面無人色，于朝棟看了看，只說了一句：『親家救我。』那眼淚就同潮水一樣的直流下來。

「吳舉人方要開口，旁邊的馬兵嚷道：『大人久已坐在堂上等著呢！已經四五撥子馬來催過了，趕快走罷！』車子也並不敢停留，吳舉人便跟著車子走著，說道：『親家寬心！湯裡火裡，我但有法子，必去就是了。』說著，已到衙門口。只見衙裡許多公人出來催道：『趕緊帶上堂去罷！』當時來了幾個差人，用鐵鍊子將于家父子鎖好，帶上去。方跪下，玉大人拿了失單交下來，說：『你們還有得說的嗎？』于家父子方說得一聲『冤枉』，只聽堂上驚堂一拍，大嚷道：『人贓現獲，還喊冤枉！把他站起來！去！』左右差人連拖帶拽，拉下去了。」

說文解字

❶盤桓：逗留。❷花翎：清代官品的冠飾。以孔雀翎爲飾，故稱爲「花翎」。以翎眼的多寡區分官吏等級，五品以上，不待勛賞得捐納而戴之，唯限於一眼；大臣有特恩者二眼；宗臣，如親王貝勒等始戴三眼。❸固讓：堅決的再三謙讓。❹笑迷迷：微笑的樣子，也作「笑咪咪」。❺戈什：清朝文武官員身邊的護衛，也作「戈什哈」。❻地保：從前稱地方上的辦事人員爲「地保」，相當於現在的鄉里長。❼更夫：舊時打更巡夜的人，也作「更卒」。❽監生：明清兩代

在國子監讀書或取得進國子監讀書資格的人。具有此資格的人，就可以和秀才一樣應鄉試。取得資格的方法有兩種：一、廕監，即由祖先的勛勞資歷，按規定的制度取得。二、例監，即用捐納的方式取得。❾雙套飛車：用兩匹馬拉的快車。

第五回　烈婦有心殉節，鄉人無意逢殃

話說老董說到此處，老殘問道：「那不成就把這人家爺兒三個都站死了嗎？」老董道：「可不是呢！那吳舉人到府衙門請見的時候，他女兒，于學禮的媳婦，也跟到衙門口借了延生堂的藥鋪裡坐下，打聽消息。聽說府裡大人不見他父親，已到衙門裡頭求師爺去了。吳氏便知事體不好，立刻叫人把三班頭兒請來❶。

「那頭兒姓陳，名仁美，是曹州府著名的能吏❷。吳氏將他請來，把被屈的情形告訴了一遍，央他從中設法。陳仁美聽了，把頭連搖幾搖，說：『這是強盜報仇做的圈套。你們家又有上夜的❸，又有保家的，怎麼就讓強盜把贓物送到家中屋子裡還不知道？也算的個特等馬虎了！』吳氏就從手上抹下一副金鐲子遞給陳頭，說：『無論怎樣，總要頭兒費心！但能救得三人性命，無論花多少錢都願意。不怕將田地房產賣盡，咱一家子要飯吃去都使得。』

「陳頭兒道：『我去替少奶奶設法，做得成也別歡喜，做不成也別埋怨，俺有多少力量用多少力量就是了。這早晚，他爺兒三個恐怕要到了，大人已是坐在堂上等著呢！我趕快替少奶奶打點去。』說罷告辭。回到班房，把金鐲子望堂中桌上一擱，開口道：『諸位兄弟叔伯們，今兒于家這案明是冤枉，諸位有什麼法子，大家幫湊想想。如能救得他們三人性命，一則是件好事，二則大家也可沾潤幾

兩銀子。誰能想出妙計，這副鐲就是誰的。』大家答道：『那有一准的法子呢！只好相機行事，做到那裡說那裡話罷。』說過，各人先去通知已站在堂上的夥計們留神方便。

「這時于家父子三個已到堂上，玉大人叫把他們站起來。就有幾個差人橫拖倒拽，將他三人拉下堂去。這邊值日頭兒就走到公案面前，跪了一條腿，回道：『稟大人的話，今日站籠沒有空子❹，請大人示下。』那玉大人一聽，怒道：『胡說！我這兩天記得沒有站什麼人，怎會沒有空子呢？』值日差回道：『只有十二架站籠，三天已滿。請大人查簿子看。』大人一查簿子，用手在簿子上點著說：『一，二，三，昨兒是三個。一，二，三，四，五，前兒是五個。一，二，三，四，大前兒是四個。沒有空，倒也不錯的。』差人又回道：『今兒可否將他們先行收監，明天定有幾個死的，等站籠出了缺，將他們補上好不好？請大人示下！』

「玉大人凝了一凝神，說道：『我最恨這些東西！若要將他們收監，豈不是又被他多活了一天去了嗎？斷乎不行！你們去把大前天站的四個放下，拉來我看。』差人去將那四人放下，拉上堂去。大人親自下案，用手摸著四人鼻子，說道：『是還有點游氣。』復行坐上堂去，說：『每人打二千板子，看他死不死！』那知每人不消得幾十板子，那四個人就都死了。眾人沒法，只好將于家父子站起，卻在腳下選了三塊厚磚，讓他可以三四天不死，趕忙想法。誰知什麼法子都想到，仍是不濟。

「這吳氏真是好個賢惠婦人！他天天到站籠前來灌點參湯，灌了回去就哭，哭了就去求人，響頭不知磕了幾千，總沒有人挽回得動這玉大人的牛性❺。于朝棟究竟上了幾歲年紀，第三天就死了，于學詩到第四天也就差不多了。吳氏將于朝棟屍首領回，親視含殮，換了孝服，將他大伯、丈夫後事囑託了他父親，自己跪到府衙門口，對著于學禮哭了個死去活來。末後向他丈夫說道：『你慢慢地走，我替你先到地下收拾房子去！』說罷，袖中掏出一把飛利的小刀，向脖子上只一抹，就沒有了氣了。這裡三班頭腦陳仁美看見❻，說：『諸位，這吳少奶奶的節烈，可以請得旌表的。我看，倘若這時把于學禮放下來，還可以活。我們不如藉這個題目上去替他求一求罷。』眾人都說：『有理。』陳頭立刻進去找了稿案門上，把那吳氏怎樣節烈說了一遍，又說：『民間的意思說，這節婦為夫自盡，情實可憫。可否求大人將他丈夫放下，以慰烈婦幽魂？』稿案說：『這話很有理，我就替你回去。』抓了一頂大帽子戴上，走到簽押房，見了大人，把吳氏怎樣節烈，眾人怎樣乞恩，說了一遍。

「玉大人笑道：『你們倒好，忽然的慈悲起來了！你會慈悲于學禮，你就不會慈悲你主人嗎？這人無論冤枉不冤枉，若放下他，一定不能甘心，將來連我前程都保不住。俗語說的好，「斬草要除根」，就是這個道理。況這吳氏尤其可恨，他一肚子覺得我冤枉了他一家子。若不是個女人，他雖死了，我還要打他二千板子出出氣呢！你傳話出去，誰要再來替于家求情，就是得賄的憑據，不用上來回，就把這求情的人也用站籠站起來就完了！』稿案下來，一五一十將話告知了陳仁美。大家嘆口氣就散了。

「那裡吳家業已備了棺木前來收殮❼。到晚，于學詩、于學禮先後死了。一家四口棺木，都停在西門外觀音寺裡，我春間進城還去看了看呢！」

老殘道：「于家後來怎麼樣呢？就不想報仇嗎？」老董說道：「那有什麼法子呢！民家被官家害了，除卻忍受，更有什麼法子？倘若是上控，照例仍舊發回來審問，再落在他手裡，還不是又饒上一個嗎？

「那于朝棟的女婿倒是一個秀才。四個人死後，于學詩的媳婦也到城裡去了一趟，商議著要上控。就有那老年見過世面的人說：『不妥，不妥！你想叫誰去呢？外人去，叫作事不干己，先有個多事的罪名。若說叫于大奶奶去罷，兩個孫子還小，家裡偌大的事業，全靠他一人支撐呢！他再有個長短，這家業怕不是眾親族一分，這兩個小孩子誰來撫養？反把于家香煙絕了。』又有人說：『大奶奶是去不得的，倘若是姑老爺去走一趟，到沒有什麼不可。』他姑老爺說：『我去是很可以去，只是與正事無濟，反叫站籠裡多添個屈死鬼。你想，撫台一定發回原官審問，縱然派個委員前來會審，官官相護，他又拿著人家失單衣服來頂我們[8]。我們不過說：『那是強盜的移贓。』他們問：『你瞧見強盜移的嗎？』你有什麼憑據？那時自然說不出來。他是官，我們是民；他是有失單為憑的，我們是憑空裡沒有證據的。你說，這官事打得贏打不贏呢？』眾人想想也是真沒有法子，只好罷了。

「後來聽得他們說，那移贓的強盜聽見這樣，都後悔的了不得，說：『我當初恨他報案，毀了我兩個弟兄，所以用個借刀殺人的法子，讓他家吃幾個月官事，不怕不毀他一兩千吊錢。誰知道就鬧的這麼利害，連傷了他四條人命！委實我同他家也沒有這大的仇隙[9]。』」

老董說罷，復道：「你老想想，這不是給強盜做兵器嗎？」老殘道：「這強盜所說的話又是誰聽見的呢？」老董道：「那是陳仁美他們碰了頂子下來，看這于家死的實在可慘，又平白地受了人家一副金鐲子，心裡也有點過不去，所以大家動了公憤，齊心齊意要破這一案。又加著那鄰近地方，有些江湖上的英雄，也恨這夥強盜做得太毒，所以不到一個月，就捉住了五六個人。有三四個牽連著別的案情的，都站死了。有兩三個專只犯于家移贓這一案的，被玉大人都放了。」

老殘說：「玉賢這個酷吏，實在令人可恨！他除了這一案不算，別的案子辦得怎麼樣呢？」老董說：「多著呢！等我慢慢地說給你老聽。就咱這個本莊，就有一案，也是冤枉，不過條把人命就不算事了。我說給你老聽……」

說文解字

❶頭兒：舊時對衙役的尊稱，也作「衙役」。❷能吏：有才能的官吏。❸上夜：值班守夜，也作「上宿」。❹站籠：舊時的一種刑具。以木頭製籠，籠頂設枷，上有圓孔，可套於囚犯頸上，使囚犯直立籠中，受此刑者常數日即死。也作「立枷」。❺牛性：比喻脾氣很拗，性情倔強。也作「牛心」。❻頭腦：首領、首腦人物。❼收殮：把屍體裝到棺材裡去，也作「殮屍」。❽失單：事主報官查緝時，所呈報的失物單據。❾仇隙：因怨恨而生的裂痕。

第十六回　六千金買得凌遲罪，一封書驅走喪門星

這裡人瑞煙也吃完，老殘問道：「投到胡舉人家怎樣呢？」人瑞道：「這個鄉下糊塗老兒見了胡舉人，扒下地就磕頭，說：『如能救得我主人的，萬代封侯！』胡舉人道：『封侯不濟事，要有錢才能辦事呀！這大老爺，我在省城裡也與他同過席，是認得的。你先拿一千銀子來，我替你辦，我的酬勞再外。』那老兒便從懷裡摸出個皮靴頁兒來❶，取出五百一張的票子兩張，交與胡舉人。卻又道：『但能官司了結無事，就再花多少我也能辦。』胡舉人點點頭，吃過午飯就穿了衣冠來拜老剛。」

老殘拍著炕沿道：「不好了！」人瑞道：「這渾蛋的胡舉人來了呢！老剛就請見，見了略說了幾句套話❷。胡舉人就把這一千銀票子雙手捧上，說道：『這是賈魏氏那一案，魏家孝敬老公祖的❸，求老公祖格外成全。』」

老殘道：「一定翻了呀！」人瑞道：「翻了倒還好，卻是沒有翻。」老殘道：「怎麼樣呢？」人瑞道：「老剛卻笑嘻嘻地雙手接了，看了一看，說道：『是誰家的票子，可靠得住嗎？』胡舉人道：『這是同裕的票子，是敝縣第一個大錢莊，萬靠得住。』老剛道：『這麼大個案情，一千銀子那能行呢？』胡舉人道：『魏家人說，只要早早了結，沒事，就再花多些，他也願意。』老剛道：『十三條人命，一千銀子一條，也還值一萬三呢！也罷，既是老兄來，兄弟情願減半算，六千五百兩銀子罷。』胡舉人連聲答應道：『可以行得，可以行得。』

「老剛又道：『老兄不過是個介紹人，不可專主，請回去切實問他一問，也不必開票子來，只須老兄寫明云：「減半六五之數，前途願出。」兄弟憑此，明日就斷結了。』胡舉人歡喜的了不得，出去就與那鄉下老兒商議。鄉下老兒聽說官司可以了結無事，就擅專一回❹。諒多年賓東❺，不致遭怪，況且不要現銀子。就高高興興地寫了個五千五百兩的憑據交與胡舉人，又寫了個五百兩的憑據，為胡舉人的謝儀❻。

「這渾蛋胡舉人寫了一封信，並這五千五百兩憑據，一併送到縣衙門裡來。老剛收下，還給個收條。等到第二天升堂，本是同王子謹會審的，這些情節，子謹卻一絲也不知道。坐上堂去，喊了一聲『帶人』。那衙役們早將魏家父女帶到，卻都是死了一半的樣子。兩人跪到堂上，剛弼便從懷裡摸出那個一千兩銀票並那五千五百兩憑據，和那胡舉人的書子❼，先遞給子謹看了一遍。子謹不便措辭，心中卻暗暗地替魏家父女叫苦。

「剛弼等子謹看過，便問魏老兒道：『你認得字嗎？』魏老兒供❽：『本是讀書人，認得字。』又問賈魏氏：『認得字嗎？』供：『從小上過幾年學，認字不多。』老剛便將這銀票、筆據叫差人送與他父女們看。他父女回說：『不懂這是什麼原故。』剛弼道：『別的不懂，想必也是真不懂。這個憑據是誰的筆跡，下面註著名號，你也不認得嗎？』叫差人：『你再給那個老頭兒看！』魏老兒看過，供道：『這憑據是小的家裡管事的寫的，但不知他為什麼事寫的。』

「剛弼哈哈大笑說：『你不知道，等我來告訴你，你就知道了！昨兒有個胡舉人來拜我，先送一千兩銀子，說你們這一案，叫我設法兒開脫。又說如果開脫，銀子再要多些也肯。我想你們兩個窮凶極惡的人，前日頗能熬刑，不如趁勢討他個口氣罷，我就對胡舉人說：「你告訴他管事的去，說害了人家十三條性命，就是一千兩銀子一條，也該一萬三千兩。」胡舉人說：「恐怕一時拿不出許多。」我說：「只要他心裡明白，銀子便遲些日子不要緊的。如果一千銀子一條命不肯出，就是折半五百兩銀子一條命，也該六千五百兩，不能再少。」胡舉人連連答應。我還怕胡舉人孟浪❾，再三叮囑他，叫他把這折半的道理告訴你們管事的，如果心服情願，叫他寫個憑據來，銀子早遲不要緊的。第二天，果然寫了這個憑據來。我告訴你，我與你無冤無仇，我為什麼要陷害你們呢？你要摸心想一想，我是個朝廷家的官，又是撫台特特委我來幫著王大老爺來審這案子，我若得了你們的銀子，開脫了你們，不但辜負撫台的委任，那十三條冤魂肯依我嗎？我再詳細告訴你，倘若人命不是你謀害的，你家為什麼肯拿幾千兩銀子出來打點呢？這是第一據。在我這裡花的是六千五百兩，在別處花的且不知多少，我就不便深究了。倘人不是你害的，我告訴他照五百兩一條命計算，也應該六千五百兩。你那管事的就應該說：「人命實不是我家害的，如蒙委員代為昭雪，七千八千俱可，六千五百兩的數目卻不敢答應。」為什麼他毫無疑義，就照五百兩一條命算帳呢？是第二據。我勸你們早遲總得招認，免得饒上許多刑具的苦楚。』

「那父女兩個連連叩頭說：『青天大老爺！實在是冤枉！』剛弼把桌子一拍，大怒道：『我這樣開導你們，還是不招，再替我夾拶起來[10]！』底下差役炸雷似的答應了一聲：『嗄！』夾棍拶子望堂上一摔，驚魂動魄價響。

「正要動刑，剛弼又道：『慢著，行刑的差役上來，我對你講。』幾個差役走上幾步，跪一條腿，喊道：『請大老爺示。』剛弼道：『你們伎倆我全知道，你看那案子是不要緊的呢！你們得了錢，用刑就輕些，讓犯人不甚吃苦；你們看那案情重大，是翻不過來的了，你們得了錢，就猛一緊，把那犯人當堂治死，成全他個整屍首，本官又有個嚴刑斃命的處分，我是全曉得的。今日替我先拶賈魏氏，只不許拶得他發昏，但看神色不好就鬆刑，等他回過氣來再拶。預備十天工夫，無論你什麼好漢，也不怕你不招！』

「可憐一個賈魏氏，不到兩天，就真熬不過了，哭得一絲半氣的，又忍不得老父受刑，就說道：『不必用刑，我招就是了！人是我謀害的，父親委實不知情！』剛弼道：『你為什麼害他全家？』魏氏道：『我為妯娌不和，有心謀害。』剛弼道：『妯娌不和，你害他一個人很夠了，為什麼毒他一家子呢？』魏氏道：『我本想害他一人，因沒有法子，只好把毒藥放在月餅餡子裡。因為他最好吃月餅，讓他先毒死了，旁人必不至再受害了。』剛弼問：『月餅餡子裡，你放的什麼毒藥呢？』供：『是砒霜。』『那裡來的砒霜呢？』供：『叫人藥店裡買的。』『那家藥店裡買的呢？』『自己不曾上街，叫人買的，所以不曉得那家藥店。』問：『叫誰買的呢？』供：『就是婆家被毒死了的長工王二。』問：『既是王二替你買的，何以他又肯吃這月餅受毒死了呢？』供：『我叫他買砒的時候，只說為毒老鼠，所以他不知道。』問：『你說你父親不知情，你豈有個不同他商議的呢？』供：『這砒是在婆家買的，買得好多天了。正想趁個機會放在小罎吃食碗裡，值幾日都無隙可乘。恰好那日回娘家，看他們做月餅餡子，問他們何用，他們說送我家節禮。趁無人的時候，就把砒霜攙在餡子裡了。』

「剛弼點點頭道：『是了，是了。』又問道：『我看你人很直爽，所招的一絲不錯。只是我聽人說，你公公平常待你極為刻薄，是有的罷？』魏氏道：『公公待我如待親身女兒一般恩惠，沒有再厚的了。』剛弼道：『你公公橫豎已死，你何必替他迴護呢？』魏氏聽了，抬起頭來，柳眉倒豎，杏眼圓睜，大叫道：『剛大老爺！你不過要成就我個凌遲的罪名！現在我已遂了你的願了。既殺了公公，總是個凌遲！你又何必要坐成個故殺呢[11]！你家也有兒女呀！勸你退後些罷！』剛弼一笑道：『論做官的道理呢，原該追究個水盡山窮。然既已如此，先讓他把這個供畫了。』」

再說黃人瑞道：「這是前兩天的事，現在他還要算計那個老頭子呢！昨日我在縣衙門裡吃飯，王子謹氣得要死，逼得不好開口。一開口，彷彿得了魏家若干銀子似的，李太尊在此地，也覺得這案情不妥當，然也沒有法想，商議除非能把白太尊白子壽弄來才行。這瘟剛是以清廉自命的，白太尊的清廉，恐怕比他還靠得住些。白子壽的人品學問，為眾所推服，他還不敢藐視，捨此更無能制伏他的人了。只是一兩天內就要上詳⑫，宮保的性子又急⑬，若奏出去就不好設法了。只是沒法通到宮保面前去，凡我們同寅⑭，都要避點嫌疑。昨日我看見老哥，我從心眼裡歡喜出來，請你想個什麼法子。」

老殘道：「我也沒有長策。不過這種事情，其勢已迫，不能計出萬全的，只有就此情形，我詳細寫封信稟宮保，請宮保派白太尊來覆審。至於這一砲響不響，那就不能管了。天下事冤枉的多著呢！但是碰在我輩眼目中，盡心力替他做一下子就罷了。」人瑞道：「佩服，佩服。事不宜遲，筆墨紙張都預備好了，請你老人家就此動筆。翠環，你去點蠟燭、泡茶。」

老殘凝了一凝神，就到人瑞屋裡坐下，翠環把洋燭也點著了⑮。老殘揭開墨水匣，拔出筆來，鋪好了紙，拈筆便寫。那知墨水匣子已凍得像塊石頭，筆也凍得像個棗核子，半筆也寫不下去。翠環把墨水匣子捧到火盆上烘，老殘將筆拿在手裡，向著火盆一頭烘，一頭想。半霎功夫，墨水匣裡冒白氣，下半邊已烊了⑯。老殘蘸墨就寫，寫兩行，烘一烘，不過半個多時辰，信已寫好，加了個封皮⑰。打算問人瑞，信已寫妥，交給誰送去？對翠環道：「你請黃老爺進來。」

翠環把房門簾一揭，格格地笑個不止，低低喊道：「鐵老，你來瞧！」老殘望外一看，原來黃人瑞在南首，雙手抱著煙槍，頭歪在枕頭上，口裡拖三四寸長一條口涎，腿上卻蓋了一條狼皮褥子。再看那邊，翠花睡在虎皮毯上，兩隻腳都縮在衣服裡頭，兩隻手超在袖子裡，頭卻不在枕頭上，半個臉縮在衣服大襟裡，半個臉靠著袖子，兩個人都睡得實沉沉的了。

老殘看了說：「這可要不得，快點喊他們起來！」老殘就去拍人瑞，說：「醒醒罷，這樣要受病的！」人瑞驚覺，懵裡懵懂的，睜開眼說道：「呵，呵！信寫好了嗎？」老殘說：「寫好了。」人瑞掙扎著坐起。只見口邊那條涎水，由袖子上滾到煙盤裡，跌成幾段，原來久已化作一條冰了！老殘拍人瑞的時候，翠環卻到翠花身邊，先向他衣服摸著兩隻腳，用力往外一扯。翠花驚醒，連喊：「誰？誰？誰？」連忙揉揉眼睛，叫道：「可凍死我了！」

兩人起來，都奔向火盆就暖，那知火盆無人添炭，只剩一層白灰，幾星餘火，卻還有熱氣。翠環道：「屋裡火盆旺著呢！快向屋裡烘去罷。」四人遂同到裡邊屋來。翠花看鋪蓋，三分俱已攤得齊楚，就去看他縣裡送來的，卻是一床藍湖縐被、一床紅湖縐被、兩條大呢褥子、一個枕頭，指給老殘道：「你瞧這鋪蓋好不好？」老殘道：「太好了些。」便向人瑞道：「信寫完了，請你看看。」

人瑞一面烘火，一面取過信來，從頭至尾讀了一遍，說：「很切實的，我想總該靈罷。」老殘道：「怎樣送去呢？」人瑞腰裡摸出表來一看，說：「四下鐘，再等一刻，天亮了，我叫縣裡差個人去。」老殘道：「縣裡人都起身得遲，不如天明後，同店家商議，雇個人去更妥。只是這河難得過去。」人瑞道：「河裡昨晚就有人跑凌⑱，單身人過河很便當的。」大家烘著火，隨便閒話。

兩三點鐘工夫，極容易過，不知不覺，東方已自明瞭。人瑞喊起黃升，叫他向店家商議，雇個人到省城送信，說：「不過四十里地，如晌午以前送到，下午取得收條來，我賞銀十兩。」停了一刻，只見店夥同了一個人來說：「這是我兄弟，如大老爺送信，他可以去。他送過幾回信，頗在行，到衙門裡也敢進去，請大老爺放心。」當時人瑞就把上撫台的稟交給他，自收拾投遞去了。

這裡人瑞道：「我們這時該睡了。」黃、鐵睡在兩邊，二翠睡在當中，不多一刻都已齁齁地睡著。一覺醒來，已是午牌時候[19]。翠花家夥計早已在前面等候，接了他姐妹兩個回去，將鋪蓋捲了，一併掮著就走[20]。人瑞道：「傍晚就送他們姐兒倆來，我們這兒不派人去叫了。」夥計答應著「是」，便同兩人前去。翠環回過頭來眼淚汪汪地道：「儜別忘了呵[21]！」人瑞、老殘俱笑著點點頭。

二人洗臉，歇了片刻就吃午飯。飯畢，已兩下多鐘，人瑞自進縣署去了，說：「倘有回信，喊我一聲。」老殘說：「知道，你請罷。」

人瑞去後，不到一個時辰，只見店家領那送信的人，一頭大汗，走進店來。懷裡取出一個馬封[22]，紫花大印。拆開，裡面回信兩封：一封是張宮保親筆，字比核桃還大；一封是內文案上袁希明的信，言：「白太尊現署泰安，即派人去代理，大約五七天可到。」並云：「宮保深盼閣下少候兩日，等白太尊到，商酌一切。」云云。老殘看了，對送信人說：「你歇著罷，晚上來領賞，喊黃二爺來。」店家說：「同黃大老爺進衙門去了。」老殘想：「這信交誰送去呢？不如親身去走一道罷。」就告店家，鎖了門，竟自投縣衙門來。

進了大門，見出出進進人役甚多，知有堂事。進了儀門，果見大堂上陰氣森森，許多差役兩旁立著。凝了一凝神，想道：「我何妨上去看看，什麼案情？」立在差役身後，卻看不見。

只聽堂上嚷道：「賈魏氏，你要明白你自己的死罪已定，自是無可挽回。你卻極力開脫你那父親，說他並不知情。這是你的一片孝心，本縣也沒有個不成全你的，但是你不招出你的姦夫來，你父親的命就保全不住了。你想，你那姦夫出的主意，把你害得這樣苦法，他到躲得遠遠的，連飯都不替你送一碗，這人的情義也就很薄的了，你卻抵死不肯招出他來，反令生身老父替他擔著死罪[23]。聖人云：『人盡夫也，父一而已。』原配丈夫，為了父親尚且顧不得他，何況一個相好的男人呢！我勸你招了的好。」只聽底下只是嚶嚶啜泣，又聽堂上喝道：「你還不招嗎？不招我又要動刑了！」

又聽底下一絲半氣地說了幾句，聽不出什麼話來。只聽堂上嚷道：「他說什麼？」聽一個書吏上去回道：「賈魏氏說，是他自己的事，大老爺怎樣吩咐，他怎樣招。叫他捏造一個姦夫出來，實實無從捏造。」

又聽堂上把驚堂一拍㉔，罵道：「這個淫婦，真正刁狡！拶起來！」堂下無限的人大叫了一聲「嗄」，只聽跑上幾個人去，把拶子往地下一摔，霍綽的一聲，驚心動魄。

老殘聽到這裡，怒氣上沖，也不管公堂重地，把站堂的差人用手分開，大叫一聲：「站開！讓我過去！」差人一閃，老殘走到中間，只見一個差人一手提著賈魏氏頭髮，將頭提起，兩個差人正抓他手在上拶子。老殘走上，將差人一扯，說道：「住手！」便大搖大擺走上暖閣㉕。見公案上坐著兩人，下首是王子謹，上首心知就是這剛弼了，先向剛弼打了一躬。

子謹見是老殘，慌忙立起。剛弼卻不認得，並不起身，喝道：「你是何人？敢來攪亂公堂！拉他下去！」未知老殘被拉下去後事如何，且聽下回分解。

說文解字

❶皮靴頁兒：專門放置文件票據，可塞入靴子裡的小皮夾。❷套話：普通應酬的習慣語。❸老公祖：古代對高級官吏的尊稱。❹擅專：獨斷獨行。❺賓東：古代主人的坐位在東，客人的坐位在西，因此稱賓主關係爲「賓東」。❻謝儀：表達謝意的財物，也作「謝禮」。❼書子：信函。❽供：受審者陳述案情。❾孟浪：言行輕率、冒失。❿拶：古代的

一種刑罰，以木條用力夾指。⑪故殺：法律上指故意殺人。⑫上詳：下級官員用文書向上級長官報告。⑬宮保：職官名，清代太子的老師之一。⑭同寅：同僚，共事的官吏。⑮洋燭：古代稱外國傳入的白色蠟燭。上下一樣粗細，如短棍型，較當時傳統使用的紅燭乾淨，光度也較強。⑯烊：鎔化金屬。⑰封皮：物件或書函的外皮。⑱跑凌：溜冰，滑冰。⑲午牌：中午。⑳掮：用肩扛東西。㉑儜：用於尊稱他人，也作「您」。㉒馬封：古代驛站致送公文所用的封套。㉓生身：親生。㉔驚堂：古代官吏審案時，置於公案上的長方形小木塊。用以拍擊桌面，發出響聲，以警戒受審人犯。㉕暖閣：官署大堂設案之閣。

言外之意

❖清官之惡

大多數的遊記都側重記敘旅遊時的所見所聞，但《老殘遊記》不僅藉由老殘的遊歷，帶讀者一睹山東地方的風土民情，更重要的是抒發作者對當時政治社會的不滿，以及一己之哲學思想。透過文字可以清晰地感受作者的滿腔悲情，體認作者生存的亂亡時代，以及他對於民生疾苦的同情。

基於這深切的同情，其對於揭露當代政治社會的流弊不遺餘力，尤其是批判酷吏，老殘指出「贓官可恨，人人知之，清官尤可恨，人多不知」。歷來小說多揭贓官之惡，揭清官之惡者始於《老殘遊記》。

書中最重要的兩名酷吏便是玉賢和剛弼。玉賢的事跡主要集中在第四回至第六回，老殘因聽聞玉賢治理的曹州府人人路不拾遺，又聽說他用站籠站殺幾千人，手段極其酷虐，因此決定親自前往曹州府查訪。沿途聽說玉賢一手造成的好幾宗大冤案，其中最著名的就是于家冤案。由於玉賢酷不入情的個性，使于朝棟一家三口加上媳婦吳氏含冤而死。就算玉賢明知冤殺，但爲顧及前途，寧可殺錯也不肯放人。老殘聽聞玉賢逼害良民的事跡後，氣得咬牙切齒，原來玉大人的政績皆是由良民的鮮血建築的。他對著門外的鳥雀與寒鴉，想到城中百姓所失去的希望與自由，忍不住掉下淚來，恨不得立刻將玉賢殺掉，以洩心頭之恨！

書中另一名酷吏剛弼，其殘酷程度不下於玉賢，人稱「瘟剛」。劉鶚藉齊東鎮賈家十三條血案描述剛弼殘忍無道、剛愎自用的性格，最後賈案出現了一名眞正的清官——白子壽，來主持公道，還魏氏父女清白。劉鶚藉著白子壽之口，對時下如剛弼一般自以爲清官的人有一段頗發人深省的言論：「清廉人原是最令人佩服的，只有一個脾氣不好，他總覺得天下人都是小人，只他一個人是君子。這個念頭最害事的，把天下大事不知害了多少！」

玉賢與剛弼兩人的所作所爲都是假清官之名行酷吏之實，一個是「急於做大官」，因此草菅人命，視民如盜；一個則「自以爲不要錢」，因此冤枉良民，剛愎自用，兩個都爲劉鶚所痛惡。作者藉小說揭露「清官」的假面，讓人們知道此種酷吏的行徑，因此《老殘遊記》也被後世視爲譴責小說。

❖寫作手法

《老殘遊記》中最爲人所稱道的，莫過於遊大明湖、四大名泉、明湖居聽書與黃河結冰等段。例如描繪千佛山風景的一段：

到了鐵公祠前，朝南一望，只見對面千佛山上，梵宇僧樓與那蒼松翠柏，高下相間，紅的火紅，白的雪白，青的靛青，綠的碧綠，更有那一株半株的丹楓夾在裡面，彷彿宋人趙千里的一幅大畫，做了一架數十里長的

> 屏風。正在嘆賞不絕，忽聽一聲漁唱，低頭看去，誰知那明湖業已澄淨的同鏡子一般，那千佛山的倒影映在湖裡，顯得明明白白，那樓台樹木，格外光彩，覺得比上頭的一個千佛山還要好看，還要清楚。這湖的南岸，上去便是街市，卻有一層蘆葦，密密遮住，現在正是開花的時候，一片白花映著帶水氣的斜陽，好似一條粉紅絨毯，做了上下兩個山的墊子，實在奇絕。

這段敘述不僅有視覺的感受，更加入聽覺的吸引，頓時使畫面生動起來。

另外，聽白妞說書一段，更是充分展現作者超凡的想像力。他用「一線鋼絲拋入天際」，形容樂聲飆到極高處；以「如一條飛蛇在黃山三十六峰半中腰裡盤旋穿插」，形容歌聲盤旋迴繞、愈唱愈低；又用「放那東洋煙火，一個彈子上天，隨化作千百道五色火光」，形容突然迸發的聲音。這些描寫都以極形象化的視覺想像，來形容音樂聽覺的感受，十分引人入勝。

《老殘遊記》中的寫景手法新穎，其中一個重要因素在於劉鶚對於小說文字的精確掌握，而這種特性來自於作者對客觀景物的觀察能力與透徹分析。在小說中，老殘站在河堤邊看黃河冰凌相互推擠的精彩描述，都是讀者耳熟能詳的片段，劉鶚自己也相當滿意這段描述。他說：「止水結冰是何情狀？流水結冰是何情狀？小河結冰是何情狀？大河結冰是何情狀？河南黃河結冰是何情狀？山東黃河結冰是何狀？須知前一卷所寫的是山東黃河結冰。」可見劉鶚是經過親身觀察，對於各種結冰情景都有相當深刻的體會，因此造就了《老殘遊記》特殊的文字風格。

高手過招

1.（　）小南在國文課上介紹《老殘遊記》一書，下列是他報告的內容，請指出有誤之處。

甲、《老殘遊記》是清末有名的白話章回小說，雖名為遊記，實屬社會諷刺小說，與《儒林外史》同樣長於諷刺科舉制度。乙、小說中的「老殘」實乃作者劉鶚的化身，以「老殘」為號，有棋殘人老，身世家國之痛。丙、書中多揭發當時政治之黑暗，揭露「貪官」之惡，也表彰「清官」之廉。丁、胡適曾讚賞《老殘遊記》一書裡寫人寫景的功力。戊、關於「王小玉說書」一段，劉鶚善用具體的事物為喻，描寫抽象的聲音。己、由於此書評價甚高，因此被列為「四大奇書」之一。

Ⓐ甲乙戊
Ⓑ甲丙己
Ⓒ乙丙己
Ⓓ丙丁戊

2.（　）**有關老殘遊記的敘述，下列何者正確？**

Ⓐ《老殘遊記》是一部以描寫神醫為主的章回小說。
Ⓑ作者為劉鶚，清初人，字鐵雲，筆名鄸都百鍊生。
Ⓒ《老殘遊記》是中國第一部研究甲骨文的專書。
Ⓓ《老殘遊記》的景物描寫精彩，情志抒發深刻，還隱含了對現實的批判及譴責。

題組3－4

吾人生今之時，有身世之感情，有家國之感情，有社會之感情，有宗教之感情。其感情愈深者，其哭泣愈痛，此鴻都百鍊生所以有《老殘遊記》之作也。棋局已殘，吾人將老，欲不哭泣也得乎？吾知海內千芳，人間萬豔，必有與吾同哭同悲者焉！

3.（　）閱讀上述《老殘遊記・自序》後，請問劉鶚創作《老殘遊記》的動機為何？
Ⓐ表達其人豐富的感情。
Ⓑ表現其人豐富的閱歷。
Ⓒ抒述對於國家社會的觀感，以及欲挽狂瀾的苦悶悲憤。
Ⓓ藉創作以發洩不遇的不平與殘年將盡的恐懼。

4.（　）閱讀上述《老殘遊記・自序》後，請問「棋局已殘」意指為何？
Ⓐ國家將亡。
Ⓑ殘生將盡。
Ⓒ事業無成。
Ⓓ人生有限。

5.（　）有關劉鶚的敘述，下列何者錯誤？

Ⓐ《老殘遊記．自序》曾云：「棋局已殘，吾人將老，欲不哭泣也得乎？」可知《老殘遊記》寫的是對於國家社會的情感。
Ⓑ《鐵雲藏龜》是研究金文的第一本專書，為考古學的知名作品。
Ⓒ《老殘遊記》是清末著名的章回小說，寫景清新自然，寫人栩栩如生。
Ⓓ劉鶚是通才型的文人，精通醫藥、數學、水利、佛道與小學。

6.（　）關於「明湖居聽書」一段的敘述，下列何者錯誤？

Ⓐ節選自《老殘遊記》，為晚清四大譴責小說之一。
Ⓑ作者劉鶚，在書中化名為老殘。
Ⓒ胡適極推崇本書之描寫技巧，無論寫人寫景，都不用套語濫調，總想鎔鑄新詞，作實際的描繪。
Ⓓ例如「五臟六腑裡，像熨斗熨過，無一處不伏貼」，便是以視覺來描寫聽覺。
Ⓔ除了「明湖居聽書」之外，白居易《赤壁賦》、歐陽脩《琵琶行》、蘇軾《秋聲賦》都曾以具體事物比喻抽象聲音。

7.（　）有關聲音的描寫，下列何者錯誤？

Ⓐ「其聲嗚嗚然：如怨、如慕、如泣、如訴。」（蘇軾《赤壁賦》）——以擬人及譬喻法來形容音樂

蘊含豐富情感。

Ⓑ「像放那東洋煙火，一個彈子上天，隨化作千百道五色火光，縱橫散亂。」（劉鶚「明湖居聽書」）

——形容聲音的嘈雜混亂。

Ⓒ「如一條飛蛇在黃山三十六峰半中腰裡盤旋穿插，頃刻之間，周匝數遍。」（劉鶚「明湖居聽書」）

——形容唱腔的迴環轉折。

Ⓓ「又如赴敵之兵，銜枚疾走，不聞號令，但聞人馬之行聲。」（歐陽修《秋聲賦》）——與前文「鏦鏦錚錚」等描繪語相連繫來看，此處乃描繪雖仍有秋聲，但聲響卻未若先前秋聲那般強烈，對比前後的變化。

8.（　）**若說《老殘遊記》第二回具備新聞最基本的元素——「六何」，也就是：何人、何地、何時、何事、何因、如何。請指出下列選項中，關於「六何」的說明何者錯誤？**

Ⓐ何人：老殘、黑妞、白妞、彈三弦子的男人、觀眾、夢湘先生。

Ⓑ何地：南京玄武湖。

Ⓒ何因：老殘因看到街上的招子及聽聞旁人的議論，於是到明湖居聽黑妞、白妞說書。

Ⓓ何事：說書過程及現場觀眾反應。

9.（　）**有關「明湖居聽書」一段寫作手法的說明，下列何者正確？**

Ⓐ 本文最為人稱道的是，作者將白妞唱鼓書的聲音作形象化的書寫，使小說的敘事藝術與傳統說唱藝術完美結合。

Ⓑ 刻畫人物時，先泛泛地讚美彈三弦的琴師其彈奏技巧，為下段出場的黑妞鋪墊；描寫黑妞出場說書的樣貌與身段，用來「陪襯」下面出場的白妞。

Ⓒ 第三段末，作者掉轉筆頭寫滿園子裡談笑、叫賣等等嘈雜的人聲，看似閒筆，其實有意留下一段空白，好讓急切的讀者在期待的間歇裡，回味他已經寫過的，和懸想他將要寫到的。

Ⓓ 文中出現兩次評論，首次評論以黑妞和白妞對比，並為下一段出場的白妞預作鋪陳，同時說出觀眾對白妞的期盼；第二次評論在白妞出場並表演完畢後，藉著觀眾的對話，再次肯定白妞說書的精妙，並藉旁觀者論點加深對白妞評價的客觀度。

Ⓔ 文中以「如秋水，如寒星，如寶珠，如白水銀裡頭養著兩丸黑水銀」的「博喻」修辭，寫白妞的眼睛，「如秋水」喻眼光明澈有神、瀲灩有情；「如寒星」喻眼光清澈晶亮；「如寶珠」喻眼神圓潤而光彩照人；「如白水銀裡頭養著兩丸黑水銀」喻眼珠黑白分明。

【解答】 1. B　2. D　3. C　4. A　5. B　6. DE　7. B　8. B　9. E

國家圖書館出版品預行編目資料

古典小說好好讀 / 鄧鵬飛 著 . --初版. --新北市 : 典藏閣，采舍國際有限公司發行, 2018.08 面； 公分· -- (經典今點；08)

ISBN 978-986-271-828-5 （平裝）

1.中國小說 2.古典小說 3.文學評論

827.2 107008469

典藏閣

古典小說好好讀

出版者 ◤ 典藏閣
編著 ◤ 鄧鵬飛
總編輯 ◤ 歐綾纖
文字編輯 ◤ 范心瑜
品質總監 ◤ 王擎天
出版總監 ◤ 王寶玲
美術設計 ◤ 蔡瑪麗

郵撥帳號 ◤ 50017206 采舍國際有限公司（郵撥購買，請另付一成郵資）
台灣出版中心 ◤ 新北市中和區中山路2段366巷10號10樓
電話 ◤（02）2248-7896　傳真 ◤（02）2248-7758
ISBN ◤ 978-986-271-828-5
出版年度 ◤ 2018年8月初版

全球華文市場總代理/采舍國際
地址 ◤ 新北市中和區中山路2段366巷10號3樓
電話 ◤（02）8245-8786　傳真 ◤（02）8245-8718

全系列書系特約展示
新絲路網路書店
地址 ◤ 新北市中和區中山路2段366巷10號10樓
電話 ◤（02）8245-9896
網址 ◤ www.silkbook.com

線上pbook&ebook總代理：全球華文聯合出版平台
地址：新北市中和區中山路2段366巷10號10樓
主題討論區：www.silkbook.com/bookclub/　●新絲路讀書會
紙本書平台：www. book4u.com.tw　●華文網網路書店
電子書下載：www.book4u.com.tw　●電子書中心（Acrobat Reader）

本書採減碳印製流程並使用優質中性紙（Acid & Alkali Free）通過綠色印刷認證，最符環保要求。

華文自資出版平台
www.book4u.com.tw
elsa@mail.book4u.com.tw
panat0115@book4u.com.tw

全球最大的華文圖書自費出版中心
專業客製化自資出版・發行通路全國最強！

典藏風華，品悅智識

典藏閣

智慧，

不是死的默念，而是生的沉思。

——巴魯赫・斯賓諾莎（Baruch de Spinoza）

典藏風華，品悅智識

典藏閣

智慧，

不是死的默念，而是生的沉思。

——巴魯赫・斯賓諾莎（Baruch de Spinoza）